HEYNE BÜCHER

Von Eric Van Lustbader
sind als Heyne-Taschenbücher erschienen:

Der Ninja · Band 01/6381
Schwarzes Herz · Band 01/6527
Teuflischer Engel · Band 01/6825
Die Miko · Band 01/7615
Ronin · Band 01/7716
Dolman · Band 01/7819
Jian · Band 01/7891
Shan · Band 41/3
Zero · Band 41/12
French Kiss · Band 41/19

ERIC VAN LUSTBADER

DAI-SAN

Roman

WILHELM HEYNE VERLAG
MÜNCHEN

HEYNE ALLGEMEINE REIHE
Nr. 01/8005

Titel der Originalausgabe
DAI-SAN
Aus dem Amerikanischen übersetzt
von Martin Eisele

3. Auflage

Printed in Germany 1992
Umschlagzeichnung: Frank Frazetta/Luserke
Umschlaggestaltung: Atelier Ingrid Schütz, München
Satz: IBV Satz- und Datentechnik GmbH, Berlin
Druck und Bindung: Elsnerdruck, Berlin

ISBN 3-453-03706-5

Für den kleinen Jungen,
der unten in der Gasse wohnte.
Willkommen zu Hause.

Es ist wie im Schauspiel: Der Mensch trägt eine Maske.
Unter dieser Maske ist der Mythos.
Und hinter dem Mythos das Bild Gottes.

Bujun-Sprichwort

Eins

ERTRUNKEN

I
Segel

Ronin.

Es schwebte wie ein wohlriechender Juwel in seinen Verstand. Eine Insel; eine Oase in einem hektisch wirbelnden, funkelnden Strom. Leben in einer sich verändernden Leere.

Ronin.

Weich und sinnlich; mehr von einer Bedeutung als von einer Modulation lebend. Karmesinrote Buchstaben, ein Brandmal aus Feuer, das über die Himmelsgefilde seines Geistes getrieben wurde.

Ronin setzte sich auf und blickte angestrengt in die Dunkelheit. Das Knarren des Schiffes wiegte ihn. Das sanfte Seufzen des endlosen Meeres. Die gedrungene Messinglampe schwankte an ihrer Kette. Schwach hörte er von oben die Schiffsglocke tönen. Unmerklich ließ die Dunkelheit nach.

»Moeru?«

Ja.

Er stand auf. Seine Blicke streiften durch die kleine Kajüte. Dann verblüfft: »Aber du kannst doch nicht sprechen. Es ist ein Traum.«

Ich habe dich aus dem Schlaf gerufen.

Langsam drehte er sich im Kreis. Die Koje zwischen den schrägen Schotten, die schmalen Wandregale, das Wasserbecken, ein Schimmer des Meeresleuchtens durch das Bullauge reflektiert. Der Messingkompaß. Das Plätschern schäumenden Wassers.

»Wo steckst du?«

Hier.

Er schritt zur geschlossenen Tür. Das sanfte Licht der Sterne spiegelte auf den Muskeln seines nackten Rückens.

In deinem Geist.

Er öffnete die Tür.

»Wer bist du?«

Ich – weiß es nicht.

Rasch und leise wie eine Katze eilte er die Niedergangstreppe hinunter, zu ihrer Kajüte.

Als er an Deck kam, war die Libellenwache zur Hälfte vorbei. Er stieg den Niedergang zum hohen Achterdeck hinauf und begab sich an die Heckreling. Sein dunkelgrüner See-Umhang flatterte in der frühmorgendlichen Brise um seine Beine. Hoch oben bauschte sich das feste weiße Leinen der Segel, schwach im beginnenden Licht schwimmend, die Rahen knarrten, als das Schiff weiter gen Osten dahinglitt. Hinter ihnen zog sich die Nacht furchtsam vor dem Perlmuttlicht der sich erhebenden Sonne zurück. Ihr Kielwasser war schwarz.

An der Vorderdeck-Luke war bereits Bewegung entstanden, aber er kümmerte sich nicht darum, sondern starrte weiterhin aufs Meer hinaus und dachte über die Weite nach, über die sie fuhren.

»Er verbringt kostbare Zeit da oben.« Die Stimme war hinter ihm laut geworden.

»Hmmm?«

»Morgen, Kapitän!«

Eine große muskulöse Gestalt näherte sich ihm. Tief in den Höhlen sitzende nußbraune Augen blitzten auf.

Ronin wandte sich vom wogenden Meer ab.

»Sind alle Steuermänner so wie du, Moichi? Schlaflos und immer wachsam?«

Der breite, dicklippige Mund verzog sich zu einem Grinsen. »Hah! Es gibt keinen besseren wie mich, Kapitän!«

»Du meinst, keinen, der so tollkühn ist, sich in nicht kartographierte Gewässer zu wagen.«

Das Lächeln blieb bestehen. Der große Mann schwenkte

ein Reispapierblatt. »Dieser Bonneduce gab mir die Seekarte, als er mich anheuerte, Kapitän!«

»Dein *Rutter* ist dick gefüllt mit den Einzelheiten über jene Länder, die du befahren hast. Doch gibt es keinen einzigen Hinweis auf Ama-no-mori.«

Moichi steckte seine Hände in die breite Stoffschärpe, die er um seine Hüfte trug, sah auf seine hochschaftigen, glänzenden Stiefel hinunter.

»Dieser Bonneduce, Kapitän, er ist dein Freund, habe ich recht?« Er nickte und fuhr sich durch den Bart. »Nun, warum sollte er lügen? Diese Seekarte besagt, daß es eine Insel namens Ama-no-mori gibt, zu der wir« – er machte eine rasche Handbewegung zu seiner Brust hin –, »so der Oruborus will – segeln.« Er blickte auf. »Viele Häfen habe ich mit meinem Schiff angelaufen, und ich sah viele seltsame Dinge. Würde ich sie dir erzählen, so hieltest du sie für Seemannsgarn. Hab Vertrauen, Kapitän.«

Von hoch oben kam ein leiser Schrei. Die Wache im Ausguck wurde abgelöst. Die Takelage schaukelte unter dem Gewicht der Männer.

»Hey! Siehst du das auch, Kapitän?« Er zeigte auf die rosa Sonnensichel, die sich über den flachen Horizont erhob. Die Farbe trieb förmlich auf sie zu, winzige Säbel auf der Meeresoberfläche. »Solange ich das wie 'n Kormoran herankommen sehe, weiß ich, daß alles in Ordnung ist!«

Er lachte meckernd.

»Ich will dir etwas über Moichi Annai-Nin sagen, weil ich dich mag.« Er zögerte noch kurz, holte tief Luft und kratzte an seiner Nase. »Ich wußte gleich, daß du kein richtiger Kapitän bist, ja, vom ersten Augenblick, da du deinen Fuß auf diese Planken gesetzt hast, wußte ich es. Du liebst das Meer, sicher, aber du kennst es noch nicht lange, habe ich recht?« Sein bärtiger Kopf neigte sich ein bißchen. »Ja, nun, es ist keine Schande, mußt du wissen. Du bist ein Mann; das vermochte ich auch so zu sehen, ebenfalls im ersten Augenblick. Und jetzt, sechsundsechzig Tage später, weiß ich, daß ich mich nicht in dir getäuscht habe.«

Die Sonne vergoß ihr seltsames, fahles Morgenlicht über die weite Wasserfläche des Ozeans und verlieh ihm so eine blendende, trügerische Festigkeit. Die Toppsegel strahlten hell auf. Er blinzelte in die rosa aufgehende Sonne.

»Nun wollen die meisten Steuermänner nichts sehnsüchtiger als Silber. Es ist ihnen völlig egal, wohin sie dafür zu segeln haben, oder wer ihre Herren sind. Wichtig ist ihnen allein, daß die Fracht kostbar ist. Denn je kostbarer die Fracht, desto fetter ihr Verdienst, wenn sie in den Zielhafen einlaufen. Ich bin da anders. Oh, ich werde dich nicht belügen und behaupten, daß ich Silber verabscheue, denn das tue ich natürlich nicht. Aber ich lebe, um das *Rutter* mit Fakten zu füllen, und wenn ich keine neuen Länder zu sehen bekomme, wächst es nicht. Das ist die Wahrheit, Kapitän ... Als mir dieser Bonneduce die Karte zeigte, war mir die Ladung der *Kioku* völlig gleichgültig. ›Soll sich der Kapitän, wer immer das auch sein mag, um die Landung kümmern‹, sagte ich mir. Eine schnelle Karavelle zu einer unbekannten Insel segeln ... Meinen Mythos in die Wirklichkeit umsetzen ... Die Chance meines Lebens!«

Moichis weitärmlige Bluse bauschte sich in der zunehmenden Brise. Er legte seine Hand auf den Silberknauf seines mächtigen Breitschwertes, das in einer abgenutzten, mit seltsamen Zeichen versehenen Lederscheide von seiner rechten Seite hing. Zwei Dolche mit Silberknäufen steckten in seiner Schärpe. Er wandte den Kopf, starrte direkt in die aufgehende Sonne, und das Licht ließ den winzigen Diamanten aufglitzern, der in seinem rechten Nasenflügel steckte.

»Dieser Hinkefuß weiß, wovon er spricht, Kapitän. Die Seekarte ist keine Fälschung, das kann ich dir garantieren, denn mir wurde in meiner Jugend manche Fälschung verkauft. Es ist ein großes Glück für mich, diese Schönheit zu einem Land bringen zu dürfen, das so lange von Menschen vergessen war.«

»Dann bist du also auch der Meinung, das Ama-no-mori noch existiert.«

»Ja, Kapitän, dieser Meinung bin ich.« Die tiefliegenden

Augen richteten sich direkt auf Ronin. »Aber – fühlst du das nicht bereits« – er schlug sich auf die Brust – »hier drinnen?«

Ronins farblose Augen wandten sich von der wogenden See und richteten sich auf das knochige Gesicht seines Gegenübers. Eine lange Hakennase. Verschleierte Augen. In diesem Antlitz war eine unterschwellige Kraft lebendig, deutlich spürbar.

Ronin nickte und sagte langsam: »Du hast recht, mein Freund, natürlich. Aber du mußt auch verstehen, daß es für mich eine lange Suche war, diese Insel zu finden... Eine Suche, die mich geformt, geprägt hat, mein Leben verändert hat. Nun ist es beinahe zuviel, zu glauben, daß das Ziel so nahe liegt...«

Moichis zimtfarbenes Antlitz wurde weich, und er ergriff impulsiv Ronins Schultern.

»Es ist die Wahrheit, Kapitän. Man lebt so lange für eine Idee, daß sie irgendwann Realität annimmt. Hüte dich davor.«

Ronin lächelte, dann warf er seinen Kopf zurück. Sie schwiegen eine Weile.

»Was hast du mir gesagt, als du heraufgekommen bist?«

Der Steuermann drehte seinen Säbel und spuckte über die Schiffsreling.

»Dieser erste Maat... Er verbringt zuviel Zeit vorschiffs.«

»Ist daran etwas auszusetzen?«

»Ein richtiger Maat begibt sich kaum vor den Masten, Kapitän, es sei dann, um einen Mann aufzurufen und eine Strafe zu vollziehen. Sein Platz ist achtern.«

»Warum hält sich dieser dann vorschiffs auf?«

Moichi zuckte mit seinen massigen Schultern. »Männer zur See haben alle ihren besonderen Grund, hier zu sein. Sie sind Eigenbrötler, können sich nicht anpassen, also meiden sie das Land. Niemand stellt an Bord eines Schiffes Fragen. Was den Ersten betrifft – vielleicht gibt es irgend etwas, das er zu meiden wünscht...?«

»Du kennst diese Mannschaft nicht?«

»Kapitän! – Selten trifft ein Steuermann ein und denselben

Matrosen ein zweites Mal. Dieser Haufen hier ist aus den verschiedensten Ecken dieser Welt zusammengewürfelt. Daran ist nichts faul, aber ich kann mich nicht einmal zu einem von ihnen hinunterlassen.« Er kreuzte seine Arme vor seiner Brust. »Hier, ich kann nur Moichi Annai-Nin nennen. Und, beim Oruborus, er ist der einzige, der mich interessiert. – Außer dir, Kapitän.«

»Ich akzeptiere dies als Kompliment!«

»Das kannst du wohl tun«, sagte der Steuermann trocken und ging davon.

Ronin wandte seinen Blick wieder nach vorn, schirmte seine Augen vor der abgeflachten Sonne ab, die jetzt auf dem brennenden, weißen Himmel klebte wie eine heiße Reispapierlaterne. Lichtlanzen schossen aus den sich hebenden und senkenden Wogen. Das Blau war sehr tief in den breiten Wellentälern. Männer warfen Schnüre über die Steuerbordseite und hofften auf Beute. Von dem geteerten Deck stieg ein eindringlicher Geruch hoch, die ersten Sonnenstrahlen wärmten das Holz. Der rauhe, bittere Gestank von Fischinnereien, der scharfe Geruch von verkrustetem Salz, die aromatische Würze von warmem Pech und Teer, der saure Geruch von eingetrocknetem Schweiß.

Ein heiserer Ruf flog heran, und mehrere Männer an Steuerbord ließen ihre Angelschnüre fallen, um einem Matrosen zu Hilfe zu kommen, der offensichtlich gewichtige – und kräftige – Beute an seinem Angelhaken sitzen hatte.

Mit vereinten Kräften zogen sie an der Schnur, singend, wobei der Vierteltakt ihre Anstrengungen koordinierte, und nach und nach häufte sich die vor Nässe triefende Schnur zu ihren Füßen. Muskeln sprangen unter sonnengebräunter Haut, und Schweiß brach auf den narbigen Rücken aus, während sie zogen und zerrten.

Ein langer, graubrauner Tentakel ringelte sich über die Steuerbordreling hoch, dann klatschte ein überlanger, dicker Klumpen aufs Deck. Beinahe hätten ihn die Männer zu spät gesehen. Rasch zuckten sie vor dem sich windenden Körper zurück. Einer rief nach Moichi, der sich von der Seekarte abwandte und über das Hauptdeck zu ihnen eilte. Er zerrte sein Schwert aus der Scheide und schlug zu. Trübes grünes Blut pulste aus der großen Wunde, ein Tentakel wand sich zitternd um seinen hohen Stiefel. Jemand reichte ihm ein Tuch. Moichi zerschlug den Tentakel. Das Seewesen blieb reglos liegen. Jetzt erst wischte Moichi seine Klinge sauber und rammte sie in die Scheide zurück.

Die Männer warfen den bizarren Körper über Bord und gingen zu ihren Angelschnüren zurück. Leise unterhielten sie sich miteinander.

Ronin lehnte sich über die Innenreling des Achterdecks. »Was war das für ein Ding, Moichi?«

Der massige Bursche sah zu ihm herauf. »Teufelsfisch, Kapitän«, sagte er. »Nichts, um länger daran zu denken. Nichts.«

»Aber?«

»Die Männer mögen ihn nicht.«

Er ging wieder zu seinen Seekarten.

Vorschiffs konnte Ronin die hagere Gestalt des ersten Maats ausmachen, eine schwarze Silhouette gegen die niederstehende Sonne. Sein schrecklich mißgestaltetes Gesicht verdunkelte sich jetzt gnädigerweise ausdruckslos. Ronin hatte ihn bisher stets nur von fern gesehen, wie auch die meisten anderen Männer, aber er wußte, daß diesem Mann der Unterkiefer fehlte und daß seine Wangen tief vernarbt waren. Ein Unfall auf See, so ging das Gerücht. In Haigewässern treibend gefunden. Und bis er in Sicherheit gezogen worden war... Es war ein Wunder, daß er überhaupt noch lebte. So sagte man.

Ronin zuckte mit den Schultern und wandte sich ab. Wenn der erste Maat die Einsamkeit suchte und seine Tage vor dem Masten verbringen wollte, so hatte er nichts dagegen. Der Mann verrichtete seine Arbeit, und, wie Moichi bereits gesagt hatte: auf See stellte niemand Fragen.

Sein Interesse wandte sich Moeru zu. Wer war sie? Obwohl er sich mehr als eine halbe Nacht mit ihr unterhalten hatte – er laut sprechend, sie auf rein geistigem Wege antwortend –, wußte er noch immer nicht, wer sie war. Genausowenig wie sie selbst.

Er hatte sie in den Straßen von Sh'angh'sei aufgegabelt, krank und halb verhungert, und er hatte sie gerettet. Ein Impuls, aus purem Instinkt heraus, ganz gleich, wie man es nennen wollte. Tatsache blieb, daß ihr beider Schicksal seit diesem Augenblick miteinander verwoben waren. Er hatte sie ins Tencho gebracht, und während ihrer Genesung war sie die Hüterin jener seltsamen Wurzel gewesen, die er im Kiefernwald nördlich von Kamado, der gelben Zitadelle, gegessen hatte und dadurch mit Bonneduce dem Letzten und seinem mehr als tierischen Gefährten Hynd wieder in Kontakt gekommen war.

Und sie war ihm gefolgt, als er dem Makkon nach Norden gefolgt war, nach Kamado, in den Wald des Hirschs der Finsternis, hatte geduldig, geheimnisvoll, auf ihn gewartet, war mit ihm über den brennenden Kontinent der Menschen geritten, hin zum Hafen Khiyan, während hinter ihnen, vor den hohen Mauern von Kamado, die letzte Schlacht der Menschheit tobte. Die stumme Moeru, die nicht sprechen und jetzt doch Worte in seinem Geist entstehen lassen konnte. Sie stammte weder aus Sha'angh'sei noch aus der Umgebung, und ihre Gesichtszüge waren keineswegs charakteristisch für die Menschen dieses Landes. Und obwohl er sie unter den Flüchtlingen aus dem Norden gefunden hatte, die täglich in die Straßen Sha'angh'seis strömten, war sie keine Bäuerin, denn ihre Hände waren zart und ohne Schwielen.

Sie konnte ihm nichts sagen, denn ihr fehlte jede Erinnerung. Weshalb, das vermochte er nicht definitiv zu sagen. Sie erinnerte sich nur an ihre Zeit im Tencho, an Kiri, Matsu – und ihn, Ronin. Wer sie war und woher sie gekommen war, das blieb ein Geheimnis. Doch jetzt schien die Zeit gekommen, Moerus Vergangenheit neu zu entdecken.

Es war ein Rätsel, und er wollte es lösen, noch bevor die Reise zu der geheimnisvollen Insel Ama-no-mori beendet war. Und es war nicht das einzige Rätsel... Er sehnte sich auch danach, das Schicksal derer zu erfahren, die in der großen Steinzitadelle von Komado eingeschlossen waren, er wollte endlich Gewißheit haben: hatten die Streitkräfte der Menschen den herantobenden menschlichen und nicht menschlichen Horden des Dolman standhalten können? War Kiri von ihrer Mission in Sha'angh'sei bereits zurückgekehrt? War die Fehde der Grünen und Roten beigelegt? Und, vor allem, hatten es die vier Makkon-Bestien geschafft, auf dem Kontinent der Menschen zu erscheinen?

Zwei davon zweifellos. Und wenn alle vier vereint waren, so würde es ihnen gegeben sein, den Dolman auf die Erde zu rufen. Und dann würde nichts mehr den Fall Kamados aufhalten.

Die Bronzeglocke wurde geschlagen; Halbzeit der Wache. Man brachte ihm das Frühstück: Streifen von rohem, weißem Fisch, enthäutet und gesäubert, sowie eine Portion getrockneten Seetangs.

Er hörte ein Geräusch hinter sich und kreiselte herum, sah, wie Moeru den hinteren Niedergang emporstieg, auf das Achterdeck, und zu ihm kam. Sie trug weite, kobaltblaue Seidenhosen und eine Steppjacke, flaschengrün, bestickt mit springenden Fischen. Erneut bewunderte er ihre sanfte Schönheit. Das weiche Licht der Morgensonne streichelte sie. Ihre hohen Wangenknochen, das energische Kinn, die großen, blaugrünen Augen, die Farbe eines fernen, geräuschlosen Meeres, mandelförmig und leicht schräggestellt, waren von ihrem langen, dunklen Haar verschleiert. Die salzige Brise zerzauste es. Sie schien gesund und stark, nicht mehr die zerbrechliche, schlammbesudelte Frau, die er damals von der dreckigen Pflasterstraße in Sha'angh'sei aufgehoben hatte. Sie blieb vor ihm stehen und musterte ihn. Er sah, daß sie die Silberkette mit der Blume trug – wie hieß sie doch? –, gestern nacht hatte er sie ihr gegeben. Ein Kunsterzeugnis der Bujun, das er in einer finsteren Gasse einem sterbenden Mann abgenommen hatte und das ihn später beinahe das Leben gekostet hätte. Unerklärlicherweise war er erfreut zu sehen, daß sie es trug.

»Hungrig?«

Ja, erwiderte sie direkt in seinem Geist, und er zuckte unwillkürlich zusammen.

Er rief einen Matrosen herbei. Der Mann brachte ihr einen Teller. Eine Weile sah er ihr beim Essen zu.

»Sag mir noch einmal, was passiert ist«, verlangte er plötzlich. Sie hob ihr goldenes Gesicht zu ihm auf, ihre Augen funkelten unter der Berührung der Sonnenstrahlen.

Als ich dich in der Nacht rief.

»Nicht früher.« Er fragte sich, ob dies überhaupt eine Frage war.

Sie wischte eine vom Wind zerwühlte Haarsträhne aus ihrem Gesicht, und er dachte: Matsu, ein wilder, beunruhigender Schrei in der Nacht.

Moeru starrte ihn einen Augenblick lang an, ein leerer, seltsam trüber Blick. Dann blinzelte sie, als versuche sie sich an einen in der Unendlichkeit davonwirbelnden Gedanken zu erinnern.

Was hast du gesagt?

»Nicht früher.«

Nein. Sonst hätte ich früher nach dir gerufen. Bestimmt.

»Das erwarte ich auch.« Er wandte sich von ihr ab, um die Reste seiner Mahlzeit über Bord zu werfen. Er verharrte so, starrte auf das glitzernde, rätselhafte Antlitz des Wassers. Moeru wandte sich wieder ihrer Mahlzeit zu, aber ihr Blick schweifte immer wieder zu ihm her. Vorsichtig. Behutsam. Sanft. Vorschiffs befahl der Bosun Männer in die Wanten, um dem auffrischenden Wind jeden Zentimeter Segeltuch vorzugeben. Die Sonne verschwand hinter einer Wolke, und es wurde unvermittelt kälter. Dann kam ihr helles Antlitz wieder zum Vorschein, und mit ihm kehrte die Wärme zurück. Weiter entfernt wurde das Meer von schwarzen Schatten gefleckt, Spiegelbilder der Wolken, die über den Himmel eilten.

Ich kann deine Gedanken nicht lesen, wenn du das meinst.

»Ich habe nicht wirklich –«

Nein, natürlich nicht. Sie schluckte den letzten Bissen hinunter.

»Schon gut. Es ist mir *doch* durch den Kopf gegangen.«

Ich sah, wie Moichi jenes Ding tötete, das die Männer gefangen haben.

»Den Teufelsfisch.« Er bemerkte ihren Themenwechsel.

Hast du es auch gesehen? Er hat ihm den Bauch aufgeschlitzt. Weil sie lebendgebärend sind. Er hat dafür gesorgt, daß auch die Jungen starben.

»Wie kannst du das wissen?«

Ich – weiß es nicht.

»Bist du je zur See gefahren?«

Es scheint so, ja.

»Dann sind deine Leute möglicherweise – Seeleute.«

O nein. Das glaube ich nicht. Sie stellte den Teller beiseite, und als sie sich vorbeugte, fiel ihr Haar in ihr Gesicht, über ihre Augen, ein schnell fließender dunkler Strom. Sie erhob sich.

»Was dann?« Er analysierte ihr Schweigen. »Versuche, nicht zu denken. Betrachte das Meer. Was fühlst du?«

Ihre Augen richteten sich auf die scheinbar endlose Weite. Hier oben, im Schutz der luftigen Höhe ihres Horstes, gegen die Reling gelehnt, ihr Kinn auf die schmalen, weißen Handrücken gestützt, seufzte sie, ein rotes und goldenes Blatt in einem Herbststurm.

Vielleicht bin ich tatsächlich nur ein Bauernmädchen aus dem Norden, ein Flüchtling vor dem Krieg. Das, was ich ganz am Anfang in deinen Augen war.

»Das glaube ich nicht mehr.«

Eine Träne glitzerte in ihrem Auge, und sie blinzelte. Wie eine flüssige Perle rann sie über ihre Wange. Er legte seinen Arm um sie, und sie lehnte sich gegen ihn, gab sich schließlich doch geschlagen.

Ich treibe im Unbekannten, und es macht mir angst. Wer bin ich, Ronin? Was mache ich hier? Ich fühle, daß ich nicht von deiner Seite weichen darf ... Ich fühle mich – fast wie ein Leichnam, ertrunken in einer Flut, ausgespien, auf einen fremden Strand geworfen. Ich muß –

»Was?« Sie warf ihren Kopf hoch, ihr Haar flog zurück, wischte über ihre schmalen Schultern.

Sag mir, was im Wald von Kamado geschehen ist. Als du mir gegenübertratest, warst du so bleich, daß ich fürchtete, dein Blut sei dir genommen worden. Als wärst du verletzt –

Ronin lächelte freudlos.

»Verletzt? Nein... Zumindest nicht so, wie du das meinst.« Er konzentrierte sich auf die Wärme, die ihrem Körper entströmte. »Einem grotesken Wesen bin ich begegnet... Einem Wesen, das in letzter Zeit oft meine Gedanken heimgesucht hat. Ein Mensch, Moeru, ein Mensch mit dem Schädel eines gewaltigen Hirschs, der von einem mächtigen, weit verästelten Geweih gekrönt war. Ich wollte mich wehren, ich zog mein Schwert, doch meine Finger waren kraftlos. Ich konnte es nicht halten... Er näherte sich. Hob sein großes schwarzes Onyxschwert, wollte mich erschlagen, und dann geschah etwas Seltsames. Er starrte in mein Gesicht, und plötzlich sah ich Furcht in seinen Augen glitzern. Menschliche Augen, Moeru... Wir waren aneinandergefesselt, beide unfähig, zu handeln.«

Hoch über ihnen drehten sich die Rahen, und das Segeltuch ächzte, als der heranfegende Wind hineinstieß, um die Karavelle über das grenzenlose Meer zu jagen. Die Matrosen hetzten an die Taue, befestigten den neuen Verlauf der Takelage. Ein Mann, scheinbar weit entfernt, brüllte etwas, und Ronin hörte die eigenartige dunkle Stimme des ersten Maats – wie heißes Pech auf einer offenen Wunde...

Dieser Hirsch der Finsternis...

Ihre blaugrünen Augen waren starr auf ihn gerichtet. *Warum beunruhigt er dich so?*

»Ich – ich weiß es nicht. Ich stand ihm gegenüber, und fühlte –«

Geduldig wartete sie darauf, daß er weitersprach.

»Ich fühlte mich wie ein Ertrinkender...«

Und er? Was, glaubst du, fühlte er?

Verwundert sah er sie an.

»Seltsam, daß du mir diese Frage stellst.« Er schüttelte den Kopf. »Woher sollte ich wissen, was er fühlte?«

Sie zuckte mit den Schultern.

»Ich dachte mir, daß du es vielleicht wüßtest.«

Er schüttelte seinen Kopf.

Was hast du in seinem Gesicht gesehen, Ronin?

Er tauchte vor seinem geistigen Auge auf... Diese seltsame Mischung aus Mensch und Tier. Er schwamm vor ihm, und er konnte die mit glattem Pelz besetzte Schnauze sehen, die breiten, stumpfen Pflanzenfresserzähne, die schwarzen, geblähten Nüstern, die ovalen menschlichen Augen, und plötzlich fröstelte er, plötzlich hörte er das Klappern von Bonneduces Knochen, sah, wie er sie vor so langer Zeit über den gemusterten Teppich jenes Hauses in der Stadt der Zehntausend Pfade warf.

»Du fürchtest den Tod nicht«, hatte ihm der kleine Mann gesagt, *»und das ist gut so. Doch du fürchtest –«*

»Halt!« schrie Ronin.

Was ist los? Moeru ergriff seinen Arm, ihre langen Finger waren fest und biegsam.

Er fuhr sich mit einer Hand über die Augen.

»Nichts. Nur der Hauch eines Traumes...«

Du kennst ihn, Ronin.

Die Furcht stieg in ihm auf. Er haßte sie. Er wollte sie nicht wahrhaben.

»Jetzt redest du Unsinn.«

Ein Himmel. Geier. Das steife Rascheln ihres Gefieders.

Ich kann es in deinen Augen sehen.

Abrupt wandte er sich ihr zu – und gleichsam fort von sich selbst. *Ein Gestank, schlimmer als von verwesendem Fleisch...*

»Die Kälte soll dich holen, Weibsstück! Sei still! Du –«

»Kapitän!«

Ronin fuhr herum und sah Moichi. Er rannte den hinteren Niedergang herauf.

»Was ist?«

Moeru entfernte sich von ihm. Ihre Augen blickten finster drein; waren so undurchsichtig wie Steine.

»Der Ausguck meldet Segel Backbord.« Der große Mann keuchte heran. »Direkt über dem Horizont.«

»Was für Schiffe?« fragte Ronin und sah in die angedeutete Richtung.

»Sie sind noch zu weit entfernt, als daß man Genaues sagen könnte. Aber so weit auf dem offenen Meer... Nun, ich würde kaum erwarten, hier Händler anzutreffen.«

»Sehr gut. Abdrehen.«

Moichi nickte zustimmend.

»Aber – wohlgemerkt – ich will keine wertvolle Zeit verschwenden. Eine rasche Landung in Ama-no-mori ist unerläßlich.«

»Aye, Kapitän«, erwiderte Moichi, bereits halb abgewandt. Sein Ruf hallte über das Schiff. Der Bosun, mittschiffs, gab den Befehl an den Ersten weiter.

Langsam legte sich die Karavelle seitwärts, in einen weiten Bogen nach Steuerbord. Gischt flog in die Höhe, voller Kraft, kühl, nach Leben duftend.

Die Flucht vor den nahenden Schiffen begann.

Hoch flogen die Brecher heran. Die Männer hielten sich jetzt ständig in den Wanten auf, um aus dem wechselnden Wind Vorteile zu gewinnen. Der Ozean wechselte von einer tiefgrünen in eine vollkommen graue Fläche. Gewitterwolken stürmten dicht über dem Wasser heran. Der westliche Himmel verdunkelte sich.

»Sie holen auf!« stellte Moichi fest. Er stand an Ronins Seite auf dem Achterdeck. Der Rudergänger war ebenfalls bei ihnen. »Ihre Segel sind quadratisch; eine mir unbekannte Anordnung.«

»Haben sie uns gesichtet?« wollte Ronin wissen.

»Aye, das glaube ich wohl, Kapitän«, erwiderte der Steuermann. »Ich glaube gar, daß sie uns gesucht haben.«

»Was?«

Seine Schultern hoben sich und senkten sich wieder. »Meine Aufgabe ist es, Schiffe wie dieses hier in sichere Häfen zu führen...«

Es begann zu regnen, in schrägen, dicht gewebten Bahnen, ein Wolkenbruch, dessen Ausläufer rasend schnell zu ihnen herantobten, das Meer peitschten und die Schiffsplanken glitschig machten.

»Hart nach Backbord!« schrie Moichi, und die *Kioku* wandte sich wieder nach Osten. Der schwarze Regen und die seltsamen Segel folgten ihr. Moeru verließ ihren Platz an der hinteren Reling und kam wieder zu Ronin.

Wer weiß von deiner Reise?

Ronin sah in die Höhe, die Wanten spannten ihre Taue. Er hatte bereits einen ähnlichen Gedanken gehabt. Eine Antwort hatte er nicht gefunden.

»Meines Wissens nach nur Bonneduce der Letzte.«

Moichi war mit dem Rudergänger und den Segeln beschäftigt. Er kümmerte sich nicht um ihre Unterhaltung.

Dennoch kann noch jemand davon wissen.

Vielleicht hörte er ihr in diesem Augenblick nur halb zu. Ganz bestimmt aber verstand er ihre Bemerkung, ein Teil ihrer vorhergegangenen Unterhaltung, nicht.

Moichi verließ den Rudergänger, schritt über das Deck und stoppte schließlich vor der Backbordreling des Achterdecks.

»Kapitän!« sagte er. »Ich glaube nicht, daß dies normale Schiffe sind.«

Ronin ging zu ihm, und Moeru folgte ihm. Er sah die Falten, die das Gesicht des Steuermannes überzogen.

»Was meinst du damit?« fragte Ronin.

»Diese Schiffe, Kapitän... Nun, schau sie dir selbst an.«

Sie blickten nach Westen. Der Regen dort hatte nachgelassen, doch die purpurnen Himmel waren noch immer dunkel. Dort draußen war das Meer grau und weiß, wie die Flügel einer Seemöwe. Purpurn getönt.

Moerus Finger ergriffen Moichis Arm.

»Ja.«

Drei Schiffe, dunkel, mit einem hochgeschwungenen Bug, die Silhouetten schlank und schnell, so eilten sie ihnen nach. Noch waren sie weit entfernt, aber gleichsam waren sie nahe genug, so daß man einige wichtige Einzelheiten bereits ausmachen konnte.

Die Segel waren schwarz und offenbar nicht aus üblichem

Segeltuch gefertigt, denn sie glänzten im fahlen Licht des düsteren Nachmittags. Ihr Wappentier prangte auf jedem Segel: es war das Bildnis eines häßlich grinsenden, gepanzerten Vogels.

»Tiefer mußt du sehen«, sagte Moichi andächtig.

Und da sahen sie, daß die Schiffsrümpfe vollkommen trocken waren, als glitten sie *über* den Wellen dahin. Dennoch furchte sich die See unter ihnen.

»Du hast Zaubergegner, Kapitän!« stellte Moichi lakonisch fest. »Der Mannschaft wird das gar nicht gefallen.«

»Das verlangt auch niemand«, versetzte Ronin. »Die Männer müssen nur kämpfen...« Er drehte sich um. »Und wie steht es mit dir, Moichi? Wo stehst du?«

»Genau, wie ich sagte, Kapitän, viele seltsame Dinge habe ich geschaut, genau wie du. Es gibt nichts auf Land oder Meer, das mir Angst einjagen könnte.« Er schlug auf die Bordreling. »Ich habe ein gutes Schiff unter meinen Füßen, auch wenn es den Zauberschiffen da draußen nicht gleichkommt. In meinem Leben gab es immer Kämpfe...«

»Dann habe ich keinen Grund zur Sorge. Der erste Maat soll die Waffen austeilen. Die Leute sich zum Entern bereitmachen.«

»Jawohl, Kapitän.« Seine weißen Zähne blitzten unter seinem wölfischen Grinsen. »Ein Vergnügen!«

Was ist mit mir?

»Geh nach unten.«

Aber ich möchte kämpfen!

Er drehte sich zu ihr um und sah ihr einen Herzschlag lang in die Augen. »Bosun soll dir ein Schwert geben.«

Es gibt keine Wahl. Wir müssen kämpfen.

Er blickte aufs Meer hinaus.

»Wir können ihnen nicht entkommen. Moichi hat es sofort begriffen. Sie wollen uns...« Seine rechte Hand hatte sich, ohne daß ihm dies bewußt wurde, auf den Griff seiner Klinge gelegt, und seine linke Hand ballte sich im Handschuh aus Makkonhaut. Adrenalin pumpte in seinem Körper, brandete in seinen Geist. Tief atmete er ein.

Plötzlich verlangte es ihn nach dem Kampf. Der Krieger in ihm...

»Und ich«, sagte er mit belegter Stimme, »ich will sie vernichten!«

Sie waren aus Obsidian, grob behauen funkelten sie in der sinkenden Sonne, die hinter den bizarr gezackten Wolkenrissen stand und ihr schweres, in den Augen schmerzendes Licht zu ihnen herunterschleuderte. Die hohen Buge, geschmeidig emporgeschwungen und scharfgeschnitten, die das grüne Wasser unter sich teilten, während sie heraneilten, waren zu grotesken Fratzen geschnitzt, mit Hörnern und Schnäbeln, die unheimlicherweise denen der Makkon ähnelten.

Die Masten schienen aus riesigen, fremdartigen Rubinen geschnitten zu sein, denn sie waren durchscheinend und warfen düstere, blutigrote Schatten über die schmalen Decks und in das Meer vor den Schiffen.

»Diese Fahrzeuge entstammen einer anderen Zeit«, sagte Moichi mit professioneller Ehrfurcht. »Einen Arm würde ich geben, wenn ich eines führen dürfte.«

Auf den feindlichen Decks waren Bewegungen auszumachen. Das helle Aufblitzen von blankgezogenem Stahl, von Helmen, von Brustpanzern, Männer eilten wie Insekten in einem wimmelnden Bienenkorb hin und her.

Und dann sahen sie, daß die Feinde keine Menschen waren. Breitschultrige Wesenheiten waren es, ohne die charakteristische menschliche Haltung. Wespentaillen und dürre Beine. Ihre Schädel schienen direkt auf ihren Rumpf gesteckt, ohne Hals oder Kehle. Sie trugen konisch geschwungene Helme aus schwarzem Metall, und ihre zylindrischen Brustkörbe waren in dunkles Rüstzeug gehüllt.

Ihre Gesichter! Sieh dir ihre Gesichter an!

Ronin starrte hin. Über der Nasenwurzel erinnerten sie an menschliche Schädel, darunter jedoch klafften schwarze Nüstern, direkt ins Fleisch gekerbt, wie von einem mörderischen Skalpell hineingetrieben und noch weiter unten, dort, wo bei einem Menschen Mund- und Kinnpartie saß, wölbten sich massige Knochen zu einer brutalen Schnauze vor. Die Augen waren groß und rund und schwarz, glänzend wie Obsidian, Raubtieraugen. Und tatsächlich: als die Schiffe näher kamen, sah er, daß das, was er für Helme gehalten hatte, in Wirklichkeit langes, glänzendes Gefieder war, das ihre Schädel vom Schopf bis zur Mitte des Rückens bedeckte.

Ronin sah sich auf der *Kioku* um. Seine Männer waren ausnahmsweise bewaffnet, und der erste Maat hatte die Hälfte der Besatzung auf der Backbordlängsplanke Aufstellung nehmen lassen. Sie würden die Angreifer gebührend empfangen.

Und jetzt das Donnern des Meeres... Die ungestüme Brandung schien gegen eine messerscharfe, gezähmte Brandung zu krachen, und die drei Obsidian-Abbilder ragten über ihnen auf, verdeckten das schwindende Licht. In diesem Augenblick glitt der Halbschatten der fremden Masten kreuz und quer über die *Kioku* – wie eine blutige Vorahnung.

Und dann war die Luft erfüllt vom Sirren der Enterhaken, die in hohen Bögen durch die Luft wirbelten, wie ein Lavaregen, dicke Taue schlängelten sich hinter ihnen her. Die *Kioku* bebte, ihr Bug hob sich aus den Fluten, ruckte und zuckte wie ein gefangenes Tier. Dann krachte sie auf eine heranschäumende Welle nieder, die Decks wurden vom Seewasser überspült.

Ronin zog seine Klinge und sprang vom Achterdeck auf, verteidigte sein Territorium eisern mit seinem gekrümmten Breitschwert. Ein Haufen heranstürmender Krieger verdeckte Ronins Sicht, dann, Augenblicke später, erspähte er Moeru neben dem Steuermann. Sie hieb sich ihren Weg durch die Feindesmassen, und sie gebrauchte ihre Klinge mit einer geschmeidigen Eleganz und Wirksamkeit, die ihn überraschte.

Ihm blieb keine Zeit, länger zu staunen. Drei Krieger warfen sich ihm entgegen.

Sie lebten nur noch wenige Herzschläge lang. Er tötete sie, schlug sich durch eine weitere Gruppe heranahender Feinde, schuf sich einen kleinen Freiraum, eine Lichtung im

Zentrum des Kampfes. Wild sah er sich um. Seine Matrosen schienen die Stellung zu halten. Noch.

Das zweite und dritte Obsidian-Schiff glitt heran. Wieder wirbelten Enterhaken durch die Luft. Bald würden die unheimlichen Krieger Verstärkung erhalten.

Er setzte sich in Bewegung, schlug sich Richtung Steuerbord durch, da er hoffte, die Ankunft der neuen Feinde verzögern zu können. Aber die Krieger errieten seine Absicht. Sie strömten zusammen, versperrten ihm den Weg. Ronin gab nicht auf. Verbissen kämpfte er. Seine Klinge fetzte durch modriges, stinkendes Fleisch. Rote Nebel wirbelten vor seinen Augen.

»Moichi!« brüllte er über den Kampflärm hinweg. »Die Leinen an Steuerbord.«

Und der Steuermann überließ die wenigen noch verbleibenden Feinde Moeru und sprang aufs Hauptdeck hinunter, seine massige Gestalt verwandelte sich in einen Sturmbock aus eisenharten Muskeln und Willenskraft.

Er schlug wie ein Berserker um sich. Die Gegner wichen zurück. Dann stürmten sie wieder vor. Schwerter blitzten. Haßerfüllte Augen funkelten. Moichi rammte sein Schwert in die Scheide und sprang. Seine Hände packten zu, er riß seinen Körper förmlich in die Takelage hinauf. Zwei, drei Fußtritte waren die Gegner zurück. Höher kletterte er. Über dem tobenden Schlachtgewühl arbeitete er sich nach mittschiffs durch. Dann zog er den Dolch, nahm ihn zwischen die Zähne und machte sich an die Arbeit, kappte die Leinen. Sie peitschten ins Meer hinunter, dennoch kamen die feindlichen Obsidian-Schiffe näher und immer näher, neue Enterhaken flogen heran, verkanteten sich, stellten die Verbindung her.

Ronin duckte sich unter einem mörderischen Schlag weg und hetzte vorwärts, seine Klinge fand ihr Ziel, fraß sich tief in den Leib des Gegners hinein. Ein anderer Feind stürmte heran, schlug zu. Ronins See-Umhang wurde zerfetzt. Er wischte den Mantel achtlos weg und tötete den Angreifer mit einem blitzartigen von unten nach oben geführten Hieb. Ein weiterer Krieger. Ronin war auf der Hut. Den ersten, wuchtig geführten Schlag parierte er mühelos. Dann entdeckte er den Riß in der Deckung des anderen und nützte ihn sofort aus. Ein beidhändig geführter Schlag zerfetzte dem Krieger die Seite. Er schrie, preßte sich die Hände auf die Wunde. Blut spritzte. Er ging in die Knie. Ronin drehte sich, holte aus, kreiselte herum und schlug einem der Horror-Krieger die knöcherne Schnauze ab. Ein Gestöber wie von erhitztem Schnee.

Ronin setzte seinen mühsamen Weg fort. Moichi war sein Ziel. Und ein gespenstischer Wald tödlich entschlossener Feinde stellte sich ihm entgegen. Aber Ronin stieß direkt ins Herz dieses Waldes vor, geradeaus, und seine Klinge zerschmetterte den Brustpanzer eines Kriegers. Er riß sie wieder los, ließ sie einen Bogen beschreiben und zerfetzte einem von hinten Heranstürmenden die Kehle! Kopfüber krachte er gegen zwei andere Feinde, verstreute sie in einem wilden Tumult aufstiebender Federn. Ronin fetzte seine Klinge nach rechts, dann nach links, seine Hände und Arme blutbesprüht, naß, klebrig, vor Feuchtigkeit triefend.

Vor dem Masten kämpfte er. Die Decks waren hoch behäuft mit Leichen, der Boden war trügerisch, schlüpfrig geworden.

Eine große Gestalt tauchte an seiner Seite auf! Ein fürchterlicher Schlag... Die Feinde stürzten blutend zu Boden.

Ronin sah es nur aus den Augenwinkeln heraus.

Wieder hatte er sich einer Übermacht zu erwehren. Er kämpfte sich frei, aber es war nur eine Galgenfrist. Zu viele waren es, die auf ihn eindrangen. Er schlug um sich, traf, immer wieder, dann stürzte er. Hustend, sich schüttelnd, auf den Knien... Lichter tanzten vor seinen Augen. Er versuchte, sich zu konzentrieren, vergeblich. Nur die Spur eines Schemens, aufblühend... Er schmeckte frisches und geronnenes Blut, versuchte wieder aufzustehen und rutschte in dem glitschigen Schlamm aus, der die Decksplanken überzog. Sein Blick klärte sich. Der vom Rumpf getrennte Schädel eines gefiederten Kriegers. Tote Augen starrten ihn an. Getroffen, dachte er wie betäubt. Er hat mich getroffen. Wer – wer hat ihn geworfen?

Er blinzelte die Mischung aus Blut und Schweiß weg, die ihm von der Stirn in die Augen rann. Als er hochsah, starrte er in das verzerrte Gesicht des ersten Maats.

Er hatte tatsächlich keinen Unterkiefer mehr. Weiße Narben. Bleich. Pulsierend. Wie dicke Schnüre verliefen sie über das ansonsten sonnengebräunte Gesicht. Die Oberlippe war verzerrt, der Nasenrücken eine zerschlagene Brücke, die zu einer Insel von Narbengeweben führte, direkt unter dem rechten Auge.

Und der erste Maat lachte. Ein seltsames, kicherndes Lachen. Dann schnellte sein Stiefel vor. Der gefiederte Schädel flog gegen Ronins Brust. Und in diesem Moment begriff Ronin, in diesem Augenblick sah er das blitzartige helle Aufgleißen des künstlichen Auges. Plötzlich war er in der Zeit zurückgeschleudert, auf das Eismeer, hin zu den zwei Feluken, die über die weite, unkartographierte Fläche jagten, aneinandergefesselt, vereint vor dem heulenden, eiskalten Wind, während zwei Männer miteinander kämpften...

Dunkelheit und Licht, ein böser Kampf. Er selbst, Ronin, war es, der gegen Freidal kämpfte... Und er hatte gesiegt, er hatte den Sicherheits-Saardin des Freibesitzes mit einem wuchtigen Schlag ins Gesicht zu Fall gebracht.

Damals hatte er Freidal für tot gehalten, hatte geglaubt, die sadistischen Folterungen und Morde an seinen alten Freunden endlich gerächt zu haben. Die beiden Schiffe hatten sich getrennt, und nur der scheinbar allgegenwärtige Schreiber des Sicherheits-Saardin war einsam im Bug des davoneilenden Schiffes zu sehen gewesen. Führerlos war es davongeeilt...

Ronin wich aus. Freidals nächster Fußtritt verfehlte ihn, streifte ihn lediglich, anstatt seine Rippen zu zerschmettern. Geschmeidig kam er auf die Füße. Er hob seine Klinge.

»Komm her!« zischte Freidal. Sein mißgestalteter Mund

verzog sich. »Komm her und begegne deinem Tod!« Er hob seine Klinge ebenfalls an. Doch er war es, der den ersten Schritt zu Ronin hin machte.

Ihre Schwerter klirrten gegeneinander.

»Und wo ist Borros? Auch ihn werde ich aufspüren und vernichten!«

Die Klingen fuhren auseinander, fetzten durch die Luft.

»Tot und schon lange begraben. Endlich befreit von seiner Angst. Unerreichbar für deine Klinge.«

Freidal zuckte vor, seine Schwerthand fuhr herunter, und Ronin parierte.

»Erwartest du, daß ich dir das glaube? Verräter! Du hast das Gesetz des Freibesitzes bespuckt, und für eine solche Überschreitung gibt es nur eine Strafe!«

»Obwohl du diese Welt gesehen hast, hältst du noch immer am Gesetz des Freibesitzes fest?«

Blitzende Klingen, das Keuchen heißen Atems, angespannte, zuckende Muskeln, Augen, die auf einen alles entscheidenden Vorteil lauerten.

»Diese Welt bestätigt das Gesetz nur. Wärst du nicht solch ein Narr, würdest du das verstehen. Hier ist alles Chaos. Krieg, Tod, und die Sterbenden liegen gebrochen auf den Straßen, in Schlamm und Dreck. Wir, die Leute des Freibesitzes, stehen darüber. Das Gesetz ist unsere Herrin. Das Gesetz ist es, was uns von diesem Abschaum trennt. Wir stellen das Gesetz über alles andere, deshalb werden wir Menschen bleiben. Aber das ist etwas, von dem ich nicht erwarte, daß du es verstehst. Du bist bereits in die Animalität der Oberflächenwelt zurückgefallen... Schon lange. Schon zu jener Zeit, da du noch im Freibesitz gelebt hast. Nie warst du einer von uns.« Wieder griff er blitzartig an. »Du warst stolz. Du hast dich dem Gesetz nicht gebeugt. Jetzt mußt du sterben.« Mit einem wilden Knurrlaut schlug er zu, doch Ronin reagierte schneller. Er parierte den Schlag, fetzte Freidals Klinge zurück, drehte sich, wieder schrammte Stahl auf Stahl. Die Gesichter der Gegner waren nur Zentimeter voneinander entfernt. Schweißperlen glitzerten auf ihrer Stirn.

»Du hast mich für tot gehalten«, flüsterte Freidal, »aber ich habe unsere letzte Begegnung überlebt, deinen verräterischen Schlag. Ich habe mich an das Leben geklammert, ich wollte nicht sterben, denn meine Mission war noch nicht erfüllt. Die Kraft des Gerechten durchfloß mich, und als die kalten Tage und Nächte vergingen, öffnete mir mein Schreiber seine Adern. Er wußte, was seine Pflicht war. Er nährte mich mit der Wärme und dem Leben seines eigenen Körpers, er tat es, damit dem Gesetz Genüge getan wurde, auf daß ich dich aufspüren und Gerechtigkeit üben konnte!«

Freidal riß sich los, fintete, dann sirrte seine Klinge von unten heran. »Das Gesetz muß über das Chaos siegen! Es kann nicht anders sein!«

Seine Klinge durchstieß Ronins Abwehr, fetzte durch Stoff und schrammte über Haut. Dann war Ronins Klinge oben, brach die Wucht des Schlages, und er wich zurück.

»Ahhh!« schrie der Saardin. »Was bist du für ein Mann? Feigling! Warum greifst du nicht an?«

Das Flüstern in seinem Ohr: ein leises Tuscheln mit einem stählernen Kern. Ronin hörte den Salamander, seinen Senseii, seinen Lehrmeister, hörte, wie er mit ihm sprach...

»Nicht allein der starke Arm ist es, mein lieber Junge, der im Kampf gewinnt. Laß dein Auge den Gegner taxieren. Bleib ruhig. Halte deine Stellung. Greife nicht an, doch weiche auch nicht zurück. Sei der Fels, auf den sich dein Gegner wirft, so wirst du seine Schwächen erkennen. Und dann, mein Lieber Junge, wenn sich seine Frustration unerbittlich in Zorn verwandelt, dann, wenn seine Reaktionen leiden, wirst du den richtigen Weg finden, den Kampf zu deinem Vorteil zu entscheiden.«

So stand er auf dem sich hebenden und senkenden Deck, im Schatten der drohend aufragenden Obsidion-Schiffe, deren seltsame vogelgeschmückten Segel den Himmel beherrschten, und stieß alles zurück, was Freidal gegen ihn warf. Er parierte jeden der mächtigen, horizontal geführten Streiche, er lenkte die bösartigen, schräg geführten Schläge ab, blockierte die raschen, senkrechten Hiebe, schätzte die blitzartigen Finten ab, studierte die Deckung Freidals...

Instinktiv wußte er, wie gefährlich Freidal war.

Dessen Glaube an die Rechtmäßigkeit seines Tuns, an die eherne Festigkeit des Gesetzes, war nicht zu erschüttern. Er war kein Söldner, der tüchtig, aber leicht zu behandeln war. Er war fanatisch. Daraus schöpfte er seine Kraft. Das war es, was ihn mit Kraft und Willen nährte.

Und so erkannte Ronin sein Übel schließlich als das des Freibesitzes.

Das gesamte System war es...

Freidal täuschte erneut, fing den Schlag blitzschnel ab, ließ ihn von der Seite her auf Ronin zufliegen, und rammte im gleichen Augenblick seine Faust in Ronins Kehle. Sein Knie kam hoch und krachte in Ronins Magen. Ronin taumelte gegen die Steuerbord-Längsplanke, sein Atem war verloren, seine Augen tränten. Er würgte, zwang seine Lungen, ihre Arbeit zu tun. Freidals gesundes Auge glühte auf. Wieder schlug er zu. Seine Fäuste krachten gegen Ronins Schädel. Er sank in die Knie.

Freidal sah auf ihn hinunter. Wölfisch grinsend beugte er sich vor und hob Ronins Schwert auf. Beinahe liebevoll prüfte er dessen Gewicht, schätzte die Ausgewogenheit. Ronins Kopf kam hoch, und der Saardin schlug ihm mit dem Handrücken ins Gesicht.

Jetzt hielt er Ronins Schwert mit beiden Händen. Langsam hob er es hoch über seinen Kopf. Es glänzte auf seiner gesamten Länge, ein aufglühender Blitz, der irrsinnig schnell auf ihn herunterfuhr.

Ronin versuchte, sich zu konzentrieren. Aber alles, was er sehen konnte, war eine dunkle Form, die über ihm aufragte, ein Streifen weißen Lichts, der in seinen Augen schmerzte. Die Farbe verschwand aus der Welt: zwei vielgestaltige Wesen, zwei Scherben bitteren schwarzen Willens, durch einen schlagenden weißen Strich miteinander verbunden.

Seine Finger wie Lanzen, steif wie Stahl im Makkon-Handschuh, sein Körper bereits in Bewegung, instinktiv, ohne bewußtes Dazutun, als etwas dunkel in ihm aufbrüllte, auf einem reißenden Sturmwind voller tierischer Geräusche widerhallend. Strahlend und ungebeten schüttelte der Hirsch sein stattliches, prächtiges Geweih, fürchterlich atavistisch...

Eine Lichtung im Kiefernwald...

Etwas verschmolz in ihm. Die Bewegung war blitzschnell. Die Klinge raste auf ihn herunter. Seine nach oben fahrenden, gespreizten Finger! Freidals grausames, hämisches, schreckliches Gesicht, im Vertrauen auf den Sieg verzerrt. Hinauf. Und hinab. Die Waffen in einem ›X‹-Muster gekreuzt. Die anfängliche Überraschung des Saardin, als sich die Finger in seine Augen bohrten. Schwarz und weiß, weiß und schwarz. Das Pfeifen der machtlosen Schwertklinge, ein sterbendes Insekt dicht neben seinem Ohr.

Freidal schrie! Ein abscheulicher, zitternder Ton voller Schmerz und Furcht. Sein Kopf fuhr zurück, suchte instinktiv Erleichterung. Aber die furchtbare Waffe fraß sich weiter voran, unerbittlich wie Metall, die fremde Haut war ein Feind menschlichen Fleisches. Pfählte ihn. Dann krümmten sich die Finger, rissen an dem weichen Gewebe, gruben mit gewaltiger Kraft, und mit einer herkulischen Bewegung brachen sie durch Wangenknochen und Fleisch, zerfetzten das Gesicht des Saardin.

Wieder gellten die fürchterlichen Schreie, wie feurige Wogen, eine Umhüllung aus Qual, ein heißes Grab, das vom letzten wuchtigen Schlag mit dem Handschuh geschlossen wurde...

Freidals Schädel wurde zerschmettert. Zähne spritzten davon. Der Körper sackte haltlos zusammen.

Nie war der Tod so befriedigend gewesen

Der Schlachtlärm kehrte allmählich an Ronins Gehör zurück. Moichi rief seinen Namen. Er drehte den Kopf, sah den Steuermann von gefiederten Kriegern bedrängt, die ihn daran zu hindern suchten, weitere Taue zu kappen. Er riß sein Schwert an sich, warf dem toten Saardin einen letzten Blick zu und hetzte los. Mit einer Wahnsinnskraft rammte er seine Klinge in den Leib des ihm am nächsten befindlichen Gegners. Den nächsten Kerl enthauptete er. Er kämpfte sich seinen Weg zu seinem Steuermann frei.

Sekunden später kämpften die beiden Männer Rücken an Rücken. Die anstürmende Flut der Feinde schien kein Ende nehmen zu wollen. Irgendwann hatten sie sich einen Freiraum geschaffen, groß genug, daß sie sich wieder den Tauen zuwenden konnten. Fieberhaft schlugen sie Leine um Leine los. Sirrend sprangen sie auseinander. Die Matrosen an Bord der Obsidian-Schiffe zogen bereits kräftig daran, um die Schiffe Reling an Reling zu bekommen.

Moeru hatte das Achterdeck vom Feind gesäubert und näherte sich ihnen nun. Sie kam über den hinteren Niedergang, und zahlreiche Matrosen folgten ihr. Dann enterten sie das Deck des ersten Obsidian-Schiffes!

Und die gefiederten Krieger griffen erneut an. Ronin verließ Moichi, wandte sich um und begegnete der Attacke, sein Schwert ein heller, blutiger Bogen, der eine rote, heiße Ernte aus Fleisch und Knochen einholte.

Plötzlich verspürte er das Zittern des Decks. Die *Kioku* bäumte sich auf. Weitere Enterhaken wirbelten über die Steuerbord-Längsplanke. Er schaute auf, das Deck schwankte heftig, der Himmel war von harmlosen, flauschigen Wolken erfüllt, die vom unbeständigen Wind dahingetrieben wurden. Malven- und goldfarben breitete sich die Welt auf den Sonnenuntergang vor. Der Ozean unter ihnen wogte und schäumte, als würde er vom Sturm gepeitscht.

Höher und höher warf die Dünung das Schiff empor, bis die Leinen, die die *Kioku* an die Obsidian-Schiffe fesselten, mit einem hellen Ratschen zersprangen. Wie ein großer, wilder Hengst hob sich der Bug der *Kioku* hoch über die Wellentäler.

Frei!

Ronin klammerte sich an die Steuerbord-Längsplanke und riskierte einen Blick übers Deck. Ringsum tobten die Wellen, schwarz und glänzend, bucklig, aufgewühlt, aufgebläht, als huldigten sie einem plötzlich aufgetauchten Fabelwesen von unermeßlicher Größe. Die Tiefe war lebendig vor Bewegung und Kraft.

Die *Kioku* ruckte nach vorn, glitt in die unausweichliche Flut einer weiteren Welle, die gewaltig vor ihnen aufwogte, eines der Obsidian-Schiffe zum Kentern brachte. Mit einem ungeheuren Donnern verschwand es unter dem brutalen Brecher. Weiter, immer weiter wurde die *Kioku* von der aufgewühlten Dünung davongeschleudert, und schließlich blickte sich Ronin auf dem Schiff um.

»Moichi!« rief er. »Moeru... ist sie immer noch auf dem Obsidian-Schiff?«

Die Schlacht an Bord der *Kioku* war nahezu beendet. Moichi kämpfte gegen den letzten grimmigen Stoß. Dann drehte er sich zu Ronin um und wischte sich den Schweiß aus den Augenbrauen. Blut klebte auf seinem Gesicht und auf der Brust.

»Dort sah ich sie das letzte Mal«, antwortete er endlich. »Sie führte eine Anzahl Männer...«

Ronin stürmte an der Reling entlang, übersprang die überall verstreut liegenden Leichname und Verwundeten, schrie auf reingeistiger Ebene nach ihr, stieß noch immer kämpfende Männer und Alptraumkrieger beiseite, achtete weder auf Freund noch auf Feind. Bis er schließlich sicher war, daß sie nicht an Bord war. Die plötzlich einsetzende Stille hallte in seinen Ohren wider.

Er kehrte zu Moichi zurück, der nach den Männern rief.

»Wir müssen die Kioku wenden!« brüllte er. »Sie ist noch auf einem der Feindschiffe!«

Moichi drehte sich um, seine nußbraunen Augen waren ernst und lauernd gleichermaßen.

»Was immer uns von den Obsidian-Schiffen getrennt hat – es hat uns das Leben gerettet, Kapitän! – Sieh es dir selbst an: wir können nicht beidrehen.«

Die quadratischen Segel mit dem wild grinsenden Vogelwappen wurden achtern rasch kleiner. »Weder Gezeiten noch Wind geleiten momentan die *Kioku*. Eine Kraft aus der Tiefe ist es, die uns treibt, und so müssen wir den Tatsachen ins Augen sehen... Du bist kein Kapitän mehr, ich kein Steuermann.«

»Moichi!«

»Mein Freund –« Eine große Hand legte sich auf seine Schulter. »Gebrauche deine Augen. Denke mit deinem Kopf, nicht mit deinem Herzen. Wir sind machtlos!«

Lebendig oder tot, in der Flutwelle ertrunken, gefangen von den gefiederten Kriegern – es gab keine Möglichkeit, Gewißheit zu bekommen.

Moichis Stimme drang in seine Gedanken. »Über Bord mit ihnen, Jungs! Schmeißt sie alle ins Meer! Säubert die Decks von diesem Schlamassel!«

Ronin wischte seine blutige Klinge sauber und rammte sie sodann in die Scheide. Vorsichtig ging er über das Deck und stieg zum hohen Achterdeck hinauf. Seine Hand ergriff die Heck-Längsplanke, seine Muskeln spannten sich an, hart wie Stein, und er beobachtete das Meer, das schäumte und spritzte und vom Meeresleuchten erhellt wurde. Er hörte das schwere Platschen hinter sich, als die *Kioku* von den Toten erleichtert wurde, ohne hinzusehen, sah er die toten Körper durch die Luft wirbeln und im geifernden Wasser versinken.

Sie waren weit entfernt, diese bedrohlichen Obsidian-Schiffe, und ganz plötzlich schien es ihm, als würde das Licht der untergehenden Sonne schwächer, obwohl keine Wolke vor ihr orangefarbenes Antlitz geglitten war, und als er angestrengt lauschte, glaubte er, ein eigenartiges hohes Wehklagen hören zu können, unbeständig, fern, dünn, sich rasch weiter entfernend... Und überhaupt: Was bedeutete sie ihm überhaupt?

»Kapitän!«

Moichi rief ihn, und er drehte sich um und eilte den Niedergang hinunter. Die Verletzten mußten jetzt versorgt werden.

Einige von euch sind jetzt gerächt. Freidals Tod wird dich nicht wieder lebendig machen, Stahlig. Er wird deine Reise nicht verkürzen, Borros. Aber –

Er wandte sich vom silbernen und blaugrünen Antlitz der See ab, um in Moichis falkenhaft verkniffenes Gesicht zu sehen. Wieder fühlte er den Druck der großen Hand auf seiner Schulter, wieder spürte er ihre Wärme.

– Ich darf mich keiner Täuschung hingeben. Es war meine Rache... Eine persönliche Rache.

Der große Mann entfernte sich für einen Augenblick.

Trotzdem... Vielleicht bedeutet es ihnen immer noch etwas. Nun, lebt wohl, meine Freunde.

Seine Rache jedoch war noch lange nicht vollendet. Der Haß brannte weiter in ihm, wie ein tobendes Feuer. Er würde nicht gestillt sein, bevor er dem Salamander gegenüberstand. Denn das bleiche, vollendet schöne Gesicht seiner Schwester K'reen, von seiner unwissenden Hand getötet, verfolgte ihn noch immer, und nur das Bildnis seines einstigen Lehrmeisters würde die Qual lindern, die er angesichts der teuflischen Falle verspürte, die ihm der gerissene Jäger damals gestellt – und in die er ahnungslos hineingetappt war.

Irgendwann würde der Salamander die letzte, große Rechnung bezahlen müssen.

Die Decks waren gesäubert worden. Mehr als die Hälfte seiner Leute war in der Schlacht gefallen. Von den gefiederten Kriegern waren jedoch, wie Moichi nüchtern feststellte, nahezu doppelt soviel über Bord geworfen worden.

Bald darauf kam ein steifer Rückenwind aus östlicher Richtung auf. Anfangs hatten sie davor abzudrehen versucht, doch nicht einmal das Einholen der Bramsegel hatte sie verlangsamen können, so daß Moichi schließlich schulterzukkend zu Ronin sagte: »Wir müssen geduldig sein und durchhalten. Gegen die Elemente können wir nicht kämpfen.« Und Ronin, der schon vor langer Zeit gelernt hatte, sich jenen Kräften zu beugen, die er nicht kontrollieren und verstehen konnte, stimmte ihm zögernd zu.

Eine Zeitlang stand er reglos an der Reling, und der salzige

Wind bauschte den fleckigen Seeumhang und ließ ihn um seinen Körper flattern. Stumm rief er nach ihr. Dann hatte er seinen Verstand sämtlicher Gedanken entleert, ein wartendes Behältnis für eine ungewöhnliche Kommunikation.

Stille. Tief und beharrlich.

Der Tod war Teil seines Lebens geworden. Jene, die ihm am nächsten standen, waren ihm entrissen worden. Trotzdem fand er es so schwer, sich mit Moerus Ende abzufinden. Ihr Duft, ihre Stimme in seinem Verstand – beides weigerte sich, zu verschwinden oder wenigstens zu verwischen. Gleichwohl wußte er, daß sie inmitten der Krieger der Obsidian-Schiffe unmöglich überleben konnte. Die Gefiederten hatten kein Interesse daran gezeigt, Gefangene zu machen. Tod – das war ihr einziges Angriffsziel.

Endlich wandte er sich von der Achterreling ab.

Das Beste wäre, wenn sie das Meer verschlungen hätte.

Die Tage und Nächte vergingen – je nach seiner Stimmung – schnell oder langsam. Er verschmähte seine Kajüte, um die Decks im warmen Sternenlicht abzuschreiten, während seine Männer auf dem stinkenden Vordeck wach lagen und dem schweren Schritt seiner Stiefel lauschten.

Manche Tage schlief er im Windschatten des Besanmastes, und Schatten und Sonnenlicht drehten sich langsam um ihn herum. Dann wieder wachte er, unfähig, einzuschlafen, schärfte sorgfältig die doppelschneidige Klinge seines Schwertes oder stieg in die Wanten, um stundenlang auf den fernen Horizont zu starren. Er trank wenig, und noch weniger aß er, und er weigerte sich, Moichi zuzuhören, der sein Bestes tat, um ihn in eine Unterhaltung zu verwickeln.

Allmählich wurden die Gewässer grüner, und kurz nach Sonnenuntergang leuchteten sie regelrecht. Die Macht der Sonne nahm zu, die Nächte wurden wärmer und fast so feucht wie die Tageslichtstunden.

Sie sahen fliegende Fische, silbern, kleine, geschmeidige Akrobaten des Meeres, die am Schiffsbug entlangstießen oder ganz einfach neben ihnen her eilten. Ein gutes Zeichen, wie Moichi meinte. Ronin ignorierte ihn und war tief in seine geheimnisvollen Gedanken versunken.

Sieben Tage, nachdem sie die fliegenden Fische zum ersten Mal gesichtet hatten, erspähten sie Steuerbord eine Wassersäule, eine knappe halbe Meile voraus. Ein massiger schwarzer Körper hob sich schwer und anmutig gleichermaßen aus den Wellen empor, eine lebende, glitzernde Brücke. Gewaltige blauschwarze Schwanzflossen winkten lange Augenblicke in der Luft; Zeit und Schwerkraft schienen aufgehoben. Dann schlug die See in silbernen Gischtfontänen wieder über der Wesenheit zusammen. Wie ein Spuk verschwand sie in der Tiefe.

Später an diesem Tag sichteten sie einen Vogel, den ersten seit jenem Morgen vor mehr als neunzig Tagen, da sie den Hafen von Khiyan am Weststrand des Menschenkontinents verlassen hatten. Es war eine Möwe, recht groß, ihre Schwingen purpurgrau und weiß gemustert. Zweimal kreiste sie um die Bramsegel des Hauptmastes, dann drehte sie ab und flog nach Osten davon.

Moichi rief nach dem Rudergänger und gab Anweisung, den Kurs dem Flug der Möwe anzugleichen.

Es geschah in den Tiefen einer Nacht, die voller massiger, schwarzer, wild über dem Himmel jagender Wolken war. Der Mond, Zentrum des riesigen, gestirnten Himmels, war dahinter verborgen. Der Ausguck war blind. Ronin wurde von Moichi darauf aufmerksam gemacht. Und dieser wiederum hatte es allein seiner guten Nase zu verdanken.

Später dann konnten die wenigen Männer, die sich noch an Deck aufhielten, die schmerzhaft lauten, kreischenden Schreie der Möwen vernehmen, wie sie über unsichtbaren Klippen kreisten.

Land!

Ronin stand neben Moichi in Dunkelheit und Hitze.

»Ama-no-mori?« Die ersten Worte, die er seit Tagen geäußert hatte.

»Wir sind auf dem richtigen Kurs gesegelt, Kapitän. So es

nötig war, habe ich versucht, so gut wie möglich zu improvisieren, aber –« Er wies mit einem Schulterzucken in die Nacht.

»Trotzdem gibt es Zweifel.«

»Wir haben eine Insel vor uns, die nicht auf der Karte verzeichnet ist. Ama-no-mori ist eine solche Insel.«

»Das klingt kaum logisch.«

Wieder hob sich die massige Schulter, um gleich darauf wieder zu fallen.

»Das, mein Freund, ist leider alles, was uns geblieben ist.«

Er gab Befehl, beizudrehen.

Beim ersten Licht des neuen Tages, der das flache Meer rosarot färbte, liefen sie ein. Sämtliche Toppsegel waren gerefft.

Eine bucklige Scheibe Land lag vor ihnen, smaragdgrün schimmernd, offenbar nur Dschungel, dicht und ineinander verworren. Große blaue Felsen ragten von einer ansonsten kahlen Landzunge direkt Steuerbord auf. Möwen umflatterten sie laut kreischend. Unmittelbar voraus erstreckte sich ein breiter Strand nach Steuerbord.

Ronin starrte voller Faszination hinüber. Konnte diese üppige grüne Landsichel, die sich da aus den Tiefen des Ozeans erhob, tatsächlich Ama-no-mori sein, die Heimat der sagenhaften Bujun? War seine Reise endlich beendet?

Moichi brüllte Befehle. Männer eilten die Wanten hoch. Das erste Loten war ausgerufen.

Die See war gesprenkelt: mal graugrün, mal blauweiß, und vielleicht war dies der Grund, weshalb der Ausguck keinen Alarm gab. Jedenfalls konnte das Schiff nicht mehr beigedreht werden; vielleicht war es von einer Strömung erfaßt worden. Plötzlich hörten sie das Tosen der Brecher gefährlich nahe, und Moichi schrie dem Rudergänger zu: »Hart nach Backbord!«

Es war gleichgültig. Der Rudergänger zerrte am Steuerruder, aber die *Kioku* gehorchte einem mächtigeren Lehnsherrn und schoß geradeaus. Ronin sah Moichi auf den Rudergänger zurennen, um ihm beizustehen, aber es war viel zu spät.

Einen Augenblick später raste die Kioku mit einer irrwitzigen Geschwindigkeit gegen das bizarre, gezackte Korallenriff, das kaum einen Faden tief unter der schäumenden Wellenfläche lauerte. Schmerzerfüllt, wie ein Tier, bäumte sie sich auf, als die lebende Masse ihren Kiel wegriß und den Rumpf spaltete. Holz zersplitterte. Gefährliche Fragmente wirbelten durch die Luft, bohrten sich in schreiende, hin und her eilende Männer. Dann kam die Explosion. Die unruhige See verschlang sie. Kopfüber wurden die Männer auf den geborstenen Grat des Riffs geschleudert, ihre Leiber vom harten Aufprall auf das natürliche Bollwerk in Fetzen gerissen.

Ronin stürzte in tieferes Wasser. Er versank. Entspannte seinen Körper, zwang sich trotz des gellenden Aufschreis seines Gehirns, schlaff zu sein. Ringsum waren zuckende, um sich schlagende Klumpen, dunkel, zerrissen, von aufgewühlten Blasen umgeben, er aber zwang seine Augen zu sehen, wachsam zu sein, den Trümmern auszuweichen, die ihn durch ihr Gewicht auf den Meeresgrund drücken konnten. Und voller Grauen erwartete er, die stachelige Koralle zu sehen, die ihm bei lebendigem Leib die Haut abziehen konnte.

Er hatte genügend Luft in den Lungen. Tief tauchte er hinunter. Unter das furchtbare Getümmel.

Eine blaue Unendlichkeit, gesprenkelt, umherwirbelnd; jede Perspektive verschwunden. Es wurde ruhig. Er konzentrierte sich auf das Gefühl der Gezeitenströmung an seinem Körper. Irgendwo mußte es eine Lücke in der Barriere geben. Diese Strömung konnte ihn dorthin geleiten. Er wußte, daß er gegen die See nicht kämpfen konnte. Er ließ sich von ihr treiben.

Luftblasen quollen aus seinem Mund. Seine Lungen begannen zu schmerzen. Er sehnte sich danach, sein schweres Schwert vom Gürtel zu lösen, wegzuwerfen, aber er hütete sich, dies zu tun. Das Blau wurde dichter, da die Helligkeit mit einer anderen Strömung davontrieb, und Schatten, durch die Linse des Wassers zu gigantischen Proportionen vergrößert, spielten über seinem geschmeidigen Körper.

Plötzlich zeichnete sich vor ihm das düstere Rot des Korallenriffs ab und versperrte ihm den Weg.

Und noch immer schwamm Ronin mit der Strömung und fühlte ihren fiebrigen Mund an sich saugen. Seine Lungen brannten, seine Kehle schnürte sich zusammen. Er kämpfte den Drang nieder, den Mund zu öffnen, nach Luft zu schnappen. Es gab keine Luft. Nicht hier unten. Aber jetzt fühlte er, daß die Strömung schneller wurde, kraftvoller, er wurde herumgewirbelt, und dann vorwärts gepeitscht. Völlige Dunkelheit. Die Luft in seinen Lungen verbraucht! Er stöhnte innerlich, seine Augen quollen hervor. Immer schneller. Seine Lippen zogen sich von den zusammengebissenen Zähnen zurück.

Schimmerndes Grün erblühte vor ihm, über ihm. Weit entfernt. So weit. Es verwischte, pulsierte mit der Flut, mit der letzten Unze seiner Energie schlug er mit seinen Armen aus, trat mit seinen Beinen, hinauf, bis er die spiegelnde Wasserfläche durchbrach und in Sonnenlicht und süße Luft stieg.

Er keuchte und würgte. In seinen Ohren dröhnte es. Er schluckte. Eine Welle spülte über ihn hinweg.

Er überschlug sich, wurde davongewirbelt.

Wieder kam er unter Wasser. Er kämpfte sich empor. Der Sauerstoff zirkulierte in seinem Körper. Wieder durchbrach Ronin die Haut der See, er hörte das Donnern der Brandung, spürte das Beben wilder Brecher. Er hielt sich aufrecht, wartete ab, dann warf er sich auf einen dahinrollenden Wellenkamm, ritt darauf, ließ ihn das Gewicht seines Körpers tragen, ließ ihn seine Arbeit tun.

Und die Brandung rollte endlos landwärts, ein Geräuschchaos, wie bei der Geburt einer Welt: eine wilde, rasende Explosion, die ihn umwarf, herumwirbelte, an ihm zerrte und zog.

Und von dieser trächtigen, zeitlosen Salzflut getragen, während die rote Sonne hinter ihm emporstieg, erschöpft und ausgehungert, wurde er auf den rosafarbenen Sand dieses fremden Strandes geschleudert, ein geschmeidiges und bewußtloses Stück Treibgut...

II
Herz aus Stein

Den ganzen warmen Morgen lang lag er da wie tot, der letzte Saum der Flut umspülte ihn mit schaumiger Brandung. Seetang reihte sich über seinen breiten Rücken, hüllte ihn in tiefes Grün, bedeckte die Narben einer weiteren Schlacht. Fliegen summten über ihm. Der spöttische Ruf herabstoßender Möwen und Kormorane.

Dann das Platschen von Stiefeln im nassen Sand, schräg durch die Brandung schneidend. Grausame Laute. Es störte die natürliche Symmetrie der Szene. Ein Schatten fiel über die reglose Gestalt. Einen Augenblick lang war es ganz still. Dann bückte sich der Schatten, und eine Hand zupfte den trocknenden Seetang von seinem Rücken.

Sie saßen mit gekreuzten Beinen auf der weiten Fläche des rosafarbenen Strandes, oberhalb des weiten Bandes von Treibgut, das die Flutlinie markierte, und ließen sich trocknen. Eine sanfte Brise wehte den Gestank faulenden Fisches zu ihnen heran, und sie sahen linker Hand, auf dem weiten Boden des Strandes, das blaugrüne Pulsieren eines Fliegenschwarms, schillernd, scheinbar mit Panzerschalen versehen, im Sonnenlicht blitzend – so stieg er von den Überresten eines kleinen, von der Flut an Land geworfenen Fisches auf, nur um sich einen Herzschlag später wieder hinunterzusenken. Die rhythmische Bewegung schien das Etwas wieder zu gräßlichem Leben zu erwecken.

»Ich hatte Glück«, sagte Moichi soeben. »Das Achterdeck wirkte wie ein Katapult. Ich wurde über das Riff hinweg in das relativ klare Wasser der Lagune hier geschleudert.« Er starrte zu dem verborgenen Riff hinaus. »Diese verfluchte Koralle! Wie ich mir wünsche, du wärst größer geworden!«

»Und die anderen?« fragte Ronin.

Moichi ließ den heißen Sand zwischen seinen Fingern hindurchrieseln. »Es gibt keine anderen mehr. Kapitän«, sagte er dann düster.

Es war wie ein üppiger, grüner Teppich, naß, feucht, nach Lehm und Mineralien und natürlichem Verfall riechend, ein scharfer Kontrast zu der salzigen Trockenheit, die über der ausladenden Landsichel hinter ihnen gehangen hatte.

Sie arbeiteten sich in den Dschungel hinein. Eine dampfende, kühle Welt umgab sie, eine Welt, wie Ronin sie noch nie zuvor gesehen hatte. Visionen in der Jade-Kathedrale... Ein riesiges Wandgemälde. Blätter. Ranken. Zweige. Dicke, graue Baumstämme machten hoch aufschießenden, schlanken Schäften Platz, dunkelbraunen Bäumen, dick und knorrig, mit Moosteppichen bewachsen. Grünes Sonnenlicht, ein staubiges, gestreiftes schräg einfallendes Licht, kroch behutsam zu Boden, jedoch ohne Erfolg. Schatten huschten hoch oben umher. Farbflecken blitzten auf.

Moichi hatte mehrere ovale Früchte gesammelt. Groß und grün und glänzend waren sie, ihre Schalen faserig und relativ weich; mit dem Dolch konnte man sie mühelos öffnen. Eine runde, behaarte Kugel, braun, an jedem Pol mit drei Punkten bewachsen, kam zum Vorschein. Moichi reichte ihm eine, zeigte ihm, wie man zwei der Punkte durchbohrte. Die Milch war dünn und süß, und als er die Schale knackte, stellte er fest, daß das weiße, kräftige Fleisch süß und köstlich schmeckte.

Sie marschierten exakt nach Westen, direkt zum hügeligen Herzen der Insel. Durch das dichte Unterholz, Farne, wilde, ineinander verfilzte Blumen, riesig und voller ungeheurer Insekten, vorbei an mächtigen, pilzbewachsenen Felsbrocken, über ungeheuerliche Luftwurzeln, bahnten sie sich ihren Weg. Gefallene Baumriesen sahen sie, und es kam Ronin vor, als müßten diese blättrigen Riesen während der ersten katastrophalen Umwälzungen der Welt geboren worden sein, damals, als das dampfende Land die aufgewühlte Oberfläche der Meere durchbrach, die kochenden Gezeiten langsam ihre unbarmherzige Herrschaft über den gesamten Planeten aufgaben.

Blätter in Scharlach und Safran, Smaragd und Saphir, Türkis und Korallenrot schwebten über ihnen in der vielterrassigen Welt des Dschungels, die Rufe und das Geflatter überschwenglich gefiederter Vögel war ein ständiger Hintergrund ihres langsamen Fortkommens.

Oft hörten sie das tiefe Knurren und schnüffelnde Brummen größerer Raubtiere, aber sie blieben auf sicherer Distanz und hinter dem wirren Gestrüpp verborgen. Moorhühner, Wachteln, Fasanen und Kaninchen gab es in Fülle; Nahrungsprobleme waren also nicht absehbar.

Die Zeit entglitt ihnen, raste durch einen steil abwärts führenden Tunnel davon, ein fernes, unnatürliches Konzept, als der ungeheuere Wirrwarr des Jadedschungels mit seiner fast unnatürlichen Gegenwart nach ihnen griff, in ihren Verstand und Körper sickerte, bis jede andere Typologie, die sie dereinst gekannt hatten, zu unwahrscheinlichen Fieberfantasien geworden war.

Dort, wo der Boden weich und sumpfig war, fielen die braunen und schwarzen Blutegel über sie her, keilförmige, furchtbare Wesen, die sich zäh an ihrem Fleisch festsaugten. Sie rissen sie weg, schleuderten sie davon. Ein unbarmherziger Kampf.

Irgendwann stieg das Land an. Eine gewundene Hügelkette schloß sich an. Die Bäume schienen ein wenig spärlicher zu gedeihen, gezackte, vulkanische Felsbrocken übersäten die Erde.

Die Erschöpfung griff nach ihnen. Unter der üppigen Fülle eines turmhohen Baumriesen hielten sie an, pflückten Früchte von seinen Zweigen und kauerten sich schließlich gegen den borkigen Stamm. Vor ihnen krabbelten große weiße Termiten umher. Dann erhoben sie sich wieder, und waren doch vom unendlich lebhaften, allgegenwärtigen Dschungel zur Bedeutungslosigkeit verkleinert.

Die Nacht brach herein. Häßlich quiekende Fledermäuse stießen herunter und woben ein braunes Gitterwerk durch die Freiräume hoch über ihnen. Die Gefährten entzündeten ein kleines, rauchloses Feuer und brieten frische Fleischstücke. Vorhin hatten sie zwei Kaninchen erlegt, ausgenommen und enthäutet.

Der Dschungel hüllte sie ein. Es gab keine anderen Abstufungen mehr als Tag und Nacht. Die Stunden verloren sich im Meer der Zeit, denn die Gefährten konnten weder die Sonne noch den Mond durch das hohe Gewölbe der Baumkronen erblicken. So lernten sie, den Fortgang des Tages nach den Tierarten einzuschätzen, die um sie her jagten und flohen, denn eine jede hatte ihre eigene Zeit.

»Der erste Maat«, sagte Moichi eines Abends über die prasselnden Flammen des kleinen Lagerfeuers hinweg. »Er war dir bekannt, Kapitän.«

»Ja. Ein alter Feind«, erwiderte Ronin. »Er hat viele meiner Freunde vernichtet – in meiner Heimat.« Als er aufblickte, sah er die Knopfaugen der Fledermäuse, die vom unbeständigen Feuerschein beleuchtet wurden. Ledrige Schwingen entfalteten sich wie die Segel der Verdammten.

»Du stammst aus dem Norden, eh?« Moichi warf einen kleinen Knochen in das unruhige Schwarz, das sich außerhalb des Lichtkreises manifestiert hatte. »Ein äußerst hartnäckiger Bursche.« Er schüttelte seinen Kopf.

»Du hattest recht.« Er lachte kurz und gequält auf. »Er hat in der Tat zuviel Zeit vor dem Masten verbracht.«

»Ah, wir haben alle unsere bösen Geheimnisse, mein Freund.« Moichi brach die Schale einer purpurnen Frucht auf. Saft tropfte in seinen Bart. Dann sagte er: »Wie du deine Heimat haßt.«

Ronin legte seine Hände über die angezogenen Knie. »Die Heimat... das ist ein böser Ort, Moichi. Aber jetzt gehört das der Vergangenheit an.«

Der Steuermann musterte Ronin eindringlich. »Meine bisherige Erfahrung lehrt mich, daß es nie wirklich vorbei ist. Die Heimat hat einen eigenartigen Einfluß auf uns alle.«

»Nur auf jene, die schwach genug sind, zurückkehren zu wollen, denke ich.«

Moichi zuckte mit den Schultern.

»Vielleicht.« Er zwirbelte den Stiel der Frucht zwischen Daumen und Zeigefinger, während er mit einem Fingernagel über seine Zähne kratzte. »Aber es mag wohl stimmen, daß im Augenblick unserer Geburt mächtige Kräfte in Bewegung geraten... Gerade wegen unserer Geburt. Allerdings sind sie nicht gut genug umgrenzt, so daß sie nicht nur auf uns einwirken... Sie berühren auch jene, die um uns sind.« Er spuckte einen Hautfetzen aus. »Ich meine, nicht nur körperlich nahe.«

Ronins Augen waren halb geschlossen, und Moichi konnte nicht einmal sicher sein, ob er ihm zugehört hatte. Die Gefährten schwiegen.

Hoch über ihnen bebte die feuchte Luft vom Flattern zahlloser Schwingen.

Spät am nächsten Tag, als sie über zahllose steife, graue, knorrige Wurzeln kletterten, die sich wie Miniaturbrücken vom fruchtbaren, lehmigen Dschungelboden emporreckten, blieb Moichi unvermittelt stehen. Er erstarrte zur Bewegungslosigkeit. Kein Laut kam über seine Lippen. Ronin war bereits im Begriff, ihn anzusprechen, als er die Bewegung bemerkte... Schlängelnd und glitzernd... Zu Füßen des großen Mannes. Dann aufsteigend, über seine Knöchel, dann höher, zu den Schäften... Es war eine Schlange! Glänzend, schillernd, ockerfarben. Ihr flacher, keilförmiger Schädel pendelte suchend hin und her.

Bewegungslos standen sie, in zwei weitere Bäume des Dschungels verwandelt. Stumm und tödlich wand sich die Schlange an Moichi empor, über seinen Hintern, über die gefurchten Rückenmuskeln, schließlich um seinen linken Arm. Die gespaltene Zunge zuckte heraus, suchend, die Augen waren zwei scharf umrissene Obsidianpunkte.

Da schoß Moichis Hand vor, eine nebelhafte Bewegung, packte ihren Schädel, Daumen und Zeigefinger gruben sich zu beiden Seiten des Kiefers ins Fleisch, blockierten das Gelenk. Das häßliche Maul klaffte auf, lange Fangzähne, nadelscharf und mit Gift gefüllt, blitzten. Der Schlangenkörper wand sich zuckend, rollte sich auf und ab. Moichi brach ihr die Kiefer, dann sprach er – zum ersten Mal nach einer scheinbaren Ewigkeit.

»Schnell, besorge mir ein breites grünes Blatt, Kapitän!«

Moichi kniete nieder und legte den zerschmetterten Schädel auf das Blatt, das ihm Ronin gegeben hatte. Vorsichtig zückte er einen Dolch und schlitzte den Schädel vom Maul bis zum Anfang des noch zuckenden Körpers auf. Dann drückte er das freigelegte Fleisch mit zwei Fingerspitzen. Das Gift sickerte durch die hohlen Fangzähne, dunkelrot und dünn, so sammelte es sich auf dem Blatt.

Sodann warf Moichi die Schlange von sich, und ließ, nachdem er vom Stamm eines benachbarten Baumes einen Moosflecken besorgt hatte, das Gift darin versickern. Das durchtränkte Moos wickelte er in das Blatt. Dann erhob er sich.

»Da, mein Freund. Die Welt besteht nicht sehr oft aus Schwarz und Weiß – sondern mehr aus Grauschattierungen.« Er steckte das Päckchen hinter seine Schärpe, den Dolch rammte er in die Scheide zurück. »Hätte uns diese Bestie gebissen, so wären wir auf der Stelle getötet gewesen. Jetzt aber, da ihr Gift in einer organischen Substanz trocknet, wird es zu einem Gegengift für die anderen Gifte dieser Welt.«

»Woher weißt du das?« fragte Ronin später, als sie sich weiter voran kämpften.

»Du stammst aus dem Norden, Kapitän. Dort können Schlangen nicht leben. Ich aber komme aus dem Süden. Aus einem Land, das noch ferner ist als diese Insel.« Sie arbeiteten sich durch ein dichtes Farndickicht. »Ein Land, das, wie mir gesagt wurde, dereinst, vor vielen Jahrhunderten, Teil des Menschenkontinents war. Zu einer Zeit, da sich die Planetenschale neu ordnete, brach es ab.«

»Und wie bist du auf den Menschenkontinent gekommen? Sind die Männer deines Volkes Seeleute?«

»Die Iskaener?« Moichi lächelte. »Ah, nein, Kapitän. Der Tradition verkraftet sind wir Ackerbauern. Auch Fischer, und sehr geschickt, wenn es darum geht, in Ufernähe zu segeln.« Er bückte sich, um einem dicken, knorrigen, gebrochenen Ast auszuweichen, der vor Insekten nur so wimmelte. »Außerdem«, fuhr er schließlich fort, »außerdem sind meine Leute Krieger, eine Berufung, die ihnen umständehalber aufgezwungen wurde. Wir sind wilde Wüstenkämpfer, an Not und Entbehrungen gewöhnt, ein stolzes, einsames Volk, reich an alter Tradition. Unsere Geschichte, Kapitän, ist eine Geschichte der Sklaverei und schließlichen Selbsterkenntnis.«

»So ist dein Land wirklich weit vom Menschenkontinent entfernt.«

»Von Khiyan? O ja, sehr weit. Von der Ostküste des Kontinents aus ist es leichter zu erreichen. Und, in der Tat, es gibt einen Handelsweg von Sha'angh'sei aus. Kennst du diese Stadt?« Ronin lächelte.

»Ja. Ich hielt mich dort eine kleine Weile auf.«

»Ich wußte es!« lachte Moichi. »Beim Oruborus, in dieser Stadt werden wir uns einmal treffen und einander die Hände schütteln und sodann die Straßen unsicher machen, was meinst du, Kapitän? Da du in dieser großen, geheimnisvollen Stadt gelebt hast, mußt du wissen, daß es ein Ort ohnegleichen ist. Eine Stadt der Abenteuer und der Intrige.«

»Ich würde mich darauf freuen«, erwiderte Ronin. »Jetzt aber – erzähle mir mehr von deinem Land.«

»Ich habe einen Bruder in Iskael«, begann Moichi, wobei er auf einem Minzblatt kaute, das er gerade gepflückt hatte. »Er wurde nur ein paar Sekunden nach mir geboren, doch wir ähneln uns so wenig, daß sich mein Vater bereits gefragt hat, ob wir überhaupt Brüder sein können.«

»Jetzt übertreibst du.«

Moichi schüttelte seinen Kopf. »Mein Vater war ein frommer Mann, und sein Glaube in den Gott unserer Väter war unerschütterlich; seine Stärke der Eckstein unseres Lebens. Er vermutete, wie ich glaube, daß dieser Gott einen von uns beiden in den Schoß meiner Mutter pflanzte.«

»Aber warum?«

Moichis breite Schultern hoben sich. »Wer vermag das schon zu sagen? Mein Vater war ein unergründlicher Mann. Vielleicht sehnte er sich damals danach, den langerwarteten Propheten unseres Volkes in seiner eigenen Familie erscheinen zu sehen.« Er spuckte den dunklen Rest des gekauten Blattes aus, steckte ein anderes in den Mund und seufzte. »Doch genug davon.« Schweigend marschierten die Gefährten weiter.

Die Nacht senkte sich in einem Ausbruch weicher, malvenfarbener Farbtöne über sie, und noch bevor sich das tiefe, saftige Grün des Waldes in vollkommenes Schwarz verwandelt hatte, hatten sie ein prasselndes Feuer entzündet, über dem sie die beiden Kaninchen brieten, die sie während des Tages gefangen hatten.

Schon waren die ersten Nachtvögel zu hören, schwach nur, denn das Prasseln der Flammen, das ins Feuer triefende Fett beherrschte die Szenerie, und die Schreie dieser Vögel waren ungleich leiser als die ihrer tagsüber umherflatternden Gefährten. Insekten summten umher. Das Lied der Zikaden untermalte die intensiven Geräusche des Dschungels.

In der Ferne raschelten die Blätter. Hin und wieder gellte ein schriller Schrei, gefolgt von kehligem Knurren. Das geschmeidige Huschen großer Raubtiere. In der Nähe schrie eine Eule, und im reflektierenden Feuerschein sah Ronin, wie sich ihr breiter Schädel drehte.

Sie erwachten beim ersten Tageslicht. Es hatte zu regnen begonnen, wie beinahe jeden Tag. Schräg fielen die großen Tropfen in den Blätterbaldachin, wurden gefiltert, bis sie kaum mehr als ein schwerer Nebel waren, als sie auf dem Dschungelboden ankamen.

Moichi verstreute die weiße Asche ihres kalten Feuers, bis er ein Aschestück freilegte, das noch düster glomm. Mit einem kurzen Aufzischen erlosch es.

Sie verloren keine Zeit und brachen auf. Der Weg wand sich empor, wurde plötzlich holperig, uneben und mit weiten Fladen vulkanischen Gesteins beladen. Die Farnstauden wuchsen hier höher, große raschelnde Fächer, die sich unter dem Gewicht der Feuchtigkeit und der hin und her flitzenden Insekten bogen.

Wohin sie auch sahen, waren die Baumriesen mit Lianen

behängt, und an diesen natürlichen Verbindungen schwangen sich große braune Affen mit irrwitziger Geschwindigkeit. Aufgeregt schwatzend kommentierten sie die beiden menschlichen Eindringlinge. Weit hallten die Echos. Doch allmählich schien die Empörung der Dschungelwesen nachzulassen. Ihr Geplapper wurde leiser, verstummte jedoch nie. In sicheren Abständen folgten sie den Männern.

Kurz nach Mittag erreichten sie den Kamm jenes Hügels, den sie seit dem frühen Morgen hinaufgestiegen waren, und wieder einige Stunden später merkten sie, daß sich der Charakter der Dschungelvegetation endgültig geändert hatte.

Die Luft wurde schwerer, obwohl das Licht intensiver vorhanden schien, weniger feucht, und dann registrierten sie auch, daß sich das feine Säuseln, mit dem sie so lange gelebt hatten, geändert hatte.

Sie hasteten weiter, und dann, ganz ohne weitere Vorwarnung, erreichten sie die hohen Ufer eines breiten, schlammigen Flusses, dessen Wasser blaugrün, mit grauen Schlieren durchzogen war.

Linker Hand wurde ein schweres Platschen laut. Ein großer, schuppiger Körper schob sich ins Wasser. Das Abbild dieses Tieres blieb in Ronins Gedächtnis haften. Er fragte sich, warum, bis er ein weiteres dieser seltsamen Tiere sah. Krokodile! Bonneduce der Letzte hatte sie ihm beschrieben.

Sie traten aus dem Gewirr des Dschungels in die feuchte Luft hinaus und eilten zum Flußufer hinunter. Die Atmosphäre lebte vom Geruch des Lebens und des Verfalls.

Der Regen war versiegt, wenigstens für den Augenblick. Über ihnen wölbte sich ein weißer Himmel, und die Sonne, vom Dunst aufgebläht und auseinanderfasernd wirkend, brannte heiß und stechend auf sie herunter. Nach den vielen Tagen im Schatten des großen Waldes war die Hitze entsetzlich. Das Wasser schillerte und blendete. Sie schirmten ihre Augen ab, bis sie sich an den grellen Glanz gewöhnt hatten.

Dann kauerten sie sich am Ufer nieder und tranken vorsichtig aus der hohlen Hand. Ein plötzliches Kräuseln der Wasseroberfläche Richtung Flußmitte ließ sie zusammenfahren. Eine große Schnauze durchbrach die Wasserfläche. Ein Maul klaffte auf, zeigte gewaltige abgestumpfte Zahnreihen und ein schlammgestreiftes rosafarbenes Inneres. Schwarze Augen funkelten. Ein dumpfes Prusten wurde laut. Dann war der Schädel wieder verschwunden.

»Nicht daran zu denken, ans andere Ufer zu schwimmen, eh?« meinte Ronin lakonisch.

»Nein. Aber wir müssen irgendwie hinüberkommen.« Der große Mann drehte sich um, seine zimtfarbene Haut schimmerte wie poliertes Messing in der Hitze des Tageslichts. »An diesem Ufer stehen viele schlanke Bäume am Dschungelrand. Hast du jemals in deinem Leben ein Floß gebaut?«

Den größten Teil dieses Tages brachten sie damit zu, kleinere Stämme zu fällen und am Ufer nebeneinander auszubreiten. Dann sammelten sie genügend Lianen, die, wie Moichi vorhergesagt hatte, wesentlich widerstandsfähiger waren, als sie aussahen. Hin und wieder fiel es Ronin auf, daß er die terrassenförmig hochragenden Bäume am Rande des Dschungels mit aufmerksamen Blicken bedachte, aber dort waren nicht einmal Affen zu sehen. Vielleicht steckte ihnen eine gesunde Portion Angst vor den Flußtieren im Leib, oder, wahrscheinlicher: der Lärm und die Zerstörung, die die beiden Männer machten, interessierte sie ganz einfach nicht.

Der Abend brach an, und die beiden Gefährten arbeiteten noch immer. Bei Tagesanbruch, so hatten sie sich vorgenommen, mußte das Floß fertiggestellt sein.

Das gegenüberliegende Ufer war hoch, felsig. Weiter im Hinterland wucherte der Dschungel. Ronin sehnte sich danach, in den dampfenden Schutz der Vegetation zurückkehren zu können. Die Hitze war beinahe unerträglich.

Bevor sich die Dunkelheit vollends auf sie herunterneigte, war ihr Floß fertig, und nach einer letzten Überprüfung ließen sie es am Ufer zurück. Sie entzündeten ein Feuer und brieten Fisch und Wurzelknollen.

Bevor sie sich niederlegten, um zu schlafen, schlugen sie noch zwei schlanke Äste ab und härteten die Enden im Feuer.

»Vielleicht brauchen wir sie. Die Strömung...«, kommentierte Moichi knapp.

Bei Tagesanbruch verließen sie die Sicherheit des Ufers und schoben das Floß ins Wasser. Behutsam schaukelnd trieb es in die wirbelnde Strömung. Schlammiges Wasser spülte über die mit Lianen zusammengebundenen Stämme.

Insekten summten und sirrten in der erhitzten Luft. Wasserspinnen glitten über die glitzernde Wasseroberfläche, schwarze, molekulare Tänzer.

Zwei träge am Ufer lauernde Krokodile erwachten und setzten sich in Bewegung. Unbeholfen krochen sie ins Wasser, um dann blitzartig, mit einer unbeschreiblichen Geschmeidigkeit unterzutauchen. Sie glitten auf das Floß zu.

Ronin machte Moichi darauf aufmerksam. Der große Mann fluchte und begab sich nach achtern. Ronin zog seine Ruderstange aus dem Wasser und ließ sie auf das Floß fallen. Er zog seine Klinge.

Mit einem mächtigen Gurgeln und Brausen hob sich die lange, schuppenbesetzte Krokodilschnauze aus den Wassertiefen und klappte auf. Rasiermesserscharfe Zahnreihen wurden sichtbar.

»Du mußt dich allein um die Bestie kümmern!« stieß Moichi hervor.

Die großen Kiefer krachten zusammen. Zentimeter vom Rand des Floßes entfernt. Dann verschwand das Krokodil, und für Augenblicke schien das Wasser stillzustehen. Moichi stakte weiter Richtung Ufer.

Dann griff das Krokodil an. Die Schnauze fuhr empor... Ronin stieß einen wilden Schrei aus, glich die heftigen Schaukelbewegungen des Floßes aus und rammte seine Klinge in das linke Auge der Bestie. Der große Körper wurde von einem gewaltigen Ruck durchlaufen, zitterte, dann, rückwärts fallend, krachte er ins Wasser zurück. Der Schädel blieb am Rand des Floßes hängen. Blut pumpte aus der Wunde. Ronin schlug noch einmal zu und trennte den Schädel vom Rumpf.

In den Tiefen des Flusses begann es zu schäumen. Hektische Bewegungen waren auszumachen.

Der Körper des Krokodils verschwand.

Der lange, abgetrennte Schädel jedoch lag auf den nassen Stämmen und schien in elfenbeinerner Verwirrung zu grinsen.

Eine Liane hatten sie sich für das andere Ufer aufgehoben. Das Floß glitt auf einen weit über das Wasser hängenden Baum zu. Ronin steuerte gegen. Moichi schleuderte die Liane in das verschlungene Astwerk hinauf.

Ronin weigerte sich, seine Beute aufzugeben, nicht einmal der mühselige Aufstieg über die steile, felsige Fläche des Ufers zum hoch über ihnen wuchernden Dschungel ließ ihn seinen Entschluß ändern.

Als sie endlich wieder in den Jadeschatten eintauchten, forderte er Moichi auf, sich zu setzen. Er aber brach die Kiefer des Krokodilschädels auf. Dann machte er sich daran, die Zähne der Bestie zu ziehen. Er nahm seinen Dolch zu Hilfe.

Auf dieser Seite des Flusses war es stiller. Sie vermißten das freundliche Schwatzen der Affen und die schrillen Schreie der leuchtend gefiederten Vögel. Das eintönige Brummen der Insekten war zu hören und gelegentlich das Schlagen großer Flügel, doch diese Laute dienten lediglich dazu, den verwandelten Charakter des Dschungels zu unterstreichen. Sie fühlten sich wieder allein, irgendwie verlassen, so, als hätten sie den letzten Außenposten der Menschheit erreicht und stünden nun, nachdem sie eine abweisende Barriere durchschritten hatten, am Rande einer anderen Welt.

Dann hatte Ronin sämtliche Zähne des Krokodils eingesammelt. Den ausgeplünderten Schädel ließ er zurück. Wieder wandten sie sich nach Westen und drangen immer tiefer in das verborgene Innere der Insel vor.

Eine Zeitlang regnete es. Der Dschungel schien vom Gewicht der herunterklatschenden Tropfen zu brodeln. Dann, ganz kurz, ergoß sich ein Muster komplizierten goldenen Lichts warm und feucht wie Honig auf sie herunter.

Wieder regnete es. Beinahe hätte Ronin Moichis Knurren und sein geflüstertes: »Dort drüben!« überhört.

Direkt vor ihnen erhob sich ein behauener Stein-Obelisk.

Hoch ragte er vom Waldboden auf, olivfarben, annähernd so groß wie ein Mensch. Oben lief er spitz zu, auf den vier Seiten waren seltsame Bildzeichen eingemeißelt, menschliche Körperkonturen, Schädel mit gefiederten Kopfbedekkungen, im Profil, sitzend oder stehend. Die Gesichter waren klar gezeichnet: eine weit vorstehende Stirn, eine lange, gekrümmte Nase.

Ein sorgfältiges Schnitzwerk krönte den Obelisken auf allen vier Seiten.

Ein häßlich grinsender Schädel.

Am späten Nachmittag waren sie sicher.

Weder Ronin noch Moichi war ein erfahrener Waldläufer, aber sie hatten zwischenzeitlich viele Tage im Jademeer des Dschungels zugebracht, außerdem waren sie Krieger; sie konnten sich auf ihren Instinkt verlassen.

Sie hatten keine weiteren Obelisken gefunden, überhaupt keinen Gegenstand, der von Menschenhand geschaffen schien. Doch als der Tag auf stillen, schwankenden Füßen einherwankte, zweifelten sie nicht mehr daran, daß sie verfolgt wurden! Sie waren nicht mehr allein in diesem Dschungel!

Es war ein Gefühl...

Das dichte grüne Unterholz schien Wesenheiten zu verbergen, die parallel zu ihrem Weg marschierten.

Doch sie hielten nicht an. Unaufhaltsam schritten sie weiter, durch einen endlosen smaragdfarbenen Traum, heiß und klebrig, die dampfende Hitze schier greifbar, nahezu zähflüssig.

In der Nacht gab es nur wenig Erleichterung, die Hitze blieb bestehen, und die Gefährten schliefen unruhig, schreckten immer wieder aus ihren nervösen Träumen auf, während sie mit gekreuzten Beinen vor dem Feuer saßen. In dieser Nacht wagten sie nicht, sich niederzulegen. Ihre Herzen hämmerten. Von außerhalb des flackernden zitronengelben Lichtkreises waren gleitende Laute zu hören.

Ein- oder zweimal warf Ronin eine Handvoll Schilfrohr ins Feuer und entfernte sich in der auflodernden Helligkeit knapp hundert Schritte vom Lager. Eine Zeitlang sah er dennoch überhaupt nichts, dann, als er sich schon wieder zu Moichi umwandte, gewahrte er ganz am Rande seines Blickfeldes einen raschen Funken reflektierenden Lichts, und als er wieder herumfuhr, glaubte er das Pulsieren roter Augen zu sehen. Augen, die wie erhitzte Kohlestücke in der Nacht glühten.

Aber diese Eindrücke waren so kurz, daß er nicht sicher sein konnte, ob sie nicht doch bloß seiner Einbildung entsprungen waren.

An einem Tag, an dem es unablässig regnete, was die Welt ringsum zu einem düsteren Blaßgrün verwandelte, erstiegen die beiden Männer eine stark überwucherte Böschung – und dahinter ragten vier steinerne Klötze auf, annähernd dreimal so groß wie der Obelisk. Auch diese waren auf allen vier Seiten von der Spitze bis zum Boden behauen. Die Bildzeichen glichen denen des Obelisken.

Die Steine schienen eine Art Tor zu bilden.

Ronin und Moichi schritten hindurch. Der Regen prasselte auf sie herunter und schlug in ihre ungeschützten Gesichter. Die Sicht war äußerst schlecht. Sie waren gezwungen, vorsichtig weiterzugehen.

Einen halben Kilometer hinter den Stellen endete der Dschungel so abrupt, daß sie sich bereits auf dem gerodeten Land befanden, noch bevor sie es überhaupt gemerkt hatten.

Sie erstarrten. Fassungslos standen sie und starrten auf die unglaublich weite Fläche, die sich majestätisch vor ihnen erstreckte.

Der Regen war nahezu versiegt, und am Firmament über ihnen schien die Sonne in das unermeßliche Tal. Gewitterwolken trieben in der Ferne. Steinbauten von gewaltiger Größe schimmerten unter der Berührung der Lichtstrahlen, strahlend weiße, kompliziert angelegte Steinbauten, eine hoch aufragende, pyramidenförmige Stadt mit hohen, kurvenreichen steinernen Dämmen, gesäumt von niedrigen Steinmonumenten.

Die Gebäude waren reich geschmückt, gleichermaßen erschreckend fremdartig und hypnotisch vertraut – und dies traf ganz besonders auf jenes Bauwerk zu, das die gesamte Stadt beherrschte.

Es war eine ungeheuere Stufenpyramide im Zentrum der Stadt. Sie überragte sämtliche anderen Gebäude, bizarr und verlockend. Vierseitig erhob sie sich, große Mitteltreppen führten auf jeder Seite in die Höhe. Gigantische Stufen. Auf der flachen Spitze ruhte eine Steinplatte, ein grün- und schwarzgestreiftes Oval. Es sah aus wie ein Altar.

»Ama-no-mori?« flüsterte Moichi.

Ein Oval, dachte Ronin benommen.

Und er starrte auf die Stadt, ließ sie nicht mehr aus den Augen, während er den goldfarbenen Blätterschatten verließ, der die furchtbare steinerne Stadt wie einen Talisman umhüllte.

Eine Stadt, die wachsam vor ihnen kauerte.

Wartete.

»Sie scheint verlassen.«

»Doch ein Gefühl –«

»Ich weiß.«

»Wo mögen die Bewohner stecken?«

Wo er auch hinsah: die großen Steinstellen und Gebäudefassaden waren reich verziert mit fremdartigen Szenerien voller unzähliger Figuren. Menschen oder Götter? Vielleicht sogar beides? Hatten sie sich in dieser Stadt vermischt? Ronins Blick glitt über Verlassene, Geschlagene, über Erniedrigte, Geopferte, über Grimmige, Siegreiche, Gerächte... Hier waren sie alle versammelt, glorifiziert und erhöht in Stein, dreimal so groß wie ein Mensch.

Zu Beginn des zentralen, breiten und vollkommen flachen Steindamms kamen sie zwischen steinernen Katzenzwillingen hindurch, deren riesige Kiefer weit offen klafften, die mächtigen Schultermuskeln waren tief gefurcht, das mächtige Relief der massigen Brustkästen aufsteigend, wuchtig, drohend, die zum Sprung erhobenen Rümpfe unterstrichen diesen Eindruck.

Unmittelbar hinter diesen mammutartigen Steinwächtern erhoben sich zwei weitere Stellen zu beiden Seiten des Dammes, gewaltig, mit so hohen Reliefs und komplizierten Zeichen bedeckt, daß es unmöglich war, die Zahl ihrer Seiten zu zählen.

Sie schritten weiter.

Linker Hand erhob sich eine stufenförmig angelegte Plaza. Auf den Steinstufen glitzerten Wasserpfützen, traurige Überreste des Regens. Das Licht der untergehenden Sonne spiegelte darin.

Im Norden und Süden der Plaza ragten hohe, fensterlose Bauwerke auf, senkrecht und fugenlos glatt, an ihren gegenüberliegenden Wänden nach außen geneigt. Eine einzelne, in jede der senkrechten Wände eingelassene Tür führte auf die Plaza heraus.

»Seltsam«, brummte Moichi, als er vor den ersten Stufen stehenblieb. Er blickte sich um. »Der Bogen scheint diesen Leuten unbekannt zu sein. Siehst du, Ronin –« Er zeigte auf die Bauwerke, die die Plaza begrenzten. »Statt dessen benutzen sie das Kragsteingewölbe, um ihre höheren Bauten zu stützen.«

Ronins Blick löste sich vom Komplex der Plaza, glitt nach Westen, über den flachen Damm. Leise rief er seinen Gefährten herbei. Vor der großen Stufenpyramide, die sich gut einen Viertelkilometer entfernt über sie erhob, konnte er drei schemenhafte Gestalten ausmachen, groß und dunkel, nichtssagend vor dem diffusen, malven- und kupferfarbenen Schimmer der untergehenden Sonne, die unaufhaltsam in die obersten Bereiche des hoch aufwachsenden Dschungels hinter dem Steintal glitt.

»Hier entlang. Komm.«

Sie waren maskiert.

Zwei Männer und eine Frau. Die großen, wuchtigen Katzenmasken bedeckten ihre Schädel. Meisterhaft gefertigte

Masken, pelzbedeckt und gescheckt, mit kleinen dreieckigen Ohren, schwarzen Schnauzen und langen, steifen Barthaaren und kalt glitzernden Augen, durchscheinend, glasklar und irgendwie beruhigend.

Alle drei waren sie sehr groß, volle zweieinhalb Meter, die Männer mit kraftvollen Brustkästen und langen, muskulösen Beinen. Ihre Haut hatte die Farbe gebeizten Teakholzes.

Die beiden Männer trugen gold- und schwarzgefleckte Lendentücher, ihre Sandalen bestanden aus schwarzem Leder. An ihren Armen trugen sie verschieden breite Goldreifen, gehämmert und mit fantastischen Mustern versehen.

Die Frau war nicht kleiner als ihre beiden Begleiter. Ihre mächtige, blauschwarze Haarmähne quoll unter der Katzenkopfmaske hervor und fiel bis weit über ihre Hüften hinunter. Sie trug eine kurze Tunika aus goldfarbenem Pelz, die ihre schweren Brüste bedeckte und bis knapp unterhalb ihrer Knie reichte. Ihre Beine waren lang und schön geformt. Sie trug keine goldenen Armreifen, sondern einen aus weiß-rosafarbener Jade, kaum mehr als einen Zentimeter breit, in den ein kompliziertes Gittermuster geschnitzt war, durch das das kräftige Kupfer ihrer Haut zu sehen war.

Der linker Hand stehende Mann trat vor.

»Willkommen«, sagte er, und seine Stimme klang fern und dumpf und verzerrt durch das Gitter aus Elfenbeinzähnen. »Willkommen in Xich Chih, der großen Stadt des Chacmool!«

»Zeit!« sagte Cabal Xiu.

Er war der kleinere der beiden Männer.

»Sie war immer unsere größte Sorge.«

Eine leichte Brise plusterte das Maskenfell auf.

»Deshalb wurde unsere Geschichte in Stein geschrieben, denn sie sollte die Katastrophen der Zeitalter überdauern.«

Im Norden und Süden niedere, säulenverzierte Bauwerke; im Osten waberte Nebel über dem Dschungel, der wie eine hohe, fast undurchdringliche Barriere wirkte. Auf einer stufenförmigen Agora sitzend, nach Westen blickend. Jenseits des breiten Steindammes ragte ein anderer Bau auf, eine Stufenpyramide von annähernd einem Drittel der Größe des riesigen Zentralbaues. Eine Reihe breiter Stufen führte zur Spitze empor.

»Wir haben gewartet. Sehr, sehr lange...«

Eine absurde Situation. Ronin starrte auf die bizarren Fratzen der vor ihm sitzenden Wesen. Sie beeindruckten ihn nicht. Nichts deutete auf Gefahr hin.

»Worauf gewartet?« fragte Moichi. »Auf das Ende?«

Die Katzenmaske, die auf Cabul Xius Schädel saß, wandte sich in seine Richtung. »O nein. Das Ende... Das Ende ist bereits gekommen.«

Die Sonne verschwand vom Himmel, und die Stadt Xich Chih war in einen sanften Schimmer aus Amethyst und Lapislazuli gehüllt.

»Kümmere dich um die Binsen, Kin Coba«, sagte Cabal Xiu.

Die Frau erhob sich, überquerte die Stein-Agora und verschwand in einem der nördlich aufragenden Gebäude. Ronin sah ihr nach, ließ seinen Blick auf ihrem Gesäß verweilen, auf den festen Schenkeln.

Augenblicke später kehrte sie mit zwei Schilfrohr-Fackeln zurück, die sie in Halterungen zu beiden Seiten der Gruppe steckte.

»Dies ist der Chacmool«, sagte Uxmal Chac, der größere der beiden Männer, der hiermit zum ersten Mal sprach. Er deutete auf den niederen Tisch, der sie trennte. Die Oberseite war ein vollkommen flacher, stilisierter Katzenrücken. In die Seiten und auf dem Rücken waren grüne Jadekreise eingelassen. Sie sollten die Maserung des Felles darstellen. Die Oberseite des Tisches war mit gebrannten Tonschalen beladen, in denen Mais und ein schweres Milchgetränk, gewürzt und zweifelsfrei alkoholisch, serviert worden war.

»Es ist der Rote Jaguar, der noch immer durch dieses Land streift. Einzigartig ist er in allen Welten. Der Chacmool kennt keine Niederlage, bis all seine Leben aus seinem Körper entflohen sind. Er ist der wildeste und daher der gefürchtetste aller Fleischfresser.« Die Augen der Maske funkelten.

»Manchmal wurde in unserem Volk erzählt, der Chacmool sei ein übernatürliches Wesen; er könne – wenigstens für kurze Zeit – die Gestalt eines Menschen annehmen.«

»Der Rote Jaguar war Grundlage zahlreicher Geschichten«, fuhr Kin Coba fort, ihre Stimme war gleichförmig moduliert. »Ganz natürlich, da das Tier stets äußerst selten war.«

»Schließlich«, meinte Cabul Xiu, »wurde er als Gott verehrt.«

Jetzt offenbarten sich ihnen die Sterne, in dichter Anordnung glitzernd, wie unendlich ferne Eiskristalle, die von einem kosmischen Atemhauch über den Himmel verstreut worden waren.

Die große Stadt lag direkt unter diesem ewigen Baldachin, eine bewegungslose, in einzelne Gebäude untergegliederte Weite, mathematisch exakt, vollendet gelegen, voller Harmonie.

Uxmal Chac neigte seinen Kopf. »Erzähl uns –«

»Ich glaube«, wandte Cabal Xiu ein, »daß unsere Gäste nach ihrem langen Marsch durch den Dschungel erschöpft sind. Wir sollten ihnen eine Ruhepause gönnen. Kin Coba, bitte, kümmere dich um die Bequemlichkeit dieser Männer. Uxmal Chac und ich haben viel zu besprechen.«

Ein grüngoldener Vogel flatterte über die kühle Fläche der Agora und verschwand im wirren Labyrinth des schwarzen Dschungels.

Nacht.

Die Gemächer in der Tiefe der am Nordrand der Agora aufwachsenden Gebäude waren eng und schmal. Das dürftige Licht, das über die Schwellen fiel, entströmte kleinen Schilf-Wachskerzen, die in Halterungen in den kahlen Steinwänden der braunen, von dumpfem Schweigen erfüllten Korridore gesteckt waren.

Auf dem kalten Mosaik-Fußboden war für Ronin und Moichi ein einfaches Strohlager gerichtet worden. Daneben stand je eine flache irdene Schale, die mit Wasser gefüllt war, und in der gegenüberliegenden Ecke ein Nachtgeschirr.

Die Wände waren mit Fresken bemalt. Seltsame Tiere und fantastische Krieger, mit Federkopfschmuck angetan und Tierhäuten, Männer mit großen, geschlitzten Augen, vollen Lippen, Szenerien, die in weichen Farbtönen gemalt worden waren, maisfarben, ziegelrot, grün strahlendes Mitternachtsblau.

»Habt ihr noch einen Wunsch?« erkundigte sich Kin Coba.

»Nein, momentan nicht«, erwiderte Moichi. »Danke.«

»Nun dann«, sagte sie zum Abschied.

Sie hörten, wie sich ihre leisen, geschmeidigen Schritte entfernten.

Die Gefährten sahen sich an, grinsten, dann folgten sie der Frau. Sie verließen das Gebäude.

Im Schatten des Eingangs blieben sie stehen und sahen ihr nach. Sie überquerten die weite Plaza.

»Nur gut, daß wir die Räume verlassen haben«, flüsterte Moichi. »Ich konnte da drinnen kaum atmen!«

»Zuviel Staub...« meinte Ronin.

Kin Coba eilte die Stufen hinunter und sodann über den breiten weißen Damm, hin zu dem mit Säulen versehenen Gebäude auf der West-Pyramide.

»Was mögen das für Leute sein«, meinte Moichi halb zu sich selbst.

»Wer immer sie auch sind – sie scheinen überhaupt nicht daran interessiert, zu erfahren, wer *wir* sind, oder wie wir hierherkamen.«

Moichi nickte. »Als ob es keinen Unterschied macht.«

»Was hat dieser Cabal Xiu gesagt?«

Kin Coba hatte den Fuß der Pyramide erreicht. Hastig und anmutig gleichermaßen eilte sie die steinerne Treppe empor.

»Wir haben gewartet...?«

»Worauf? Auf uns?«

»Das werden wir herausfinden«, erklärte Ronin.

Und sie traten aus den düsteren Schatten und hetzten zu der gewaltigen Pyramide hinüber...

»Es kann nur eine Antwort geben«, sagte Uxmal Chac mit seiner tiefen Stimme. »Sicherlich ist es unnötig, dich zu ermahnen, oh, mein ›Bruder‹.« Er konnte die Verachtung in seiner Stimme kaum verbergen.

»Ich glaube nicht, daß es so eindeutig ist«, erwiderte Cabal Xiu. »Wir dürfen uns nicht irren. Wir –«

»Kannst du schon vergessen haben, daß ich der Befehlshaber der Majapan bin, daß ich dereinst, vor vielen *Katun* ein Priester war wie du?«

»Wie kann man vergessen, was sich in das Gehirn gebrannt hat, Uxmal Chac? Obwohl ich nach wie vor keinerlei Sympathie für das Militär aufbringen kann, verstehe ich doch deine Position.«

»Ich verabscheue deine Überheblichkeit!« knurrte Uxmal Chac und wandte sich von seinem Gegenüber ab.

Kin Coba stand zwischen ihnen, die Arme vor den Brüsten gekreuzt, wie eine Eidechse ein Paar kämpfender Hähne, so betrachtete sie die Männer, mit einer mesmerischen, jedoch ziemlich distanzierten Faszination.

»Ah, endlich kommt es heraus.« Cabal Xiu bewegte sich einen Schritt von dem Feuertiegel weg. Im Hintergrund erhoben sich schattige Bogengänge mit niederen, gewölbten Dekken, vom Ruß vieler Fackeln geschwärzt.

Chac fuhr herum, und seine Hände hoben sich drohend. Die kurze Steinwaffe – weder Schwert noch Axt – schlug schwer gegen seinen Schenkel.

»Du wirst mir keine Vorträge halten! Ich studierte das Buch Balam. Ich kenne es genausogut wie du!« Er zeigte auf die Wand hinter dem Feuertiegel. »Die Formulierung ist ziemlich genau; es ist nicht möglich, sie zu ändern, zu verdrehen, weder von dir noch von einem anderen Menschen, sonst –«

»Du vergißt, oh, mein ›Bruder‹«, sagte Cabul Xiu ruhig, »daß es außer uns niemanden mehr gibt. Momentan wenigstens.«

»O ja. Seit der Absonderung nicht mehr. Nicht mehr seit dem Vergehen des vierten Zeitalters. Ja, mein ›Bruder‹, mein *frommer* Bruder. Jeder Schlag meines Herzens ist Schmerz für die Majapan, die uns angebetet haben, denn ohne sie wäre die Wiedergeburt –«

»Genug deiner Blasphemie!« Cabal Xiu zitterte. Steifbeinig machte er einen weiteren Schritt vorwärts. Uxmal Chacs linke Hand zuckte zu seiner rechten Hüfte. Seine Finger schlossen sich um den kalten Stein der Waffe. Seine Muskeln spannten sich an.

»Gibt es nichts, was ihr erledigen müßtet?« wandte Kin Coba leise ein.

Einen Moment lang standen sie so regungslos wie Statuen.

Orangenes Licht züngelte und flackerte über kühle Haut und gelbbraunes Fell.

Dann kehrte ihnen Uxmal Chac den Rücken zu und verließ das Gebäude. Das Klappern der Sohlen seiner Ledersandalen war noch einige Herzschläge lang zu hören.

Cabal Xiu seufzte, sein Körper entspannte sich.

»Vielleicht hast du recht, weißt du«, sagte er.

»Schön, wenn es so wäre.«

Er wandte sich wieder den Wandzeichen zu und sprach; manchmal hörte es sich so an, als lese er vor:

»So viele *Katun* seit der Vernichtung der Majapan, unserer geliebten Rasse, so viele leere *Katun*, in denen uns allein das Versprechen des Buches Balam hier ausharren ließ, warten ließ, warten, warten darauf, daß das Katum Ce-Acatls wiederkehre. Jetzt ist es soweit. Es wird kommen. Um Mitternacht kehrt das Katun von Ce-Acatl zurück; das Ursprüngliche; der Anfang des sechsten Zeitalters. Die Zeit der Rückkehr der Majapan.«

Ronin warf Moichi einen raschen Seitenblick zu. Die Gefährten kauerten im tiefen Schatten eines Bogenganges. Moichi folgte Uxmal Chac. Er, Ronin, blieb regungslos stehen, um weiterzulauschen.

»Vielleicht kehrt er zurück, um zu sehen, ob wir in unseren Gemächern sind«, flüsterte er in Moichis Ohr, bevor dieser aufbrach. »Wir treffen uns später in deiner Kammer.« Er wandte seine Aufmerksamkeit wieder dem Paar zu.

»Die Ursprünge der Majapan liegen im Rätselhaften verborgen«, fuhr Cabal Xiu fort. »Sie trugen bei sich das Wissen und die Macht eines Zeitalters vor der Geburt des Menschen. Die Majapan lebten in einem Land der Hitze und des Dschungels, in einem Land, das auf allen Seiten vom Meer eingeschlossen war. Gräßliche Wesen bevölkerten dieses Meer. Von den Göttern erhielten sie große Gaben und Wissen, aber sie waren verflucht, denn sie erstanden am Ende der Alten Zeit, und als die Zeit des Menschen nahte, wurden umgestürzt die Erde und das Meer und die Himmel.

Und die Priester, die diese Katastrophen vorhersagten – denn schon zu jener fernen Zeit existierte das Buch Balam –, gingen unter die Majapan und versammelten sie auf einer riesigen Ebene nahe den Ufern der sich windenden Meere. Sie geboten ihnen, Schiffe zu bauen, und sie sprachen also zu ihnen: ›Mächtige Schiffe sollt ihr bauen, denn das Land unserer Geburt wird bald nicht mehr sein. Wenn die Majapan überleben sollen, so in einem anderen Land.‹

Und die Leute waren voller Angst, denn es waren keine guten Seeleute, und sie liebten die Wasser nicht, und so rannten sie durcheinander und disputierten. Also sprachen die Priester zu ihnen: ›Fürchtet nicht die hohen Meere und auch nicht die Levathane der Tiefe, denn die wahre Gefahr liegt hier. Rot und schwarz wird unser Land sich färben, und Rauch und Schwefel werden niederregnen, und das Blut der Welt wird hervorquellen. Unser Land wird sich teilen, wird sich für alle Zeiten in die unergründlichen Höhlen der Erde werfen, und die Meere werden darüber hinwegspülen …‹

So sprachen die Priester, und die Majapan hörten die Worte und machten sich daran, die Schiffe zu bauen, die sie alle erretten sollten. Und dann gingen sie zu ihren Schiffen, versammelten ihre Kinder und ihre Lebensmittel und ließen jedweden anderen Besitz zurück. Und die Priester nahmen ihre heiligen Schriftrollen und gingen ebenfalls an Bord, und der große Reichtum der Majapan wurde zurückgelassen.

Die Majapan verließen ihr dem Untergang geweihtes Land, das bereits im Herzen brannte, denn die alte Zeit ging zu Ende, und die Priester teilten sie. Ein Viertel wandte sich gen Norden, ein Viertel nach Süden, ein Viertel nach Osten und ein weiteres Viertel nach Westen.

So gelangten die Majapan auf diese Insel, auf dieses riesige Kalksteinriff, das vom Boden des Meeres heraufgewachsen ist. Und hier begründeten sie Xich Chih, die Stadt ihrer Ahnen, die wahre Stadt.

Nur hier wurden die Majapan nicht in die entstehenden Kulturen des Menschen assimiliert, die sich wie Larven allüberall auf dieser Welt vermehrten und ausdehnten. Nur hier blieb das Blut der Majapan unverfälscht. Und als sie den Chacmool sahen, da erkannten sie in ihm das, was er war: die Personifizierung von Tzcatlipoca.«

»Und jetzt«, hauchte Kin Coba, und ihre Stimme bebte leicht, »im *Katun* von Ce-Acatl, in der Dämmerung des sechsten Zeitalters kehrten die ersten Majapan in ihre heilige Stadt zurück. In die heilige Stadt, in der heute nacht Tzcatlipoca wiedergeboren werden soll, um sein Xich Chih wiederzusehen...«

Hier und da verwandelten sich Wasserpfützen, die letzten Zeugen des Regens, im Mondlicht zu Platinflecken. Die behauenen Steinblöcke wurden durch das rasche Wechselspiel von Licht und Schatten zu unheimlicher Kalligraphie. In jede Oberfläche war eine übernatürliche Geschichte gehauen.

Jetzt ist es eine Stadt der Toten, dachte Ronin, während er der schlanken Gestalt Kin Cobas durch die Stadt folgte. Vielleicht ließen sie die Zeit und die Einsamkeit verrückt werden. Denn offenbar waren diese drei, die Hüter von Xich Chih, keine Majapan. Was für Gesichter mochten sich unter den Chacmool-Masken verbergen? Er huschte von Schatten zu Schatten, völlig lautlos, so geschmeidig wie ein Raubtier. Die Pyramidenstufen hinunter. Über den hellen Steindamm. Ähnelten sie nackt den Gestalten auf den Bildzeichen, die die Architektur von Xich Chih bedeckten?

Eine Traumlandschaft war es. Große Steinschädel schienen in der Nachtluft zu schweben, aus im Schatten liegenden Wänden hervorzustoßen, riesige, bedrohliche Wesenheiten.

Sie verschwand in einem tiefen Schatten. Er eilte ihr nach, vorsichtig, leise, die Steine waren jetzt sein Feind, denn sie trugen die Echos lauthals weiter. Er mußte vorsichtig sein.

Ein schmaler Engpaß.

Einen Augenblick lang zögerte er, horchte er. Da waren ihre leisen Schritte. Rings um ihn her kauerten die Steindämonen. Die in Stein gehauene Geschichte der Majapan. Stumm. Wild.

Er setzte sich wieder in Bewegung. Eine geringfügige Bewegung. Wieder zögerte er, unsicher, ob er ihr weiter folgen, oder zu dem Haus auf der Agora zurückkehren sollte. Schließlich ging er weiter. Er hatte sich entschlossen. Er ging schneller. Er durfte sie nicht aus den Augen verlieren.

Den engen Durchgang entlang, dann scharf nach links. Eine weitere Gasse. Dunkelheit. Für lange Augenblicke war er völlig blind.

Etwas hatte sich verändert. Die Natur der Dunkelheit war anders geworden. Zugleich dichter und weiter ausgedehnt, und er merkte, daß er nicht mehr zwischen Gebäuden entlangschritt. Er schaute in die Höhe, aber er konnte weder Sterne noch Mond sehen.

Erneut ein gedämpftes Geräusch vor sich. Er huschte weiter. Langsam gewöhnten sich seine Augen an die diffuse Dunkelheit. Vage Lichtflecke. Bäume. Der Dschungel, der die Stadt umgab, hatte ihn aufgenommen.

Hin und wieder glaubte er, vor sich einen schwachen Lichtschimmer zu sehen, aber dieser Schimmer war stets so dicht über dem Boden... Wem – oder was – folgte er? Er hatte das Gefühl, Kin Coba in jenem Engpaß verloren zu haben. Warum war er dann hierhergekommen...?

Der Dschungelpfad entließ ihn auf eine vom Mondlicht gesprenkelte Lichtung. Er blieb außerhalb des kleinen Runds stehen, in Schatten getaucht. Nichts, außer dem Wimmern der Nachtinsekten und dem Ächzen der Bäume, war zu hören.

Dann ging er weiter, sorgfältig darauf bedacht, im Schatten der großen Bäume zu bleiben. Er umrundete die Lichtung, fand den Pfad, der auf der gegenüberliegenden Seite tiefer in den Dschungel hineinstach und folgte ihm. Eine plötzliche Biegung. Dahinter erhob sich die zerfallene Ruine, von bleichem, gleichgültigem Mondlicht beschienen. Die Grundmauern schienen porös. Die kleinen, zum Teil gewaltig versehrten Säulen ebenfalls. Eine steinerne Schlange wand sich darum. Es war das erste Mal, daß er dieses Tier dargestellt sah. Die mittlere Treppe, die zum Eingang des Gebäudes hinaufführte, war an mehreren Stellen eingebrochen.

Zwölf Türen mündeten ins Freie, und über jedem Türsturz war die Schlange eingraviert, mit Flügeln oder gefiedert, als würde sie fliegend auf ein Opfer herunterstoßen.

Der Dschungel hatte von einem Teil des Gebäudes Besitz ergriffen. Grüne Moospolster wucherten wie ein ungepflegter Teppich über die Stufen.

Ronin bemerkte eine flatternde Bewegung und ging näher. Wieder sah er das weiße Funkeln. Eine Statue stand im Schatten vor dem Gebäude. Wenn der Wind die schwer beladenen Äste bewegte, so fingen sich Splitter des Mondlichts auf der Spitze der Statue.

Sie war unvollständig. Jemand hatte den Schädel abgeschlagen. Gut sechseinhalb Meter hoch türmte sie sich auf.

Ein Krieger.

Mit Brustpanzer und hohen Stiefeln. Die Arme waren muskelbepackt. Zwei Scheiden hingen an seinem Gürtel, in der einen steckte eine Klinge, die andere war leer. Einen Arm hatte er erhoben. Er endete in einem Stumpf. Die Hand war abgeschlagen worden.

Ein kühler Wind bewegte die dichten Baumwipfel. Nachtinsekten riefen einander. Sonst existierten keine Geräusche.

Lange Augenblicke stand Ronin bewegungslos und starrte in sprachloser Faszination auf die Statue. Sekundenlang schien er einen geheimnisvollen, fernen Ruf zu hören... Eine unbekannte Kraft... Er fühlte, wie sie in seinen Körper hineinsickerte. Er wurde sich eines beginnenden Drängens bewußt.

Dann wandte er sich langsam ab, tauchte in den raschelnden, dampfenden, unruhigen Schatten des Dschungels ein.

Er hob seine Augen, um einen letzten Blick auf die Statue zu werfen.

Irgendwo in der Nähe, über ihm, breiteten sich gefiederte Schwingen aus und peitschten die Luft. Ein schwerer Körper wurde durch die klare, ruhige Nacht davongetragen.

Die weite, geometrische Ebene unter der schwarzen Himmelsschale wurde von einem bleichen Vollmond und unzähligen tanzenden Sternen beleuchtet. Weit im Osten, in der Nähe des Horizonts, erstreckte sich der breite Gürtel zusammengedrängter Sterne in einem abschwächenden Bogen. Weit, weit entfernt war das wundersame Sha'angh'sei und die gelbe Zitadelle im Norden, Kamado, dort, wo die Kaifeng, die letzte Schlacht der Menschheit, bereits ihren Anfang genommen hatte.

Ronin war in sein Gemach in dem großen Gebäude am Rande der Agora zurückgekehrt. Er legte sich auf das Strohlager und wartete auf Moichis Rückkehr.

Ärgerlich durchschreitet er die Korridore eines verfallenen, vergessenen Hauses. Ein schmaler Weg. Schmal und dunkel. Sein Blick ist nach vorn gerichtet. Seine Muskeln angespannt. Er hat keine Zeit, die zu beiden Seiten des Korridors mündenden Türen aufzustoßen und in die dahinterliegenden Gemächer zu sehen, obwohl er gerade das tun möchte. Er eilt weiter. Sein Ärger wächst, dehnt sich aus. Wird zu einer wilden irrationalen Wut. Dann sieht er sich in einem Spiegel und schreckt vor seinem Spiegelbild zurück. Er stolpert davon.

Er stürzt weiter, in die schwarze Tiefe, den Korridor entlang. Es gibt keinen anderen. Bald gibt es keine Türen mehr. Massive Wände eilen an ihm vorbei. Er beginnt zu rennen, schneller und schneller. Seine Schritte hinterlassen spöttische Echos. Wie Trommelschläge. Ein seltsamer Rhythmus. Wie von einem lange verlorenen Lied. Ich bin unvorsichtig, denkt er in der absoluten Lichtlosigkeit.

Die Kälte soll es holen! Die Wut brennt wie ein sich ausbreitendes Feuer. Gerät außer Kontrolle. Noch schneller stürmt er den schmalen Korridor entlang.

Immer weiter. Nebelhafte Eindrücke. Er fühlt sich leicht schwindelig. Und jetzt merkt er, daß sich die Decke gesenkt hat. Gebeugt und unbequem wird der Lauf. Vornübergeneigt stürmt er voran. Schneller.

Er strauchelt, fällt kopfüber durch das Schwarz. Plötzlich wird er hochgehoben, irgendwohin gespien, seine Arme sind über seinen Kopf erhoben, seine Finger packen zu.

Er hängt im Raum, umklammert eine Stange; der unterste Rand des Korridor-Tunnel-Trichters. Es ist nach unten gebogen, wie ein Abflußrohr, das ihn auszuspeien versucht. Und hinunter.

Schwitzend und verzweifelt hält er sich fest. Unter ihm ein Raum von unermeßlicher Tiefe und Weite.

Ein Abgrund aus Raum und Zeit.

Lautes Getöse und Stöhnen wehen zu ihm herauf. Ein schwach erkennbares Gerüst, irgendwo tief unter ihm, viel zu weit entfernt, um sich fallen zu lassen... Die Perspektive läßt es auf die Breite einer Schwertspitze zusammenschrumpfen.

Explosionen, dumpf und dröhend, hallen zu ihm empor, schmerzen in seinen Ohren.

Noch immer starrt er hinunter, fasziniert, erschrocken, unfähig, seinen Blick loszureißen.

Eine sich windende Gestalt erscheint, klebrig, mit Tentakeln bewehrt, windet sie sich auf einer durchsichtigen Ellipse. Etwas Großes, Dunkles materialisiert aus der Tiefe. Gestaltlos beugt es sich über das ungeheuerliche Wesen, kapselt es in seinen Körper ein. Die Tentakeln winden sich um seinen Nebelleib. Zwei brennende Augen, lidlos, die Pupillen wie gezackte Obsidian-Splitter.

Dann, viel zu schnell, als daß er rechtzeitig hätte begreifen können, flackert das Gesicht mit wechselnden Zügen. Zehntausend pro Sekunde. Und er ist an den unheilvollen, starren Blick gefesselt, gebunden, gebrochen, hilflos.

Hitze. Ein Schrei. Seine Augen sind versengt, sein sich zusammenkrampfender Leib verbrannt, geschwärzt, und noch immer züngeln die Flammen darüber, noch immer... Fürchterlicher Gestank steigt auf...

»Ich hörte dich schreien«, sagte sie, als sie sich über ihn beugte.

Er starrte zu ihr hinauf, ohne sie richtig wahrzunehmen. Der große, pelzige Schädel, grotesk, auf dem Fell tanzten verzerrte Schatten, hervorgerufen vom flackernden Fackellicht.

Ronin erhob sich auf einen Ellenbogen. Das Stroh knisterte. Er wischte den Schweiß von seiner Stirn.

»Bist du krank?«

»Nein. Nein«, sagte er langsam. »Nur ein Traum.« Seine Stimme klang rauh, belegt.

»Ein Traum?«

»Ja.«

Kin Coba kniete sich neben seinem Lager nieder.

Er starrte auf die Wandfresken. Männer in gefiedertem Kopfputz näherten sich einander auf einem weiten, rechteckigen Feld. An jeder Stirnseite war es von schrägen Steingestellen begrenzt. Aus jeder der beiden Seitenwände ragte – etwa in der Mitte des Feldes – in einer Höhe von gut fünf Metern ein gemeißelter Steinring heraus.

»Was machen sie?«

Ihr Kopf drehte sich.

»Die Majapan spielen das heilige Ballspiel.« Sie räusperte sich. »Ursprünglich waren sie Ackerbauern. Die Majapan liebten das Land, die riesigen Ernten. Mais und Bohnen und Früchte. Aber die anderen, wilden, mächtigen, dekadenten Stämme waren allgegenwärtig. So wurden die Majapan gezwungen, Krieger zu werden.«

Das blasse Gesicht streichelte ihre nackten Oberschenkel.

»Doch sie wollten den Krieg nicht. So erdachten sich die Priester das heilige Ballspiel, und die Majapan bauten die Spielfelder, und jene Stämme, die sich bekriegten, wurden gezwungen, ihre besten Krieger auszuwählen. Neunzehn Männer spielten auf jeder Seite, ein kompliziertes Spiel, voller ritueller Regeln... Ziel war es, den Ball durch den Steinring zu bekommen, während man die gegnerische Mannschaft daran zu hindern hatte, dasselbe zu tun.«

»Es gab also keinen Krieg?«

»Nur den in den Spielfeldern.«

»Und alle Stämme hielten sich an eure Regeln.«

»Alle fürchteten –« Sie hielt inne, als habe sie einen Frevel begangen.

»Fürchteten – *was?*« Er starrte auf ihre hinter den Schlitzen der Maske verborgenen Augen, suchte nach einer Spur von Emotion, nach einem Anzeichen, das ihm ihre Gedanken verriet.

»Einen – Gott. Einen Gott, den wir dereinst angebetet haben.« Ihre Stimme war dunkel geworden. »Aber«, fuhr sie aufatmend fort, »das war die Zeit-die-war. Es ist jetzt unwichtig, denn dieser – falsche Gott wurde vor vielen *Katun* aus diesem Lande verbannt.«

Ein vom Dschungel überwuchertes Gebäude, teilweise zerstört. Eine kopflose Statue. Eine gefiederte Schlange.

»Nur der Chacmool hat in Xich Chih regiert«, erklärte sie. »Seine Priester waren es, die das heilige Ballspiel erdachten. Und –«

»Also vermieden es die Majapan, Blut zu vergießen«, sagte Ronin.

»Wie kommst du denn darauf?« stieß Kin Coba verblüfft und entrüstet hervor. »Die Köpfe der Verlierer wurden ihren Stammeshäuptlingen übergeben... Eine Warnung vor weiterer Aggression. Die dampfenden Herzen wurden dazu benutzt, unsre Ernten zu düngen. Die Majapan waren eine sehr praktisch veranlagte Rasse.«

Eine kleine Weile herrschte Schweigen. Ronin überdachte ihre Worte.

»Du willst damit sagen, daß die Majapan kein einziges Spiel verloren haben?«

»Das will ich«, antwortete sie. »Sie haben nie verloren. Nie.«

Eine eigenartige Niedergeschlagenheit senkte sich über

ihn. Er wollte sich ihr nicht ergeben. Er sagte: »Was verbirgst du hinter der Chacmool-Maske, Kin Coba?«

Ihre schlanken Hände, die bisher in ihrem Schoß geruht hatten, erhoben sich.

»Wünschst du mich zu besitzen?« fragte sie sanft.

Eine eigenartige Wortwahl, fand er.

»Ob ich mit dir schlafen will?«

»Wenn es das ist, was du dir wünschst.«

Er streckte seine Hand aus, ließ seine Finger von ihrem Knie an der Innenseite ihrer Schenkel hinaufgleiten. Ihre Augen glitzerten.

»Nicht mit dieser Maske.«

»Dann wirst du mich nicht bekommen.«

Ihre starken Finger ergriffen seine Hand, schoben sie höher. Er spürte ihre Hitze, dampfend wie der Dschungel zur Mittagszeit. Ihre andere Hand bewegte sich über seine ausgestreckte Gestalt.

»Und du *willst* es!«

Sie richtete sich auf, entkleidete ihn. Dann kniete sie sich über ihn, senkte sich langsam tiefer, ihre Augen schlossen sich, ihre Lippen flatterten. Sie keuchte. Er spürte ihre Hitze, als sie sich vereinten, spürte ihre schweren Brüste und das Zucken ihrer Magenmuskeln. Er führte eine Hand zu ihrem Gesicht hinauf, doch ihr fester Griff stoppte ihn, sie zog seine Hand an ihre Brust. Ihre Hüften schoben sich nach unten. Er rang mit ihr in der feuchten Nacht, atmete ihren fremdartigen, scharfen Moschusduft ein und fragte sich, wie ihr Gesicht aussah. Ihre Vereinigung war wie ein gnadenloser Ringkampf, ihre Körper überzogen sich mit Schweiß und Speichel, ansteigender Rhythmus; er fühlte, daß er einen klaustrophobisch verwandelten Korridor-Tunnel-Trichter entlangstürmte.

Wieder die Erinnerung an den Traum.

In dem Moment, als sie aufschrie, und ihr Körper erzitterte, fühlte er ihre Brutalität wie eine stinkende Flut über sich hinwegspülen, und er spürte, daß er sich zurückzog, ein Abbild in einem gnadenlosen Spiegel. Ihre Fingernägel gruben sich in sein Fleisch, ihre mächtigen Schenkel umklammerten ihn, ihr Körper bäumte sich auf, ihre schaukelnden Brüste, die großen, harten Warzen...

Innerlich in Aufruhr, versuchte er, gegen die erbitternden Gefühle anzukämpfen, die in seinem Schädel zu schreien begonnen hatten. Er fühlte, wie sich die Lust weit entfernt in seinen Lenden sammelte.

Ihre Hüften rotierten über ihm, ihr Atem kam stoßweise und laut und lüstern. Er hob seine Hände, massierte ihre Brüste. Sie stöhnte. Und stieß sich gegen ihn. Und seine Hände glitten zur Maske hinauf, hoben sie von ihren Schultern...

Ein tiefes Knurren, ein heiserer Ruf von draußen...

Er starrte hinauf, in ihr Gesicht...

Aufgespießt!

Moichi huschte von einem Schatten zum anderen. Keine Sekunde ließ er die große Gestalt Uxmal Chacs aus den Augen. Anfangs hatte Moichi erwartet, der große Mann würde zu der gewaltigen Stufenpyramide im Westen gehen, aber das tat er nicht. Er wandte sich nach rechts, verließ den Damm und näherte sich der anderen Seite der Stadt.

Glitzernd, geheimnisvoll, erstreckte sie sich vor ihm. Sie kauerte in der Ebene, prall gefüllt mit dem Wissen der Zeitalter, ein beginnendes Leben, das irgendwo in der Nähe schwebte.

In ganz Xich Chih gab es nur ein Rundgebäude, klein und vergleichsweise schmucklos, und dieses Gebäude war Uxmal Chacs Ziel.

Der Bau war, wie Moichi bald darauf sehen konnte, etwas über hundert Meter hoch, weit gewölbt, und ruhte auf zwei übereinandergesetzten Terrassen. Die untere, breitere, war grasbewachsen, die höhere steinern. Treppen, auf einer Seite konzentriert, führten in die Höhe. Dort oben gab es drei Portale, in exakten, jedoch ungleichen Abständen voneinander, die in die Wandung eingelassen waren.

Moichi beobachtete aufmerksam. Chac stieg die Treppen

empor. Dann blieb er vor der ersten Tür, ganz links, stehen und starrte in den Nachthimmel hinauf.

Nach einiger Zeit hielt er einen dunklen Gegenstand vor seine Augen.

Moichis Blick schweifte von ihm fort. Was suchte der Bursche dort oben am Himmel zu sehen? fragte er sich. Den Großen Bären? Und wo war die Schlange, das riesige Sternbild, das ihn aus unkartographierten Gewässern in manchen sicheren Hafen geleitet hatte?

Lange Zeit besah sich Uxmal Chac den Himmel, und dann, als er offenbar eine Antwort auf seine unausgesprochene Frage gefunden hatte, trat er für einen kurzen Moment in den Kuppelraum. Gleich darauf kam er wieder ins Freie. Er schritt die Treppe hinunter, überquerte die Grasterrasse, stieg weiter hinunter und tauchte in den Schatten unter.

Moichi setzte sich ebenfalls in Bewegung und eilte hinter der großen Gestalt her.

Der Dschungel war nahe. Als er sich umdrehte, konnte er gerade noch die Spitze der großen Stufenpyramide im Westen ausmachen. Er hörte Uxmal Chacs leise Schritte, und er ging weiter. Eine Reihe niederer Gebäude.

Moichi überquerte eine enge Gasse. Da geschah es. Ein schwarzer, geschmeidiger Schatten stellte sich ihm in den Weg. Das Mondlicht schimmerte auf dem tiefen, unverwechselbaren Rot des glänzenden Fells. Gelbgrüne Raubtieraugen, kalt und hart wie Feuerstein, fixierten ihn. Ein langer Schweif peitschte unruhig die feuchte Luft.

»Chacmool«, hauchte Moichi.

Die Bestie sprang ihn an, die Kiefer öffneten sich, die krallenbewehrten Tatzen harkten durch die Nacht, trafen ihn, warfen ihn nach hinten. Ein tiefes Knurren entrang sich seinem Rachen. Moichi schrie reflexartig auf, riß den Dolch aus der Schärpe. Dann war der Chacmool über ihm.

Der Rachen klaffte noch weiter auf, der Schädel fuhr zurück, die Tatzen schlugen nach ihm. Licht glänzte auf den nassen Reißzähnen, Speichel tropfte herunter, und noch etwas... etwas Dunkleres...

Die Bestie schnappte nach seinem Hals. Moichi drehte sich beiseite, wich den tödlichen Kiefern aus. Hart krachten sie zusammen. Er riß seine rechte Hand frei, bekam die Klinge hoch... Er mußte es schaffen, sie dem Chacmool in den Bauch zu rammen! Hart umkrampfte er den Griff. Die Bestie knurrte wieder. Die Hinterläufe scharrten über den Boden, die langen Krallen fetzten über Moichis nackten Oberkörper, über seine Schenkel.

Hinter und über ihm entstanden dunkle Bewegungen, er ignorierte sie, wälzte sich noch immer in der Umklammerung des Chacmool über den Steinboden von Xich Chih. Er strengte sich an, biß die Zähne zusammen. Dann hatte er seinen Arm endlich freibekommen. Wieder zuckte der geöffnete Rachen vor. Er rammte sein schweres Kupferarmband gegen die Reißzähne. Der Chacmool schrie kreischend. Er drehte die Dolchklinge und rammte sie in den Leib der Bestie. Auf das Herz hatte er gezielt... Er verfehlte es. Der Stoß ging fehl. Plötzlich konnte er sein Handgelenk nicht mehr bewegen. Der Körper der Bestie lastete wie ein tonnenschweres Gewicht auf ihm. Ein fürchterlicher Geruch füllte seine Nase, er dreht den Kopf, verzweifelt, nach Atem ringend, versuchte zu sehen, was –

Die Zähne des Chacmool gruben sich in seinen Hals.

III
Gottesspiel

»Zeit ist der Mörder!«

Eine Reihe von Masken, reproduziert.

»Zeit ist der Heiler. Zeit ist die Grenze. Zeit ist der Sieger.«

Steinerne Chacmool-Bestien bewachten den unteren Bereich der Pyramide.

»Unsere Häupter sind vor deiner unausweichlichen Macht geneigt.«

Uxmal Chacs Stimme erhob sich, als die letzten Echos der von Cabal Xiu rezitierten Litanei verstummten.

»Es sei, wie es sein muß. Wie es geweissagt wurde in der Langen Berechnung, im Buche Balam derer, die sich Majapan nennen.« Unverkennbar war der Triumph in seiner Stimme. »Mitternacht ist angebrochen. Jetzt beginnt das Katun von Ce-Acatl. Es ist das sechste Zeitalter!

Sie hatten ihre Masken abgenommen.

Uxmal Xius Gesicht war lang, dünn, schmal. Seine Nase erinnerte an den Rüssel eines Elefanten.

Cabal Xius Kiefer wölbten sich schnauzenförmig nach vorn. Der Mund war lippenlos. Die Nase – das waren lediglich zwei häßlich klaffende Löcher.

Kin Cobas Augen waren dreieckig, die Pupillen katzenartige Splitter. Ihre Ohren, hoch an den Schädelseiten angesetzt, drehten sich und zuckten bei jedem Geräusch.

Das seltene Trio stand völlig nackt auf der untersten Stufe der großen Pyramide, die das Herz von Xich Chih beherrschte. Ronin und Moichi lagen zu ihren Füßen. Sie waren bei Bewußtsein, vermochten sich jedoch nicht zu bewegen.

»Denkt!« rief Kin Coba ekstatisch und stieß ihre Arme von sich. »Erinnert euch! Könnt ihr es fühlen? – Unsere verlorene Macht beginnt zurückzukehren! Die Majapan ... Die Mächtigen, die uns in der Alten Zeit hervorbrachten – sie werden im ersten Licht des Tages wieder bei uns sein! Nach einer Zeit der Dürre kommt nunmehr die Zeit des Überflusses!«

»Diese beiden Männer sind es, die uns die Majapan zurückbringen!« rief Cabal Xiu. »Der Tod wird einkehren auf den Stufen der Heiligen Pyramide Tzcatlipocas!«

Und die fernen Bäume schienen zu zitternd und zu beben, und die Steinstadt vibrierte, als sich seine Stimme mit jedem weiteren Wort, das er sprach, mit Energie und Kraft füllte. »Und das Leben ... Ja, auch das Leben wird wiederkehren! Leben für Xich Chih!«

»Es beginnt«, schrie Cabal Xiu in die sich verändernde Dunkelheit. Er hüllte sich in einen schwarzen Mantel und eilte die mittlere Treppe der Pyramide empor. Uxmal wandte sich ab, um ihm zu folgen, aber Kim Coba ergriff seinen Arm. Ronin strengte sich an, ihre Unterhaltung zu hören; es fiel im schwer. Er konnte seinen Kopf nicht wenden.

»Er hat ihn gesehen, Uxmal Chac... Er kennt den vergessenen Schrein und die – die Statue!«

»Was?« Uxmal Chacs Augen flammten auf. »Jener, der dir folgte, sah die Statue von Atsbilan?« Einen Augenblick lang starrte er auf Ronin, dann schüttelte er seinen seltsamen Schädel.

»Es spielt keine Rolle. Er-der-die-Sonne-untergehen-läßt wurde aus diesem Land für Katun ohne Ende verbannt, genau wie sein Vater, dessen Name nicht genannt werden darf. Lange regierte Tzcatlipoca in Xich Chih, und so wird es für alle Zeiten sein. Jetzt muß das Opfer beginnen – das Opfer, das Tzcatlipoca nach Xich Chih zurückbringen wird, und mit ihm die Majapan!«

Kin Coba starrte in sein Gesicht.

»Doch habe ich Angst, denn er ist an jenem Ort gewesen, und vielleicht... vielleicht ist *er* jener –«

Uxmal Chac ohrfeigte sie. Sie zuckte zurück.

»Bist du verrückt? Wir sind, was wir sind, ja, aber sieh, wie wir heruntergekommen sind während all der *Katun* ohne den Schatten Tzcatlipocas, der uns groß macht.«

»Ich bin Kin Coba!« sagte sie stolz, ohne das Blut zu beachten, das aus der Platzwunde auf ihrer Wange sickerte. »Ich brauche dich nicht, um zu wissen, wer ich bin. Du hast den Rest der Weissagung aus dem Buch Balam vergessen, Uxmal Chac!«

Er drehte sein Antlitz von ihr ab, schien ihren Worten ausweichen zu wollen, als wären sie lebendige Wesen.

»Ah, verruchte Gotteslästerin!« Uxmal Chac spuckte aus.

Hoch über ihnen näherte sich Cabal Xiu der flachen Spitze der Pyramide des Tzcatlipoca.

»Wie kannst du dich vor einem Abschnitt des Buches verneigen, während du einen anderen zurückweist?« Kin Cobas Stimme klang plötzlich metallisch hart... »Begreifst du es nicht? Auch ich brauchte geraume Zeit, es zu verstehen. Du weißt, was Cabal Xiu plant. Was wird aus uns werden, wenn das gesamte Buch der Wahrheit entspricht?«

»Laß diese Gedanken hinter dir, Kin Coba. Wir haben das Buch Balam geändert, du weißt es!« Er ergriff sie an den Armen. »Hast du so schnell vergessen, wie wir alle gegen ihn gekämpft und ihn schließlich aus dem Lande Xich Chihs verbannt haben, auf daß Tzcatlipoca für alle Zeiten als alleiniger Herrscher regieren konnte? Hast du so schnell unsere Kameraden vergessen, die in dieser gigantischen Schlacht ihr Leben ließen?«

»Nein«, sagte sie traurig. »Ich bin durch diese Schlacht für immer entstellt, sieh mich an... Aber es ist wieder das Jahr Ce-Acatls. Er wurde im Jahr Ce-Acatl erschaffen... Er war es, der Atsbilan im Jahre Ce-Acatl gebar... Wir schlugen ihn im Jahre Ce-Acatl – und das Buch erklärt, daß Er im Jahr Ce-Acatl wiederkehren wird.« Ihr Haar umflatterte ihr verunstaltetes Gesicht; wild glühten ihre Augen. »Du weißt, daß Sein Kommen gleichsam das Ende von Tzcatlipocas Regentschaft über Xich Chih bedeuten wird. Ohne Seinen Schutz wird das Gleichgewicht, das wir fürchten, wiederhergestellt werden, und wir werden untergehen!«

Ein Schrei gellte in der Höhe über ihnen auf. Ronin ließ seinen Blick zur Spitze der Stufenpyramide hinaufjagen. Er sah die große, schwarzgekleidete Gestalt Cabal Xius, wie er vor dem Altar Tzcatlipocas stand, er hörte die tiefe dröhnende Stimme, die weithin über die wartende, leere Stadt hallte:

»O Itzamna, Herr des Himmels, Sohn des Hunab Ku, des Weltenschöpfers. Du bist nicht mehr, entthront von Chac.

O Chac, du Abtrünniger der wahren Majapan, Menschenfeind, Verräter an Tzcatlipoca, groß war die Macht, die dich von uns fortgeschickt hat –«

Es war eine Anrufung der Macht, und als Cabal Xiu intonierte, schien die Heilige Pyramide in hellerem Glanze zu erstrahlen, als wäre der Mond, der wie eine Platinträne im schwarzen, gestirnten Himmelsfluß schwamm, angeschwollen vor Licht und Energie.

Ronon wandte sich an den großen Mann, der neben ihm lag.

»Moichi... Kannst du dich bewegen?«

»Nein!« keuchte der Steuermann.

»Was haben sie mit uns angestellt? Das letzte, an das ich mich erinnere... Der Chacmool.« Moichi stieß einen unterdrückten Fluch aus.

»Sie waren über jede unserer Bewegungen informiert. Von Anfang an«, sagte Ronin ganz ruhig. »Vielleicht sogar schon, bevor wir die Stadt betraten. Diese Augen im Dschungel –«

»Die Roten Jaguare –?«

Ein Geräuschchaos brandete von der Pyramidenspitze zu ihnen herunter. Sie hoben ihren Blick, sahen die kalten, weißen und blauen Flammen, die in die Höhe züngelten, flackernd, unstet, in furchtbarem Glanz. Der Tempel Tzcatlipocas war zu Leben erwacht. Scharf war Cabal Xius Körper umrissen.

»O ihr alten und müden Gottheiten«, intonierte der Priester weiter, »eure Zeit ist zu Ende, so, wie es das Katun der Langen Zählung im Buche Balam verfügt hat. Eure Macht ist geschwunden und zerbrochen –«

Die Flammen züngelten höher: flüssig, silbrig, unnatürlich. Cabal Xiu hob seine Hände dem lauernden Mond entgegen.

»Jetzt ist die Zeit gekommen. Das *Katun* Ce-Acatls ist erneut angebrochen. Der Anbruch des sechsten Zeitalters...«

Ronin blinzelte. Die Gestalt des Priesters schien zu pulsieren und – zu wachsen!

»Komm, Xaman Balam!«

Die Flammen tobten hinter ihm. Höher. Immer höher.

Ein mahlendes, knirschendes Brüllen, als sich sein Leib aufblähte, verwischte.

Die Nacht erstarb in platingrauen Farben.

Ronin schloß seine Augen, und er wußte, daß Moichi ebenso handelte. Als er seine Lider wieder hob und zur Spitze der Heiligen Pyramide hinaufsah, erblickte er vier

Gestalten. Sie mieden die Mitteltreppen. Über die riesigen Außenstufen des Bauwerks schritten sie herunter.

»Es ist vollbracht«, hauchte Kin Coba, und ihr verzogenes Antlitz wirkte noch fremdartiger, noch bizarrer in dem widernatürlichen Licht. »Xaman Balam lebt wieder!« Sie drehte sich um und sah Ronin an.

»Wer – wer ist das?« wollte er wissen.

»Der Eine-Der-Vier-Ist«, sagte Uxmal Chac. Er machte den ersten Schritt, wollte die Heilige Pyramide hinaufsteigen. Er hat die Katastrophen aller Zeiten überlebt. »Er ist es, der in der Alten Zeit die vier Ecken der Welt emporhielt...«

Sie waren völlig identisch, diese vier Wesenheiten, mit langen, flammenden Augen, die weder menschlich noch tierisch waren, mit langen Rüsselnasen, schmalen, spitz zulaufenden Schädeln, die im matten Licht des Mondes glänzten, mit breiten Mäulern und dicken, geschürzten Lippen.

Einer war ganz in Rot gekleidet; einer in Weiß; einer in Gelb; einer in Schwarz.

Gleichzeitig öffneten sich die vier Mäuler, und vier identische Stimmen rollten unheimlich zu ihnen herunter, überfluteten sie:

»Unaufhaltsam bin ich wiedergekehrt, ich: Xib, Sac, Kan, Ek. Hört, Caman Balan spricht zu euch nach diesen vielen *Katun!*«

Moichi zitterte beim Klang der fürchterlichen Stimmen.

Und die Wesenheiten stiegen tiefer, bis sie die dem Boden am nächsten gelegene Pyramidenstufe erreicht hatten.

»Die Beschwörung Tzcatlipocas steht bevor, und wenn Er kommt, so wird Er die Majapan aus den Tiefen zurück in das Land des Chacmool geleiten, hin nach Xich Chih, in die heiligste aller Städte!«

Fahlgrüne Blitze prasselten in der Luft, und ein scharfer Gestank breitete sich aus.

»Mit der Vereinigung der Seiten beginnt das Heilige Opfer!« Sie zeigten auf Ronin. »Du wirst gegen die Macht des

Tzcatlipoca kämpfen, so, wie es in der Alten Zeit getan wurde, denn ohne Streit, ohne Blutvergießen, vermag Er nicht zu kommen. Du wirst aufsteigen zur vierten Stufe.«

Ronin zählte. Insgesamt gab es neun Stufen.

»Die Grenzlinien«, fuhren die Wesenheiten fort. »Auf dieser Fläche der Heiligen Pyramide sind sie enthalten...«

Und plötzlich konnte sich Ronin wieder bewegen. Doch er war nicht Herr seines Geistes. Sein Körper bewegte sich entsprechend der eingeistigen Impulse der fremden Wesenheiten! Er war eine Marionette...

Über die Mitteltreppe stieg er zur vierten Pyramidenebene hinauf.

»Der Schädel«, sagte Ek, der schwarze Aspekt des Xaman Balam.

Xib, der rote Aspekt stand unmittelbar über Ronin auf der siebenten Stufe. Er trug eine grinsende Totenschädelmaske.

»Der Geier!«

Sac, der weiße Aspekt in der Maske eines herabstoßenden Vogels, stand auf der sechsten Stufe, links von Ronin.

»Das Krokodil!«

Kin Coba, in einer gänzlich von vorspringenden Zähnen übersäten Maske, stand ebenfalls auf der sechsten Stufe, jedoch rechter Hand von Ronin.

»Der Affe!«

Kan, der gelbe Aspekt, stand auf der fünften Stufe, weit links von Ronin.

»Feuerstein!«

Uxmal Chac, in einer hohen, eckigen Maske, stand auf der fünften Stufe, weit rechts von Ronin.

»Dies sind deine Gegner«, erklärte der schwarze Ek, während er zur obersten Stufe der Heiligen Pyramide emporstieg. »So, wie sie gegen dich Aufstellung bezogen haben, werden sie versuchen, dich in die Tiefe zu drängen. Gelingt ihnen das, wirst du sterben, ebenso dein Gefährte. Euer Tod wird Katalysator sein bei der Beschwörung des Tzcatlipoca. Eure vom Rumpf getrennten Schädel, eure dampfenden Herzen werden ihn in sein geliebtes Xich Chih zurückkehren lassen.«

»Und – wenn ich siege?« fragte Ronin.

Ek lächelte, spitz und schwarz wurden seine Zähne sichtbar. »Wenn du das Wunder vollbringen solltest, bis zur Spitze der Heiligen Pyramide aufzusteigen, so wirst du und dein Gefährte frei sein, und ihr werdet diesen Ort verlassen können.« Die seltsamen Augen glühten wie vergiftete Blitze auf. »Aber höre, ich sage dir jetzt, daß es keine Hoffnung gibt. Ich weiß, daß du die Statue Atsbilans gesehen hast, Er-Der-Die-Sonne-Untergehen-Läßt... Ich weiß, daß du den verwüsteten Tempel seines geschlagenen Vaters gesehen hast, dessen Name nicht genannt werden darf. Aber sie wurden aus Xich Chih vertrieben, hinausgejagt, und aus der Erinnerung der Majapan verbannt, als die Zeit der Trennung gekommen war.

Das Buch Balam wurde neu geschrieben, und wir haben nichts zu fürchten. Die Macht Tzcatlipocas ist vorherrschend in Xich Chih –!«

»Wenn dies ein Spiel ist«, rief Ronin, »dann muß es gewisse Gesetzmäßigkeiten geben... Wo sind meine Kräfte?«

Ek lachte, seine Augen glühten wie Leuchtfeuer. »Finde sie, mächtiger Krieger! Finde sie!«

Kan in seiner bizarren braunen Affenmaske näherte sich ihm. Er schwang eine Stange, auf deren Spitze ein zu einem Tierkopf geschnitzter Haken saß.

Ronin zog seine Klinge blank.

Der erste Angriff... Die Stange zuckte heran, er parierte blitzartig. Immer wieder hieb der Affe auf ihn ein, verwischte kraftvolle, blitzschnelle Schläge. Mit explosiver Gewalt schmetterten sie gegen seine Klinge.

Grüne und blaue Blitze umschlossen die Szenerie. Ihren Ursprung fanden sie auf dem Gipfel der Heiligen Pyramide.

Der Affe intensivierte seinen Angriff. Die Schläge wurden härter, erbarmungsloser. Langsam wich Ronin zurück. Die mächtige Steinstufe entlang. Noch immer war er leicht benommen. Seine Reflexe schwerfällig. Sein Gehirn weigerte sich, klar zu denken.

Er wurde zurückgedrängt, weit nach links, bis er direkt unmittelbar unterhalb des Geiers auf der sechsten Stufe stand. Im gleichen Augenblick schnellte sich der Geier ab und landete auf der fünften Ebene.

Ronin begriff, was hier vor sich ging. Ek hatte die Spielregeln nicht vollständig erklärt, genausowenig, wie er die Natur seiner, Ronins, Streitkraft erläutert hatte.

Der Affe hatte ihn auf die linke Pyramidenseite hinübergedrängt. Eine Taktik. Der Geier sollte Gelegenheit finden, herabzusteigen.

Jetzt wußte er, daß er jeden Gegner bekämpfen – und sich gleichzeitig von ihren auf dieser Stufe angestammten Plätzen fernhalten mußte, denn sonst war es ihnen erlaubt, ihn gleichzeitig anzugreifen.

Er fintete, drehte sich und ließ den Affen hinter sich zurück. Er zwang seinen Körper, für ihn zu arbeiten, konzentrierte sich darauf, seinen Geist von jeder Ablenkung zu befreien. Er verließ den Platz des Geiers auf seiner Ebene und erkannte erleichtert, daß er auf der Stufe über ihm zur Bewegungslosigkeit erstarrte.

Der Affe griff erneut an, hetzte herbei, schlug wuchtig zu. Es gelang ihm, Ronin eine Stufe tiefer, auf die dritte Ebene zu zwingen. Er gab nicht auf, startete einen grimmigen Gegenangriff, doch als selbst die komplizierte *Faes* versagte, war er sicher, daß er diesen Kampf nicht gewinnen konnte, wenn er lediglich sein Schwert benutzte. Wo lag der Schlüssel? *Was habe ich für Kräfte?*

Wieder wich er dem heruntersausenden Stab aus. Verzweifelt versuchte er, die Antwort zu finden.

»Begreifst du jetzt, daß dein Sieg unmöglich, deine Niederlage unvermeidlich ist?« rief Ek von hoch oben. »Denn du kämpfst nicht gegen Menschen, sondern gegen die letzten Götter der Majapan!«

Im Augenblick war seine Waffe nutzlos. Er steckte sie in die Scheide zurück. Der Affe spürte seinen Sieg greifbar nahe und sprang ihn an. Die Stange pfiff durch die dunkle, elektrisch geladene Luft, und Ronin griff danach. Endlose Augenblicke rangen die beiden so ungleichen Wesen miteinander, allein durch die hölzerne Waffe miteinander verbunden. Der geschnitzte Stangenschädel zitterte vor Ronins Gesicht, da beugte er abrupt, intuitiv, seine Knie, fetzte die Stange herunter. Muskeln zogen sich auf seinen Armen zusammen, an seinen Halsseiten schwollen mächtige Sehnen an. Er biß seine Zähne zusammen, knurrte, fand neue Kraftreserven tief in sich, übertrug sie auf seine Beine, seine Arme. Seine Muskeln zuckten vor Anstrengung. Ganz langsam gelang es ihm, seinen Körper seitwärts zu drehen. Der Affe begann auszugleichen. Darauf hatte Ronin nur gelauert. Blitzschnell kehrte er seinen Schwung um, stieß Schultern und Arme mit explosiver Kraft in die Gegenrichtung.

Der Affe taumelte.

Die Waffe gehörte Ronin!

Vorhin, das begriff er jetzt, hatte er sich geirrt. Der geschnitzte Schädel auf der Stange war kein Tierschädel, sondern der eines Menschen. Das Unterbewußtsein hatte sich dieses Problems angenommen, daran gearbeitet – und die Lösung gefunden.

Mit ungeheurer Kraft rammte er das Schnitzwerk in die Fratze des Affen. Es verging in einer Wolke erstickend stinkenden Pulvers, das grell in der feuchten Nacht erblühte. Kans kopfloser Körper sank auf den kalten Stein.

»Der erste Zug ist beendet«, intonierte Ek mit melancholischer Stimme. »Der Mensch hat den Affen geschlagen.«

So gibt es also doch einen Weg, dachte Ronin. Unmittelbar über sich nahm er eine Bewegung wahr. Der Geier ließ sich auf die vierte Ebene herunter. Ronin ließ die Stange hochzukken. Der Geier zerschmetterte sie mit einem einzigen Hieb. Die Trümmer wirbelten durch die Luft. Auf dem Steinpflaster vor der Heiligen Pyramide blieben sie liegen.

Also nennt jeder Gegner eine andere Abwehr sein eigen. Wie soll ich sie durchschauen?

Der Geier erreichte die dritte Stufe.

Ronin hatte den Affen geschlagen, dabei jedoch eine Stufe verloren. Er stand eine Ebene tiefer. Die Gefahr, von der Pyramide heruntergedrängt zu werden, war größer geworden.

Er konzentrierte sich auf seinen zweiten Gegner. Der Geier trug keinerlei Waffen, aber seine Arme waren dünn, bräunlichgelb, schuppig, und als er sie anhob, sah Ronin, daß sie in vierzehigen Klauen endeten.

Der Geier federte heran. Die gefährlich gekrümmten Klauen blitzten auf. Ronin pendelte seitwärts weg. Um Haaresbreite verfehlte ihn der fürchterliche Hieb. Er duckte sich. Der Geier sprang mit einem wilden Satz heran, seine Krallen fetzten in Ronins Schulter und rissen an seinem Fleisch. Er stöhnte. Taumelte weg. Der Stufenrand kam irrsinnig schnell näher. Ronin stürzte hinunter. Er riß den Geier mit sich.

Die zweite Ebene.

Fahrig wischte seine Rechte an den Gürtel, tastete nach dem Dolch. Die Klaue des Geiers grub sich tiefer in seine Schulter. Da! Endlich konnte er die Waffe ziehen, das flakkernde Licht züngelte über die Klinge. Ronin stieß zu. Die Klinge scharrte über den Schuppenarm des Geiers. Der schmerzhafte Zugriff blieb bestehen. Feuer tobte in der Wunde. Keuchend stieß Ronin erneut zu. Der Geier schlug nach der Waffe. Ein schriller Schrei gellte hinter der Geiermaske auf. Ronin rammte den Dolch in den Leib des Geiers. Widerwärtig süßlicher Gestank wallte auf.

Schmerzen...

Die Kante der zweiten Stufe war wie eine Schwertklinge unter seinen Stiefelsohlen. Das Gewicht des Geiers drückte ihn hinunter. Gleich – gleich mußte er auf die erste Stufe hinunterfallen!

»Moichi!« brüllte jemand. »Moichi!«

Er war es, der rief.

Und er rief erneut.

Ein Rascheln. Stampfende Schritte.

Sein Körper neigte sich gefährlich. Der Geier drückte erbarmungslos.

»Ah!«

Ein leichter Luftzug hinter ihm.

Die Krallen meißelten in seinen Körper, und er verschloß seinen Verstand vor dem alptraumhaften Schmerz.

Der Geier stemmte sich gegen ihn.

Rücklings fiel er!

Nein! Nein!

Doch sein Sturz wurde gestoppt. Er fiel nicht auf die erste Stufe hinunter. Plötzlich krachte er mit seinem Rücken gegen festes Fleisch... Er stemmte sich hoch, fand sein Gleichgewicht wieder. Sein Herz hämmerte. Plötzlich war die Kraft wieder in ihm. Er ließ den nutzlosen Dolch fallen und wand vor Schmerz schreiend die fürchterliche Klauenhand aus seiner Schulterwunde.

Keuchend holte er Atem. Er zitterte. Adrenalin schoß durch seinen Körper. Er schmetterte seine geballte Faust gegen die Klaue. Schweiß perlte auf seiner Stirn. Der Geier winselte. Mit einem häßlichen, splitternden Geräusch zerbarst der hohle Knochen, die porösen Sehnen. Schwarzes Blut sikkerte in eisigen Perlenreihen aus dem verstümmelten Arm.

Die Geiermaske vibrierte, erschien plötzlich lebensecht, und die unversehrte Klauenhand zuckte vor. Der Geier warf sich wieder auf Ronin.

Ein grauer Schatten, der vor ihm aufblühte, tödlich... Der schwere Hauch abgeworfener Jahrhunderte. Ohne einen weiteren Gedanken zu verlieren, sprang Ronin auf und davon.

Die dritte Stufe. Keuchend kreiselte er herum, sah hinunter. Der zerschmetterte Körper des Geiers kniete vor Moichis Körper...

»Der zweite Zug ist vollbracht«, sprach Ek von der Pyramidenspitze. »Das Haus schlägt den Geier.«

Schon entstand eine neue Bewegung über ihm. Kin Coba, das Krokodil, federte auf die vierte Stufe herunter. Die verzerrten Kinnbacken klafften nur Zentimeter vor seinem Gesicht. Ronin rollte weg, kam auf die Füße, und sie setzte ihm nach, ihre rechte Hand erhoben; eine Streitaxt zuckte herunter...

Erneut wich er aus. Er zog seine Klinge, ließ sich hochrukken. Er parierte ihren Schlag. Sie drehte sich, schwang die Axt in einem knappen Bogen herum ... Er duckte sich weg. Darauf schien sie gewartet zu haben: sie sprang auf die dritte Stufe herunter.

Er erholte sich, schlug nach ihr, glich die Erschütterung aus, die entstand, als die beiden Waffen gegeneinandergeschmettert wurden. Ein Chaos von Funken und Lärm.

Blut pulste aus der Schulterwunde. Momentan vermochte das in ihm pulsende Adrenalin den Blutverlust zu kompensieren, doch nur allzubald –

Er hielt seine Stellung, ließ sie herankommen, zuschlagen, immer wieder. Er parierte jeden Schlag, schätzte ihre Kampftaktik ab.

Sie war schlau. Mehr als einmal wäre es ihr beinahe gelungen, seine Abwehr zu durchstoßen. Und, was noch ausschlaggebender war: sie schien unermüdlich. Unablässig variierte sie ihren Angriffswinkel, unablässig schlug sie zu, vorsichtig und wütend gleichermaßen, jeder Schlag voller Berechnung. Eine Zerstörungsmaschinerie. Und an der Peripherie seiner Sinne leckten Schmerz und Ermüdung. Die Ahnung der Niederlage schlich sich in seinen Geist.

Er schüttelte den Kopf, wagte einen raschen Blick zu Ek hinauf, der hoch über ihnen stand. War es Einbildung, oder hatte er sich konzentriert vorgebeugt? Ronin wußte plötzlich, daß die Gedanken an Niederlage und Tod nicht seine eigenen waren ... Er wandte seine Konzentration wieder dem Kampf auf der dritten Stufe zu. Sein Schwert allein vermochte sich gegen die Göttin nicht durchzusetzen ...

Was war es dieses Mal?

Eine mögliche Antwort sah er über den kalten Stein herankriechen.

Eine kleine Eidechse! Knapp einen Meter hinter dem Krokodil. Die hellen Augen starrten hoch, die gespaltene Zunge zuckte vor und zurück.

Wieder krachten die Waffen gegeneinander.

Die Eidechse schien von den vervielfältigten Bewegungen

der Kämpfer wie gebannt. Ronin wich zurück, die Eidechse flitzte vor. Noch weiter ließ er sich von dem Krokodil zurückdrängen. Die Eidechse war jetzt direkt hinter dem Gegner, am Boden kauernd.

Ronin griff an! Warf sich gegen das Krokodil. Es taumelte rückwärts. Ein nackter Fuß trat auf die Eidechse. Das Tier quiekte, krümmte sich.

Das Krokodil taumelte. Nur eine Sekunde lang.

Mehr brauchte Ronin nicht.

Die flache Seite der Klinge knallte gegen das Gesicht des Krokodils und schickte es zu Boden.

Sie schrie, als sie hinunterstürzte. Die Maske rutschte weg. Dann lag sie am Fuß der Heiligen Pyramide. Ein wuchtiger Donnerschlag wurde laut.

Ronin schwang sich auf die vierte Stufe hinauf.

»Der dritte Zug ist vollendet«, schrie Ek. »Die Eidechse schlägt das Krokodil.«

Er erreichte die fünfte Ebene.

Jetzt wurde er von Uxmal Chac, dem Feuerstein, angegriffen. Das Licht des niedrigstehenden Platinmondes, das die schwankenden Wipfel der zusammengedrängt stehenden Bäume im Westen mit Reif überzog, spiegelte sich blendend in der hohen, metallischen Maske.

Die Nacht schwand. Würde die Dämmerung Tzcatlipoca bringen?

Grau-grüne Blitze flackerten über der Heiligen Pyramide. Ein fernes Donnergrollen strahlte aus dem Tempel Tzcatlipocas an der Spitze der Pyramide.

Der Schmerz in der Schulter nahm zu. Ronin begegnete dem geschmeidig geführten Hieb mit der sichelförmigen Feuersteinklinge. Uxmal Chac keuchte überrascht auf. Ronin drängte voran. Sein eiserner Wille zwang die Schmerzen zur Bedeutungslosigkeit nieder.

Meine Zeit ist gekommen! dachte er wild, und er stieß den Kampfschrei seiner unbekannten Ahnen aus, ein Schrei voller Kraft und Entschlossenheit, ein Schrei der Stärke und der Ausdauer.

Uxmal Chac schien verwirrt, sein Angriff wurde gestoppt. Dann fing er sich wieder, die Waffe flog hoch, über seinen Kopf; Ausgangspunkt für einen wuchtig geführten Abwärtsschlag.

Ronin war schneller, viel schneller.

Sein ansatzlos geführter Hieb spaltete die hohe Maske.

Große gelbe und blaue Funken flogen hoch. Die Klinge fraß sich rasend schnell durch Metall, Knochen, Fleisch...

Uxmal Chacs Körper löste sich auf, zerfaserte wie Rauch im Sturmwind.

Ein Krachen wie von zerbrechendem, trockenem Gestein.

Er schwang sich auf die sechste Ebene hinauf.

»Ah, nein!« Eks Stimme war von Grauen erfüllt. Er rasselte keine Litanei mehr herunter. Aus der Tiefe war der verzweifelte Schrei Kin Cobas zu hören, die ihren zerschmetterten Körper die Stufen der Mitteltreppe hochzog:

»So ist es also wahr! Der Lange Bericht im Buche Balam kann nicht verfälscht werden –«

Geschafft!

»Nein«, schrie Ronin und schritt über die sechste Ebene. »Ich wurde im *Katun* Ce-Acatl geboren. Mit meinem Vater wurde ich im *Katun* Ce-Acatl aus Xich Chih vertrieben. Und so, wie es im Buche Balam vorhergesagt ist, kehrte ich im *Katun* Ce-Acatl wieder!«

»Was?« Ek warf seine Hände hoch. »Was ist das für ein Wahnsinn? Was weißt du von Atsbilan, Krieger?«

»Alles!« rief Ronin. »Denn ich bin Er-Der-Die-Sonne-Untergehen-Läßt!«

Ek kreischte: »Unmöglich! Es kann nicht sein!«

Ronin stürmte weiter. Sein Blick war hart auf Xib, den Totenschädel, gerichtet, der auf der siebenten Stufe zum Leben erwachte. Ein frischer Wind war aufgekommen, und als er sie erreichte, drehte sich Ronin um und sah im Osten den Horizont, die schwachen rosafarbenen und perlgrauen Streifen, wie vom Pinselstrich eines begnadeten Künstlers hingehaucht. Der Tagesanbruch kündigte sich an.

»Kehrt um!« rief Kin Coba. »Kommt wieder zusammen!«

Vornübergebeugt, lauernd kam der Schädel näher.

Ronin schaffte die siebente Stufe.

»Oh, Tzcatlipoca!« Ek reckte seine Hände dem schwarzen Himmel entgegen. »Herr des Mondes und des Polarsternes und der Tiefe der Nacht, ist dies wirklich Atsbilan – oder nur ein Hochstapler?«

Das war es, was ihm Angst machte. Er nutzte es aus.

»Ich bin es, Ek! Atsbilan ist zurückgekehrt! Wer sonst, außer Ihm-Der-Die-Sonne-Untergehen-Läßt könnte sich gegen die Streitkräfte des Tzcatlipoca im Heiligen Spiel behaupten?«

Und er griff den roten Aspekt an. Der Schädel wich zurück, zog ein Ebenholz-Rapier hervor. Die Klinge war dünn und biegsam. Der Elfenbeingriff schimmerte.

Die beiden ungleichen Klingen blitzten auf, kreuzten sich.

»Vernichte ihn!« schluchzte Kin Coba. »Er darf die neunte Stufe nicht erreichen!« Obwohl ihr Rückgrat zerschmettert war, mühte sie sich noch immer ab, die Mitteltreppe hinaufzukriechen, ein zugrunde gerichteter Jaguar, edel selbst im Tode.

Beidhändig ergriff er sein Schwert und führte es gegen das blitzende Rapier. Der Anblick des grinsenden Schädels brannte sich in seinem Gehirn fest. Die roten Gewänder wallten und wirbelten. Die Klingen woben ein kompliziertes Muster aus Stoß, Finte und erneutem Stoß in die Luft.

Über die gesamte siebente Ebene kämpften sie wie zwei Teufel, jede Unze Kraft einsetzend und nutzend, jeden Trick. Ein tödlicher Tanz, so exakt, so geometrisch wie die stille Steinstadt zu ihren Füßen. Sie wirbelten und sprangen, drehten sich, kreisten, warfen sich vor, wichen zurück, belauerten sich, warteten auf die Gelegenheit, dem Gegner den tödlichen Stoß zu versetzen.

Der Wind nahm zu. Ein steifer Ostwind. Er zerrte an den karmesinroten Gewändern des Schädels, ließ Ronins langes Haar flattern.

Eks fieberhafte Schreie erhoben sich erneut in die vergehende Nacht:

»Tzcatlipoca, höre den Ruf Deiner Kinder, die Dir treu und unermüdlich durch die endlosen *Katun* der Zeit dienten! Wir müssen siegreich sein heute nacht, denn Deine Zeit in Xich Chih ist wiedergekommen! Erneut soll es bis zum Überfließen mit Deinen Dienern erfüllt sein, mit Dienern, die mit dem umherschleichenden Chacmool gehen; die Dir ergeben zu Diensten sein werden. Hilf uns jetzt! Hilf uns gegen Deinen Feind!«

Die grünen und blauen Blitze prasselten, und Ronin kam es so vor, als sei der verzweifelte Ruf des Ek erfolgreich, denn zweifellos wurde der Angriff des Schädels wilder, mit jedem Schlag schien er kräftiger zu werden. Ronin wurde zurückgedrängt. Benommenheit sickerte in seinen Schädel. Drohend ragte sein Gegner in der Perlmuttnacht auf, das Rapier ein blitzender Schemen, der auf einer tödlichen Flugbahn heranraste.

Ein Schlag, den nichts mehr aufhalten konnte.

Ein Schrei! Fern... Er flackerte in seinem Geist empor. Ein beruhigendes Geräusch, wie das sanfte Plätschern des Regens. Ein Zittern erhob sich in seinem Innersten. Rote und gelbe blitzartige Funken. Energieströme, die sich in geometrischer Reihe vervielfachten.

Er versuchte keine Parade.

Das Rapier raste auf sein Herz zu. Wie im Traum hob er sein Breitschwert, leicht schräg, noch höher, bis es mit einem melodischen Aufseufzen, den richtigen Winkel erreicht hatte.

Die Klinge schien vor Freude zu pulsieren. Die ersten Sonnenstrahlen fanden ihren Weg über den Horizont. Geschmolzenes Metall. Ronin fühlte die Vibrationen der Energie, und sein gesamtes Ich schien sich vor Kraft auszudehnen.

Die lange, schöne Klinge wurde mit rosafarbenem Licht überschwemmt, ein heller Lichtstoß explodierte an ihrer Spitze, eine Verlängerung der Sonnenstrahlen, die den östlichen Horizont erfüllten.

Der Schädel wurde am Halsansatz getroffen.

»Oh!«

So ein kleiner, pathetischer Laut von den Lippen eines Gottes...

Die Maske blähte sich grotesk auf, zersplitterte wie ein gläserner Kelch. Schwer fiel Xibs kopfloser Körper auf die mächtigen Steinstufen. Stufe um Stufe. Ein wirbelndes, scharlachfarbenes, graues Etwas.

Die Kraft erfüllte Ronin. Er sprang auf die achte Ebene, rollte sich ab, federte wieder auf die Füße – und dann zog er sich auf die neunte Ebene... Die Spitze der Heiligen Pyramide Tzcatlipocas.

Ek türmte sich vor ihm auf, die schwarzen Gewänder wogten klar und zart um seinen Leib. Er schleuderte eine flache Steinsichel nach Ronin. Sie traf seine Klinge. Seine Hand öffnete sich. Mit einem hellen Klirren fiel das Schwert zu Boden.

Ronin federte nach rechts davon, riß die gewaltige Messingpfanne hoch, hell glühten die Kohlen, er fetzte sie aus der Verankerung und rammte sie in Eks Gesicht.

Mit einem eigenartigen, trockenen Puffen ging die Maske in Flammen auf.

Ronin hetzte weiter. Zu seiner Klinge. Er riß sie hoch, rammte sie in die Scheide, dann kreiselte er wieder herum. Der brennende Körper Eks zuckte. Der Körper schwankte, als könne er – plötzlich gewichtlos geworden – die stoßweisen Gegenströmungen des Windes erfassen.

Ronin starrte auf das verkohlte, rauchende Loch zwischen den breiten Schultern.

Dort tat sich etwas... Ein unheimlicher, unmenschlicher Schrei wehte heraus. Gigantische Kiefer schienen an den Eingeweiden zu reißen. Die Luft ringsum vibrierte und zitterte.

Einen Herzschlag lang konnte er nichts mehr sehen.

Dann klarte die Luft auf. Ek war verschwunden.

Wiedervereinigt waren die vier Brüder aus der Alten Zeit wieder der eine geworden: Xaman Balam, die rechte Hand des finsteren Tzcatlipoca, Schmied der Trennung, Anstifter des neuen Buches Balam, Abgesandter der Finsternis.

Geboren im Westen, wo die Dunkelheit stets zu Hause

war, waren seine Gewänder von so tiefem Schwarz, daß sie das Licht zu absorbieren schienen, und sein massiger Schädel, der auf den breiten, mächtigen Schultern thronte, zeigte das atavistische Antlitz des Chacmool, das Abbild seines Herrn: rot, schwarz gefleckt, spitze gelbe Reißzähne, die aus der weit vorspringenden Schnauze starrten, die runden gelbschwarzen Augen blickten grimmig und starr.

Und Ronin, der noch immer von der Dünung der Energie durchlaufen war, wußte gleichsam, daß er den Kampf mit diesem Alptraumgott bestehen, siegreich bestehen konnte. Die Macht, die ihm in diesem Augenblick gegenüberstand, war furchteinflößend, in der Tat, und sein Körper zitterte unter den pulsierenden Ausstrahlungen.

Denn der Tod war es, der ihm gegenüberstand, und das Leben war im gleichen Augenblick außerhalb jeder Vorstellungskraft gerückt.

Xaman Balams mächtige Kiefer mahlten. Ein Ton quoll ins Freie, den noch kein Sterblicher gehört hatte.

So sprach der letzte große Gott von Xich Chih, und Ronin zitterte, geschwächt vom Begreifen der jede Vorstellung übersteigenden Macht. Xaman Balam setzte sich in Bewegung. Ronin zog sein Schwert, machte sich bereit, zu kämpfen. Einen Sekundenbruchteil schloß er seine Augen, starrte in sein Innerstes hinunter, um seine Seele für die dunkle Reise des Todes bereitzumachen.

Und Xaman Balam kam näher, seine Hände zuckten hoch, die Krallen zuckten rhythmisch. Ronin umkrampfte den Griff der nutzlosen Klinge fester, spannte seine Muskeln an für den letzten, ohnmächtigen Schlag. Er hob die Klinge.

Aber der Gott blieb stehen. Ronin brauchte mehrere Herzschläge lang, um zu begreifen, daß der Gott seinen Angriff aufgegeben hatte... Daß er – im Gegenteil – Anstalten machte, demütig zu bitten...

Ronin wandte sich ab, und sah der aufgehenden Sonne entgegen.

Helligkeit flutete aus dem Osten heran. Breitete sich mit unglaublicher Geschwindigkeit aus. Wellen schlagend.

Und jetzt sah Ronin, daß es eine große Schlange war, deren gigantischer Leib mit gewaltigen Federn in jeder existierenden Farbe bedeckt war. Sie glitt direkt auf die Spitze der Heiligen Pyramide Tzcatlipocas zu. Xaman Balam stand bewegungslos, wie von einem tödlichen Streich getroffen.

Und Ronin hörte die hinter ihm laut werdende Stimme:

»Oh, Xaman Balam, dies ist unser Ende! Atsbilans Rückkehr hat auch seinen Vater zurückkehren lassen, so, wie es der Lange Bericht weissagte!« Kin Coba war es, die dies ausgesprochen hatte, voller Ehrfurcht, bleich und schön und schrecklich.

»Kukulkan ist nach Xich Chih zurückgekommen! Wir sind vernichtet!«

Der Schädel der großen Schlange war den verwüsteten Steinmetzarbeiten über den Türbalken des kleinen Tempels so ähnlich ... Dann schwebte sie über Xaman Balam. Der gigantische Körper war in ständiger Bewegung. Das vom Wind zerzauste Gefieder war wie ein Farbenorkan.

Die kräuselnden Windungen senkten sich herunter, wickelten sich um den finsteren Gott, nahmen ihn in die gefiederte Umarmung, drückten, zogen sich zusammen, bis die riesigen, wilden Kinnbacken knirschten und der Chacmool-Schädel in schriller Qual zurücksenkte und die zuckenden Füße vom kühlen Stein seiner geliebten Pyramide gerissen wurden.

Xaman Balam schrie gellend auf, ein durchdringendes Heulen, das den Himmel zu zerreißen drohte.

Noch immer legte Kukulkan die Windungen seines Schlangenleibes um die furchterregende Gestalt.

Dann sprach Kukulkan:

»Es ist vollbracht, mein Sohn!«

Ronin ließ seine Klinge in die Scheide gleiten, dann hob er die Faust mit dem Makkonhandschuh hoch, die Innenfläche nach oben geneigt, ein Gruß der Freundschaft.

Rubinrotes Licht glühte auf, immer schneller, bis die Farbe so intensiv waberte, daß man nicht mehr in ihre Tiefen sehen konnte.

Dann sprang das Licht von seinen ausgestreckten Fingern davon, und fraß sich säuregleich in die runden Augen des chacmoolköpfigen Gottes.

Ein Hitzeblitz.

IV
Flieger

Blau. Weiß. Blau. Grauweiß, gesprenkelte Farbtöne. Ein Rauschen hallte in seinen Ohren. Kühle Luft fächelte über seinen Körper, Balsam für seine Wunden, seine Schmerzen.

Schwerelos.

Seine Augen schlossen sich vor lauter Müdigkeit. Sein Verstand schwebte.

Seine Hände ergriffen die weichen, zitternden Federn. Ein gewaltiges Flattern. Fächer. Das Tencho, so weit entfernt. Ein starkes Kräuseln.

Er strengte sich an und öffnete ein Auge. Tag. Weil es noch hell war. Zeit genug, zu schlafen, nachdem die Dunkelheit hereingebrochen ist.

Er streckte sich, blickte hinunter. Ein Spalt in der Wolkenschicht, sich teilender Marmor. Tief, tief unter ihm bog sich das flache Meer von ihm fort, folgte der Krümmung der Welt. Das reflektierende Licht der heißen Sonne, in Nadelspitzen von blendendem Weiß zerhackt, tanzte über die Oberfläche, ließ an einen Kessel voll geschmolzenen Goldes denken. Er suchte nach einem schwarzen Fleck in der goldenen Unendlichkeit. Moichi? Moichi, wo bist du jetzt?

Ronin ritt auf Kukulkan, der Großen gefiederten Schlange, fort, immer weiter fort von der buckligen Insel, in deren Zentrum die Steinstadt Xich Chih in die Höhen ragte, und die jetzt in einem schnellen, brandlosen Erdbeben verschwunden war. Das brodelnde, blaugrüne Meer dehnte sich aus, ein veränderliches, dämmriges Reich.

Xich Chih trieb jetzt auf den Fluten.

Über seinem Schädel die perlgrauen Unterseiten der Wolken, die sich in den hohen Winden bildeten und wieder zerfaserten. Städte am Himmel. Ein großer, majestätischer Regenbogen.

Und Ronin, jetzt trunken von der Freude des Lebens, ergreift die pulsierenden Seiten, die buschigen Federn. Warum sind sie unter seiner Berührung. Und er breitet seine Arme weit aus, Triumph, während das Blut in seinen Adern singt, das Licht hinter seinen Augen pulsiert, Teil dieses fliegenden Kolosses ist er, den Kin Coba *Schöpfer der Sonne* nannte, bevor sie starb.

Wie ein Insekt war sie die breite Steintreppe hinaufgekrochen.

Der Himmel wurde heller. Der Mond weigerte sich in diesen Breiten, unterzugehen. Trotzdem nahm seine volle Gestalt ab. Denn jetzt war es die Erde, die dunkel wurde, dunkel wie die Nacht, da hinter ihnen mächtige schwarze Rauchwolken aus den sich verbreiternden Spalten in der Stadt Xich Chih hervorquollen.

Die Grundfesten der Insel begannen sich aufzulösen.

Die Pyramide bebte. Kin Coba wandte ihr aschfarbenes Gesicht ab, als Kukulkan sprach:

»Klettere auf meinen Rücken, mein Sohn!«

Ronin machte eine hastige Handbewegung. »Mein Freund. Ich werde ihn nicht zurücklassen.«

Die große gefiederte Schlange schüttelte den Schädel, sagte jedoch nichts.

Ronin drehte sich um und stürmte die Treppenstufen der Pyramide hinunter. Das Flackern der blauen und grünen Blitze war beim Herannahen Kukulkans versiegt.

»Komm!« rief er Moichi zu. »Komm!«

Benommen stieg der große Mann in die Höhe.

Steinsplitter wirbelten durch die Luft. Größere Brocken glitten in die Tiefe, zerbarsten. Seine Nase füllte sich mit Staub. Der stechende Gestank frei werdenden Schwefels betäubte ihn schier. Er rutschte aus. Ein weiterer Brocken löste sich und polterte in die Tiefe. Gezackte Linien erschienen auf den einst so fugenlos glatten Dämmen. Schwaches rotes Leuchten pulsierte in den Tiefen.

Seite an Seite stürmten sie zur Pyramidenspitze hinauf. Hinter ihnen brach die Treppe zusammen. Kin Cobas zusammengesunkene Gestalt. Ihre Topasaugen starrten in die Tiefe, hart wie Glas. Fort von Tzcatlipocas Feind...

Der Wind wurde stärker, wütender. Gut die Hälfte der Bauwerke war vom Rauch verdunkelt.

Mächtige Schwingen trugen sie durch die Luft. Die Trümmerstadt blieb schnell unter und hinter ihnen zurück, bis sie nur noch ein gewaltiger Stein-, Staub- und Knochenhaufen war.

Und dann das Meer.

Mein Leben ist nichts anderes als ein Traum voller Überraschungen, dachte Ronin jetzt, allein mit dem Schöpfer der Sonne. Es gibt keine Vergangenheit. Es gibt keine Zukunft. Es gibt nur eine Gegenwart, verlockender, fürchterlicher, schöner als jede Vision.

Das Schiff erwartete sie. Das hatte er wenigstens gedacht. Doch als sie zu den schäumenden Wellen hinunterstießen, sagte Kukulkan: »Nur für deinen Gefährten. Du steigst mit mir auf, mein Sohn.«

So hatten sich Moichi und Ronin getrennt.

»Wenn wir uns das nächste Mal treffen –«

»Werde ich dich erkennen.« Und Moichi ließ sich auf das hölzerne Deck hinunterfallen.

Schäumende Korallenriffe fielen hinter ihnen zurück, als sie über die Jadetiefen hinausflogen, dorthin, wo das Unbekannte lauerte, unergründliche, in der Morgendämmerung der Welt geborene Wunder, noch immer in ihrer halbdunklen Welt ewigen Schattens lebend. Vorbei an den gewaltigen Gräben, die noch immer von Äon zu Äon bebten, die Meere sich aufbäumen ließen, Schiffe und Inseln verschluckten, die auf ihren niederen Basaltgrundfesten ruhten. Vorbei an unermeßlich tiefen Schluchten, in denen kein Leben oder aber der Anfang allen Lebens hauste. Vorbei an riesigen Granitsteinplatten, weiter, immer weiter.

Der Planet drehte sich unter ihnen. Irgendwann fiel Ronin in einen unruhigen Schlaf. Die Nacht brach herein.

Jedoch nicht lange. Obwohl sich der Weg der Sonne seinem Ende zuneigte, flog Kukulkan so hoch, daß sie sich in einer Region befanden, in der die Dunkelheit keine Macht hatte. Hier hatte die Sonne, die nach wie vor mit all ihrem Leben und ihrer Wärme strahlte, die Oberherrschaft.

So schlief Ronin, sein Körper ruhte sich aus, seine Kraft erholte sich von der schrecklichen Zerreißprobe auf der Heiligen Pyramide. Götter hatte er geschlagen...

Und Ronin träumte...

Von einer riesigen Katze mit dem Körper einer Frau. Sie schnurrte und umrundete ihn, drückte ihren warmen, geschmeidigen Körper gegen ihn. Ihre Augen waren wie glühende Steine. Ihre Lippen weich. Die Oberschenkel fest. Ihre Brustwarzen strichen über seine Brust... Grausam! Ja, ihre Augen waren grausam...

Von einer kopflosen Statue, die von Unkraut und langen Lianen in Besitz genommen worden war. Die Schriftzeichen auf ihrem Sockel waren von den Gezeiten gefressen worden.

Die Antwort blieb irgendwo in der Tiefe unter ihm zurück...

Sag es mir! schrie er in einer Explosion weißer Blasen.

Sag es mir! schnurrte die Katzenfrau, während sie ihn in sich aufnahm.

Ein Schatten. Stechender Tiergeruch. Ein tiefes Wiehern, so vertraut. Ein kehliges Schnauben. Kalte Luft. Schwarze Geweihe, von weißem Reif überzogen. Die Sonne versank hinter einer Bank lavendelfarbener Wolken. Die wilden, menschlichen Augen. Die Furcht –

Sag es mir! Sag es mir jetzt!

Zwei Stimmen.

Er tritt vor.

In den blendenden Glanz der Dunkelheit.

Unter ihm der mächtige Kukulkan. Er genießt den schnellen Flug über das Antlitz der Welt. Lange mußte er auf diesen Tag warten. Er spürte die Sonnenhitze auf seinen flatternden Federn und erfreut sich der Energie.

»Wach auf«, ruft er leise. »Wach auf, mein Sohn!«

Und Ronin öffnet seine Augen, schaut durch die marmorierten Wolken in die Tiefe, vorbei an den unter ihnen kreisenden Möwen, auf ein fernes Ufer, auf steile Klippen, die aus dem Jademeer ragen.

»Siehe«, flüsterte Kukulkan. »Ama-no-mori!«

Zwei

JENSEITS DER MYTHEN DES MORGENS

I

Die Kisokaido entlang

Die lavendelfarbene Libelle sprang in die Luft. Ihre Flügel waren wie glänzende Fächer im Mondlicht ausgebreitet. Der warme Lufthauch trieb sie davon.

Er hörte das Tosen und Donnern der Brandung unter sich, die niemals endend gegen den Fuß der Steilklippe schäumte. Das Zirpen von Insekten umgab ihn.

Ama-no-mori.

Zum hundertsten Male wiederholte sich der Name in Ronins Gedächtnis. Sie waren aus der goldenen, sonnendurchfluteten Höhe heruntergeglitten. Dämmerung. Abend. Nacht. Finsternis umfing sie.

Er löste sich von dem mächtigen, sich windenden Leib seines Vaters, der wenige Zentimeter über dem Boden schwebte, federte auf der Erde auf.

Kukulkan erhob sich wieder in die Lüfte.

»Leb wohl, mein Sohn!«

Ronin ließ feuchte Erdklumpen zwischen seinen Fingern hindurchrieseln, während er ihm nachstarrte, wie er zu der hinter dem Horizont verborgenen Sonne aufstieg.

Eine Lichtung, von einem mit Ahornbäumen bewachsenen Abhang begrenzt. Die Nachtluft war mild und rein. Bald, so wußte er, würde er aufbrechen, und die Suche nach den Bujun, dem legendären Volk Ama-no-moris, des großen Magiers dor-Sefrith, dessen rätselhafte Schriftenrolle er bei sich trug, aufnehmen. Eine Schrift, die, sobald sie übersetzt war, das Schicksal aller Menschen wenden konnte. Jetzt aber genoß er für einen kurzen Moment den erlesenen Geschmack des Sieges. Endlich auf dem Boden Ama-no-moris. Die lange, anstrengende Suche hatte endlich ein Ende gefunden.

Er legte sich zurück, starrte zu den hoch über ihm kreisenden Sternen hinauf, während sein Rücken feucht wurde. Er dachte an Kukulkan und sein Sonnenreich. Er dachte an den Flug, an die vibrierende Kraft, an das smaragdgrüne Meer, das unter ihnen dahingetrieben war. An den warmen Wind, der in sein Gesicht gefaucht hatte, während sich die Welt unter ihm drehte. Bald. Er schloß die Augen.

Das leise Rascheln des Grases weckte ihn. Ein Nachtvogel rief, unsichtbar, mit juwelengeschmückter Stimme.

Stille. Nur das leise Zirpen, das ferne, kaum hörbare Quaken war zu hören.

Er stand auf, hörte das Säuseln des Windes in den Ahornblättern. Wind kam auf. Die weit ausladenden Baumkronen schwankten. Sein Blick fuhr nach links, und dort sah er das unregelmäßig kristalline Funkeln eines kleinen Feuers. Er machte sich auf den Weg dorthin, streckte seine verspannten Muskeln. Langsam atmete er, während er über die Wiese schritt, atmete bewußt mehr aus als ein, bis seine Reflexe die Herrschaft über seinen Körper übernahmen, und er wieder tief und natürlich atmete. Seine Lungen füllten sich mit der duftenden Luft.

Er ging schneller, eilte den Abhang hinunter. Verfilztes Wurzelwerk säumte seinen Weg, verfilztes Gebüsch, Schilf. Dahinter ragten hohe, schlanke Kiefern auf. Rechts die schwarze Masse eines Waldes, der die Herrschaft über das Land gewann, während er sich schräg näherte. Bald war das sanfte Plätschern von Wasser zu hören, und der rhythmische Singsang der Frösche erfüllte die Nacht. Dann, ganz plötzlich, erblühte das Feuer vor ihm in der Nacht.

Unmittelbar am Rande des hellen Lichtkreises blieb er stehen. Eine Gestalt, eine Mischung aus Schwarz und Orange, hockte vor dem Feuer und briet Fleischstücke, die auf einen frischgeschnittenen Spieß gereiht waren. Der Kopf ruckte herum, dunkle Augen richteten ihren Blick auf Ronin.

»Möchtest du dich zu mir gesellen, Krieger?« Die Stimme war weich, melodisch, und obwohl manche Vokale irgendwie verzerrt klangen, hatte er keine Mühe, den Mann zu verstehen.

»Ja, ich« – sein Schwert war plötzlich wie ein übernatürliches Gewicht an seiner Seite –, »ich habe wirklich großen Hunger.«

»Nun, dann.« Der Kopf drehte sich. »Komm und setz dich zu mir.«

Er zögerte.

»Sind hier Fremde immer so willkommen?«

Der Mann lachte, ein silbriger Klang, der sich mit dem hellen Geräusch fließenden Wassers vereinte. »Würdest du mich denn für jenes Essen töten, das bereits dein eigen ist? Aber vielleicht verlangt es dich auch nach meinen Angelruten und Ködern...« Er lachte wieder. »Setz dich, setz dich.«

Ronin ging zu ihm und ließ sich mit gekreuzten Beinen neben dem Mann nieder. Sein Gesicht war schmal, oval, leicht glänzend. Die Nase flach, die Mandelaugen ließen das Gesicht irgendwie komisch, heiter wirken. Das Alter des Mannes war schwer zu schätzen. Sein Gesicht wirkte weder alt noch jung.

»Hoshi ist mein Name, Krieger.« Er reichte Ronin einen heißen dampfenden Gemüsebrocken.

Ronin sah dem Dampf nach, wie er im Nichts der Dunkelheit verschwand. Das Lied der Frösche war ein steter Widerhall.

»Ich bin Ronin«, sagte er endlich. »Ich stamme nicht von dieser Insel.«

»Oh, dies ist ganz offensichtlich«, erwiderte Hoshi.

»Wie – wie heißt dieser Ort?« Nach dieser langen Zeit konnte er sich nicht mehr zurückhalten; seine Zunge verfing sich fast an seinen Zähnen.

»Ama-no-mori ist es, Ronin. Das Schwimmende Königreich.«

Ronin stieß seinen Atem aus; es war nur ein weiteres Seufzen in der unruhigen Nacht.

Hoshi blickte einen Moment lang auf seine Stiefelspitzen. »Wo willst du hin?« fragte er dann.

»Ich suche nach den Bujun.«

»Ah.« Der Fischer nickte. »Ich hätte es wissen müssen.« Er bohrte die Spitze des Stocks in die weiße Asche im Zentrum des Feuers. »Gut, meine Netze sind ausgebessert, und ich reise bei Tagesanbruch flußaufwärts. So kann ich dich wenigstens einen Teil des Weges begleiten, hm?«

»Wohin –?«

»Nach Eido natürlich.«

Das Morgengrauen war unwirklich.

Perlgrauer Nebel verwandelte die Landschaft in ein pointilistisches Gemälde. Hohes, braunes Schilf trieb beidseits des langen, schmalen Bootes an ihnen vorbei. Hoshi stakte. Die Bäume an den hohen Ufern waren pastellene Grünfarben, verblaßte Brauntöne. Dahinter erhoben sich gerundete Hügelhänge und der Wald. Graue Fetzen eines Wachtraumes.

Die Luft war kühl und feucht. Ronin stakte mit schnellen, kräftigen Stößen in einer rhythmischen Kadenz. Aus einer Bambuslichtung zu ihrer Linken jagte ein Kranich empor. Frösche quakten. Flußaufwärts ein kurzes, silbernes Aufblitzen. Das geisterhafte Schilf erzitterte.

Hoshi stand inmitten der glitschigen Früchte seiner Arbeit. Die enthäuteten Fische trieben – den Bewegungen des Bootes folgend – hin und her.

Ronin saß schweigend nahe genug dem Bug des Bootes und sah zu, wie das Land aus dem Nebel aufstieg, versuchte, seinen Geist von den Tausenden durcheinanderwirbelnden Fragen zu befreien, die er gerne gestellt hätte, von denen er aber gleichsam wußte, daß sie der Fischer nicht beantworten konnte. Er war kein Bujun.

Überraschenderweise erwärmte die Sonne den Nebel lediglich; vertreiben konnte sie ihn nicht. Weiterhin trieb die Welt an ihnen vorbei, ruhig, ohne Anzeichen von Leben. Insekten summten in der zunehmenden Hitze, und gelegentlich ließ ihn der tiefhängende Zweig einer Trauerweide aus seinen Gedanken aufschrecken.

Als die Sonne im Zenit stand, nahmen sie eine einfache Mahlzeit zu sich. Hoshi enthauptete einen Fisch, häutete und säuberte ihn. Dann bot er Ronin die Hälfte an. Schweigend kauten sie, genossen die Stille und den Frieden. Sodann teilten sie Hoshis restlichen Reiswein.

Kurz vor Anbruch der Abenddämmerung änderte Hoshi erneut den Kurs. Das Boot glitt auf das rechte Ufer zu. Sie sprangen an Land, zerrten das Boot aus dem Wasser und machten es fest. Wieder filettierte Hoshi einen Fisch, wikkelte ihn in geöltes Papier und reichte ihn Ronin.

»Dein Weg liegt im Osten«, sagte er und deutete in die angegebene Richtung. »Die Kisokaido...«

Ronin dankte ihm und brach auf. Der Nebel wurde zu blassen Lavendelfarben, und die Welt erglühte wie ein schöner Amethyst, der ins Licht gehalten wurde. Er schritt die gewundene Straße entlang. Der Wald war schließlich während des langen Nachmittags von ihnen gewichen, und die Straße führte durch welliges, fruchtbares, flaches Grasland. Ronin sah sich um. Nichts und niemand war zu sehen. Nicht einmal ein Tier. Der Nebel verdeckte alles.

Es wurde kühler. Das Land begann anzusteigen, während sich die Straße ständig in sich zurückbog. Steiler wurde der Hang. Große Felsvorsprünge wurden selten, und mehrmals meinte er sicher zu sein, daß die Kisokaido durch festen Granit geschnitten worden war.

Allmählich schlängelte sich die Straße einen Berghang empor, und erhob sich über die Gefilde des Nebels. Die kühle, klare Nacht umgab ihn. Ruhelose Wolken überzogen den Himmel. Ronin drehte sich um, sah zu den hohen Fichten und Zedern zurück, deren untere Hälften noch immer vom Nebel umspült wurden.

Es fing an zu regnen, ein säubernder, durchnässender Wolkenbruch, erfrischend und belebend.

Ronin ging weiter. In einiger Entfernung vor sich konnte er einen kleinen, von einer Fichtengruppe umstandenen Unterstand ausmachen, die reine, makellose Schönheit von einer einzelnen Ölpapierlampe beleuchtet, die in seinem Inneren hing. Der Wolkenbruch verwandelte die Straße in ein schlammiges Etwas. Er war froh, einen Unterschlupf zu finden.

Als er näher kam, sah er, daß die Lampe keinesfalls an einem Dachbalken befestigt war, sondern vielmehr am Sattel einer gefleckten Stute. Ein Mann mit breitem Strohhut lag unweit daneben. Regen perlte noch von seinem Rand.

Ronin betrat die Schutzhütte. Der Pferdeschweif zuckte unruhig nach einer Fliege. An den Flanken zuckten reflexartige Muskeln. Der Mann bewegte sich nicht.

Ronin kauerte sich in die gegenüberliegende Ecke und atmete tief durch. Es roch nach Stroh und nassem Fell. Der Geruch menschlichen Schweißes schien völlig zu fehlen.

Er blickte sich um. Das Gebäude war hervorragend gebaut: saubere, geradwinkelige Linien, einfach, wie es einer solchen Station zukam; in ihrer Nüchternheit irgendwie majestätisch.

Es war wärmer hier drinnen, obwohl eine Seite geöffnet war; die besondere Bauweise hielt die feuchte Kälte fern, die mit dem Wolkenbruch gekommen war. Ronin ließ seinen Blick über den Bewegungslosen gleiten. Der Hut verbarg sein Gesicht.

Der Regen prasselte gegen das geneigte Holzdach und sang sein einschläferndes Lied, es wirkte irgendwie hypnotisierend. Der monoton fallende Regen ließ die Nacht lebendig erscheinen. Streifen fallender Energie, dort, wo sie vom Laternenlicht getroffen wurden, verwandelten sie sich in pures Silber.

Der Mann mit dem Strohhut bewegte sich, doch seinen Kopf hob er nicht.

Das Prasseln des Regens.

Ronin schlief.

Der Mann hockte vor ihm und starrte ihn an. Er widerstand dem Impuls, aufzuspringen und die Klinge zu ziehen. Er hatte die lange Klinge des Mannes gesehen, gestern nacht, als er die Hütte betreten hatte. Jetzt erblickte er das zweite, kürzere Schwert, das er an der linken Hüfte trug. Ein Krieger. Ein Bujun?

Er trug ein braunes, togaähnliches Gewand, das mit einem Speichenradmuster bestickt war, sowie einfache Sandalen. Lackierte Ried-Beinschienen schützten seine Beine von den Knöcheln bis zu den Kniescheiben. Auf dem Rücken trug er einen kleinen Rundschild, braun und grün lackiert. Sein Haar war schwarzglänzend, zu einem Zopf geflochten. Seine Gesichtszüge waren einfach. Muskelstränge traten an den Seiten seines Halses hervor. Unter den Augen wölbten sich Tränensäcke. Überhaupt, diese Augen... Sie erinnerten Ronin an die Augen eines anderen Mannes, aber er vermochte nicht zu sagen, an welchen.

»Einen guten Morgen, Fremder.« Der Mann sprach leise. Seine Augen blickten starr.

»Guten Morgen.«

»Wenn mir eine so vertrauliche Frage entschuldigt werden mag: Woher kommst du?«

Ronin betrachtete sein Gegenüber schweigend.

Die rechte Hand ruhte scheinbar entspannt auf dem leicht gekrümmten Griff des Langschwertes.

»Seit vielen, vielen Jahren sind keine Fremden mehr nach Ama-no-mori gekommen«, sagte der Mann noch leiser. »Noch einmal Entschuldigung, aber ich vermag zu sehen, daß du ein Krieger bist. So würde ich gerne wissen, warum deinesgleichen diese Insel aufsucht, und wie er hierhergekommen ist.«

Ronin erwiderte den harten Blick aus den schwarzen, unergründlichen Augen.

»Die Suche nach den Bujun führte mich nach Ama-no-mori«, erwiderte er gedehnt, »denn mir wurde von jenen, die es wissen, gesagt, daß die Bujun, und nur die Bujun, mir jetzt noch helfen können. Meine Mission ist von größter Wichtigkeit, und so bin ich nach Ama-no-mori gekommen. Ich bin hier als Freund der Bujun. Ich brauchte lange, bis ich dieses mein Ziel erreichte, und es kostete viel Menschenleben. Ich wünsche keinen Streit mit dir, beileibe nicht.« Seine Hände ruhten bewegungslos auf seinen muskulösen Schenkeln.

»Und wie bist du nach Ama-no-mori gekommen?« erkundigte sich der Mann. »Es wurden keine Schiffe gesichtet.«

Ronin fragte ihn nicht, woher er dies wissen konnte.

»Ich kam nicht mit dem Schiff«, sagte er.

Bewegungslos saßen sie sich gegenüber. Irgendwann, kurz nach Tagesanbruch, hatte der Regen aufgehört, und jetzt funkelte die Sonne bereits auf den Granit- und Schiefervorsprüngen. Ein Regenbogen stand hoch am Himmel. Vögel zwitscherten. In der Ferne, jedoch beständig lauter werdend, war Hufschlag zu hören.

»Jemand nähert sich«, stellte Ronin fest.

Der Mann stieß einen Knurrlaut aus; ein Laut, der mit diesem Morgen unvereinbar schien, dennoch harmonisch war.

»Du magst mich nach Eido begleiten, falls dies dein Wunsch ist.«

Er erhob sich und wandte sich ab. Aus einer Satteltasche nahm er einen quadratischen Malblock.

»Kümmere dich um dein Frühstück. Dieser Morgen ist zu schön, um ihn ungenutzt vergehen zu lassen. Ich werde eine Zeitlang malen. Dann reisen wir weiter.«

Er tätschelte den Widerrist seines Tieres, dann trat er vor die Hütte und überquerte die Kisokaido. Auf der gegenüberliegenden Seite kauerte er sich im Gras nieder und begann mit kurzen, schwungvollen Pinselstrichen zu malen.

Ronin wickelte den Fisch aus dem Ölpapier, nahm einen herzhaften Bissen. Das rohe Fleisch war noch saftig. Er kaute darauf herum und starrte auf die Straße hinaus.

Die Luft war klar und hell, die Bäume flüsterten miteinander. Der Hufschlag wurde lauter, und linker Hand sprang ein kleines Tier aus dem Gestrüpp und hoppelte mehrere Schritte weit die Straße entlang, bevor es blitzartig wieder im Gebüsch verschwand. In einiger Entfernung erhoben sich wuchtige Zedern. Der Tag prickelte von ihrem Wohlgeruch.

Der Reiter war jetzt zu sehen. Er trug einen Strohhut und

einen tiefgrauen Reitmantel. Er nickte Ronin zu, spornte sein Roß und verschwand um die nächste Biegung.

Ronin überquerte die Landstraße und stellte sich neben den Mann.

»Wie soll ich dich nennen?«

Der Mann unterbrach seine Tätigkeit nicht. »Mein Name ist Okami, Fremder.«

»Hat er eine besondere Bedeutung?«

Okami zuckte mit den Schultern.

»Alle Bujun-Namen haben irgendeine Bedeutung. Meiner heißt, aus der Alten Sprache übersetzt, *Schneewolf,* obwohl ich nicht zu sagen vermag, weshalb sich meine Mutter ausgerechnet für diesen Namen entschieden hat. Hundert Meilen im Umkreis jenes Dorfes, in dem ich geboren wurde, gab es keine Okamis.«

Eine Zeitlang lauschte Ronin den Stimmen der Zikaden und starrte auf Okamis Zeichnung. Dann sagte er:

»Wie kommt es, deiner Meinung nach, daß wir beide, obwohl jeder von uns in weit voneinander entfernten Ländern geboren wurde, uns ohne jede Schwierigkeit miteinander unterhalten können? Man sollte meinen, daß –«

»Beide sind wir Menschen«, erwiderte Okami einsichtig.

»Sind die Bujun nicht – anders?«

»Vor vielen Zeitaltern«, sagte der andere, ohne seine Stimme zu erheben, »so erzählten unsere Väter, gab es so viele Menschen auf dem Angesicht der Welt, daß sie sich einer Unzahl von Sprachen bedienten. Aber das war zu einer anderen Zeit, und es ist bekannt, daß sich diese Dinge ändern. Entstammen Menschen der gleichen Wurzel, so können sie ohne Schwierigkeiten miteinander reden, auch, wenn ihre Geburtsorte weit voneinander entfernt liegen. Wer weiß – vielleicht ist es das Schicksal, das dies ermöglicht.«

Er war ein geschickter Künstler. Seine raschen, präzisen Striche erweckten die Landschaft, die sie umgab, auf dem Papier zu kraftstrotzendem Leben.

»Wie heißt du?«

Ronin sagte es ihm.

Er hob seinen Kopf. »Ja? Wirklich?«

Einen Augenblick lang pulsierte ein Hauch von Überraschung in seinen Augen. Dann wandte er sich wieder seinem Gemälde zu. Unter der Pinselspitze erblühte eine schwankende Zeder. »Ronin. Das ist ein Bujun-Name.«

»Aber – das kann nicht sein!«

»Dennoch ist es so, Fremder. Sagte ich nicht, daß alle Menschen derselben Wurzel entstammen –«

»Aber ich bin kein Bujun.«

»Nun, du siehst nicht aus, wie ein Bujun –«

»Mein Volk hat nie von Ama-no-mori gehört...«

»Wirklich nicht? Dann sag mir, wie es kommt, daß du von dieser Insel erfahren hast?«

Ronin überlegte. Die Stadt der Zehntausend Pfade... Jene geheimnisvolle Stätte tief im Bauch dieser Welt, an der sich die Repräsentanten aller Länder zusammengefunden hatten, um die von den Zauberischen Kriegen unbewohnbar gemachte Erdoberfläche nicht mehr betreten zu müssen... In dieser Stadt hatten sowohl seine Ahnen als auch der große Bujun-Magier dor-Sefrith gewohnt.

»Vielleicht«, sagte Ronin, »vielleicht ist es doch möglich.«

»Natürlich«, räumte Okami, offensichtlich zufrieden, ein.

»Was bedeutet der Name?«

»Herrenloser Krieger.«

Gelächter brach über Ronins Lippen, und Okami drehte sich zu ihm und lächelte seltsam. Es war offenbar, daß er Ronins plötzliche Heiterkeit nicht verstand.

Irgendwann kurz vor Mittag verließen sie die einsame Schutzhütte und vertrauten sich dem Band der Straße an, das mal hügelan, mal hügelab über das Land führte. Die karstigen Felsspitzen blieben rechter Hand als massive Wand hinter ihnen zurück, während linker Hand Klippen auftauchten. In der Tiefe dahinter waren Kieferngehölze zu erblicken und flache, nasse Reisfelder, die unter dem Hitzedunst flimmerten.

»Ich bin ein Bujun, ja«, sagte Okami.

»Dann ist dir der Name *dor-Sefrith* nicht unbekannt?«

»Nur Mythen überleben aus den Alten Tagen, fürchte ich.«

»Was kannst du mir von ihm erzählen?«

»Sehr wenig.« Okami legte seinen Arm auf die Mähne des Pferdes. »Warum ist dir dor-Sefrith so wichtig?«

»Ich trage einen Teil seiner Schrift bei mir... Vielleicht vermag sie diese ganze Welt zu retten.«

»Aha«, sagte Okami unverbindlich. »Einst waren die Bujun die größten Krieger-Magier vor der Geschichte dieser Welt, und wir hielten uns bis weit in die neue Zeit hinein, in der buchstäblich jedwede Zauberei verschwunden war. Aber das war vor vielen Äonen. Heutzutage wird hier keine Zauberei mehr ausgeübt.«

»Aber bestimmt gibt es Leute, die die Alte Spache zu übersetzen verstehen?«

»Ich bin sicher, daß es uns gelingt, in Eido einen Übersetzer finden zu können, Ronin.« Er lächelte. »Bis dies soweit ist: laß uns von angenehmeren Dingen sprechen.«

Sie erreichten eine enge Schlucht und konnten in die Tiefe sehen. Ein eisiger Wasserfall ergoß sich aus der Felswand. Ausgedehnte Regenbogenschleier tanzten zu seinen Füßen.

»Der Tag ist heiß«, sagte Okami. »Was hältst du von einem kühlen Bad?«

»Ich möchte Eido so rasch wie möglich erreichen. Wer weiß, wie –«

»Du willst doch nicht wie ein stinkender Bauer in der Stadt ankommen!« Er klopfte Ronin auf die Schulter. »Komm. Jede Reise muß man unterbrechen.«

Die Kühle in der Tiefe der Schlucht war ein lindernder Balsam. Sie erreichten den schäumenden Teich am Fuße des Wasserfalles. Okami band seine Stute an einem Gebüsch fest und zog seine staubigen Kleider aus. Zwei Herzschläge später warf er sich in das klare Wasser.

Ronin blickte sich mißtrauisch um, dann tat er es dem Weggefährten gleich.

Das Wasser unter der hektisch wirbelnden Oberfläche war

eisig kalt und klar. Silberne und blaue Fische schossen vor Ronin davon. Er tauchte tiefer, drehte sich, entspannte sich, dann ließ er sich wieder in die Höhe gleiten und durchbrach die samtige Haut des Sees. Er schüttelte seinen Kopf, um das Wasser aus den Augen zu bekommen. Dann beugte er seinen Kopf und löschte seinen Durst. Er genoß die sanfte Süße des Wassers.

Später ließen sie sich von der Sonne trocknen. Okamis muskulöser Körper strahlte eine wilde barbarische Kraft aus. Ronin übersah dies nicht.

»Zeigst du mir deine anderen Gemälde?«

»Gewiß.«

Okami umwickelte seinen immer noch feuchten Körper mit seinem Gewand und zog den Block aus einer Satteltasche.

Langsam wendete Ronin die Seiten, fasziniert von den sparsam angebrachten Pinselstrichen, die es mühelos schafften, die reiche Vielfalt der Landschaft und ihrer Bewohner so eindrucksvoll wiederzugeben.

»Ein jedes Bild entspricht einem Abschnitt der Kisokaido«, erklärte Okami.

Ronin nickte, reichte ihm den Block und begann, sich anzuziehen.

»Soll ich es dir beibringen?«

Verwundert starrte Ronin den Gefährten an, nicht sicher, ob er sich über ihn lustig machte oder nicht.

»Ja«, erwiderte er, und diese Antwort überraschte ihn selbst. »Es würde mir gefallen, diese Kunst zu beherrschen.«

Am anderen Ende der Schlucht stoben drei graue Regenpfeifer aus ihrer Deckung empor. Rasch flatterten sie in den Himmel hinauf.

»Glänzend! Laß uns auf die Landstraße zurückkehren, und im Verlauf unserer Reise werde ich mit dem Unterricht beginnen.« Er steckte den Block in die Tasche zurück.

Da hörte Ronin das leise Sirren. Er zog sein Schwert. Okami war ebenfalls aufmerksam geworden und wandte sich um. Der Pfeil durchbohrte seine linke Schulter.

Vornübergebeut verharrte Ronin. Seine Blicke suchten das dichte Unterholz ab, das an den Schluchtwänden emporwucherte. Okami umfaßte den Pfeilschaft, brach ihn, und ruckte kräftig daran. Dann warf er das Ding von sich und zog gleichzeitig sein Langschwert.

Fünf Männer lösten sich aus ihrer Deckung und sprangen von einem Felsplateau herunter. Sie waren mit langen, leicht gekrümmten Schwertern bewaffnet. Geschmeidig kamen sie neben dem Teich auf und rückten vor.

»Widerstand ist vergeblich«, sagte einer, offenbar Anführer der Bande. »Zweifellos könnt ihr sehen, daß ihr in der Minderzahl seid.«

Die fünf Männer näherten sich in einem Halbkreis. Sie waren ähnlich wie Okami gekleidet: dunkle Gewänder und Ledersandalen. Einer trug einen Bogen über dem Rücken. Schilde konnte Ronin nicht sehen. »Bitte, seid so gut, und gebt uns euer Geld sowie das Pferd.« Als sie sich nicht bewegten, stieß der Mann schroffer hervor: »Laßt eure Waffen fallen!«

»Ihr werdet euch Geld und Pferd holen müssen«, sagte Okami bedächtig.

»So sei es«, erwiderte der Mann. Er machte eine knappe Handbewegung. »Ihr zwei... Nehmt den großen mit den seltsamen Augen.«

Synchron sprangen sie vor, zwei wilde Kampfschreie gellten, und er stellte sich ihnen entgegen, die rechte Schulter vorgereckt, während er den gewohnten Energiestoß durch seinen Körper zucken spürte; so geschah es vor jedem Kampf. Seine Klinge war leicht schräg gehalten. Felsenfest stand er. Sie warfen sich gegen ihn. Seine Lippen teilten sich zu einem barbarischen Grinsen.

»Wir nehmen den anderen«, rief der Anführer.

Die beiden Angreifer rissen ihre Klingen hoch. Ronin federte leicht in die Knie, fintete, täuschte einen Hieb nach rechts vor. Der Mann reagierte entspechend. Er versuchte, den erwarteten Schlag abzublocken. Doch der Schlag kam nicht. Statt dessen zuckte seine Klinge nach links. Der dort stehende Mann wurde geradewegs über der Brust erreicht. Die Klinge fraß sich durch Stoff, Haut, Fleisch und schmetterte gegen das Brustbein. Mit einem wimmernden Aufschrei sank der Mann zu Boden.

Ronin riß die Klinge frei, kreiselte herum, gerade rechtzeitig genug, um den Stoß des anderen zu begegnen.

Aus den Augenwinkeln heraus sah er Okami. Seine lange, gekrümmte Klinge war ein platinfarbener Schemen. Ein fürchterlicher Schlag entleibte einen seiner Gegner.

Ronins verbleibender Gegner täuschte geschickt und griff an. Die Klingen scharrten aneinander entlang, dann kamen sie frei. Der Gegner wich seitwärts aus und stieß sofort wieder zu. Ronin war schneller; er entging dem heimtückischen Stoß. Sie gingen auf Distanz, umkreisten sich lauernd. Der Mann wußte seine Klinge zu gebrauchen, sein Können und Wissen hätte jenes der meisten Klingenträger des Freibesitzes übertroffen.

Wieder schmetterten die Klingen gegeneinander, und grelle, blaue Funken wirbelten auf. Ronin drängte den Mann zurück. Am Ufer des schäumendes Teiches entlang.

Ronin schoß einen kräftigen, senkrechten Schlag ab. Sekundenlang war der Kerl verwirrt, deckte falsch, und dann hatte er gerade noch so viel Zeit, um seine Augen weit aufreißen zu können, bevor ihm Ronins mörderischer Hieb den Schädel spaltete. Der Körper wurde herumgerissen und stürzte in den Teich. Ronin fuhr herum.

Okami tötete seinen zweiten Gegner mit einem spielerisch anmutenden Rückwärtsstoß. Jetzt stand er dem Anführer der Bande gegenüber. Okami stieß einen wilden Schrei aus, und griff an. Er drängte den Kerl bis zum hinteren Ende der Schlucht zurück. Verzweifelt wehrte sich der Bandit, versuchte, seine Klinge durch Okamis Deckung zu bekommen. Aber dies schien unmöglich. Und dann brach Okami durch, seine gekrümmte Klinge fetzte wie ein weißer Schatten in Schulter und Brust des Gegners. Der Mund ruckte, sein Schädel wurde zurückgeworfen. Nur das Weiß seiner Augen war noch zu sehen, als sein Körper im Tode tanzte.

Okami drehte sich um und verbeugte sich vor Ronin. »Nun, es scheint«, sagte er, »daß dieser kleine Aufschub der Mühen unserer Reise äußerst wohltuend gewesen ist.«

Er wischte seine Klinge am Gewand des toten Mannes ab und ließ sie in der Scheide verschwinden.

»Es gefällt mir nicht.«

»Warum nicht?«

»Es ist stümperhaft, verglichen mit deinem.«

Die Kisokaido-Straße erhob sich steil empor, und die seitwärts aufragenden Felsen verbannten das jadefarbene Laub. Doch selbst diese Grau- und Blautöne wirkten eher streng denn kahl und öde und finster. Dies hatten ihn bereits Okamis Gemälde gelehrt.

»Bitte, Ronin, versuche nicht, Dinge miteinander zu vergleichen, die verschiedene Leben haben.«

»Aber ich habe nicht –«

»Es ist nur ein Rat. Vergleiche, unbedingt. Aber ich sage dir eines: Du wirst nie glücklich damit werden.«

»Ich bin nicht zufrieden.«

»Gut!« Okami klatschte in die Hände. »Ein Künstler ist niemals mit sich zufrieden –«

»Aber gerade hast du noch gesagt –«

»Glück und Zufriedenheit sind zwei sehr unterschiedliche Gefühle.«

Sie saßen außerhalb des hölzernen Vordaches einer weißen Station hoch droben, in den Bergen. Es war frostig, und eine dünne Schneedecke schimmerte weiß und blau über dem Boden der Landstraße. Nur ihre Spuren waren darin hinterlassen.

»Schau her, Okami –« Er zeigte auf eine Stelle auf dem Maulbeerpapierblatt, das er auf seinen Knien liegen hatte.

»Ja, und so –«

»Die Bäume wirken zu gedrungen, und das Gestrüpp... Hier ist es viel zu aufgebauscht.«

»Dann ändere es.«

»In Ordnung. Uhmm. Wie sieht das aus? Besser?«

»Sag du es mir.«

»Gut.« Er starrte auf das Bild. »Ja. So gefällt es mir besser.«

»Da, siehst du? Du hast es.«

Er roch den scharfen Duft des Lagerfeuers, das sie im Inneren der Schutzhütte in der steinernen Feuerstelle entzündet hatten.

Die Sonne sank vom Himmel. Der Dunst über dem Horizont nahm beständig zu. Ein hochragender, schneebedeckter Berggipfel schimmerte rosa- und malvenfarben im Licht der vergehenden Sonne.

»Wir, die wir malen können, lehren uns selbst«, sagte Okami nach einer Weile. »Jeder von uns sieht die Welt mit anderen Augen. Vertraue niemandem, der behauptet, dich dies lehren zu wollen. Oh, natürlich, die Technik kann man lehren. Ich zeigte dir bereits, wie man den Pinsel hält, um die gewünschten Striche zu bekommen. Aber« – er zuckte leicht mit den Schultern –, »wer weiß? Vielleicht findest du eine wesentlich bessere Methode.« Er starrte zu dem dunkler werdenden Berg hinauf, der durch die horizontale Landschaft hinaufstieß. »Wie bei allen großen Bestrebungen kommt die Fähigkeit, etwas malen zu können, aus der Seele des Menschen. Jedes einzelnen. Niemand kann dies lehren, was die Kunst einzigartig macht.«

Ronin sah den Weggefährten an. »Du bist Maler und Kämpfer.«

Okami nickte. »Alle Bujun müssen Feinfühligkeit, aber auch Wildheit und Konzentration erlernen. Die letzteren Eigenschaften zu erlangen, war naturgemäß stets einfacher. Die ersteren hingegen erfordern emsiges Lernen. Mir selbst blieb die Wahl... So ist dies natürlich bei allen Bujun, da wir schon vor langer Zeit begriffen haben, daß zumindest bei gewissen Dingen Autorität keine Disziplin hervorruft. Der Tanz bedeutete mir nichts, das Noh ebenfalls nicht, und ich gestehe, daß ich auch ein ziemlich dürftiger Dichter bin –«

»Aber malen –«

»Ja, das ist etwas, worin ich eine gewisse Begabung mein eigen nennen darf.«

»Wie im Umgang mit dem Schwert.«

»So.«

»Bist du schon einmal auf der Kisokaido gewesen?« erkundigte sich Ronin.

»O ja, schon viele Male.«

»Dann hast du schon einmal in jenem Teich gebadet.«

»Gewiß. Es war äußerst erfrischend, meinst du nicht auch?« Er brach einen durch die Schneedecke ragenden Grashalm und steckte ihn in seinen Mundwinkel.

»Ich stelle mir vor, daß man in diesen Tagen vorsichtig sein muß, egal, wo man reist.«

Ein kleines Lächeln breitete sich auf Okamis Gesicht aus. »Oh, in der Tat, natürlich, aber der vorsichtige Reisende lernt bald, gewisse Stellen an der Landstraße zu meiden...«

»Stellen wie beispielsweise die Schlucht.«

»Du mußt zugeben, daß nunmehr jeder von uns den anderen viel besser kennt«, erwiderte Okami.

Ronin mußte ihn bewundern. Jeder von ihnen hatte dem anderen seinen Wert gezeigt, ohne die Peinlichkeit neugieriger Fragen oder die Verschwendung, die eine direkte Konfrontation bedeutet hätte. Er mußte an seine Erlebnisse an Bord von Toulins Schiff denken. Auch diese Männer hatten seine Fähigkeiten kennenlernen wollen. Wie unreif und sinnlos ihre Handlungen jetzt erschienen.

»Und deine Schulter«, sagte Ronin und nahm den Pinsel wieder auf.

»Nur eine Fleischwunde.« Okami machte eine wegwerfende Handbewegung. »Und davon hatte ich schon viele.«

»Ich werde das hier nicht vergessen.«

Okami nickte. »Ein Mann vergißt nie.«

Ronin lächelte. Sanft und wohltuend senkte sich die Abenddämmerung über sie.

»Ich möchte diesen Gipfel malen, den wir nun den ganzen Nachmittag gesehen haben.«

»Ja. Ich dachte es mir bereits.«

Ronin tauchte den Pinsel in die Tusche und begann zu malen.

»Wie heißt er?«

»Fujiwara.« Okami seufzte vor Zufriedenheit. »Der Freund des Menschen.«

Eine Zeitlang beobachtete er Ronins Pinselstriche, während er dachte: *Sein Name paßt nicht zu ihm. Früher vielleicht, aber jetzt ... Da ist ein Gefühl in mir – und lehrt man uns nicht, zu fühlen? –, ein Gefühl, das mir sagt, daß er darüber hinausgewachsen ist.* Er seufzte wieder, und seine Augen erhoben sich zu der vor ihm liegenden Schönheit. Er blinzelte. *Die Ankunft dieses Mannes wird die Ruhe stören, die so lange über dem Land gelegen hat. Veränderung wird es geben auf Ama-no-mori ... Aber ist nicht das ganze Land ein einziger Kreis der Veränderung ...?*

»Morgen«, sagte er ruhig, gerade so, daß sein Gefährte es hören konnte, jedoch nicht in seiner Arbeit gestört wurde, »morgen werden wir unseren Abstieg nach Eido beginnen.«

Auf dem Papier auf Ronins Knien wurde Fujiwara wiedergeboren.

II
Sakura

Wartend stand er unmittelbar hinter dem zinnoberroten und grünen Holztor. Eine große Ölpapierlaterne schaukelte über seinem Schädel.

Er blickte über den breiten, gepflasterten Hof auf das zweistöckige Holzbauwerk, dessen zinnoberrote Wände sowie das schräge Dach inmitten einer Kirschbaumgruppe emporwuchsen. Zur Rechten, jenseits des Hofes, hinter dem Hauptgebäude, erhob sich eine Pagode. Klarer Glockenklang wehte durch die kristalline Luft zu ihm her.

Männer in breitschultrigen Gewändern und Holzsandalen schritten paarweise und zu dritt auf das zinnoberrote Gebäude zu. Hinter ihnen folgten Frauen in langen Kleidern und Steppjacken. Ihre Gesichter waren unter Ölpapier-Schirmen verborgen.

Bei Tagesanbruch waren sie in der kalten, klaren Bergluft heruntergekommen, die Landstraße verlief in sanften Serpentinen talwärts, der Himmel war rosa- und platinfarben. Vögel flatterten im frühen Sonnenschein und riefen einander ihre Botschaften zu.

Vor ihnen lag Eido ausgebreitet, flach und vielfarbig, rittlings auf zwei Flüssen sitzend, der eine schmale und schäumend, der andere breit, sumpfig und träge. Über eine weite Ebene dehnte sich die Stadt aus, deren gegenüberliegende Seite von den Ausläufern des Fujiwara begrenzt wurde. Dahinter stiegen die steilen Flanken des Berges empor, gewaltig und majestätisch vor dem heller werdenden Himmel.

Sie hatten das südlichste Ende der Kisokaido erreicht, und sie genossen den herrlichen Ausblick, der wahrscheinlich alle anderen Ausblicke auf Ama-no-mori übertraf.

Sie waren müde und erschöpft und sehnten sich nach einem Bad.

So begaben sie sich auf direktem Wege zu Okamis Heim, einem flachen, eleganten Haus aus Papier und Holz. Nur der Sockel war aus Steinen gefertigt. Am hölzernen Tor hingen Laternen.

An der Tür wurden sie von zwei Frauen begrüßt; sie trugen braune Kleider und verneigten sich, als sie eintraten. Schön wie Blumen waren sie, ihr Haar dunkel und glänzend, ihre Haut sehr weiß. Nach der Begrüßung badeten sie; die Frauen versorgten Okamis Wunde und brachten ihnen frische Kleidung. Wieder einmal wurde Ronin an die Freuden des Tencho erinnert. Okami gab weitere Anweisungen. Ronin erhob sich und griff nach einem Handtuch. Die Frau, die Okamis Schulterwunde versorgt hatte, kam zu ihm und rieb ihn trokken, dann wickelte sie ein sauberes Gewand um seinen Körper. Es war dunkelblau mit dem jetzt vertrauten Speichenradmuster bestickt.

Er öffnete ein Soji* und trat in den hinter dem Haus gelegenen Garten hinaus. Die Frau warf Okami einen knappen

*) Anm. d. Übersetzers: Soji = Schiebewand

Blick zu, doch er bedeutete ihr, zu schweigen und bei ihm zu bleiben.

Ronin schritt durch leise raschelnden Bambus und hörte das ferne Quaken der Frösche. Im Hitzedunst, beim Summen der Insekten und beim leisen Raunen der erlesen geformten Blumen, rosafarben und golden, safrangelb und orange, beschwor Ronin das Bildnis des außergewöhnlichen Tempels im Herzen von Sha'angh'sei herauf; den Tempel und den prächtigen Garten. Er dachte an die träge schwimmenden Fische, an die erhabene Ruhe des alten Mannes, der neben der metallenen Urne saß. Der Hauch der Ewigkeit. Hier gab es den vollkommenen Frieden, der durch seine Haut sickerte und seine Nerven balsamierte.

Als wäre man nach Hause gekommen; nicht zur Geburt, sondern zur Geschichte.

»Zuerst zum Yoshiwara«, sagte Okami nach dem Essen.

»Und was werden wir dort finden?« Ronin trank den restlichen Tee aus.

Okami lächelte rätselhaft.

»Deine Frage ist falsch gestellt. Richtig muß sie heißen: ›Wen werden wir dort finden?‹« Er erhob sich aus seiner sitzenden Stellung vor dem polierten Holztisch; die Frauen kamen herbei, um die Reste der Mahlzeit wegzuräumen. »Azuki-iro. Kunshin der Bujun.«

Ronin stellte keine weiteren Fragen.

»Komm.« Okami durchquerte den Raum und schob eine Reispapier-Soji auf. Die Spätnachmittagssonne ließ ihre Strahlen in den Raum gleiten. Das Grün des Gartens war mit orangenen und rostbraunen Farbklecksen übersät.

Sie machten sich auf den Weg.

Okami lächelte. »Weißt du, er genießt die Gegenwart anderer Leute mehr als irgend etwas anderes.«

Zikaden jubilierten.

»Du mußt so vieles über uns zu verstehen lernen, Ronin, denn wir sind ein äußerst kompliziertes Volk, und so verwirren wir jeden Fremden. Wir sind Traditionalisten, jedoch nur bis zu einem gewissen Punkt, denke ich. Narren sind wir jedenfalls nicht.«

Sie schlenderten durch hohe, wohlriechende Kamelienhaine, die wie Feuerbänder im Sonnenlicht leuchteten.

»In den vergangenen Tagen waren unsere Regenten Kaiser, die, wie uns die Sagen berichten, von der Sonne selbst abstammten. Mit der Zeit jedoch wurde ihre Macht schwächer und schwächer, schließlich bildeten sich gewisse Cliquen, und so kam es, daß die Bujun um Land und Reichtum Krieg führten. Dann tauchte der Sho-gun auf. Der erste dieser mächtigen Kriegsherren erhob sich, schlug sämtliche Daimyos*, festigte seine Macht, und regierte von Stund an auf Ama-no-mori. Der Kaiser war zur machtlosen Gallionsfigur geworden.« Okami räusperte sich. »Dies ging eine Zeitlang gut, denn wir brauchten die eiserne Disziplin, die uns von den Sho-gun aufgezwungen wurde. So wurden wir stark und unbeugsam. Jedoch waren die Sho-gun in erster Linie überzeugte Militaristen, und die Bujun wurden demgemäß militant kriegerisch, landhungrig; sie suchten den Krieg – und den Sieg über die benachbarten Völker.«

Sie traten aus dem schattenspendenden Hain und erreichten das tiefe Becken, ein Stein-Achteck, mit klarem Wasser gefüllt, in dem sich unzählige Fische tummelten. Sie setzten sich auf den kühlen Steinrand. Ein sanfter Lufthauch strich über ihre Wangen. Irgendwo raschelte Bambus. »So waren die Weichen für die Niederlage der Sho-gun gestellt. So wurden die ersten Krieger-Magier geboren, denn es war eine Zeit, in der Zauberei toleriert wurde in der Welt, und viele Äonen lang waren die Bujun abgesondert und zufrieden.

Aber dann kamen die Zauberischen Krieger, und Ama-no-mori blieb hiervon nicht unberührt. Viele Bujun wurden in die Massenvernichtung verwickelt, angelockt von den Reichtümern der Königreiche des Menschen. Verdrossen verfolgte sie dor-Sefrith, der Größte der Bujun, und schlug sie. Doch für die Welt des Menschen war dies zu spät gekommen, der

*) Anm. d. Übersetzers: Daimyos = Feudalherren

Schaden war bereits vollbracht. Dor-Sefrith kehrte nach Ama-no-mori zurück und überbrachte einen Bericht von Tod und Vernichtung. Die Bujun entschieden sich auf der Stelle, und er ließ die Insel vom Menschenkontinent entfernen, auf daß niemand mehr in Versuchung geraten konnte, Statthalter der Zerstörung zu werden. Sodann sagte er Lebewohl und verließ Ama-no-mori, um vor den Menschen in der Stadt der Zehntausend Pfade seine eigene Schuld abzutragen. So versanken die Bujun in den Nebeln der Legende.«

»Bestimmt kannst du mir noch mehr von dor-Sefrith erzählen«, sagte Ronin und dachte an den Dolman. Jedoch wollte er seine Gedanken noch nicht äußern.

»So.« Okami zuckte mit den Schultern. »Vielleicht gibt es hier in Eido tatsächlich gewisse Leute, die mehr von ihm wissen.« Er beobachtete die auf der Wasserfläche tanzenden Spiegelreflexe. »Wir sind ein Volk, das aus der Geschichte lernt, und so entstanden die Kunshin. Sie sind weder Sonnenkaiser noch Sho-gun, jedoch möglicherweise eine Kombination aus beiden. Er ist ein Herrscher ohne Staatsgeschäfte, denn er ist ein Bujun, genau wie ich ein Bujun bin, und dies ist eine Tatsache, die er nicht vergessen kann.«

»Und im Yoshiwara werden wir ihn finden?«

Ein braun-orangefarbener Schmetterling flatterte suchend zwischen ihnen umher.

»Wenn er sich vergnügt«, meinte Okami, »dann werden wir ihn dort finden, ja.«

Sie schritten eine vollkommen gerade Straße entlang, und die hölzernen zweistöckigen Gebäude zu beiden Seiten verengten sich unter der Perspektive vor ihnen. Die Schatten zweier großer Männer schwebten wie der neblige Amethyst des frühen Abends darüber hinweg. Frauen in wirbelnden, bunt gemusterten Kleidern, mit weißen Gesichtern, roten Lippen spazierten umher, über ihren Schultern trugen sie zarte Papier-Sonnenschirme. Sie kicherten miteinander, flüsterten, warfen den Männern rasche, scheue Blicke zu, ohne auch nur einmal ihre Köpfe zu drehen. Der Duft erlesener Parfüms schwebte in der Luft, Kirschblüten und Moschus.

»Willkommen im Yoshiwara«, sagte Okami, als sie ein Gebäude betraten. Von Balkonen im zweiten Stock blickten schöne Frauen wie aufblühende, phototropische Lilien auf sie herunter. Eine mollige Frau mit hochfrisiertem, glänzendem Haar begrüßte sie mit einer knappen Verbeugung. Sie trug ein malvenfarbenes Seidenkleid, mit Dreiecken gemustert. Ein Paar Elfenbeinnadeln steckte in ihrem Haar. Ihr Gesicht war schlicht und flach, von großen, neugierig blickenden Augen beherrscht. Sie lächelte, als sie ihren Kopf wieder hob. Okami stellte Ronin vor, und sodann verbeugten sie sich alle noch einmal.

Okami zog seine Sandalen aus, Ronin die Stiefel. Über den mit Tatamis* bedeckten Fußboden schritten sie zu einem niederen, schmucklosen, unlackierten Holztisch und ließen sich mit gekreuzten Beinen daran nieder. Zwei festlich gekleidete Frauen servierten dampfenden und wohlriechenden Tee sowie Reiskuchen. Aus den Tiefen des Hauses war das Gebimmel winziger Glöckchen zu hören wie Eisflocken, die durch die kalte Luft glitzerten.

Links von ihnen glitt eine Soji zurück, drei Frauen betraten den Raum. Alle waren sie sehr jung, mit erlesenen, herzförmigen Gesichtern, langen schwarzen Mähnen, schwarzen Augen und karmesinroten Lippen. Sie lächelten. Ihre seidenen Gewänder raschelten.

»Nicht jetzt, Juku«, sagte Okami ein wenig wehmütig.

Sie nickte und bedeutete den Mädchen, sich zu entfernen.

»Wie kann ich euch also helfen?« erkundigte sie sich, als sie wieder allein waren.

»War Azuki-iro heute abend hier?«

Juku lächelte und legte ihre weiche Hand auf die Okamis. »Du süßer Bursche. Von allen Häusern im Yoshiwara kommst du ausgerechnet hierher, um dich nach Azuki-iro zu erkundigen.« Sie lachte. »Du mußt den Kunshin gut kennen,

*) Anm. d. Übersetzers: Tatamis = Strohmatten

Okami. Ja, er war hier, jedoch schon sehr zeitig, oh, am frühen Nachmittag. Er sagte nicht – aber, bitte, warte einen Augenblick.« Sie hob ihre Hand und rief leise, aber deutlich: »Onjin!«

Nahezu augenblicklich öffnete sich eine Soji, und ein zierliches Mädchen trat an ihren Tisch. Neben Juku kniete sie nieder. Sie war sehr feinknochig, ihre Haut so zart, fast durchscheinend. Die großen Mandelaugen blickten sehr sanft, die Wangenknochen waren hoch angesetzt.

»Sag mir, Onjin: Der Kunshin war heute bei dir... Erwähnte er, wohin er heute noch zu gehen gedachte?«

»Er nannte den Ort Kameido, Lady – hinterher.«

»Ah«, sagte Juku. »Und sonst – nichts?«

Onjin überlegte einen Moment, ihre Stirn furchte sich. Doch nicht einmal diese Linien vermochten ihre ungeheuerliche Schönheit zu stören. »Nein, nichts sonst. Nur der Ort Kameido, Lady.«

»Gut.« Sie streichelte über die Wange des Mädchens. »Du kannst jetzt wieder gehen.«

In einer anmutigen Bewegung erhob sich Onjin und verließ den Raum. Die Soji glitt hinter ihr zu.

»Ist sie nicht von außergewöhnlicher Lieblichkeit?« sagte Juku.

Okami nickte. »Das ist sie, fürwahr. Wenn uns die Zeit bleibt, so werden wir heute abend zurückkehren, um ihre Lieblichkeit zu erfahren.« Seine Augen glitzerten.

»Das würde mich sehr glücklich machen, Okami.«

»Danke.«

Die Frau senkte ihr Gesicht. »Deine Anwesenheit ehrt dieses Haus.«

Wenig später standen sie wieder in der von geschäftigem Treiben erfüllten Straße. Okami führte. Sie wandten sich nach rechts, bogen in eine schmale Seitenstraße ein, gleich darauf in eine etwas breitere Gasse. Sie erreichten das Händler-Viertel. Die Straßen und Gassen waren eng, die Händler scheinbar überall. Schließlich kamen die beiden Gefährten in einen weitflächigen Garten, der von knorrigen Pflaumenbäumen beherrscht wurde. Es gab zwei Teehäuser, die zu den Gartenseiten hin geöffnet waren, eines im Süden, eines im Westen. Sie begrenzten die Gartenseiten. Hier und da standen schmale Holzbänkchen. Leute saßen darauf, unterhielten sich. Viele von ihnen waren damit beschäftigt, zu schreiben.

»Der Kameido ist der Literaten-Garten von Eido«, erklärte Okami. »Poeten, Dramaturgen – alle kommen sie hierher, denn in diesem Garten, in dieser außergewöhnlichen Stille inmitten der städtischen Hektik finden sie die nötige Ruhe und Inspiration.«

Okami sprach mit dem Eigentümer des Teehauses, doch jener war erst vor wenigen Minuten angekommen. Er konnte ihm keine Auskunft geben. Er bot ihnen Tee an.

Sie blieben auf den Stufen stehen und nippten von dem heißen, dampfenden Getränk. Ein junger Mann schlenderte herbei. Er war groß und schlank, seine schwarzen Augen strahlend, sein sinnlicher Mund zu einem Lächeln verzogen.

»Ihr sucht nach Azuki-iro?« Seine Stimme klang metallisch.

Okami nickte.

»Seid ihr Sasori?«

Okami schien ein wenig verblüfft, möglicherweise durch die direkte Fragestellung.

»Keineswegs.«

»So gibt es keinen Grund, eure Fragen zu beantworten.«

»Du hast dich uns genähert.«

Der Mann schaute – scheinbar verwirrt – umher. »Das habe ich, in der Tat. Ich dachte, ihr würdet es schätzen, ein Gedicht zu hören, das ich –«

»Hör zu, du –«

Aber Ronin ergriff Okamis Arm.

»Ich würde das Gedicht gerne hören«, sagte er. Die Muskeln entspannten sich, und er löste seinen Griff.

»Ah, glänzend.« Der Mann sah auf das Papier hinunter, das er in Händen hielt. Dann hob sich sein Gesicht wieder.

»Und Morgen kommt«, intonierte er. »Der Rab' erwacht, noch müde. – Na?« Er starrte sie an.

»Und ich dachte immer, meine Poesie sei schlecht«, murmelte Okami.

»Was bedeutet es?« fragte Ronin.

»Ich bin ein Sasori«, erklärte der Mann. »Bald werden wir uns erheben und fliehen und nehmen, was uns gehört. Wir werden nicht mehr gezwungen sein, auf dieser kleinen, unbedeutenden Insel zu leben. Bald wird es genügend Reichtümer geben für alle auf Ama-no-mori, für Bujun und Nicht-Bujun –«

»Genug!« schrie Okami, und dieses Mal versuchte ihn Ronin nicht mehr zurückzuhalten. Okamis Hand schoß vor, packte den Poeten am Vorderteil seines Gewandes. Das kleine Blatt Papier fiel zu Boden. »Ich will nichts mehr davon hören! Wenn du den augenblicklichen Aufenthaltsort des Kunshin kennst, so tust du jetzt gut daran, ihn mir zu sagen!«

Der Mann starrte zu Ronin herüber, und der sagte: »Ich glaube, er meint es ernst. Sag es ihm und bring es hinter dich.«

Der Mann wandte seinen Blick, starrte Okami an, der Stoff riß mit einem ratschenden Laut.

»Heute abend gibt es in Asakusa eine Noh-Vorstellung«, würgte er hervor. »Möglicherweise werdet ihr ihn dort antreffen.«

Anklagend heulte der Wind um die große Ölpapierlaterne. Die Regenpfeifer hatten sich hinter die Kirschbäume zurückgezogen. Die Dachpartie des Asakusa war bereits verdunkelt, die Nacht kehrte mit samtigen Blau- und Violettönen wieder.

Der gepflasterte Innenhof war nahezu verlassen. Die letzten Gestalten waren in den weiten, holzgerahmten Türen des zinnoberroten Gebäudes verschwunden. Okami glitt an Ronins Seite.

»Es ist Zeit.«

Sie eilten über den Hof, vorbei an den sich neigenden Kirschbäumen.

»Das Asakusa ist das angesehenste Noh-Theater Ama-nomoris.«

»Die Noh – das sind Dramen«, vermutete Ronin.

»Eine Art Drama.«

Die weite Bühnenfläche beherrschte den Saal. Davor, drei Stufen tiefer, verlief ein Kiesstreifen von knapp drei Metern Breite, sodann folgten die niederwandigen, polierten Holzlogen, in denen sich das Publikum niederließ.

Sie schritten den Mittelgang entlang. Okami wählte eine Loge nahe der Bühne. Mit gekreuzten Beinen setzten sie sich auf den Holzfußboden.

Okami lehnte sich zurück und flüsterte mit einem Mann in der benachbarten Loge, dann wandte er sich wieder Ronin zu.

»*Hagoromo* ist das heutige Noh«, sagte er.

»Was heißt das?«

»*Der gefiederte Mantel.*«

»Ist er hier?«

Okami ließ seine Blicke über die zahllosen Gesichter schweifen. Das Theater war sehr gut besucht.

»Ich vermag es nicht zu sagen.«

Die dünnen Töne einer Flöte kündigten den Beginn des Noh an. Es war kein Schauspiel, sondern eher ein deutlich gesprochenes Gedicht. Der Hauptdarsteller spielte eine weibliche Rolle. Er war in komplizierte, feierliche Gewänder gekleidet und trug eine kunstvoll frisierte Perücke. Vor seinem Gesicht saß eine kunstvoll geschnitzte Maske. Die feinen, klaren Züge erinnerten Ronin an Onjin. Der andere Schauspieler trug eine Maske.

Eine Zeitlang kauerten die beiden auf dem polierten Bühnenboden, halb singend, halb deklamierend, und lediglich ihre Oberkörper bewegten sich. Die Sprache, der sie sich bedienten, war Ronin unverständlich, dennoch konnte er dank des vollendeten Könnens der Schauspieler dem Handlungsverlauf folgen.

Eine Göttin, die ihren Federmantel verloren hat, steigt in die Welt der Menschen hinunter, um ihn zurückzuholen. Ein einfacher Fischer hatte den Mantel gefunden und begriffen, daß es ein einzigartiges Kleidungsstück von großem Wert war. Die Göttin findet heraus, daß der Fischer ihren Mantel an sich genommen hat und versucht, ihn zu überreden, ihn zurückzugeben, doch all ihre Argumente gleiten an ihm ab. Sie kann den Fischer nicht dazu bringen, sich von seiner Beute zu trennen.

Schließlich kommt es zu einem Handel. Der Fischer stimmt zu, ihren Mantel zurückzugeben, wenn die Göttin für ihn tanzt.

Somit war der Höhepunkt des Noh ausschließlich Bewegung, frei von jeder Sprache.

Der Tanz der Göttin beginnt, und er ist so überirdisch, ein von derart eindringlichen Emotionen erfülltes kompliziertes Kreisen, daß kein Zuschauer seinen Blick von dem Schauspieler wenden kann. Die Luft ist plötzlich wie mit metallischer Spannung geladen. Und der Tanz dauerte an, wurde schneller, betörender. Eine Göttin hat die Bühne übernommen und tanzt voller Verzweiflung um das Leben ihres Mantels.

Und in diesem erhabenen Moment sind die Wände des Asakusa verschwunden, die Barrieren der Realität davongeflattert, die Unendlichkeit ergießt sich in seinen Verstand. Ein Ruf erklingt, weht aus dem ungeheuerlichen Schweigen heran...

Ronin!

Silbergraues Wasser umgab sie. An den Flußufern war das Schilf kurz geschnitten, dicke Fische glitten in träger Zufriedenheit in der Tiefe umher und saugten hier und da an den Algen, die auf den Felsen unter Wasser wuchsen. Leuchtkäfer tanzten in den Schatten.

Jenseits des Flusses erhob sich die andere Hälfte des riesigen Gasthauses und schleuderte sein Spiegelbild ins Wasser, symmetrisch und exakt. In Ufernähe ragten Pfähle aus dem Wasser. Das Wasser blubberte und gurgelte um sie herum.

Okami mußte ihn schließlich mit sich ziehen. Die Menge war zu dicht.

Noch immer hing Nebel über Eido und verhüllte den Gipfel des Fujiwara. Rote Papierlaternen hingen an den Sojis aus geöltem Papier, das karmesinrote Leuchten vermittelte dem riesigen Gasthaus einen Hauch von Intimität.

Lebendig! dachte Ronin. Lebendig!

Das Summen leise geführter Unterhaltung, das Rascheln von Seide, der kurze Ruf eines Reihers, der sich weiß gegen das blauschwarze Wasser abhob, das surrealistische Feuer des Laternenscheins auf dem Wasser. Ständige Bewegung.

Er war aufgesprungen, hatte sich umgedreht. Wimmelnde Bewegung. Das Publikum war zu einem großen, rauschenden Meer geworden, beachtete seine Unruhe nicht. Seine Blicke glitten über die Gesichter... Irgendwo in dieser Menge –

»Reiswein?«

Eine junge Frau beugte sich über sie. Okami warf Ronin einen knappen Blick zu.

»Ja«, sagte er. »Für uns beide.«

Zerstreut blickte ihr Ronin nach, wie sie sich entfernte und zwischen den sich bewegenden Leuten untertauchte. Okami stellte ihm eine Frage, aber er hörte sie nicht. Im Asakusa, irgendwo im Publikum... Sein Geist war durch die erregende Noh-Vorstellung weit geöffnet gewesen... Da hatte er sie gehört, da hatte er gehört, wie sie nach ihm gerufen hatte. Ein Laut, wie er ihn nie wieder zu hören erwartet hatte...

Drei Männer und eine Frau betraten den Gasthof und begaben sich zu einer mit dünnen Holzplatten abgeteilten Nische nahe des Flusses. Müßig glitt sein Blick zu ihnen hin. Und dann fühlte er, wie ihn ein wilder Stoß durchfuhr.

»Ronin?«

Er stand, starrte die Frau an, während sie sich setzte.

»Die Kälte soll mich holen!« Er war sich ganz sicher. Es

war – Moeru! Wunderbarerweise lebte sie und war hier in Eido. Aber wie war das möglich?

»Ronin!« Eine Hand legte sich auf seinen Arm.

Er neigte sich vor. »Diese Frau...«

»Wo?«

»Dort drüben. Sie trägt ein rosa- und silberfarbenes Kleid. Bei dem großen, in Mitternachtsblau gekleideten Mann –«

»Das ist Nikumu. Was –«

»Ich kenne sie, Okami.«

»Du kennst sie? – Aber das ist unmöglich...«

Ronin war bereits unterwegs.

»Ronin, nein! Nicht Nikumu! Warte –«

Ronin hetzte durch die schwüle Nacht, die Atmosphäre Eidos umgab ihn wie feiner Edelsteinschimmer, Laternen leuchteten und verströmten ihr Licht, bunte, feierliche Kleider, Holzkohlenrauch hing in der Luft, Körper wirbelten hierhin und dorthin, lächelnde Frauen mit weißen Gesichtern und glänzenden Haaren, lachende Männer mit langen Zöpfen und steifschultrigen Gewändern, er stürmte an Serviererinnen vorbei, die kleine lackierte Tabletts trugen, auf denen Teekannen und -becher aufgestellt waren, sowie Reisweinschalen, Teller mit rohem Fleisch und Gemüse.

Ein Reiher streifte über das Wasser.

»Moeru!« rief er. »Moeru!«

Seine Brust schien plötzlich eingeschnürt, verengt.

Ihr ovales Gesicht, blaß und schön, hob sich ihm entgegen. Ihre Augen zeigten die Farbe des Meeres an einem stürmischen Tag. Die Männer an ihrem Tisch waren in kostbare Gewänder gekleidet. Der Mann, den Okami Nikumu genannt hatte, starrte ihm entgegen. Auch die beiden anderen Männer schienen jetzt aufmerksam geworden.

Er starrte sie an.

»Moeru!«

Er öffnete seinen Geist, wartete.

»Wie –«

Nikumu stand auf. Er war ein großer Mann. Seine Nase war lang und dünn und asketisch. Das Gesicht breitwangig. Sein schmallippiger Mund verzerrte sich leicht.

»Kennen wir dich?«

Ihre Augen waren ein trübes Meer. Leer.

»Moeru?«

»Wo bleiben deine Manieren?«

»Ich kenne diese Frau.«

Ihr bleiches Gesicht war ihm noch immer zugewandt. Die Spur eines verlorenen Lächelns auf ihren Lippen. Und was war das für ein Ausdruck, der in den blaugrünen Tiefen ihrer Augen schwamm?

»Es ist ganz offenbar, daß sie dich nicht kennt.« Nikumu wandte sich an sie. »Kennst du diesen Mann, meine Liebe?«

Ein leichtes Zögern, dann ein schnelles, verneinendes Kopfschütteln, fast krampfhaft, als ziehe jemand an einer unsichtbaren Schnur.

»Wie du siehst, mußt du dich getäuscht haben.« Gleichgültigkeit zitterte in der Stimme. Für Nikumu war die Unterhaltung damit offenbar beendet.

»Nein, ich –« Ronin neigte sich leicht vor. Etwas schimmerte in ihren Augen, ein Schemen, Ausdruck eines inneren Kampfes vielleicht.

Nikumu setzte sich. An seinem Kiefer zuckte ein Muskel.

»Ke'ma«, sagte er ruhig.

Einer seiner Begleiter erhob sich und ergriff Ronins Arm.

Ronin starrte weiter ins Gesicht der Frau. Panik stieg in ihm empor. Nichts.

»Du wirst dich jetzt verabschieden«, sagte der Mann an seiner Seite. Sein Griff wurde fester.

Das vollendete Oval ihres Gesichts.

Der Mann drückte zu.

Silber schimmerte an ihrem schlanken, weißen Hals –

Ronin wurde zurückgestoßen. Er taumelte. Mit seinen Ellbogen stieß er gegen die Wand, gleichzeitig fand er sein Gleichgewicht wieder, brachte seinen linken Fuß in Position.

Blitzschnell zuckte seine Rechte hoch und fand ihr Ziel. Knochen splitterten. Der Mund des Mannes klaffte in einem stummen Schrei auseinander. Rücklings stürzte er in den Fluß.

Nikumu erhob sich. Sein Gesicht war weiß wie Schnee. Der andere Graugekleidete stand ebenfalls auf und näherte sich Ronin.

Dann war Okami an seiner Seite, seine Stimme war leise und eindringlich, und rasch zerrte er Ronin mit sich. Sie tauchten in der Menschenmenge unter, ließen den Aufruhr hinter sich zurück.

Der Nebel wurde dichter.

»Welcher Wahnsinn ließ dich das tun?«

»Ich kenne sie.«

»Das kann ich dir nicht glauben.«

»Du mußt es glauben.«

»Sie ist Nikumus Frau.«

»Was? – Aber das kann nicht sein!«

»Eine Tatsache, mein Freund!«

»Ihr Name ist Moeru.«

»Ja.« Okamis Gesicht zeigte Verwunderung. »Das stimmt.« Er schüttelte den Kopf. »Nikumus Frau! Wie –«

»Okami, sie trägt die Silber-Sakura, die ich ihr geschenkt habe –«

Eine Zeitlang herrschte Schweigen. Okami musterte ihn, als suche er in seinem Gesicht nach einer Antwort auf eine unbekannte Frage. Und Ronin wußte, daß dies eine wahre Prüfung ihrer auf der Kisokaido geschmiedeten Freundschaft war.

Draußen schwankte der hohe Bambus im zunehmend stärker werdenden Wind. Die leuchtenden Kamelien waren von der Schwärze der Nacht umhüllt. Ein Frosch rief nach seinem Artgenossen, ein einsamer Ton.

Okami öffnete die Soji und trat in die vor der Helligkeit zurückweichende Finsternis hinaus. Ronin folgte ihm. Der Himmel war so klar, daß die Sterne den Stoff des Himmels direkt über ihren Köpfen zu durchbrennen schienen.

»Die Kirschblüte von Ama-no-mori«, sagte Okami schließlich. »Wie solltest du in ihren Besitz gekommen sein?«

Ronin seufzte und wußte, daß dies alles war, was ihm jetzt noch geblieben war. »Auf dem Menschenkontinent«, sagte er langsam. »In Sha'angh'sei, der großen Hafenstadt, kam ich einem Mann in einer dunklen Gasse zu Hilfe. Vier oder fünf Männer bedrängten ihn. Es war finster. Ich konnte ihre Gesichter nicht erkennen. Sie haben ihn erschlagen. Ich bin zu spät gekommen. Zwei Meuchelmörder konnte ich noch töten. Der Getötete hielt die Silberkette mit der Sakura in seiner verkrampften Hand. Ich nahm sie an mich. Warum, weiß ich nicht. Aber – ich nahm sie an mich.«

Sie schlenderten zum Teich hinüber.

»Er war ein Bujun, daran gibt es keinen Zweifel, doch ich frage mich, was er so weit von Ama-no-mori zu schaffen hatte.«

»Was hat das mit Moeru zu tun?«

»Ich traf sie in Sha'angh'sei. Sie war krank und halb verhungert mit den Flüchtlingen aus dem Norden gekommen. Man hätte sie im Straßendreck verrecken lassen, hätte ich mich nicht ihrer angenommen. Als ich mich auf die Suche nach Ama-no-mori machte, war sie bei mir, ich schenkte ihr die Sakura. Dann wurden wir von geheimnisvollen Obsidian-Schiffen angegriffen. Moeru führte eine Gruppe Männer auf die feindlichen Decks... Wir wurden getrennt. – Wie sie nun hierhergekommen ist, das kann ich mir nicht vorstellen.«

»Warum sollte sie nicht hier sein?« versetzte Okami. »Sie ist eine Bujun.«

Ronin starrte ihn schweigend an. Dann sagte er: »Du glaubst mir nicht?«

»Warum sollte sie Ama-no-mori verlassen?«

»Was hat eine Bujun in Sha'angh'sei zu schaffen?«

»Sie –« Okamis Gesicht war in tiefen Schatten gehüllt, das Licht, das aus der geöffneten Tür in den Garten herausströmte, war hinter ihm. »Ronin, Nikumu ist der Anführer der Sasori.«

Der Frosch war bei ihrem Herannahen verstummt. Jetzt zirpten nur noch die Zikaden.

»Gleichzeitig ist es das wichtigste Mitglied des Jogen Soru, der den Kunshin in entscheidenden Fragen der Staatspolitik berät. Die Sasori kamen erst vor kurzem auf. Es sind Militaristen, Bujun, die nicht damit zufrieden sind, auf Ama-nomori zu leben. Sie wollen sich den Kontinent der Menschen untertan machen.«

»Also war der Bujun in Sha'angh'sei ein Spion.«

Okami nickte. »Auf Vorschlag Nikumus, beauftragt durch den Jorgen Soru, so wurde er ausgeschickt, um uns über die Stärken und Schwächen der Stadt zu informieren.«

»Nicht alle Bujun wünschen dies.«

»Nein, natürlich nicht. Nur eine Minderheit. Kürzlich jedoch wurden sie mächtiger. Und jetzt, da Nikumu ihr Anführer ist –«

»Was hält der Kunshin davon?«

Okami zuckte pragmatisch mit den Schultern.

»Er tat nichts, um die Angelegenheit zu verhindern.«

»Okami, du mußt mir vertrauen. Ich kenne Moeru.«

»Schon gut. Ich gebe zu, daß es möglich ist, daß sie ebenfalls zum Kontinent der Menschen geschickt wurde.«

»Du verstehst nicht, mein Freund. Etwas ist faul an der ganzen Angelegenheit.«

»Was willst du damit sagen?«

»Sie hat mich nicht erkannt. Keine Regung in ihren Augen. Nichts.«

Der Bambus wiegte sich im Wind. Ein Fisch durchbrach die Wasserfläche des Teiches, ein bleicher Streifen Phosphoreszenz.

Okami stand auf.

»Komm mit mir«, sagte er.

Sie gingen ins Haus zurück. Er verlangte nach Lebensmitteln und Reisemänteln.

»Was hast du vor?«

»Wir werden Eido eine Weile verlassen. Wir gehen aufs Land.«

»Aber die Schriftenrolle –«

»Nikumu wird seine Männer ausschicken, um nach dir zu suchen. Bis dahin müssen wir eine gewaltige Distanz zwischen sie und uns gebracht haben.«

»Aber es mag doch sicherlich noch andere –«

»In Eido wird er uns garantiert finden«, sagte Okami hart.

»Ich denke nicht daran, vor ihm davonzulaufen. Ich muß Moeru zurückbekommen.«

Okami fuhr ihn an. »Zurückbekommen? Sie ist seine Frau, Ronin!«

Wieder spürte er den scharfen Biß der Verzweiflung in sich. Eine seltsame Verzweiflung. Kr'een, Matsu, und jetzt – Nein!

Es gab eine Chance.

»Okami, ich kenne sie. Sie ist nicht sie selbst.« Okami legte seinen langen Mantel an.

Ronin sagte rauh: »So werde ich also allein in Eido zurückbleiben.«

»Das wirst du nicht!« Die Augen flammten auf, seine Stimme nahm einen harten, befehlenden Ton an. »Du wirst mit mir kommen, und genau das tun, was ich dir sage.« Er ergriff Ronins Arm. »Denk nach, mein Freund! Wenn es für dich und Moeru überhaupt eine Chance geben soll, so müssen wir jetzt aufbrechen.«

Eine von Okamis Frauen legte ihm den Reisemantel über die Schultern.

Draußen im Garten begann der Frosch wieder mit seinem traurigen Lied.

Sie gingen nach Süden, folgten der breiten Tokaido-Straße, einer wesentlich mehr bereisten Landstraße als die gebirgige Kisokaido. Bald lag die Stadt weit hinter ihnen, und der davon ausstrahlende Lichterglanz war nur mehr eine Aurora im Nebel.

Im Westen regnete es bereits; hier war die Luft feucht und zähflüssig. Über ihnen rasten mächtige schwarze Gewitterwolken dahin und verschluckten die Sterne.

Die Freunde zogen ihre Reisemäntel fester um die Schultern und drückten sich die Strohhüte tiefer in die Stirn. Sie waren zu Fuß unterwegs, obwohl Ronin Einwand dagegen erhoben hatte, aber seine Ungeduld war gezwungen, Okamis Vernunft beizupflichten: zu Pferde waren sie weit auffallender. So aber waren sie nur zwei weitere Reisende auf der Tokaido.

Der schräg einfallende Regen wehte durch die Nacht und prasselte in ihre Gesichter, als sie einen Kiefernwald verließen. Sie hatten den Fuß eines steilen Berges erreicht. Hier säumten Bäume die Tokaido, hohe, schlanke Bambusstauden, die nur wenig Schutz boten. Ein gewaltiger Felsblock ruhte auf der Straße, erinnerte an ein bizarres Lesezeichen.

»Dies ist der Nissaka«, erklärte Okami, als sie den Felsen passierten. »Es heißt, er sei Zeuge gewesen beim Kampf zwischen einer Frau und einem Bergbanditen. Die Frau weigerte sich, den Forderungen des Banditen nachzukommen. So kam es zum Kampf. Die Frau war schwanger und starb, doch ihr Kind überlebte, da der Stein aufschrie und die barmherzige Göttin Kannon anrief, welche das Kind sodann zu sich nahm und aufzog.«

Es war sehr dunkel geworden. Die Hügellandschaft wurde unter der Finsternis begraben.

Okami fuhr fort: »Das Kind wuchs zum Mann heran und machte sich auf, den Mörder seiner Mutter zu finden. Dies gelang ihm. So rächte er die schändliche Tat.«

Die Welt schien im Regen zu ertrinken.

»Glaubst du an diese wunderlichen Geschichten?«

»Ob Tatsache oder Sage, das macht wenig Unterschied. Der Geist der Erzählung ist wichtig. Er ist es, durch den alle Bujun leben.«

»Ihr seid ein rachsüchtiges Volk«, versetzte Ronin und war sich der heimlichen Ironie seiner Bemerkung vollauf bewußt.

Okami wischte sich die Regentropfen aus dem Gesicht.

»Rache und Ehre sind zwei völlig unterschiedliche Dinge, mein Freund. Es ist unmöglich, die Ehre zu verwirken und weiterzuleben.«

»Wo liegt der Unterschied?«

»In der Art des Todes. Die Wahrheit des Lebens darf nie verhüllt werden.«

Der Weg wurde beschwerlicher, und sie waren froh, als sie endlich den Hügelkamm erreichten. Sie schritten weiter zügig aus und umrundeten eine Biegung. In der Düsternis vermochten sie ein safrangelbes Licht auszumachen, eine winkende Hand in der unangenehmen Dunkelheit.

Das kleine Gasthaus kauerte auf dem hohen, steilen Hang eines Hügels. Man hieß sie willkommen und nahm ihnen die durchnäßten Mäntel ab. Okami bestellte heißen Tee. Die Freunde zogen sich auf einen Balkon zurück. Die Eigentümerin blickte ihnen verwundert nach, sagte jedoch nichts. Sie verbeugte sich nur und geleitete sie durch die warmen Räumlichkeiten des Gasthauses.

Auf dem überdachten Balkon ließen sich die Freunde nieder. In der Tiefe lag ein dicht bewaldetes Tal im Regen. Weißliche Schleier waberten zwischen den wuchtigen Stämmen. Die Frau entfernte sich; wenig später war ihre Stimme zu hören.

Hier und da waren Laternen entzündet worden, und der helle Schein wehte zu ihnen her und versilberte den Regen. Weit entfernt war Donnergrollen zu hören. Sie nahmen ihre Hüte ab; das Prasseln des Regens auf dem Dach wirkte beruhigend. Die Frau servierte den Tee. Er war stark gewürzt und dampfend, und während sie tranken, erzählte Ronin Okami alles, was er vom Kommen des Dolman und der Kai-feng, der letzten Schlacht der Menschheit, die in Kamado bereits ihren Anfang genommen hatte, wußte. Die Frau servierte erneut Tee. Wieder leerten die Freunde ihre Becher, und wieder sorgte die Frau für Nachschub. So saßen sie bis spät in die Nacht. Die Frau kam zu ihnen, gähnte und entschuldigte sich, und erklärte ihnen, daß sie nunmehr zu Bett zu gehen gedachte. Jedoch, so sagte sie, habe sie zwei Serviermädchen in der Küche zurückgelassen, falls sie noch etwas zu essen oder zu trinken wünschten.

»Wenn das, was du mir erzählt hast, wahr ist, so muß der

Kunshin unbedingt darauf hingewiesen werden«, sagte Okami, nachdem Ronins Erzählung beendet war. »Da gibt es zweifellos eine Verpflichtung, die erfüllt werden muß.«

»Die Bujun vergessen niemals.«

Okami lächelte, aber seine Augen blieben ernst.

»Niemals.«

»Und was soll mit Nikumu geschehen?«

Okamis Augen spiegelten den Regen wider.

»Ich kenne ihn, wie ich alle Bujun – außer den Kunshin – kenne. Ein komplizierter Mann, der sehr viel Zeit in seinem Schloß in Haneda verbringt. Ein großer Geist, einer der herausragendsten Schirmherren des Noh, ebenso wie der Kunshin. Anfangs konnte ich nicht glauben, daß er die Sasori anführte. Noch vor einem Jahr hätte man sie ausgelacht.«

»Und nun?«

Okami fröstelte.

»Es ist wie in den Alten Tagen«, flüsterte er.

»Warum unternimmt dann der Kunshin nichts, das Treiben zu unterbinden?«

Sein Freund zuckte mit den Schultern.

»Vielleicht sehen wir nur einen Teil der Tatsachen. Fest steht auf jeden Fall, daß Nikumu kein Ungeheuer ist, obwohl mir scheint, daß er sich in letzter Zeit sehr verändert hat.«

»Die Zeit des Menschen ist vorbei, Okami. Wenn es nicht gelingt, den Dolman aufzuhalten, wenn niemand hier die Schriftenrolle dor-Sefriths enträtseln kann, dann ist es aus und vorbei.« Er machte eine rauhe Handbewegung. »All diese Schönheit wird vom Antlitz der Welt getilgt werden, als hätte sie niemals existiert.« Dann sagte er sanft: »Wo liegt Haneda, Okami?«

Er sah ihn verwundert an. »Im Süden.«

Sein Herz überschlug einen Sprung. Sie waren in südlicher Richtung unterwegs.

»Wie weit?«

»Eine Tagesreise«, erwiderte Okami. »Nur eine Tagesreise.«

Bis sie die Yahagi-Brücke erreichten, hatte sich die Landschaft drastisch verändert.

Am frühen Mittag waren sie auf ein gewundenes Flußbett gestoßen, und die Landstraße folgte seinem Verlauf. Jetzt zeigte sich das diesseitige Ufer mit hohem, schwankendem Schilf bewachsen, und auf der anderen Seite erstreckte sich ein feuchtes Sumpfland, das mit flachen, glitzernden Reisfeldern durchsetzt war. In dunstiger Ferne erhoben sich blaue Berge, reihten sich am Horizont auf, finstere, unversöhnliche Wächter.

Sie traten auf die weite Bogenbrücke hinaus und fühlten sich nackt und schutzlos. Unter ihnen eilten weiße Reiher über das Sumpfland oder erstiegen gelegentlich kleine, kahle Granitvorsprünge.

Am anderen Ufer angekommen, wandten sie sich nach links hin zu einem kleinen Wäldchen. Hohe Zedern ragten dem Himmel entgegen, eine dunkle Insel im Sumpf. Weit entfernt, im Osten, waren die hohen, weißen Segel mehrerer Fischerboote zu sehen, die ins Meer hinausglitten. Ein Schwarm Gänse kreiste am Himmel.

Die Freunde folgten einem sumpfigen, gewundenen Pfad, der durch die Felder führte, die verlassen in der Stille lagen. Wasserspinnen glitten über die bucklige Oberfläche des Sumpfes, wie helle Fingernägel, die einen feinen Seidenballen markierten.

Schließlich erreichten sie ein dichtes Bambusgestrüpp, und dann konnte Ronin einen ersten Blick auf sich hochtürmende Mauern werfen. Nikumus Burg. Haneda.

»Vielleicht hält er sich noch in Eido auf«, sagte Ronin.

»Kaum wahrscheinlich. Er war nur des Nohs wegen in Eido.«

»Er wird uns in der Stadt suchen.«

»Nein. Dies werden seine Leute für ihn tun.« Er starrte weiterhin angestrengt nach vorn. »Siehst du? Da!« Er zeigte hin. »Nein, weiter links. Pferde. Zweifellos, er ist zurückgekehrt, und Moeru ist bei ihm. Er würde es nicht wagen, sie jetzt in Eido zurückzulassen.«

Die weißen Segel waren verschwunden, und außer der Burg im Zedernwald störte nichts mehr den Blick über das flache Wasser. Die Luft war feucht und schwer vom Regen der vergangenen Nacht. Im Westen jagten graue Wolken dahin, zerlumpte, sich zurückziehende Krieger. Dahinter glühte der Himmel in bronzefarbenen und rotgelben Streifen. Die Sonne war bereits untergegangen. Rasch senkte sich die Nacht über das Land.

Auf den Zinnen der Burg entstand Bewegung.

»Von diesem Augenblick an«, flüsterte Okami, »verständigen wir uns nur noch mit Handzeichen. Der Sumpf würde selbst den geringsten Laut weitertragen. Paß auf, was ich jetzt mache.« Er zog seinen Mantel aus, kehrte ihn um und zog ihn wieder an. Der Stoff war grauschwarz gestreift. Dann beschmierten sie Gesichter und Handrücken mit Schlamm.

Dunkelheit kam.

Vor ihnen flatterte eine Gans in die Höhe. Ein relativ schwaches Geräusch, doch wie Okami vorhergesagt hatte, intensivierte es sich durch die Stille, die über dem Sumpf ausgebreitet lag, wurde zum Alptraumgeräusch.

Sie erstarrten im Schatten eines wuchtigen Ahornbaumes. Linker Hand sah Ronin die Begrenzung der Reisfelder. Im Osten lag hügeliges Grasland, übersät mit niederen Busch- und Baumgruppen. Dahinter die Berge, so weit entfernt, daß sie wie ein gemalter Hintergrund erschienen, zweidimensional und leblos.

In der wiederkehrenden Stille hörte er die schweren, patschenden Schritte auf dem Sumpfpfad. Er kontrollierte seinen Atem, hörte das Pochen seines Herzens in seinen Ohren widerhallen.

Nur knapp zwölf Schritte entfernt, schritten vier in dunkles Grau gehüllte Männer vorbei. Sie waren wachsam und äußerst vorsichtig.

Ein leises Rascheln, dann waren sie in der Düsternis verschwunden. Die Schritte entfernten sich. Weder Ronin noch Okami bewegten sich. Die Zeit kroch dahin, und Ronin sehnte sich danach, seine Muskeln zu entspannen, sich zu strecken. Zu seinen Füßen bewegte sich das Wasser. Eine lange Schlange, schwarz und geschmeidig, streckte ihren Schädel durch die Wasseroberfläche. Stechmücken summten im Schilf, tanzten über die spiegelnde Sumpffläche. Der Mond stieg ans Firmament hinauf und bleichte die Kronen der Zedern. Versuchsweise quakte ein Frosch und bekam sogleich eine Antwort.

Schließlich wagten sie, sich wieder zu bewegen. Vorsichtig machten sie den ersten Schritt, starrten in die Richtung, in der die Männer verschwunden waren. Tiefblau lag der Pfad, der nach Haneda führte, in der Nacht. Lichterschein, der von der Burg herüberwehte, wurde durch das dichte Blätterwerk der Bäume gestreut.

Sie drangen in linker Richtung vor, bemühten sich, das Schilf so gut wie möglich ruhig zu halten, keine verräterische Bewegung zuzulassen, und näherten sich der Burg von der Flanke her. Ihre Gesichter hielten sie gesenkt, um zu vermeiden, daß sich Mondlicht in ihren Augen reflektierte.

Wie ein schwarzes Leichentuch hing die Dunkelheit über dem Sumpf. Die ersten Zedern, sehr nahe vor ihnen.

Die Frösche unterbrachen ihren monotonen Gesang, und sie erstarrten. Ronins Hand ruhte auf dem Dolchgriff. Seine Blicke stachen in die tiefen Schatten des Waldes, aber er konnte keine Bewegung entdecken. Sie warteten. Der Schweiß sammelte sich auf ihren Oberlippen, an ihren Haaransätzen. Ein Reiher eilte über den Sumpf.

Okami gab ein knappes Zeichen, und sie huschten in die Deckung der ersten Zedern.

Laternenlicht schimmerte von hoch oben auf den Waldboden herunter. Ronin und Okami blieben stehen, lauschten. In dem Moment, in dem sie weitergehen wollten, hörten sie das Geräusch. Das scharfe Knacken eines Zweiges auf dem Waldboden.

Okami bedeutete Ronin, an seine rechte Seite zu kommen. Dann sah er den Mann, der das Geräusch verursacht hatte. Ronin zog seinen Dolch.

Bewegung. Der Mann schien den Boden abzusuchen. Schnell und geschmeidig und völlig lautlos kam er näher. Ronin ließ ihn kommen. Dann handelte er. Ein blitzender Bogen, dann fraß sich die Dolchklinge in die Seite des Mannes und in die Lunge. Er gab keinen Laut von sich. Ronin fing den schlaffen Körper auf und zerrte ihn ins Unterholz. Sie gingen weiter.

Wenig später konnten sie sich in letzter Sekunde gegen einen wuchtigen Baumstamm drücken. Vor ihnen kamen zwei Männer vorbei. Sie bemerkten sie nicht.

Über ihnen knackte etwas. Fledermäuse schwebten herunter, um gleich darauf wieder in den von Zedern eingefaßten Himmel aufzugleiten. Ronin drehte sich, stieß seinen linken Ellbogen an, die Gestalt sprang ihn an. Mächtige Hände fuhren an seine Kehle, die Daumen drückten brutal zu, wollten seine Luftröhre zermalmen. Ronin schlug zu, traf den Mann direkt unterhalb seiner Schulterhöhle. Er grunzte, lockerte seinen Griff jedoch nicht. Ronin ließ sich fallen. Eng umschlungen wälzten sie sich über den Boden. Ronin brachte seine Arme innerhalb der Umklammerung des Kerls hoch. Er benutzte die Handwurzel wie einen Rammbock, trümmerte sie gegen die Nase des Gegners, traf, und schlug wieder zu. Haut platzte auf, Blut spritzte, Knorpel brach. Noch immer drückten die Daumen in seine Kehle. Die Luft wurde ihm knapp.

Aber jetzt lag er auf dem Gegner, nur für einen Augenblick, doch er nützte ihn, rammte seine Finger in die Tiefe, gegen das Zwerchfell, direkt unterhalb des Brustbeines. Seine Finger durchstachen Haut und Fleisch, wie eine stahlharte Klinge, dann rammte er die Hand nach oben. Der Mann war tot, noch bevor sich sein Mund zum Schrei öffnen konnte.

Ronin rollte sich weg und kam wieder auf die Füße. Okami stand seitlich von ihm. Zu seinen Füßen lag ebenfalls ein Leichnam.

Seite an Seite eilten sie weiter auf die Burg zu.

Die Mauern waren aus mächtigen Steinquadern zusammengefügt und hochgezogen. Sehr hoch. Sie kauerten sich in ihrem monströsen Schatten nieder.

»Nur einer von uns kann hinüberkommen«, flüsterte Ronin.

»Ich weiß. Du wirst dich auf meine Schultern stellen und dann springen. So müßtest du es schaffen.«

Ronin wollte etwas entgegnen, aber Okami brachte ihn zum Schweigen. Er sagte: »Es gibt keinen anderen Weg.«

Er ließ sich zu Boden fallen und kroch leise auf das Hauptgebäude der Burg zu. Der Weg schien frei, dennoch hielt er sich noch immer in den schwarzen Schatten der Bäume. Der Wind säuselte in ihren Kronen. Dann erreichte er eine roh verputzte Wand und blieb einen Moment lang stehen. Über ihm ragte ein dicker, knorriger Ast bis zum Haus hinüber. Ronin kauerte sich zusammen, dann federte er hoch, bekam den Ast zu fassen, packte zu. Zwei Herzschläge lang hing er an seinen Händen, dann begann er, hin- und herzuschwingen, um genügend Schwung zu bekommen. Mit einem harten Ruck kam er hinauf und auf dem Ast zu sitzen. Vorsichtig tastete er sich voran, kletterte in die oberen Bereiche der Zeder hinauf, dann über einen anderen Ast und vorsichtig auf das Ziegeldach des Burggebäudes.

Ein paar Meter weit kroch er über das schräge Dach. Dann kam er an ein Fenster. Auf dem Bauch blieb er reglos liegen, so nahe wie möglich an der Öffnung. Lange Augenblicke herrschte absolute Stille. Fledermäuse glitten über ihm durch die Nacht. In dem Raum hinter dem Fenster war es dunkel und still.

Ronin schob sich weiter vor und glitt hinein.

Der Raum war spärlich möbliert. Dunkles Holz. Tatamis bedeckten den Boden. Ein sanfter Mondlichtstrahl zitterte über einen blaßgrünen Wandschirm. Daneben lag ein Ballen perlgrauer Seide, Etwas abseits: ein niederer Stuhl.

Ohne einen Laut zu verursachen, durchquerte Ronin den Raum. Er erreichte die Tür, legte ein Ohr dagegen und horchte. Dann öffnete er sie unendlich langsam einen winzigen Spalt weit. Der Flur wurde von Schilffackeln erhellt. Ein schmaler Lichtstreifen fiel in den Raum. Der Tür unmittelbar gegenüber ragte ein geriffeltes Holzgeländer auf.

Die Flammen der Fackeln prasselten.

Er riskierte einen weiteren Zentimeter, dann glitt er vorsichtig in den Korridor, der, wie er jetzt erkannte, eine Art innerer Balkon war. Sämtliche Türen dieses Stockwerks schienen in diesen Flur zu münden.

Links eine breite Treppe, die ins Parterre hinunterführte. Er hörte gedämpfte, forthallende Schritte. Das kurze Geklapper von Metalltöpfen, eine ärgerliche Stimme. Unweit von ihm flackerten Fackeln in den Wandhalterungen.

Rechter Hand bog sich die Innenkante des Balkons zu einer Wendeltreppe zurück. Schmale Steinstufen. Von oben her breitete sich sanftes goldenes Licht aus, amorph, scheinbar so massiv wie geschmolzenes Metall.

Lange stand er völlig bewegungslos und lauschte den geringfügigen Geräuschen der Burg, ließ sich das Muster in seinen Ohren heranbilden, in sich einsickern, Fuß fassen, damit jede bedeutsame Abweichung automatisch registriert wurde, selbst dann, wenn er sich nicht darauf konzentrierte.

Dann schritt er auf das unruhige Licht zu, das auf ihn herunterrieselte.

Er kam an drei Türen vorbei. Vorsichtig stieg er die Stufen hinauf, langsam, nach jedem zweiten oder dritten Schritt hielt er an und lauschte aufmerksam nach oben und unten. Alles blieb still. Das Licht schien heller und intensiver, übergoß ihn förmlich, strömte über ihn hinweg, bis er sich in ein fantastisches Meer gespült fühlte. Wieder blieb er stehen. Stimmen. Noch konnte er nichts verstehen. Eine Unterhaltung. Er setzte sich wieder in Bewegung, eilte weiter hinauf.

Schließlich kam er an eine Nische, die in einen großen, kreisrunden Raum mit hohen, schrägen, konischen Wänden führte, die bis zum Nachthimmel emporragten. Die Mauer war unregelmäßig hoch, und hinter einem niederen Teilstück konnte er die schwankenden Wipfel der Zedern sehen, massig und irgendwie entrückt, die Endgültigkeit des Herrschaftsbereiches der Erde.

Im Zentrum des Raumes loderte ein Feuer in einer riesigen, ovalen Feuerstelle, die aus glasiertem Ziegelwerk errichtet war und keinerlei Spuren von Holzkohle oder Ruß enthielt. Einzig dieses Feuer war es, von dem das flüssige Goldlicht ausstrahlte. Die Flammen, die über den Rand aufstiegen, waren gelb, ohne eine Spur von Orange oder Blau. Sie waren rein, elementär. Eine Tür öffnete sich in der Rundwand, und Ronin drückte sich in den schützenden Schatten der Nische. Nikumus große Gestalt kam in Sicht. Seine Haut schien gelb geworden, wie mit Patina überzogenes Elfenbein. Die schmalen Mandelaugen glitzerten im Licht, trübten sich, und für einen langen Augenblick sah sich Ronin wieder in jener dunklen Gasse in Sha'angh'sei, über den toten Bujun gebeugt. Dann glitt ein anderes Bild in sein Bewußtsein, seine erste Begegnung mit Borros, dem Zaubermann, tief im Bauch der Erde, im Freibesitz. Symbole für Krankheit und Tod. Dann klarte sich Ronins Blick wieder.

Nikumu durchschritt den Raum und war für einige Augenblicke lang von den aufsteigenden Flammen beleuchtet. Ronin fragte sich, wo sein Gesprächspartner war. Nikumu hatte keine Selbstgespräche geführt.

Der große Mann schien in Gedanken versunken, und als er sich bewegte, schien er *über* dem Boden zu schweben. Er holte eine Schriftrolle aus einem Schrank.

Jenseits des Raumes entstand eine zuckende Bewegung. Ein Schatten glitt über den Steinboden. Lang und mager, schien er fast Nikumus Schatten zu sein, als wäre er von dessen Körper unabhängig. Dann glitt eine Gestalt in Ronins Blickfeld. Sie kehrte ihm den Rücken zu, doch vermochte er zu sehen, daß der Mann einen langen, schmalen Schädel hatte, breite Schultern, die durch das steifschultrige Gewand, das er trug, noch eindrucksvoller gemacht wurden. Seine Taille war schmal, ebenso die Hüften. Er trug einen Gürtel, der das schwarze Gewand zusammenhielt, und an jeder Hüfte baumelte eine Schwertscheide.

»Du glaubst doch nicht wirklich, daß du damit durchkommst«, sagte er.

Nikumu stand bewegungslos, die Augen auf die Schriftrolle gerichtet.

»Streitkräfte sind in Bewegung gesetzt, mußt du wissen«, fuhr die dunkle Gestalt fort. »Der Mann im –«

»Was soll ich machen?« schrie Nikumu und wirbelte herum. Das Helldunkel des Feuerscheins machte sein Gesicht hart und streng gefurcht.

»Ich? Was soll ich dir raten?« Der andere schüttelte den Kopf. »Du bist ein Bujun. Deine Seele weiß, was getan werden muß, genauso wie ihre. Sie kann nicht sprechen . . . Aber sie wird einen Weg finden, Nikumu. Vielleicht, vielleicht hat sie ihn bereits gefunden.«

»Deshalb muß sie angekettet werden, genau wie ich.«

»Der Mann wird kommen, Nikumu –«

»Dann werde ich ihn töten!«

»Narr! Wenn du nur sehen könntest, was dir dieses Ding angetan hat. Verstehst du denn nicht, daß du beide töten mußt, wenn er kommt.«

»Nein!« stieß Nikumu hervor, und seine Augen schienen plötzlich die Augen eines Toten zu sein. »Nein.«

Ronin zog sich lautlos zurück, erreichte die Treppe und eilte hinunter, fort von dem goldenen Licht, fort von der beunruhigenden Unterhaltung der beiden Männer. Ein Großteil des Dialogs ergab für ihn keinen Sinn, doch soviel hatte er erfahren: Moeru war wirklich hier, und sie wurde gefangengehalten.

Auf der Galerie blieb er stehen, um seine Augen an die schwächeren Lichtverhältnisse zu gewöhnen. Ein Klappern wurde auf der Treppe laut. Ronin zog sich in die dichteren Schatten unter der Wendeltreppe zurück.

Zwei bewaffnete Männer, von denen einer ein Tablett mit einer Mahlzeit und Teekanne und Becher trug, näherten sich. Schon glaubte Ronin, sie würden die Wendeltreppe hinaufsteigen, als sie sich abwandten und eine ganz in der Nähe befindliche Tür aufschlossen.

Er starrte ihnen nach, an ihren breiten Rücken vorbei in den schwach erleuchteten Raum. Er war geschmackvoll möbliert, Stühle und weiche Teppiche.

Vor dem flackernden Licht einer Öllampe saß eine schlanke Gestalt. Ein weißes, ovales Gesicht. Dunkles Haar. Das Aufblitzen des Meeres, als sie ihren Blick hob.

Ronin federte bereits aus seinem Versteck. Seine Faust schoß vor, traf die Halsschlagader des Hühnen. Der Makkon-Handschuh fetzte durch Muskeln und Sehnen. Der Mund klaffte auf, dann krachten die Zähne wieder zusammen und trennten die hervorquellende Zungenspitze ab. Blut regnete auf den Boden nieder. Ronin wischte den fallenden Leichnam beiseite, zog seine Klinge und sprang den zweiten Mann an. Das Tablett wirbelte durch die Luft. Der Schock ließ die Augen des Mannes groß und rund werden. Ronin schlug zu. Der Schädel krachte zu Boden, rollte davon.

Sie schwieg.

Ihr liebliches Gesicht hob sich zu ihm auf, dennoch zeigte sich keinerlei Regung darin. Mit einer seltsam fernen, entrückten Neugier starrte sie in seine farblosen Augen.

»Moeru!« sagte er eindringlich. »Erkennst du mich nicht? Sicher –«

Draußen zirpten die Zikaden und unterhielten den Mond auf seinem langen Weg über den Himmel. Der Wind zerzauste den Wipfel einer nahen Zeder. Die Äste strichen über die Fensterscheiben.

Eine Sekunde lang verspürte er den scharfen Stich der aufkeimenden Panik wie eine Messerklinge an seiner Kehle.

Dann schloß er die Augen und lauschte dem Nichts.

»Moeru!« Seine Lippen bewegen sich kaum. Perlende Schwärze.

»Moeru!«

Ein endloser Himmel, mit den blassen, malvenfarbenen Wolken des Sonnenuntergangs besät.

»Moeru!«

Gänse, die in einer weiten Zickzackreihe über den blaugoldenen Sumpf flatterten, riefen klagend zum weit entfernten Horizont.

Plötzlich wurde sein Schrei von einem Wind erfaßt, fortgewirbelt, von seinen Lippen gerissen, davongefetzt, über die dunklen Himmelsgewölbe, und er fand sich in absoluter Finsternis wieder.

Mit ausgestreckten Händen tastete er sich durch die Dunkelheit. Seine Fingerspitzen kribbelten. Er wandte sich nach rechts. Weiter, nicht gehend, nicht laufend. Bewegend.

Das Kribbeln raste seine Arme hinauf, seine Hände wurden taub. Seine Ohren waren verstopft. Seine Schultergelenke vibrierten. Eine schreckliche, wohltönende Musik in gewaltiger Lautstärke. Sie stach in seine Trommelfelle. Seine Zähne klapperten aufeinander, sein Körper fühlte sich wie erstarrt an. Die Musik füllt seine Welt, sein Brustkasten wird von der Wahnsinnskraft zerfetzt. Sein Kopf hebt sich jetzt, und seine Augen blinzeln. Er ist absolut bewegungslos in dieser kinetischen Welt.

Er starrt in die Finsternis.

Vor ihm: schwarze Obsidian-Gipfel. Ein schwarzer Himmel voller schwarzer Sterne. Es gibt keinen Horizont.

Er sieht Moeru in Fesseln, an die schwarzen Gipfel gekettet. Dann merkt er, daß es ihr Geist ist, ihre Seele, und sie schreit auf vor Qual... Das wilde Singen. Eine Musik, gebildet aus Schmerz und Verzweiflung.

Ihre Augen weiten sich, als sie ihn erblicken, und sie ruft ihn. Die schreckliche Musik verstärkt sich, und sein Körper bebt.

Drei schwarze Sonnen entstehen. Die Felsspitzen bewegen sich, scheinen zu atmen. Moeru ist nackt. Er sieht, wie das Erkennen ihre Augen weitet. Unvorstellbare Qual. Die Musik durchdringt ihn. Wie glühende Lanzenspitzen. Seine Muskeln verkrampfen sich. Er zwingt seine Beine, sich zu bewegen.

Sie heult ihre Qual hinaus. Schweiß läßt ihre Haut glänzen. Die schwarzen Ketten halten sie fest!

Er hebt seine Klinge, ein heller, lichter Bogen. Als sie sich ihrem Körper nähert, wird die Musik leiser, der Klang scheint von der kunstvoll gearbeiteten Klinge abgeleitet zu werden. Sein betäubter Verstand klärt sich. Langsam. Zögernd.

Und er nähert sich ihr.

Die Ausläufer der schwarzen Gipfel. Schwarz und ungeheuerlich trachtet das Etwas danach, ihn zu töten, aber er ist jetzt wie rasend, ein Berserker, unmöglich zu stoppen. Die Liebe ist ein lebendiges Pulsieren in seinem Herzen, sie ist es, die seine Muskeln nährt, und die Angst ist ein zusätzlicher Helfer. Er schlägt zu. Immer wieder. Die lange Klinge, ein weißer Schatten...

Die Gipfel werden abgemäht, die Luft zittert, ein Regen aus heißem, klebrigem Schleim. Sie gleitet in seine Arme, und noch immer sät seine Klinge Zerstörung –

Ronin! Komm –

Schwarze Kormorane kreisen und tauchen in die schwarzen Sonnen ein. Schwarze Sterne stürmen an ihm vorbei –

Fort – jetzt... Oh, Ronin!

Nässe perlt über seine Wange. Ein heißer Wind kommt auf, wird eiskalt, frostig, die drei schwarzen Sonnen rasen aufeinander zu, erzittern unter der Implosion...

Jetzt, jetzt, jetzt –

Und dann erreicht er sie mit einem gewaltigen Sprung, und er reißt sie hoch, in seine Arme und trägt sie in einen grünen Nebel davon, in das Licht des Meeres, das hinter ihren Augen schimmert, in die schwere Luft Hanedas.

Sie keucht auf, seine Arme schließen sich um sie, ihre Lippen finden sich. Er öffnet seine Augen, bedeckt ihren nackten Körper mit seinem nachtschwarzen Mantel. Sie reißt ihren Mund von dem seinen los und keucht:

»Schnell. Er weiß Bescheid. Er kommt. Schnell, bring mich fort von hier...«

Er rammte seine Klinge in die Scheide und stürmte mit ihr zum Fenster, aber die Läden waren verschlossen. Er hielt ihre Hand, Seite an Seite hetzten sie aus dem Raum. Den schwach beleuchteten Korridor entlang. Über ihnen wurde ein scharfer Ausruf laut. Dann ein gedämpfter Knall. Nikumus tiefe Stimme. Sie hetzen an geschlossenen Türen vorbei. In jenen Raum, durch den er das Gebäude betreten hatte. Hinter ihnen der Lärm der Verfolger. Immer lauter. Immer näher.

Sie durchquerten den düsteren Raum, eilten an das offenstehende Fenster. Frische Nachtluft, wie ein vergiftetes Elixier. Er stieß sie hinaus, in den weiten Griff der Zeder. Dann kreiselte er herum.

Die Tür wurde aufgestoßen. Krachend hallte sie gegen die Wand. Nikumu stürmte herein. Er hatte seine Klinge gezogen.

»Wo ist sie?« schrie er wild.

»Vielleicht fängst du jetzt an, zu verstehen«, sagte die Stimme des anderen von der Galerie her. Er hielt sich hinter Nikumu.

»Wer hat dich gerufen?« fauchte Nikumu.

»Nun – du natürlich.«

Diese Worte schienen Nikumus Zorn noch zu nähren. Er setzte sich in Bewegung, rannte auf Ronin zu.

»Dafür werde ich dich töten! Sie gehört mir!«

Der große Mann riß die lange Bujun-Klinge hoch. Er war sehr schnell, jedoch keineswegs leichtsinnig, und dies begriff Ronin im letzten Augenblick, er erkannte die ungeheuerliche Gefahr, duckte sich unter dem Schlag weg, kam wieder hoch, warf sich auf die Fensterbank. Nikumu schlug wieder zu. Die Klinge fuhr in das Holz des Fensterrahmens. Splitter flogen durch die Luft. Ein weiterer Schlag. Stein zerbarst, eine Staubwolke flirrte hoch. Ronin sprang. Er packte den dicken, knorrigen Ast der Zeder, schwang sich herum, kletterte in die Tiefe. Dort wartete Moeru auf ihn.

Er federte neben ihr auf den Boden, umfaßte sie, und verhielt. Er starrte zu dem Fenster hinauf. Nikumus große, dunkle Gestalt schien von zwei Schatten gesäumt.

»Ich werde euch wie Tiere hetzen!« schrie er. »Und ich werde euch aufspüren! Ihr seid jetzt schon tot! Tot!« Seine Stimme zerfaserte zu einem irrsinnigen Kreischen.

Dieser Ton wehte hinter ihnen her, als sie durch den Zedernwald rannten, und Ronin vermochte nicht zu sagen, ob es das Dröhnen eines wahnsinnigen Gelächters war oder das Echo eines qualvollen Schluchzens...

»Es gibt nur noch einen Ort, an den wir jetzt flüchten können«, sagte er ruhig.

»Ja. Es ist kein wirklich schwieriges Problem.« Seine Stimme klang müde.

»Das Schloß des Kunshin.«

Sie hatten sich auf die überdachte Terrasse eines ruhigen Gasthofes zurückgezogen, das auf hohen, purpurnen Klippen erbaut worden war. In der Tiefe schimmerte die unruhige Wasserfläche. Das kühle Licht des Mondes ließ den Schaum der Brandungswellen leuchten.

Dunkle Kiefern schwankten unter der Brise, die vom offenen Meer herwehte. Schläfrige Wächter. Linker Hand fielen die Klippen sanft ab. Gestrüpp und Stechginster wucherten darauf.

Irgendwo hoch in der Luft schrie eine Schneeule. Dann verstummte sie wieder.

Auf den winzigen Tellern neben ihren halbgefüllten Tassen lagen Reiskuchen. Okami saß mit gekreuzten Beinen am Tisch. Sein Gesicht war ernst. Er blickte Ronin an. Irgendwo in den Tiefen des Gasthofes lag Moeru in einem Bett und war in einem erschöpften Schlaf gefangen.

»Dieses Abenteuer war ein Fehler, fürchte ich«, sagte Okami. »Nikumu ist jetzt dein Todfeind, und ein unerbittlicherer Gegner läßt sich in ganz Eido schwerlich finden.«

»Er hat sie gegen ihren Willen festgehalten. Wenn du gesehen hättest –«

»Schließlich ist sie seine Frau, Ronin.«

»Entbindet sie das von ihren Rechten, ihr eigenes Leben leben zu können? Ist dies die wunderbare Art der Bujun?«

Dahinstürmende Wolken verdunkelten den Mond für einen Augenblick. Als sein marmoriertes Licht an den Himmel zurückgekehrt war, sagte Okami:

»Mein Freund, ich verstehe –«

»Entschuldige meine Grobheit dieses eine Mal, Okami, aber ich muß dir sagen, daß du diese Situation unmöglich verstehen *kannst*. Auf eine bisher unergründliche Weise sind Moeru und ich miteinander verbunden.« Nach einem Moment sagte er: »Sie kann mit mir sprechen.«

Okami starrte aufs Meer hinaus, dann goß er Ronin und sich vorsichtig Tee ein. Er hob seine Porzellantasse an seinen Mund und nippte vorsichtig von der heißen Flüssigkeit.

»Es hat keinen Sinn, vollbrachte Taten zu bejammern«, sagte er ruhig. »Vergib mir, mein Freund. Gut oder schlecht – sie ist jetzt bei uns. Es ist unser Karma.«

»Und was ist mit dem Kunshin?«

Okamis Tonfall wurde sachlicher. »Er ist der einzige Bujun Ama-no-moris, der mächtig genug ist, um Nikumus Rachsucht zurückzuweisen –«

»Aber Nikumu ist sein Freund.«

»Bitte, unterbrich mich nicht. Dor-Sefriths Schriftenrolle ist es, die uns alle retten kann, das mußt du wissen, Azuki-iro hat, so sagt man, einiges jenen verlorenen Wissens der Krieger-Magier aus Ama-no-moris Vergangenheit in seinem Gedächtnis behalten. Wenn die Gefahr so groß ist, wie du sagst, so wird er keine andere Wahl haben, als Nikumu in Schach zu halten, bis er eine Entscheidung treffen kann.«

»Und dann?«

Okami zuckte mit den Schultern.

»Wenn er sieht, was du uns gebracht hast, wird er das Böse möglicherweise bemerken, das sich bereits so tief in den Leib Ama-no-moris hineingefressen hat. Die Sasori müssen vernichtet werden. Und wenn Nikumu tatsächlich ihr Anführer ist, so muß er der erste sein, der stirbt.«

Noch lange, nachdem sich Okami in sein Zimmer zurückgezogen hatte, saß Ronin mit gekreuzten Beinen auf dem mit Tatamis belegten Terrassenboden und lauschte dem unablässigen Donnern der Brandung. Graue Nebelschleier hingen wie das feingesponnene Gewebe einer ungeheuren Spinne zwischen den Kiefern. Die Sterne waren nicht mehr zu sehen. Der Mond war vor kurzem untergegangen.

Ein zufälliger Beobachter hätte meinen können, er starrte auf den Nebel, doch dieser Eindruck täuschte. Sein Blick war geradewegs ins Zentrum seiner Seele gerichtet. Und er tat einen Schwur. Von niemandem würde er sich aufhalten lassen. Weder von Nikumu noch von den Makkon. Nicht einmal vom Dolman selbst. Er würde zu Ende führen, was er sich vorgenommen hatte, und weshalb er hierhergekommen war, denn auch er hatte ein Karma, und dessen Macht war zu stark, um sie leugnen zu können. Er hatte noch immer keine klare Vorstellung, was von ihm gefordert werden würde. Es war bedeutungslos. Tief in seinem Herzen wußte er, daß das Schicksal der Welt weder von Nikumu noch dem Kunshin abhängig war. Unmöglich konnte es ein einzelnes Element sein. So, wie das Leben eines Menschen von einer Vielzahl von Faktoren bestimmt war, so verhielt es sich auch bei der Geschichte. Die Kampflinien seines Lebens waren vor langer Zeit gezogen worden, in Blut und Schmerz und der Gewißheit des Verlustes geschmiedet. Und er konnte nicht vergessen. Die Kälte sollte Nikumu holen! Und den Kunshin, falls er gegen ihn entschied. Doch eines hatte er heute nacht begriffen: Zweifellos war er dem Strudel der Ereignisse, auf die er sein ganzes Leben lang zugesteuert war, sehr nahe gekommen.

Und was war mit Moeru?

Ihre kühlen Finger glitten über seinen Hals.

Sie ließ sich neben ihm nieder.

»Frei!« Ihre Stimme war sanft. Ihr Gesicht war dem seinen ganz nahe.

»Du hast meine Gedanken belauscht? Du weißt, daß ich über dich nachgedacht habe?«

Sie warf ihren Kopf zurück und lachte freudig. »Es ist, als wäre man wiedergeboren worden«, erwiderte sie.

Er ergriff ihre Hand.

»Wie?« sagte er.

»Komm mit mir.«

Sie erhoben sich und traten an das Terrassengeländer. Leicht glitt ihre Hand darüber. Ihre Schultern und Hüften berührten sich.

»Wir waren lange getrennt«, sagte sie leise. Dann, unvermittelt, wandte sie ihm ihr Gesicht zu. »Es war ein Sturm und doch kein Sturm, der dafür verantwortlich war. – Was war es?«

»Ich weiß es nicht«, erwiderte er, war jedoch nicht sicher, ob dies die Wahrheit war. Eine Bewegung in seinem Geist.

»Der Tag dämmert«, flüsterte sie.

Einsame Kiefern, die sich schwarz gegen rosa vor dem kriegszerfetzten Horizont erhoben. Die Silhouette Ama-no-moris.

Moerus Gesicht war ein bleiches Oval vor dem frühmorgendlichen Nebel. Das Seidenkleid, das Okami im Gasthof für sie gekauft hatte, stand in farblichem Kontrast zu ihrem schwarzen Haar. Eine Hand hob sich an ihre Kehle, strich über die winzige Silberblume, die sie an der Kette trug.

»Der Sakura wegen, die du mir geschenkt hast, bin ich hierher zurückgekehrt.« Der Morgenwind zerrte an ihrem Haar, und so sah er sie jetzt durch ein unablässig in Bewegung befindliches Gitterwerk schwarzer Strähnen. »Ich war überglücklich, als ich sie kommen sah. Die großen Wellen hatten die *Kioku* bereits weit von mir fortgetragen. Wir kämpften weiter, aber die Matrosen waren in der Minderzahl. Einer nach dem anderen ließ sein Leben.«

Ein Schrei in der Ferne. Sie zuckten leicht zusammen. Ein Möwenschwarm kreiste über den schäumenden Wellen.

»Es war Nikumu, der die Sakura gemacht hat, weißt du, und er verlieh ihr besondere Eigenschaften. Damals, als der Beschluß gefaßt wurde, einen Bujun auf den Kontinent der Menschen zu entsenden, verlangte der Kunshin nach einer Art Kontrollmöglichkeit. Nikumu entwarf die Sakura. Er wußte, daß sich der Bujun nicht mehr davon trennen konnte, solange er lebte. Und wenn er starb – so würde man dies auf Ama-no-mori erfahren. Nicht bekannt war allerdings, wer die Sakura nach dem Tode des Bujun in Besitz genommen hatte. Wer immer es auch war, er mußte, so folgerte Nikumu, mit dem Tod des Bujun zu tun haben. So holte er mich ab.«

Ronin erinnerte sich daran, daß sich das Antlitz der Sonne über dem Obsidian-Schiff für eine kaum meßbare Zeitspanne verdunkelt hatte.

»Er flog also.«

Verblüfft sah sie ihn an.

»Ja, aber woher wußtest du das?«

»Ich habe etwas gesehen... Sehr weit weg.«

»Die Rösser des alten Ama-no-mori trugen ihn und drei seiner Männer durch die Lüfte.«

»Und diese vier Männer schlugen die gesamte Besatzung des Obsidian-Schiffes?«

»Sie sind Bujun, oder?«

»Du trägst die Sakura noch immer. So wird er zweifellos wissen, wo wir sind.«

»Nein, sie hörte in dem Augenblick auf, ein Leuchtfeuer zu sein, als ich nach Ama-no-mori zurückkehrte.«

»Warum trägst du sie dann noch immer?«

»Weil du sie mir gegeben hast.«

»Bist du seine Frau?«

Sie blinzelte nicht einmal.

»Ich bin sicher, daß Okami dir das bereits gesagt hat.«

»Ich möchte es von dir hören.«

»Ich bin Nikumus Frau.«

»Warum warst du auf dem Kontinent der Menschen?«

Sie räusperte sich. »Wie gelang es dir, mich zu befreien?«

Ein Flüstern, ein sanftes Streicheln. Wärme. Was steckte hinter dieser Frage?

»Welchen Grund hatte dein Ehemann, dich gefangenzuhalten?«

»Ehemänner können so gut oder böse sein wie jeder andere Mann.«

Ihre Augen waren wie brodelnde Strudel in einer wilden See, Strudel, die ihn unweigerlich hinabzogen in die Tiefe...

»Was ist Nikumu für ein Mann?«

Für einen Augenblick schlossen sich die Augen, ein Universum war verschleiert. Als sie sie wieder öffnete, waren sie feucht.

»Er ist beides und nichts.«

»Rätsel.«

Er beobachtete den langsamen Weg der Träne, die über ihre Wange glitt. Nur ein Heben seiner Hand, eine Berührung. Aber er bewegte sich nicht.

»Er hat Angst.«

»Angst – wovor?«

Sie ließ sich auf den Boden nieder. »Er – er ist nicht mehr Nikumu. Etwas –«

»Warum ist er der Anführer der Sasori?«

Sie schüttelte den Kopf.

»Ich weiß es nicht. Während ich fort war, ist etwas Furchtbares mit ihm passiert.«

»Dann ist er so – so böse geworden, wie Okami glaubt.«

»Nein, nein.« Sie ergriff seine Arme. »Er hat sich verändert. Manchmal – manchmal ist er, wie er *vorher* war, und dann führt er sich wieder wie ein Verrückter auf.« Sie zögerte, dann sprach sie es aus: »Ronin, ich fürchte, daß er besessen ist.«

»Wovon?«

»Stets ist jemand in seiner Nähe.«

»Ja, ich habe ihn gesehen. Aber er hat keine Macht über Nikumu.«

»Du mußt etwas tun.«

»Ich?« Ihm war danach, ihr ins Gesicht zu lachen. »Beim Frost, Moeru, der Mann will mich tot vor sich liegen haben. Und ausgerechnet mich bittest du, ihm zu helfen?«

»Nur du kannst es.«

»Was redest du da für einen Unsinn?«

Ihr Gesicht war dem seinen so nahe, ihre Wimpern lang und feucht.

»Wie hast du mich befreit?«

»Ich habe nicht darüber nachgedacht.«

»Nein, natürlich nicht. Wenn das nötig gewesen wäre, hätte dich Nikumu umgebracht.«

»Etwas Böses lauert in Haneda, Moeru.«

»Ja, aber es ist nicht Nikumu. Er ist ein menschliches Wesen, kein Ungeheuer.«

»Aber was er dir angetan hat –«

»Ronin, du mußt ihm helfen!«

»Aber ich kann es nicht!«

»Nur du konntest mich befreien –«

»Was du da verlangst, ist purer Wahnsinn –«

»Nur deine Kraft –«

»Die Kälte soll ihn holen!«

»Er hat mich stumm gemacht –«

»Nein!«

»Er tat es, damit ich nicht mit dir reden konnte.«

Trotz des vom Himmel wehenden Regens konnte er sehen, wie riesig die Kiefer war. Gigantisch reckte sie sich dem Firmament entgegen, vom heftig stoßenden Wind beständig in Bewegung gehalten; die mächtigen Gebäude des Schlosses erschienen klein neben ihrer majestätischen Erscheinung.

Regentropfen perlten von den Rändern ihrer Strohhüte. Die Brücke, die sich über den Schloßgraben spannte, hin zum Besitz des Kunshin, lag vor ihnen.

Hinter ihnen, verwischt und undeutlich, ein Gemälde im Regen, erhoben sich die östlichen Ausläufer Eidos. An der Straßenbiegung verkaufte eine alte Frau Tee an müde Reisende.

»Wie kannst du sicher sein, daß er sich hier aufhält?« fragte Ronin.

»Er hält sich nicht in Eido auf«, antwortete Okami.

»Warum nicht in den Bergen?«

»Er ist hier, mein Freund.«

Sie betraten die Brücke. Die Bohlen waren vom Regen glitschig geworden, und die Welt Eidos glitt von ihnen ab. Donner grollte in der Ferne. Das Wasser in der Tiefe des Grabens war von einer Gänsehaut überzogen.

Die Wachen des Kunshin kamen ihnen entgegen. Okami

grüßte sie. Die Wachen erwiderten den Gruß. Dann geleiteten sie sie in die Tiefen des Schlosses.

In einem kleinen, gemütlich eingerichteten Raum wurden sie von einer Frau empfangen, die Moeru bat, ihr zu folgen. Eine junge Frau nahm sich der Männer an. Sie wurden gebadet, konnten Schmutz und Schlamm der hinter ihnen liegenden Reise abwaschen. Dann brachte man ihnen frische Kleider und führte sie in den kleinen Raum zurück. Moeru, ebenfalls gebadet und in frische Gewänder gekleidet, erwartete sie bereits.

Zwei bewaffnete Bujun in breitschultrigen, mit Goldbrokat durchwobenen Gewändern, betraten den Raum und hießen sie, ihnen zu folgen. Sie schritten weite Treppenfluchten hinauf, an unzähligen bewaffneten Bujun vorbei, einen gewaltigen Korridor entlang, der eher eine Säulenhalle war denn ein Korridor.

Schließlich öffneten sich zwei mächtige Doppeltüren vor ihnen, und sie betraten den dahinterliegenden Raum. Hier konnten sie das Prasseln des Regens wieder hören, und Ronin sah zu den großen Fensterflügeln hin, die geöffnet waren. Regen perlte über das Fensterglas wie kühle Tränen.

Der Raum war von bescheidener Größe, überhaupt nicht so, wie sich Ronin die Heimstatt des Kunshin vorgestellt hatte. Es gab keine Stühle, nur einen zweckmäßigen Schemel, der vor einem großen, hölzernen Schreibtisch nahe der Stirnseite des Raumes stand. Niedere Lacktische standen in zwangloser Gruppierung auf den Tatamis. Die Bujun ließen sie allein in dem Raum zurück.

Ronin starrte in das Regenwetter hinaus.

Sie zogen ihre Sandalen aus.

»Er erinnert mich an jemanden«, sagte eine tiefe Stimme. Ronin sah auf – in das Gesicht Azuki-iros. Er war nicht sicher, an wen der Kunshin seine Worte richtete.

»Das ist bedeutsam.«

Er war ein untersetzter, massiger Mann, seine Gesichtszüge schienen behutsam, liebevoll geformt worden zu sein. Kein Gramm überflüssiges Fleisch befand sich an seinem

Körper. Sein Gesicht war ziemlich flach, wie das von Okami, gelbhäutig mit schmalen Mandelaugen und einer breiten Nase. Sein dichtes schwarzes Haar glänzte, war zu einem Zopf geflochten. Seine Brust wölbte sich faßförmig vor. Die Haltung eines Kriegers: zuversichtlich, nicht arrogant, so stand er vor Ronin. Trotz des Goldbrokatgewandes konnte man die harte Wölbung seiner Armmuskeln sehen.

»Ein Ausländer, nicht wahr?« sagte Azuki-iro. Für einen Moment neigte er seinen Kopf zur Seite, als versuche er so, eine gewichtige Frage zu enträtseln. »Ich bin nicht so sicher.« Starr hielt sein Blick an Ronin fest. »Wo hast du ihn aufgegabelt?« Nur der veränderte Klang seiner Stimme ließ erkennen, daß er mit Okami sprach.

»Auf der Kisokaido«, erwiderte jener.

»Wer bist du?« Ronin drehte sich um. »Hast du mich belogen?«

Okamis Gesicht blieb gleichmütig. Keine Spur von Falschheit war in den klaren Augen.

»Ich erzählte dir nur die Dinge, die du wissen mußtest. Dein Vertrauen habe ich nicht verraten. Du stehst vor dem Kunshin. Ist dies nicht der Grund, weshalb du Amo-no-mori aufgesucht hast? Weshalb über deine eigenen Bedürfnisse hinausschauen?«

»Ich will die Wahrheit wissen!«

»Die Geschichte wird die Wahrheit verzeichnen«, meinte Azuki-iro.

Ronin trat einen Schritt zurück und zog sein Schwert. Ein lakonisches Flüstern, eine tödliche Schlange, die ihre trokkene, leblose Haut abwarf.

»Die Zeit ist für immer vorbei, da ich nur das nehme, was mir gegeben wird. Ich will endlich die Antworten haben, die ich schon so lange suche, und ich will sie jetzt!«

Azuki-iros Augen wurden noch schmaler, seine Muskeln spannten sich an.

»Halt ein!« Es war Moerus Stimme, und zum ersten Mal verzeichnete das Gesicht des Kunshin die Spur einer Gefühlsregung: Überraschung. »Moeru«, flüsterte er. »Was –«

»Ronin war es.«

»War...«, sagte der Kunshin lakonisch. Dann streckte er seine Hand aus, der Goldbrokatstoff kräuselte sich. »Die Schriftrolle. Darf ich sie sehen?«

Er hielt die Klinge leicht erhoben, unruhig. Etwas schwamm in der Tiefe von Okamis Augen, halb verborgen, bisher unbemerkt. Für diesen Augenblick war Ronin weiter gereist als irgendein anderer Mensch auf dem Antlitz der Welt. So viele Schlachten hatte er geschlagen... Gegen bekannte und fremde Gegner. So viele Freunde hatte er verloren. Die Anfänge des absolut Bösen hatte er geschaut. Das düstere Übergreifen furchterregender Kräfte hatte er gespürt. Jetzt aber – jetzt zögerte er. Er war verunsichert. Unmittelbar hinter seiner Schwertspitze schwebte die offene Handfläche Azuki-iros. Konnte er ihm vertrauen? Sein Blick glitt weiter. Zu Okami. Dann zu Moeru. Nichts. Weder bei ihm noch bei ihr würde er eine Antwort finden.

Er starrte Azuki-iro an, dann drehte er sein Schwert, schraubte den Griff hoch und zog dor-Sefriths Schriftrolle aus dem Versteck. Er reichte sie dem Kunshin.

Ohne ein Wort zu sagen, schritt Azuki-iro zum Licht des offenen Fensters hin. Der Regen war vorübergehend versiegt. Eine Nachtigall trällerte ihr süßes Lied.

Endlose Augenblicke lang studierte der Kunshin die Zeichen auf der Schriftrolle, seine Stirn furchte sich unter der ungewöhnlichen Konzentration, bis er sich schließlich umwandte und zu ihnen zurückkehrte. Es schien Ronin, als habe er keinen einzigen Atemzug gemacht, seit Azuki-iro damit begonnen hatte, die Zeichen zu lesen. Endlich ein Ende. Endlich war es möglich, die Menschheit zu retten.

Der Kunshin räusperte sich, und als er sprach, sprach er zu jedem einzelnen von ihnen.

»Es ist wirklich an der Zeit«, sagte er. Ein scharfer Laut von Okami; er hatte hastig eingeatmet. »Der Geist dor-Sefriths greift durch Zeit und Raum und sprengt jene Fessel, die der Tod bedeutet. Auf dem Rad der universellen Kraft kehrt er zurück.«

Der Kunshin starrte auf den vor ihm stehenden Krieger.

»Ich weiß nicht, woher du kommst, Ronin, und ich weiß nicht, wie weit du gereist bist. Aber das sind jetzt Bedeutungslosigkeiten. Mit der Rückkehr dieser Schriftrolle nach Ama-no-mori endet sowohl für die Bujun wie auch für die Menschen ein Zyklus. Ein neues Zeitalter bricht an. Was es bringen mag – niemand kann es nur annähernd zuverlässig sagen. Fest steht nur, daß die Welt, wie wir sie jetzt kennen, von uns gehen wird.

Jene unter uns, die fähig sind, zu überleben, werden den Anbruch dieses neuen Zeitalters erleben, doch ich fürchte, daß es nicht viele sein werden. Das ist ihr Karma. Die Kaifeng lastet über uns, und keiner auf dieser Welt kann neutral bleiben, denn es ist die letzte Schlacht. Tod ist bedeutungslos für die Bujun. Nur die Art unseres Todes interessiert uns. Denn hierdurch wird sich die Geschichte unserer erinnern. Als Helden und als Männer.«

Azuki-iro gab Ronin die Schriftrolle zurück, und noch während er sie hielt, sagte er: »Ich beauftrage dich jetzt mit dem letzten Teil deiner Reise, Ronin. Mit dem gefährlichsten Teil, wie ich dir gestehen muß, und du weißt, was geschehen wird, falls du versagst.« Seine schwarzen Augen brannten. »Nimm die Schriftrolle dor-Sefriths. Nimm sie und lege sie in die Hände des einzigen Mannes, der sie vollständig entziffern kann, in die Hände des einzigen Mannes, der dor-Sefriths Anweisungen auszuführen vermag.

Lege sie in die Hände von Nikumu.«

III
Bujun

Mit unheimlicher Bedachtsamkeit kroch die Nacht über den Sumpf. Eine zerrissene Formation wilder Gänse, braun und weiß, vor dem roten und ockerfarbenen Himmel, stiegen sie zum fern aufragenden Gipfel des Fuijwara auf. Im Osten raschelte das weite Grasland unter einer leichten Brise, die Ruhe nach dem heftig tobenden Sturm des gestrigen Abends.

Vereinzelt begannen Frösche zu quaken. Leuchtkäfer flirrten aus dem Schilf und hielten sich vorsichtig am Rande des Sumpfes.

Im Westen lag Haneda. Stille regierte dort.

Selbst die Zikaden schwiegen. Eine Amsel flatterte aus dem Baldachin des Zedernwaldes empor. Hoch kreiste sie im roten Firmament, überflog die Reisfelder und jagte sodann nach Osten, hin zum offenen Grasland.

»Es gibt nichts, das ich tun könnte«, hatte er gesagt, nachdem sie allein waren.

»Aber du bist der Kunshin.«

»Zuerst bin ich Bujun. Das ist das wesentliche Problem. Wären die Rollen vertauscht, würde ich gar nicht erst zuhören, und wäre er gar dumm genug, mich zu fragen, so würde ich ihn umbringen.«

»Aber er ist dein stärkster Verbündeter.«

»Du mußt begreifen, Ronin, daß er, müßte er mich erst fragen, sämtlichen Wert für Eido, für Ama-no-mori, und auch für mich verloren hätte.«

»Dann hat es also nichts mit seiner Person zu tun.«

»Überhaupt nichts«

»Aber was ist es dann?«

»Geschichte«, hatte Azuki-iro geantwortet. »Jener Kodex, nach dem wir alle unser Leben leben, ist eine unerschütterliche Fessel; nichts kann dagegen bestehen. Eher würden wir durch unsere eigene Hand sterben, als ihn aufzugeben. Was Nikumu jetzt beschließt, muß er allein beschließen. Was er in letzter Zeit in Haneda tat, das kann ich dir nicht sagen, kein Bujun könnte dies, denke ich. Der Magier in ihm ist mächtiger geworden, so hat er Moeru gerettet, was niemandem auf Amo-no-mori hätte gelingen können.«

»Und was ist mit den Sasori?«

»Sie werden überwacht. Von ihrer Bösartigkeit haben wir

nichts zu befürchten. Nikumus Anteil an dieser Vereinigung ist es, dem meine Neugier gilt.«

»Warum?«

»Es paßt nicht zu ihm, und es ist eine unbeholfene Manifestation des Bösen.«

»Das hört sich sehr ironisch an.«

»Du hast eine lange Reise auf dich genommen, Ronin, um die Schriftrolle dor-Sefriths in die rechtmäßigen Hände zu legen. Kannst du mir sagen, warum du dies getan hast? Würdest du die Bürde aufgeben, die du vor so langer Zeit auf dich genommen hast? Du fürchtest ihn nicht, dessen bin ich sicher. Dennoch liegt es ganz allein bei dir, denn es steht dir frei, diese Insel jederzeit zu verlassen, so, wie es dir immer freistand. Die Bujun halten keine Gefangenen –«

»Aber Nikumu –«

»Das ist exakt der Kernpunkt. Was ist aus Nikumu geworden?«

Finster drang Moerus Stimme zu ihm: *Er ist besessen!*

»Wer ist Okami?«

»Einer meiner Daimyos.« Er hob seine Hand. »Sei unbesorgt. Ich habe ihn geschickt, dich zu finden.«

»Woher wußtest du von meinem Kommen?«

Der Kunshin legte seinen Arm um Ronins Schultern, und sie entfernten sich von dem regenglitzernden Fenster.

»In der Mythologie der Bujun«, sagte er, »regiert der Tiger das Land. Der Himmel hingegen wird von einem Drachen regiert.«

»Du weißt von Kukulkan.«

»O ja. Ich kenne ihn unter einem anderen Namen, aber er ist es.«

»Ich muß gehen«, sagte Ronin und starrte am Gesicht des Kunshin vorbei nach draußen, auf eine Nachtigall, die vor dem Fenster herumflatterte.

»Ja, es ist dein Karma. In diesen Dingen gibt es keine Wahl. Man lernt, gewisse Muster und Kräfte des Lebens zu akzeptieren. Die Bujun verstehen dies, noch bevor sie geboren werden, glaube ich. Wir akzeptieren und leben in Frieden und Einklang mit uns selbst. Der Rest gelangt von selbst an Ort und Stelle.«

»Dann würdet ihr also auch den Dolman akzeptieren?« stieß Ronin ärgerlich hervor. »Ihr würdet euch vor ihm zu Boden kauern und sterben?«

»Jetzt hast du mich vorsätzlich falsch verstanden«, erwiderte Azuki-iro weich. »Wir sind keine Fatalisten, nur Realisten. Was ist, das ist, und so üben wir uns darin, innerhalb dieses Rahmens zu leben. Das bedeutet jedoch nicht, daß wir nicht ständig nach jenen Dingen streben, die uns wichtig sind.« Ein Schatten verdunkelte plötzlich sein rundes Gesicht. »Wir haben aus den Leiden unserer Vorfahren viel gelernt. Zu guter Letzt war es unsere Zauberei, die sich gegen uns richtete.«

»Dennoch scheint Zauberei jetzt die einzige Hoffnung der Menschheit zu sein.«

Die dunklen Augen des Kunshin glitzerten. »Zauberei war es, die den Dolman entstehen ließ. So muß sein Tod der gleichen Quelle entspringen. Es ist notwendig, jedoch nicht wünschenswert.« Er trank einen winzigen Schluck Tee. »Egal, was kommen mag, die Bujun werden an der Kai-feng teilnehmen. Es ist unser Karma.«

Ronin sah dem Kunshin in die Augen.

»Warum wurde Moeru zum Kontinent der Menschen entsandt?«

»Der Grund ist mir unbekannt«, erwiderte Azuki-iro. »Du mußt ihren Mann fragen, denn er war es, der sie beauftragte.«

Er sah aus wie der wandelnde Tod.

Ein Narbengewebe überzog seinen Hals, zog sich über die kantigen Kiefer und weiter über die hohen Wangenknochen, bis unter das düstere linke Auge, das von Härte und Kälte erfüllt war. Sein rechtes Augenlid öffnete sich nie.

Breitbeinig stand er im Licht, das durch ein hohes, offenes Fenster in der Westwand Hanedas einfiel. Draußen jagten sich braune Spatzen durch das irrwitzige Astlabyrinth der Zeder.

»Das Warten hat jetzt endlich ein Ende!«

Nikumu schob ein Bündel Reispapier über die weite Tischplatte.

»Es bleibt uns noch ein wenig Zeit.« Dann, leiser sprechend: »Es *muß* uns noch ein wenig Zeit bleiben.« Ein Muskelkrampf glitt über das Gesicht. Er grinste. Sein Gegenüber blieb weiterhin gelassen. Dann schüttelte er den Kopf, und die Narben tanzten wie tausend Leuchtkäfer im Licht.

»Hast du nicht genügend Illusionen bekommen?«

Nikumu fuhr herum, seine Hände hoben sich, wirkten mit einem Mal verkrampft.

»Es ist eine Qual, eine pure Qual!«

»Ja, ich weiß. Doch vergiß nicht –«

»Oh, ich verfalle keinen Moment lang auf den Gedanken, daß du mich je vergessen lassen würdest!«

»Das ist es, was ich dir zu geben vermag.«

»Mir geben?« zischte Nikumu. »Ohne mich wärst du ein Nichts!«

»Die Geschichte mag ihr Urteil über mich bereits gefällt haben. Dein Kampf –«

»Aber du wirst nicht zufrieden sein damit.«

»Du auch nicht«, hob der Narbengesichtige gelassen hervor.

Nikumus Züge verzerrten sich. »Ich erinnere mich nicht daran, dich gebeten zu haben, die Rolle meines Gewissens zu übernehmen. Ich brachte dich hierher –«

»Willst du damit etwa sagen, daß es irgendwann einmal so etwas wie Verständnis zwischen uns gegeben hat? Unsinn!« Der Tonfall veränderte sich plötzlich, ließ den Raum erkalten. »Abgesehen von der Beschwörung werden die Ereignisse so geschehen, wie sie geschehen wollen.«

»Natürlich«, schrie Nikumu, »und deshalb hält er dich so!« Mit einem wütenden Vorzucken packten seine gekrümmten Finger die Kehle des Narbengesichtigen.

Im tiefen Schatten der Nische nahe der Wendeltreppe

spannten sich Ronins Muskeln an. Benommen preßte er sich enger gegen die kühle Steinmauer. Er erstickte einen tiefen Atemzug. Nikumus vorzuckende Hand hatte das narbige Fleisch seines Gegenübers durchdrungen, als wäre es nichts als Rauch.

»Kindisch!«

Der Narbengesichtige trat einen Schritt zurück. Nikumu folgte ihm nicht. Seine Hand sank langsam hinunter, dann stützte er sich an der Tischplatte ab, als befürchte er, seine Füße würden ihm den Dienst verweigern.

»Er ist mächtig«, flüsterte Nikumu wie ein verängstigtes Kind.

»Er besitzt das, was du ihm vermacht, Nikumu.«

»Ich bin nicht so stark, wie du es warst. Ich glaube nicht, daß ich gewinnen kann.«

Der Narbengesichtige wich seinem Blick aus, als sei er tief enttäuscht. Dann fuhr sein Kopf unvermittelt hoch, lange Augenblicke schien er einer inneren Stimme zu lauschen. Nikumu, dessen Gesicht schmerzverzerrt war, achtete nicht darauf.

Plötzlich schien der Narbengesichtige zu einem Entschluß gekommen zu sein, denn er setzte sich in Bewegung, hin zu einer Glasvitrine. Vorsichtig öffnete er sie und holte drei Masken heraus, behutsam, eine nach der anderen. Ronin wunderte sich. Was hatte dies nun wieder zu bedeuten? War der Narbengesichtige wirklich substanzlos, oder war Nikumus Angriff lediglich eine Illusion gewesen?

»Es ist Zeit für das Noh, Nikumu. Du weißt, welches Stück gespielt wird.«

Der Narbengesichtige legte eine Maske an. Sie vermittelte ihm das Aussehen eines älteren Mannes, freundlich und onkelhaft.

»Toshi, der Priester«, verkündete er, während er Nikumu die zweite Maske reichte.

Nikumu nahm sie an sich und ließ sie langsam über seinen Kopf gleiten.

»Reisho, der Krieger«, sagte Toshi.

Eine Maske blieb auf der Tischplatte liegen, und als Ronin in das glitzernde Antlitz schaute, begriff er, daß ihn der Narbengesichtige irgendwie bemerkt hatte. Und er wußte auch, für wen die letzte Maske gedacht war.

Der Narbengesichtige zerrte Nikumu, der jetzt Reisho war, mit sich, sie entfernten sich vom Tisch. Ronin verließ sein Versteck, glitt in den Raum hinein und legte die Maske an. Er drehte sich um.

»Seht!« schrie Toshi. »Mein Herr Reisho, seht, wer hinter Euch erschienen ist!«

Reisho fuhr herum.

»Tsuchigumo!«

Die Stimme hinter der Maske klang dumpf, bedrückend.

Unvermittelt waren sie im Noh-Spiel gefangen.

»Ich habe Euch gewarnt!« rief Toshi aus und zeigte auf Tsuchigumo. »Die geheimnisvolle Krankheit, die Euch hilflos werden ließ, ist von ihm verursacht!« Sein Körper wand sich in den schönen, rituellen Drehungen.

»Nein!« sagte Reisho mit hohler Stimme. »Ich habe versagt!«

»Ihr irrt Euch, Herr, Ihr müßt Euch irren«, sagte Toshi und verbeugte sich vor Reisho. »Seht Euch noch einmal sein Antlitz an, es ist Tsuchigumo, die große Spinne. Ich frage Euch: Vermag gar jemand, der so groß und mächtig ist wie Ihr, gegen ein derart mächtiges Übel zu bestehen?«

»Ich weiß es nicht, Priester, jedoch verleihen mir Eure Worte Hoffnung. Vielleicht gelingt es mir, Tsuchigumo zu schlagen und mich so gegen mich selbst zu behaupten.« Langsam tänzelte Reisho voran und zog seine mächtige Klinge. Er ließ sich in die Knie niederfallen, die Klinge senkrecht vor sich haltend, eine silberne Linie, die sein Gesicht in zwei Hälften teilte. Und Tsuchigumo sah, daß seine beiden Gesichtshälften unterschiedliche Züge aufwiesen, gerade so, als wäre er ein Mann, der mit sich selbst im Kriege stand.

»Diese Schlacht, mein Herr, seid Ihr klug genug, sie zu schlagen?« sagte Toshi, und seine Stimme klang einschmeichelnd.

»Was meint Ihr damit, Priester?« Reisho unterbrach sein Vorrücken. »Dies ist ein Kampf bis auf den Tod.«

»Ja, bis auf den Tod, mein Herr«, erwiderte Toshi und tänzelte um Reisho herum. »Und mit welchem Ziel? Tsuchigumo ist mächtig, und du bist schwach in diesem Augenblick. Es wird lediglich seiner Sache dienen, jetzt mit Euch zu kämpfen.«

»In der Tat, vielleicht habt Ihr recht.«

»Gewiß, Herr.«

»Aber ich bin Reisho, der Krieger. Ich bin ein Bujun. Ich muß kämpfen!«

Tsuchigumo glitt voran, die Helligkeit der Flammen ergoß sich über seinen Körper.

»Ah!« schrie Toshi und hob die Faust, in der er eine gebogene Klinge hielt. »Jetzt habe ich die Macht, Euch zu vernichten!« Die Klinge zuckte auf Reisho nieder. »So lange schon diene ich Tsuchigumo allein für diesen Augenblick der Macht!«

Reisho wirbelte herum, seine Klinge blitzte in die Höhe.

»Verräter!« schrie er.

Die Klinge durchbohrte Toshis Herz.

Und seinen eigenen Schwung nutzend, kreiselte Reisho herum und warf sich auf den verhaßten Gegner Tsuchigumo, der abrupt stehenblieb, seine Klinge hochzog und den ersten Schlag des Kriegers parierte.

Reisho bekam seine Klinge frei; der Kampf begann. Die Schwerter woben ein blitzendes Muster in die Luft. Der Raum hallte wider von den Geräuschen des Kampfes.

Schlag folgte auf Schlag. Parade auf Parade, Finte auf Finte.

Beide waren sie Meister.

Sie griffen an und verteidigten sich und griffen wieder an. Stahl schrammte über Stahl. Jeder von ihnen war ein hervorragender Kämpfer, und so erschienen sie wie Spiegelbilder, als wären sie Aspekte ein und derselben Person, der Kampf wirkte wie ein kompliziert choreographierter Tanz, und Ronin erinnerte sich an das Noh, dem er im Asakusa beigewohnt hatte. Wie jener Schauspieler, der die Göttin verkörpert hatte, seine Bühne mit vollendetem Können erfüllt hatte, so erfüllten jetzt diese beiden Schauspieler, diese beiden Krieger die Bühne in der Burg Haneda mit ihrer Kunst.

Das metallische Klirren der Klingen wurde zu ihrer Musik, das rauhe Ausstoßen ihres Atems zum Rhythmus, dem sie ihre geschmeidigen Bewegungen anpaßten. Muskeln zuckten, und Schweiß ölte ihre Körper. Taxierende Blicke glitten hin und her, blitzschnelle Reaktionen flackerten auf, Nervenenden brannten, lösten eine schnelle Bewegung nach der anderen aus, ein Gegenschlag folgte dem anderen.

Und die Luft schien zu flirren, wurde dick und zähflüssig, weiß und glänzend durch das exakte Wirbeln der Klingen, so daß das Paar in ein tödliches Glas gehüllt schien, ein blutiger Schoß, aus dem nur einer herauskommen würde.

Daraus ersah Tsuchigumo, daß sein Weg vorherbestimmt war. Es wäre nicht jener gewesen, den er ausgewählt hätte. Doch er *hatte* ihn erwählt, und jetzt war er im Kampf des Nohs gefangen. Irgendwie mußte er damit fertig werden, bevor das Blutvergießen begann. Wo war der Narbengesichtige? Er hatte Ronins Anwesenheit gespürt, und er hatte seine Rolle im Noh bestimmt: Tsuchigumo, die Titelfigur.

Und Tsuchigumo mußte die Handlung einleiten. Was für eine Handlung?

Reisho intensivierte seinen Angriff, bewegte sich schneller denn je zuvor, seine Klinge schien lebendig geworden zu sein. Blitzschnell prasselten die Schläge auf Ronin nieder. Aber Tsuchigumo wollte nicht weichen, und seine Abwehr war furchteinflößend. Er kreiselte herum, ging nun seinerseits zum Angriff über, ein grimmiges Sperrfeuer eisenharter Schläge, die in der komplizierten *Solenge* gipfelten. Tsuchigumo sah Reishos verblüffte Augen hinter dem erstarrten Antlitz der Maske, und er wußte, daß er nur mehr Herzschläge davon entfernt war, die Deckung seines Gegners zu durchbrechen, als jener die richtige Abwehr, die einzig mögliche Abwehr, aufbaute...

»Genug!«

Die Reisho-Maske zitterte, und Nikumu riß sie von seinem Schädel. Ronin nahm die Maske des Tsuchigumo ab.

»Wie kommt es, daß ein Fremder nach Bujun-Art kämpft«, schrie Nikumu.

»Diese Frage kann ich dir nicht beantworten, doch bevor unser Kampf weitergeht, laß mich etwas Wichtiges mit dir besprechen.«

Er schraubte den Griff seines Schwertes ab.

»Nein!« schrie Nikumu. Seine Klinge blitzte auf, und der Augenblick war gekommen, in dem sich sein Schicksal erfüllte. Die feingeschliffene Klinge bebte nur einen halben Zentimeter vor Ronins nackter Kehle. Ganz ruhig verharrte er, noch immer ein Krieger, und starrte in Nikumus blitzende Augen, ohne die Klinge zu beachten.

»Du bist mein Feind!« Nikumus Lippen waren dünn und blutleer in seiner Wut. »Du hast meine Frau geraubt!«

Ronin sprach gedehnt, eindringlich: »Nein, Nikumu, ich habe sie befreit. Sie verließ Haneda mit mir, weil es ihr Wunsch war –«

»Lügner!« Dennoch zögerte er, die Klinge in Ronins Fleisch zu rammen. »Du hast gegen mich intrigiert, hast ihren Geist vergiftet. Sie liebt mich!«

»Sie hat Angst um dich«, sagte Ronin emotionslos. »Du hast dich verändert. Du bist nicht mehr der, den sie kannte. Was ist aus dir geworden, Nikumu? Was hat deine Zauberei aus dir gemacht?«

Der Körper des großen Mannes zuckte zusammen, als wäre er eine Marionette. Ein Muskelkrampf seines rechten Augenlides tickte die Sekunden herunter wie eine absurde Uhr.

»Wo bist du?« Seine Augen wandten sich von Ronin ab, seine Blicke irrten im Raum umher. »Wohin bist du verschwunden?«

»Wir sind allein, Nikumu«, sagte Ronin. »Ganz allein ... In diesem Augenblick gibt es nur uns beide.«

Die Spur eines entsetzlichen Lachens verknitterte Nikumus Mundwinkel. »Ich bin nie allein, weder jetzt noch irgendwann. Niemals.«

»Der Narbengesichtige ist verschwunden.«

»Nicht er, du Narr! Kannst du die Gegenwart nicht fühlen?«

»Ich sehe nur dich.«

Die Klingenspitze zitterte gefährlich nahe an seiner Haut, er begann, Entfernung und Reflex-Dauer abzuschätzen. Keine Chance.

»In mich mußt du hineinsehen!«

»Ich –«

»Du hast es bei Moeru getan!«

Die Muskeln spannten sich an. Er wäre tot, noch bevor er den ersten Schritt vollendet hätte.

»Sie wollte, daß ich dir helfe.« Vielleicht war es das.

»Dann tu es!«

Hatte sich die Schwertspitze nicht minimal vorwärts bewegt? Welcher geheimnisvolle Kampf tobte in Nikumu? Es gab jetzt nur eine Chance, weil sich die Spannung viel zu schnell aufbaute. Nikumu war dabei, den inneren Kampf zu verlieren, und wenn dies geschah, dann würde er vorspringen und ihm die Klinge ins Herz rammen. Er hatte keine Wahl. Karma.

»Ich werde dir nicht helfen.« Er ließ seine Stimme verächtlich klingen. »Du bist zu bemitleiden. Du nennst dich Bujun, aber das ist ebenso falsch wie die Maske, die du vorhin getragen hast. Du bist ein Feigling, Nikumu! Ja, töte mich, denn dies wird dir sicher Trost bringen. Oh, du falscher Krieger, deine Zauberei hat dich schwach und ängstlich werden lassen. Sie ließ die Götter des Todes herein, und ihre Macht ließ dich zu weniger als einem Menschen werden. Erflehe dir keine fremde Hilfe, denn die gibt es nicht in dieser Nacht, weder von mir noch von sonst jemandem. Hier schreibt sich die Geschichte selbst. Das letzte Kapitel hallt in diesen Mauern nach, und es kann nur einen Autor geben!«

Wildheit pulsierte in Nikumus Augen. Schatten wirbelten in den dunklen Tiefen, während er sprach, Gestalten, die über eine kahle, unstete Landschaft flohen, Verfolger und Verfolgte.

Und während Ronin in Nikumus Augen starrte, setzten seine Hände ihre Arbeit fort und schraubten den Schwertgriff ab.

Er zog dor-Sefriths Schriftrolle hervor.

Unvermittelt riß sich Nikumus Blick von dem seinen los und glitt hinunter. Ronin reichte ihm die Schriftrolle. Das Schwert entfiel Nikumus Hand, schepperte auf den Boden. Seine Beine schienen einzuknicken. Ronin stand vollkommen still. Über ihnen flatterte eine Fledermaus umher, vom Licht verwirrt, dann schwang sie sich hinaus und davon; sie tauchte im Dunkel der Nacht unter.

Schweiß rann über Nikumus Gesicht, stach in seine Augen. Er blinzelte. Sein Mund klaffte auf, er keuchte. Zitternd steckte er eine Hand aus und hielt sich am Tischrand fest. Seine Finger rutschten ab, er ächzte, wie unter einer ungeheuren Anstrengung hob er die andere Hand, krallte sie gegen die Tischplatte. In diesen Augenblicken wirkte er wie ein Ertrinkender.

Fahrig öffnete er dor-Sefriths Schriftenrolle. Seine Finger zitterten stärker.

Der Kopf ruckte hierhin und dorthin, die Lippen bebten, doch dann gelang es ihm doch, sich auf den Text zu konzentrieren.

Nikumus Lippen begannen, sich zu bewegen, und als die Worte laut wurden, schien das flüssige Goldlicht des Feuers zu schwinden, substanzlos zu werden. Sie wurden in Schatten verwandelt.

Doch gleichsam flutete das Mondlicht in den Raum, erhellte ihn kalt und klar. Jeder Gegenstand wurde hart umrissen.

Nikumu fuhr fort, das zu lesen, was dor-Sefrith vor so vielen Äonen niedergeschrieben hatte, seine Stimme wurde zuversichtlicher, deutlicher. Ein Ruck durchlief den mächtigen Körper.

Nikumu schien sich zu verändern, zu pulsieren, dann war dieser Eindruck wieder verschwunden; er überragte Ronin, seine Schultern wuchtig und breit. Die Farbe des traditionellen Bujun-Gewandes schillerte.

Die Körper-Konturen zogen sich wieder zusammen; Ronin glaubte Nikumu schreien zu hören. Doch kein Laut war über seine Lippen gekommen. Nikumu bebte und schwankte, seine Lippen entblößten die Zähne: eine Grimasse des Schmerzes, seine weißen Fäuste zuckten durch die Luft.

Doch er las weiter.

Dann entsprang den Tiefen seiner Brust ein seltsames Geräusch, das an fernes Donnergrollen erinnerte, erneut dehnte sich sein Körper aus. Wieder grollte der Donner, zitterte dahin wie über ein sommerliches Feld, dürr und trokken – und es kam näher, immer näher... Dann erfüllte es den Raum mit einem fürchterlichen Versprechen und spülte jene, die sich darin aufhielten, mit sich, riß sie auf großen, weit ausgebreiteten Schwingen hoch, und davon, und sie waren so frei wie zwei hoch am Firmament schwebende Adler.

Dann taumelte er. Der Boden des geheimnisvollen Raumes schien sich zu kräuseln, doch es war nur eine Illusion. Nikumus Gesicht zersprang wie eine Noh-Maske.

Ein anderes Gesicht kam dahinter zum Vorschein. Ein anderer Mann. Jünger. Eine starke, kraftvolle Gestalt. Sein jetzt narbenloses Gesicht erinnerte an das Antlitz eines Falken. Die Augen blickten grimmig, voller Kraft.

Er warf seine Hände in die Höhe, streckte seinen Körper, als wolle er die gesamte weite, gestirnte Nacht umarmen.

Seine Lippen teilten sich.

»Endlich!«

Seine Stimme war wie das Grollen eines Sommersturmes.

»Die Jahrhunderte habe ich durchdrungen... Ich bin zurückgekehrt, denn die Kai-feng hat begonnen. Ich bin hier, und gleich ist mir der Dolman nahe.«

Sein Blick erfaßte Ronin.

»Und der Kämpfer der Menschheit steht vor mir. Willkommen, Ronin, willkommen in der Schmiede von Amano-mori, auf dem Amboß von Haneda. Willkommen am Ende deiner Reise!«

Seine Hände vollführten geheimnisvolle Gesten, blaue Funken flackerten auf, hellten die Luft, prasselten in die Nacht hinein. Die Sterne erloschen.

»Die Zeit ist gekommen. Die Beschwörung des Dolman wurde begonnen und nimmt ihren Lauf, doch fürchte dich nicht, noch bleibt den Menschen eine Chance, denn du bist hier. Nikumu hat seinen letzten Kampf gekämpft, und er hat gesiegt. So wird sich die Geschichte für alle Zeiten seiner erinnern. Wieder triumphieren die Bujun.

Du aber mußt dich jetzt für deinen letzten Schritt bereitmachen. Denn ich bin gekommen. Ich bin bereit. Vertraust du dir?«

Ronin breitete seine Arme aus und sagte:

»Ja.«

»So kommt jetzt der Tod –«

Ein irrsinniger Donnerschlag löschte jeden anderen Ton aus.

»Also spricht dor-Sefrith!«

Alles wurde weiß.

IV
Über den Tod hinaus

Zwei Elemente existierten in dem Weiß: sein Ego und die Stimme.

Er wußte, daß er draußen war, doch bevor es ihm die Stimme sagte.

Die Zeit war ein buntes Windrad, das tief unter ihm schwirrte.

Dies ist das Ende.

Für Ronin: ja

Und für mich?

Der Tod eines Mythos. Das Begreifen sickerte in sein Unterbewußtsein.

Und –

Leben hinter dem Leben.

Er lachte, sanfte Blasen, weiß auf Weiß. Früher hätte ich dies vielleicht für ein Rätsel gehalten.

Und jetzt?

Du mußt mir eine Frage beantworten. Du kanntest Nikumu. Warum entsandte er Moeru auf den Kontinent der Menschen?

Ich habe ihn darum gebeten.

Warum?

Er sandte seinen Bruder nach Sha'angh'sei, um für die Sasori zu spionieren. Sie sollte ihm eine Art – Rückendeckung sein. Und für mich erfüllte sie eine andere, wichtigere Mission ... Sie hatte jemanden aufzuspüren. So, wie Bonneduce der Letzte und Hynd ausgeschickt wurden, dich zu finden.

Wen?

Setsoru.

Den Hirsch der Finsternis.

So würden ihn die Menschen nennen.

Ich stand ihm gegenüber.

Ja. Es schien mir unbegreiflich, daß diese Konfrontation je auf dem Kontinent der Menschen stattfinden sollte. Doch ließ Hynd seinen Herrn nicht im Stich.

Er konnte gar nicht anders handeln. Seine Liebe zu Bonneduce dem Letzten übertrifft jedes andere Gefühl jener Welt.

Ja. Das ist vollkommen richtig.

Du wolltest den Hirsch ausfindig machen –

So, wie ich dich ausfindig machen wollte.

Wo ist mein Körper?

Abgelegt. Es ist nicht mehr dein Körper. Du gehörst dem Leben; er dem Tod.

Was hast du mit mir vor?

Durch Zauberei und alte Chirurgie, durch das letzte überlebende Wissen der Bujun-Krieger-Magier, durch Verfahrensweisen, die selbst zu meiner Zeit bereits alt waren, sollst du zum letzten Mythos der Menschheit werden ...

Zum Krieger der Abendsonne!

Das Auge der Zeit erlosch, verschwand. Jedwede Farbe verging.

Er stürzte ins Nichts. Es gab keine Felder, keine Berge, es gab weder Flüsse noch Sumpfländer, noch Täler oder Wälder, Wüsten oder Meere. Seine Geschwindigkeit nahm zu. Er wußte nicht, wie er sich bewegte. Er rannte nicht, er flog nicht.

Dennoch wurde er immer schneller. Einmal glaubte er, die gewaltigen Wellenbewegungen Kukulkans zu spüren, doch dann nahm er an, daß er sich geirrt haben mußte.

Irgendwann schlich sich Dunkelheit über ihn, ein unbarmherziges unruhiges Meer, kalt und tief und geheimnisvoll. Und mit dieser Dunkelheit kam der Sturm, winselnd und stöhnend.

Vor ihm drehte sich ein langsamer Strudel.

Licht und Schatten verwischten, verzerrten sich, ein heftiges Schwindelgefühl ergriff ihn, und dann stand er plötzlich in einem Wald. Üppiges Unterholz, schwankende Äste. Die Perspektiven verzerrten sich.

In seinem Innersten zog sich etwas zusammen, eine Andeutung dessen, was ihn bestürmte, heraufdämmerte. Er erinnerte sich an einen bestimmten Tag in einem anderen Leben... Ein Haus, tief im Bauch der Welt. Er stieg eine Treppe empor, hörte ein tiefes, klangvolles Ticken. Dann fand er Bonneduce den Letzten auf dem Boden kauernd, vor sich die ausgeworfenen Knochen, die ein kompliziertes Muster bildeten. Er sagte die Zukunft voraus. Damals hatte er Angst gespürt, eine unsichtbare Krallenhand hatte eine Saite im Zentrum seines Ichs angeschlagen, und diese fremdartige Emotion spürte er nun erneut.

Du fürchtest dich nicht vor dem Tod, hatte Bonneduce der Letzte gesagt. *Vor was dann?*

Etwas näherte sich.

Die Bäume teilten sich.

Verschwanden.

Er stand Setsoru gegenüber.

Wieder starrten ihn diese schrecklichen Menschenaugen an. Das große, weitverzweigte Geweih bebte.

»Wo bin ich?« schrie der Hirsch. Dann: »Ich hetzte dir die Schiffe nach. Ah, nein!« Er schrie. »Hör auf damit! Du kannst damit aufhören! Du mußt damit aufhören!«

Stille.

Und wenn da noch jemand in dieser ihrer Schwarz-weiß-Welt war, so gab es kein spürbares Zeichen seiner Anwesenheit.

Schaum flockte auf Setsorus schwarzen Tierlippen, und er stieß ein hohes, wieherndes Winseln aus. Seine Hände zuckten zum Griff des schwarzen Onyxschwertes, aber das Schwert war verschwunden. Er war nackt.

»Wo bist du?« brüllte der Hirsch. Seine hornigen Finger fuhren an seinen Schädel, hämmerten dagegen, als wäre es eine Maske, die er zu zerschmettern trachtete.

»Genug!« Seine Stimme verzerrte sich hysterisch, schwoll an. »Genug... Ich habe dir treu gedient. So viel Leben habe ich in deinem Namen vernichtet. Was hast du mir jetzt angetan?« Die hornigen Finger ergriffen das Geweih. Die schwarzen Lefzen zitterten, ein fürchterliches Gelächter brach plötzlich über sie herein. »Macht! Oh, Macht... Wo ist sie jetzt? Befreie mich von dieser Hölle!«

Hier gibt es keine Götter, Setsoru, ertönte seine Stimme, erfüllt von einem eigenartigen Vibrieren. Der Hirsch zuckte zusammen, als sei ihm eine glühende Klinge in den Leib gerammt worden.

Zum ersten Mal blickte Setsoru auf die vor ihm stehende Gestalt. »Wer bist du, daß du mich mit einer solchen Angst erfüllst?«

»Dies vermag ich nicht zu beantworten, denn ich weiß es noch nicht. Ich weiß nur, was ich vor langer Zeit einmal war. Doch deine Angst ist meine Angst.«

»Wirklich? – Das Licht ist schwach. Ich kann dich nicht richtig sehen.«

Er kam näher.

»Ah!« rief Setsoru plötzlich aus. »Jetzt begreife ich, jetzt kann ich es spüren. Aus dem Wald... Du hast dich wie ein Tier an mich herangepirscht.«

»Nicht an dich. An einen anderen.«

»Er sagte mir, du seist tot.«

Ich bin hier.

»Ich sagte ihm, daß du nach mir gesucht hast, hier im Wald. Solange du am Leben warst, hätte ich keinen Frieden gefunden. Du hättest mich gehetzt –«

Er sagte dir auch, ich sei tot.

»Er würde mich nicht belügen.«

Er hat es bereits getan.

»Was willst du von mir?«

Die Distanz zwischen ihnen war zusammengeschmolzen, obwohl sie sich nicht mehr bewegt hatten.

Was wollen wir voneinander?

Der Schädel ruckte herum, die weiten Nüstern blähten sich, ein Schnauben wurde laut.

»Ich will nichts anderes, als in den Wald von Kamado zurückgebracht zu werden.« Beizeiten. Vielleicht.

»Er hatte recht. Du willst meinen Tod!«

Ich werde dir nichts antun. Und denkt: Warum nicht?

Setsoru lachte.

»Du kannst es nicht!«

Ihre Körper berührten sich, kamen zusammen, und die Schlacht war zu einer Einheit geworden, ein endloser Kampf, bei dem keiner von ihnen den Tod finden konnte. Er wußte dies im gleichen Augenblick, da sie miteinander verschmolzen, wußte, daß es ein Rätsel war, das er lösen mußte, sonst blieben sie für alle Zeit in diesem unwirklichen Kampf aneinandergefesselt, außerhalb jeder Zeit.

Er erschrak. Panik stieg in ihm auf, er blockierte sie, zwang sie nieder, schmetterte sie von sich. Versuchte zu denken. Sein Verstand war wie ein unbeschriebenes Blatt. Das ungeheuerliche, pelzige Gesicht schwebte direkt vor ihm.

»Ich fürchte nichts! Ich zerstöre!« Hysterie.

Eine Art von Nacht brach herein, tief und dicht gewoben. Eine Decke. Schlaf. Ein Leichentuch –

In die Wanten! Hinauf! Kreischende Seevögel. Zur warmen Sonne. Jetzt waren sie verschwunden. Alles war verschwunden.

Denk nach!

Es gab keinen Himmel. Keinen Horizont. Kein Land.

Alles war in Schwarz gehüllt.

Sie fielen tiefer. Und noch immer kämpften sie. Die Panik tilgte seine Kraft. Er mußte sie überwinden.

Konzentration. Die Existenz schwand, immer schneller, bis –

Er spürte einen Hauch von Furcht. Eine andere Furcht, und er wußte, daß etwas Entscheidendes geschah.

Daß etwas kam.

Er wußte, was.

Etwas von jenseits des Todes.

Das Ende.

Nein!

Abrupt entfesselt, quoll die Panik empor, eine riesige Flutwelle aus Emotionen, und er entspannte sich, als er ihr donnerndes, ohrenbetäubendes Nahen fühlte. Er schwebte in den Untiefen, hielt seine Stellung.

In die Tiefe.

Und plötzlich begriff er, und das Wissen, das ihn jetzt wie ein tanzender Lichtstoß durchzuckte, blendete ihn mit seiner Energie.

Du kannst mir nichts anhaben, sagte er.

Und beobachtete Setsorus Augen.

Es kam.

Dumpf.

Du verstehst, sagte er. Sag mir, wer du bist.

»Was – meinst du?«

Du weißt es!

»Du bist wahnsinnig!«

Ein hektisches Brausen, wie von widerlichen Schwingen. Wenn du es mir nicht sagst, ist alles verloren! Setsoru schien es jetzt ebenfalls zu spüren.

Ich weiß, darum mußt du es wissen.

»Ich habe Angst –«

Das ist alles, was er noch hat.

Es war da!

Sag es mir!

»Ich bin«, sagte Setsoru, »– du!«

Der Sturmwind umtobte sie, dann war es verschwunden, hatte von ihnen abgelassen.

Tief unter ihnen fuhr ein kopfloses Etwas ins Zentrum der Welt zurück... In Wirklichkeit war es eine endlose Landschaft, die sich drehte und glitzerte und sich wellte und kräuselte. Unablässig war sie der Veränderung unterworfen.

Eine Salzflut wurde zu ihnen heraufgetragen. Farbe sikkerte in die schwarze Ewigkeit.

Sie klammerten sich aneinander fest, der Körper des Hirsches wurde von würgenden Schluchzern geschüttelt, in salzigem Schweiß getränkt, und dann waren sie vereint, eins geworden, und er empfand für Setsoru anders, eine Emotion, die er nicht identifizieren konnte.

Sie verschmolzen miteinander.

Energie durchströmte sie, und er/sie/er schaute die Fanfare des lebendigen Donners, hörte das farbige Leuchten: Rosa-Weiß-Rosa-Blau-Grau-Braun-Gold-Orange, er fühlte das hektische Zucken gewaltiger Muskeln... Riesige Wildgansschwärme stießen nach Osten vor, lebendige Wimpel, die festlichen Flaggen der Parade...

Eins.

Ein augenblickliches Aufblitzen von Gold, reinem Grau.

Grünes Halbbewußtsein.

Wärme.

Etwas glitt durch die Höhen des Meeres, bewegte sich an den Grundfesten der Welt. Es schien ihm bekannt, als wäre es in einer vergessenen großen Zeit hiergewesen. Oder: Als hätte er davon geträumt.

Er schwamm in die Tiefe der Welt. Hoch auftürmende Granit- und Basaltbrocken. Er wuchs, entwickelte Schädel und Rumpf; Arme und Beine; Hände und Füße. Gesichtszüge zeichneten sich ab, während er die Hand ausstreckte und die ungeheuerliche, schräge Seite des Ägir berührte. Wellen pflanzten sich fort, schlagend, pulsierend, endlos.

Um sie herum entstanden Gebäude. Und er wuchs noch immer. Er drehte sich um seine eigene Achse, und er streichelte die Haut des unermeßlichen Wesens. Er wurde aufgeschnitten, der Länge nach aufgeschlitzt, und das Blut pumpte hervor, schwarze, wattige Wogen, der Staub eines anderen Lebens. Rasch zog sich die Haut wieder zusammen, gefärbt und gestriemt, tätowiert, ein lebender Hieroglyph, auf dem möglicherweise gar die Geschichte der gesamten Menschheit geschrieben stand.

Seine Knochen barsten, die Haut brach erneut auseinander und spie Kalzium und Phosphor aus. Doch das veränderliche Meer war reich an diesen Mineralien, und an anderen, und so trieb es sie in den zerbrochenen Körper zurück. Neue Knochen entstanden, verbanden sich miteinander, von hervorragendem Können und Geschick miteinander verknüpft.

So schwand sein Bewußtsein, und er nahm allein die Gewißheit mit sich, daß er sich veränderte, verformte wie das Meer selbst, das ihn in seiner dunklen und drückenden Umarmung hielt. Und während er schlief, vollzogen sich größere Veränderungen.

Gnädige Bewußtlosigkeit.

Sein Gesicht zerbarst in zehntausend Splitter, Fragmente, die sich auf den Fluten auflösten, sich neu bildeten und von unsichtbaren Händen äußerst behutsam und fein zu einem auf der ganzen Welt einzigartigen Gesicht geformt wurden.

Der Körper dehnte sich, wurde breiter, wuchtiger, und jetzt verhärteten sich die Muskeln, streckten sich aus dem Gerüst der Glieder, wuchsen. Schicht für Schicht und zeichneten sich auf der elastischen Haut ab.

Und während all dies geschah, träumte er.

Zahllose Bilder wirbelten durch seinen Verstand. Leute und Orte und Ereignisse. Ein tosender Wildbach. Von der oder den Vergangenheiten einer anderen Person. Zerfetzt, zerstückelt wie vom Wind gepeitschte Wolken.

Er kniete am Ufer eines Teiches. Grünes Wasser. Eine andere Gestalt spiegelte sich darin.

Absolute Stille. So absolut, daß er zu Tränen gerührt war. Ein Frosch sprang ins Wasser, und kleine Wellen rollten in einem immer größeren Kreis davon.

Er beobachtete das Wasser, wartete geduldig darauf, sein Spiegelbild zu sehen.

Ganz ruhig und still wurde die Wasserfläche.

Er wußte nicht, was er erwarten sollte.

Aber immerhin –

Er erwachte und fand Haneda verändert.

Nikumus hoher, offener Raum war ein Wust von Stein und Holz. Eine Katastrophe schien vom Himmel gestürzt. Oder eine gigantische Schlacht. Raserei hatte ihre Spuren in dem Raum hinterlassen. Feiner, giftiger Staub schwebte in der Luft. Und ein derart wahnsinniger Haß, daß er sogar die Nacht durchpulste. Haneda war ein Schlachtfeld. Ein Trümmerfeld.

Er war allein.

Die Burg war zerstört, bis auf die Grundmauern niedergeschmettert. Seine Schritte hallten weithin. Dort, wo Fackeln zu Boden gefallen waren, tanzten kleine Feuer. Ein Wirrwarr von pulverisiertem Stein und Mörtel.

Nackt stieg er über die Trümmer der Treppe hinunter. Die letzten vier Meter sprang er. Geschmeidig kam er auf dem Boden des Zedernwaldes auf.

Es war niemand da, ihn willkommen zu heißen. Kein Spatz, keine Wildente. Nicht in dieser Nacht. Selbst die Spatzen waren in panischer Flucht geflohen.

Er schritt durch den wohlriechenden, stillen Wald und hinaus über den weiten Sumpf. Über ihm stand der Mond am Firmament, dessen glitzernde Weite zu pulsieren schien. Schilf raschelte. Leuchtkäfer flirrten. Zikaden schrien.

Er begann zu rennen, nach Osten, erreichte das Grasland. Schneller wurde er, größer seine Schritte, und er triumphierte in seiner unerschöpflichen Kraft, überquerte die Ebene, ließ jegliche Empfindung von Zeit hinter sich.

Hin zu den tiefblauen Berghängen.

Fujiwara.

Der Weg wurde steiler. Ein Gemälde wuchs in seinem Geist, ein Werk, großartig ausgeführt, voller harmonischer Farben.

Die klare Luft wurde kalt.

Lautlos und geschmeidig eilte er höher und höher, und als er sich dem Himmelsrand näherte, konnte er sehen, wie die Sterne im Osten verblaßten und mit einem letzten Aufleuchten erloschen. Ein Windstoß. Der Sturm kam.

Endlich erreichte er den kalten, purpurnen Gipfel des Fujiwara. Der blasse, lavendelfarbene Schnee knirschte unter seinen Schritten.

Es begann trotz der Kälte zu regnen, die Wolken pulsierten, schienen so tief zu hängen, so greifbar nahe.

Der Himmel öffnete sich.

Regen peitschte in sein Gesicht. Blitze umloderten ihn, und ihre Platinlanzen berührten ihn, stärkten ihn. Eine unirdische Brücke. Er begann zu lachen. Die Kraft durchströmte ihn, und wäre sein Herz ein rein menschliches Organ gewesen, so wäre es von der ungeheuerlichen Gewalt, die ihn durchwogte, zerrissen worden. Aber Ronin war nicht mehr, und er, der auf dem Fujiwara stand, inmitten der wogenden schwarzen und karmesinroten Wolken, die sich auf einem unruhigen Meer bewegten, geisterhafte Schiffe, war nicht mehr wirklich menschlich.

Der Krieger der Abendsonne bin ich, dachte er verzückt, und er fühlte die Kraft, die ihn erfüllte.

Ich bin gekommen. Möge sich der Dolman hüten.

Musik erklang, Musik aus einem lange zerstörten und noch immer in Trümmern liegenden Zeitalter. Dumpfe, wehklagende Stimmen, vervielfältigt, widergespiegelt, von Instrumenten untermalt, die pure Energie auszuspeien schienen. Und die Musik paßte sich seinem Herzschlag an.

Blitze flirrten um seine glitzernden Schultern.

Dor-Sefrith? rief er stumm.

Aber nur die gleißenden Blitze und das rauhe Donnergrollen antworteten ihm. Und er stand unbeweglich und merkte endlich, daß er jetzt seine eigenen Antworten geben mußte. Nur ein Teil seiner selbst war Ronin, der Sucher, während ein anderer Teil Setsoru war, der, der gefunden hat.

Was erwartete ihn sonst noch?

Er war der Krieger der Abendsonne.

Mit dieser Feststellung zwang er seinen Geist, sich zu entspannen, seine Kraft wurde entfesselt, sein Bewußtsein wirbelte nach innen, hinein ins Zentrum seiner Existenz, dorthin, wohin zu schauen Ronin sich gefürchtet hatte, und schließlich entdeckte er die glitzernde Asche seiner Macht, den ruhenden Mittelpunkt in einem reißenden Strudel konstanter Energie. Er streckte seine Hände aus, um sie zu umarmen.

Ewigkeit.

Drei

KAI-FENG

I
Roßbreiten

Das grau schimmernde Eis hatte sich während der langen, qualvollen Zeit der Kai-feng nach Süden verschoben. So, wie die drei Makkon durch die unmittelbar bevorstehende Ankunft ihres Herrn stärker wurden, so, wie der Dolman auf die Welt zustürzte, von der er einst verbannt worden war, erpicht auf furchtbare Rache, so brachen die Totenkopfkrieger über die Grenzen ihres sich immer weiter ausbreitenden Territoriums. Sie wurden von gewaltigen Tieren mit Facettenaugen geführt, unablässig brandeten sie gegen die hohen steinernen Wälle Kamados, der letzten Zitadelle der Menschen.

Hinter den letzten Linien der Totenkopfkrieger war das Knarren und Rollen gewaltiger Kriegsmaschinen zu hören, so konstruiert, daß sie fünf Dutzend Lanzen gleichzeitig in den Himmel und über die Mauern von Kamado speien konnten. Hohe Gerüste ragten auf, mit gewaltigen, horizontalen, an ihrem unteren Ende mit dicker Metallhaut überzogenen Pendeln versehen. Die liederlichen Stammeshorden aus dem nördlichen Hügelland zogen diese Vernichtungsmaschinerien. Die Welt der Menschen erzitterte vom düsteren Herzschlag des Dolman. Der Untergang stand bevor.

Der vierte Makkon war im Begriff, auf dem Kontinent der Menschen zu materialisieren.

Die letzten Verbündeten des Dolman wurden herbeigerufen, jene, die im Geheimen auf die Zeit der Kai-feng gewartet hatten. Sie bewaffneten sich und machten sich auf, hin über das eisüberzogene, bittere Land, über turbulente, gewaltige Meere, und sie bedienten sich jener Hilfsmittel, die weder menschlich noch leicht zu verstehen waren.

Der Ägir, der in der Tiefe trieb, war von wichtigeren Dingen in Anspruch genommen. Er behinderte ihr Fortkommen nicht, obwohl er sich ihrer bewußt war, da jedwedes Karma miteinander verwoben ist. Er war damit zufrieden, Beschützer seines Mörders zu sein.

Die Ankunft des Dolman auf dem brennenden Kontinent der Menschen war der vorletzte Schritt hin zur Niederlage der Menschheit. Mit unheilvollen, emotionslosen Augen betrachteten sie die zerrissene, narbige Fläche des Landes, schwelend, aschgrau, verflucht, ein zerfetztes Triptychon, das sie durchquerten, und sie dachten nur an ihr Ziel, waren geblendet, sahen die Haufen verfaulender Leichname nicht, die von gierig schlingenden Ratten und nervösen Wölfen wimmelten. Sie waren taub, hatten ihren Geist vor den erbärmlichen schreien der alten, kranken und sehr jungen elenden Kreaturen verschlossen, die – wie auch immer – dem Gemetzel entkommen waren. Sie ritten weiter. Die Geier sammelten sich über ihnen und formierten sich zu einem spiralförmigen Abstieg von den Himmeln.

Und zu jener Zeit, während die letzten Verbündeten ihrem geheimnisvollen Weg über den Kontinent der Menschen folgte, kehrte Kiri, die Kaiserin von Sha'angh'sei in den Norden, nach Kamado, zurück. Sie ritt an der Spitze eines gewaltigen Kriegsheeres. Rechts und links von ihr hielten sich zwei Männer, mächtige Unterführer. Der Mann zu ihrer Rechten war ungeheuer dick, mit scharfen, intelligenten Augen. Seine gesamte Haltung drückte Abweisung aus. Dies war Du-Sing, Taipan der Grünen von Sha'angh'sei. Zu ihrer Linken ritt ein kleines, schmächtiges Individuum mit einer flachen Nase und einem langen, wallenden Bart, der ihm von einem stark ausgeprägten Kinn hing. Dies war Lui-Wu, Taipan der Roten und Herrscher über Sha'angh'seis Norddistrikte. Nach zahllosen Jahrhunderten der Todfeindschaft schritten die Taipans der Ching Pang und der Hung Pang Seite an Seite, und ihre Männer taten es ihnen gleich. Kiri hatte sie für den gemeinsamen Kampf vereinigt.

Sie grub ihre Stiefelabsätze in die schwitzenden Flanken ihres safrangelben Lumas, als sei sie darauf erpicht, den Gestank, der Kamadu umgab, das Klirren der Kai-feng so schnell wie möglich wahrzunehmen.

Sie wußte nicht, daß ein mächtiger Verbündeter der Dolman in ihrem Gefolge ritt, ein Mann, dazu ausersehen, die Haupt-Streitmacht des Meisters zu befehligen, wenn die Zeit gekommen war.

Aus dem Kiefernwald im Norden von Kamado brandete ein teuflisches Schreien empor. Im Zentrum des Waldes waren die vier Makkon-Bestien zusammengekommen, die Vasallen des Dolman. Endlich war es vollbracht. Unregelmäßig pulsierten ihre bizarren Körper, die gekrümmten Schnäbel zuckten, öffneten und schlossen sich, als wäre die Luft, die sie atmeten eine ihnen feindlich gesinnte Substanz.

Und sie stießen ihre Schreie aus, vier Wesenheiten, die wie eine einzige handelte, ein unirdischer Rhythmus setzte sich frei.

Und von irgendwo jenseits des Himmels strömte kaltes Feuer herunter.

Die Menschen hinter den mächtigen Mauern Kamados frohlockten bei der Ankunft der Grünen und der Roten und über Kiris sichere Rückkehr. Und in dieser grauen, schneeerfüllten Nacht brannten die Öllampen hell und lange, die Lichter flackerten gegen die zunehmende Dunkelheit, und dies war die Stunde, da Rikkagin und Taipan zusammenkamen, um die Strategien gegen den nächsten Angriff der Horden der Finsternis auszuarbeiten.

Später, als der niederhängende, aufgewühlte Himmel von einem neuerlichen unnatürlichen Schneeregen gerötet wurde, begab sich Kiri auf die Schutzwälle der Zitadelle. Ihre Schritte wurden von der über den Steinen liegenden Schneedecke gedämpft.

Rikkagin T'ien, den sie Tuolin nannte, kam ihr auf dem Nordwall entgegen, und sie begrüßten sich und setzten sich unter ein scharf vorspringendes Dach und lauschten dem rauhen Prasseln des Schneeregens und starrten zum Wald hinüber, wo der Feind lagerte.

Kiri fühlte sich an eine andere Nacht erinnert... Damals hatte sie mit Ronin hier oben gesessen, und sie hatte gewußt, daß sie ihn für immer an jene Mission verloren hatte, die ihn vorantrieb.

Damals, als Matsu Sha'angh'sei von einem Makkon getötet worden war, war auch ein Teil von ihr gestorben. Es konnte nicht anders sein. Ohne Matsu war sie nur eine halbe Person. Beide hatten sie die Gefahren eines solchen Lebens gekannt – ebenso, wie die wilden, heftigen Freuden –, daher hatten sie sich höchst vorsichtig und sorgfältig behütet. Doch der Makkon hatte alles zerstört, als er Matsus weiche weiße Kehle zerfetzt hatte. Ronins wegen. Denn er war es, den er suchte.

Und während sie zu dem dichten Wald hinüberstarrten, der von den Günstlingen des Todes und der Zerstörung lebendig gehalten wurde, verspürte sein überwältigendes Verlangen nach ihm. Sie konnte mit anderen Männern schlafen, konnte es ertragen, so lange von ihm getrennt zu sein, und doch wollte sie ihn wieder bei sich haben... Ein Wunsch, der jeden anderen Wunsch überlagerte.

Schweigend saßen sie Seite an Seite. Hin und wieder starrte Tuolin zu ihr her, ließ seine Blicke über ihr schönes Profil gleiten, blaß im roten Licht des Graupelsturmes.

Kiri hörte ferne Stimmen. Metallisches Hämmern.

Weit entfernt, jenseits des blutgetränkten Schlachtfeldes, in den tiefen Schatten des Kiefernwaldes, geschah etwas.

Sie fühlten, wie der Boden bebte.

Für kurze Zeit erstarrten sie.

Wieder sah Tuolin zu ihr her. Er lächelte verzerrt. Dann beugte er sich zu ihr herüber, sanft öffnete er ihr Kleid und drückte sie behutsam zurück, in den Schnee. Langsam schlangen sich ihre weißen Arme um seinen Nacken und zogen ihn zu ihr hinunter, zu ihren wartenden Lippen. Sein Mund öffnete sich, spürte ihre kühlen Lippen...

Gewaltiger erhoben sich ihre schrecklichen Stimmen, und die Bäume ringsum wurden von eiskalten Flammen verschlungen. Irrwitzige Fanale loderten empor. Die Makkon-Körper pulsierten heftiger, immer schneller, geifernde Entladungen flirrten durch den Wald, spalteten den Boden und zermalmten die Stämme der alten Kiefern.

Im Zentrum des Waldes entstanden dämonische Vibrationen, wie Wellen verbreiteten sie sich, rollten hinaus, weiter, immer weiter.

Sie intensivierten ihre Bemühungen.

Ein Heulen erklang, weit weg, und es stammte weder aus eines Menschen noch eines Tieres Kehle.

Ihre grausamen Klauen fanden sich, schlossen den Kreis, und ringsum brannte der Wald, Felsen knirschten, der Boden hob und senkte sich in rhythmischem Wellenschlag. Das Kreischen ihrer Stimmen nahm zu, schwoll an, geiferte in die Nacht.

Die schrecklichen Schreie hallten durch den brennenden Wald, das bleiche, kalteFeuer war geheimnisvoll und furchterregend, und schließlich war die ganze Luft aus ihrer Umgebung vertrieben. Dann jede Farbe. Und schließlich alles Licht.

Finsternis, tiefer und vollkommener als die der Nacht, mächtiger als die des Todes, erstreckte sich über das brennende Skelett des sterbenden Kiefernwaldes, vibrierte, plätscherte dahin, leckte nach außen, floß weiter. Wuchs.

Der Dolman!

Blitz und Donner schienen ihn zu jenem Haus am Osthang des Fujiwara zu geleiten. Er blieb stehen und sah in das nebelverhüllte Tal zu seinen Füßen hinunter.

Aus dem hinteren Teil des Hauses wuchs ein gewaltiger Kamin. Er konnte eine große Esse erkennen. Rote Funken wirbelten durch die Luft; wuchtige Hammerschläge begleiteten ihren Flug.

Er setzte sich wieder in Bewegung und näherte sich dem Haus.

Die Tür öffnete sich, und drei festlich gekleidete Frauen schritten ihm entgegen. Vor seiner mächtigen Gestalt schienen sie winzig klein. Seine Nacktheit kümmerte sie nicht. Sie verbeugten sich vor ihm. Ihre weiten, dunkelbraunen Gewänder gerieten in fließende Bewegungen. Sodann baten sie ihn, ihnen zu folgen. Sie führten ihn durch einen dunklen Flur, in den Baderaum. Erst, als er in die Wanne gestiegen war und sie sich für einen Moment abwandten, sah er die ineinandergeschobenen Ellipsen, die auf die Rücken ihrer Gewänder gesteckt waren. Zartgrüne Fächer.

Behutsam trockneten sie ihn, und er legte ein Gewand an, das sie ihm reichten, aus geschickt miteinander verwobenen, zahllosen, wirbelnden Farben, so daß er nicht zu sagen vermochte, wo die eine aufhörte und die andere begann.

Sie führten ihn durch das Haus. Es war spärlich möbliert, mit Tatamis auf dem Holzboden und kleinen Lacktischen. An den Wänden hingen Holzschnitte von Reisenden auf zwei Straßen, die eine gebirgig, die andere am Saum eines Meeres verlaufend.

Schließlich gelangten sie in den hinteren Teil des Hauses, dorthin, wo Funken hochstoben und die Hitze herrschte. Die Frauen zogen sich zurück, und er stieg langsam die Stufen hinunter. Der hohe Kamin ragte über seinen Kopf empor.

Ein Blasebalg bewegte sich.

Ein Hammer schmetterte auf den flachen Amboß. Rosa und gelbe Funken schossen wie ein irrwitziges Feuerwerk in die Luft.

Eine mächtige Gestalt mit entblößtem Oberkörper wandte sich um und musterte ihn. Langes schwarzes Haar fiel über ihre Schultern, floß weit über den makellosen Rücken. Die Schultern waren breit, die Taille schmal, und an ihrer rechten Hüfte trug sie eine Klinge.

Die Gestalt drehte sich vollends um. Ihre nackten Brüste glänzten. Die dunklen, ehrlichen Augen starrten zu ihm hinauf. Ihre vollen Lippen deuteten ein Lächeln an. Sie hob den mächtigen Hammer.

»Fast fertig«, sagte sie mit voller, melodischer Stimme, und er fuhr zusammen, da er einen Augenblick lang glaubte, sie zu kennen. »Du kommst keinen Augenblick zu früh.« Sie deutete auf einen grob gefertigten Holztisch zu ihrer Rechten. »Die kurze Klinge ist bereits vollendet.«

Er trat an den Tisch und nahm Scheide und Schwert an sich. Die lange, leicht gekrümmte Klinge reflektierte die Glut in der Esse.

Er gürtete das Schwert.

Dann wandte er seine Aufmerksamkeit einem schwarzen, düsteren Gegenstand zu, der etwas abseits lag.

Ein zweiter Makkonhaut-Handschuh.

»Er gehört dir.«

Er nickte und streifte den Handschuh über seine Rechte.

»Es ist vollbracht!« erklärte sie, drehte sich um und reichte ihm die anderen, die lange Klinge.

Er nahm sie an sich, und sie in den Händen zu spüren war wie eine Ekstase; er riß sie hoch, starrte auf den flirrenden Stahl, und zum erstenmal sah er sein neues Spiegelbild.

Seine Augen trugen die Farbe blassesten Lavendels, an den Rändern und der weiten Iris von Goldsprenkeln gefleckt. Große, mandelförmige Augen. Seine kantige Stirn ging in seidiges schwarzes Haar über, das weit über seine Schultern fiel. Seine Haut war gelbbraun. Die Wangenknochen hoch angesetzt und fest. Abgesehen von diesen Grundzügen konnte er die fremdartige Anordnung seines neuen Gesichts nicht begreifen, und so wandte er seinen Blick abrupt ab, hin zu den Augen der Schmiedin, die so dunkel waren wie Oliven.

Gelassen erwiderte sie seinen Blick, aber er gewahrte eine urwüchsige, wilde, in Schach gehaltene Kraft in den Tiefen ihrer Augen. Eine dunkle, fiebernde Kraft, die er kannte.

Rache.

Und was hatten sie darüber hinaus noch gemeinsam?

»Wer bist du?« fragte er.

»Bist du mit deinen neuen Waffen zufrieden?«

»Ja, sehr.«

»Gut«, räumte sie lachend ein. Ihre Brüste bebten provozierend. Sie geleitete ihn ins Haus.

Die festlich gekleideten Frauen erschienen wie aus dem Nichts. Sie entkleideten die Schmiedin und hießen sie in dampfendes, wohlriechendes Wasser zu steigen, das sie in einen großen Holzbottich gefüllt hatten. Wie ein Blitz stand die Erinnerung vor seinem geistigen Auge, eine sekundenlange, scharf umrissene Vision aus dem Leben eines anderen Wesens.

»Nein«, stieß er hervor. Es kann nicht sein. Unmöglich.

Ihr Körper schien jetzt kleiner, bleich und fest und geschmeidig, der Schweiß war von der glänzenden Haut gewaschen.

»Ich sah dich sterben und fühlte die Fetzen deines Fleiches, dein Blut...«

Sie unterbrach sich, streckte ihm ihre Hände entgegen und sagte dann:

»Doch genug davon. Ich bin die Grobschmiedin und du – du bist der Hexer.«

Sie entkleidete ihn, und sie stieß einen keuchenden Laut aus, als sie seinen fremden Körper gewahrte, ihre dunklen Augen leuchteten auf.

»Ich verstehe nichts...«, flüsterte er. »Dor-Sefrith ist der Hexer...«

Er stieg in den Bottich.

Sie küßte seine fremden Lippen, schrie auf, als sie sich berührten, legte ihren Mund an sein Ohr.

»Ihn gibt es nicht mehr.« Ein Hauch, so sanft wie der Tagesanbruch.

Ihre starken Finger glitten über seinen Körper, erforschten ihn.

Er streichelte sie, ihre Brüste ihre Schultern, ihren Rücken. Ihre Augen schlossen sich. Wieder küßten sie sich, ihre Körper glitten in das sanfte Wasser hinunter. Wellen breiteten sich in hektischer Unruhe aus...

Die Zeit stand still, während er in ihrem riesigen Bett schlief, sein Körper vollendete sich, heilte, und sie führte ihre erlesene, mühsame Aufgabe zu einem Ende.

Als er erwachte, lag seine Rüstung bereit. Er erhob sich und kleidete sich an. Die Schmiedin musterte ihn, schüttelte ihren Kopf, und ihr Haar verwandelte sich in einen gigantischen Schleier... Eine schattenhafte Handbewegung.

Die Umgebung veränderte sich.

Er wurde davongewirbelt, seine Augen weiteten sich... Sonnenlicht gleißte auf einer wild bewegten Meeresoberfläche, er riß seine Klinge aus der Scheide. Sie sprang ihn an. Blitzartig reagierte er, kreiselte herum, wich ihrem mörderischen Schlag aus, und stieß seinerseits zu. Die feingeschliffene Klinge schoß durch ihren Körper.

Ein roter Regen wirbelte über den Himmel, benetzte sein Gesicht, seine Augen. Er stürzte, Schwindelgefühl ergriff ihn, er schrie. Dann schlossen sich die grünen Wogen des Meeres über ihm.

Wieder befand er sich an den Grundfesten der Welt. Noch immer ragten sie riesig empor, doch er glich ihnen, und er ließ sich träge dahintreiben...

Und dann fand er den Ägir, die grenzenlose Landschaft seiner gekrümmten Seite, vom Atem des Lebens leicht pulsierend gehalten. Die rauhe Haut kräuselte sich, und er glitt daran entlang. Jeder Schwimmstoß schien ihn meilenweit voranzutragen.

Er wußte, was er zu tun hatte. Er folgte den Grundfesten der Welt, immer tiefer, vorbei an kolossalen Bauwerken, über Schieferbänke, vorbei an schwarzen Gräbern und geheimnisvollen Türen, die Zugang verschafften zu jenen Höhlen, die zum Mittelpunkt der Welt führten.

Rechtzeitig genug sah er den Schädel des Ägir, ein Schädel, so riesig, daß das Ende der gigantischen Schnauze nicht auszumachen war. Unendliche Traurigkeit, aber auch unendliche Heiterkeit erfüllte ihn. Er hob die mächtige Klinge über seinen hohen Helm – und schlug zu. Der mächtige Schlag zerschmetterte das Gehirn des Ägir.

Der Körper wand sich, der Schädel flog auseinander, mächtige Brocken wirbelten im Wasser. Er war nicht mehr fähig, zu atmen, keuchte und schluckte krampfhaft. Wasser füllte ihn.

Sie stand vor ihm und lächelte.

Lange starrte er auf die von ihr gefertigte mächtige, blaugrüne Klinge, von der Blut und Wasser auf ihre Tatamis tropften.

»So trägt sie jetzt also einen Namen und ist wirklich und wahrhaftig dein«, sagte sie leise. »Eine Seele aus Stahl.«

Noch immer starrte er auf die glänzende Klinge.

»Wie heißt sie?«

»Aka-i-tsuchi«, erwiderte sie, ohne ihren Blick zu heben. Sie verneigte sich vor der Waffe.

»Ich bemitleide deine Feinde.«

Schnee wirbelte um ihn her, perlenverziert und weich im sanften Glanz des Tagesanbruchs. Aber als er talwärts stieg, fand er sich in Wolken gehüllt, die Welt verschwamm in einem häßlichen, diffusen Nebellicht.

Bald, hatte sie gesagt. *Bald.* Was war in der Tiefe ihrer Augen gewesen?

Er dachte an den Ägir, der ihm so lange geholfen hatte, als er noch Ronin gewesen war. Er hatte ihn getötet... Das erste Blut, das seine Klinge geschmeckt hatte. Ja, er hatte das Wesen erkannt, das dunkel im Wasser unter der zerschmetterten Feluke wogte, während sie durch das Nichts der Eiswüste und unwissentlich Richtung Sha'angh'sei gerast waren. Er wußte auch, daß es der Ägir war, der ihn vor den von Setsoru sowie dem Dolman ausgesandten Zaubermatrosen der Obsidian-Schiffe gerettet hatte. Ägir hatte durch seine rhythmischen Körperwindungen dafür gesorgt, daß die *Kioku* von mächtigen Flutwellen davongetragen wurde, hin zu den fernen Riffen von Xich Chih.

Und er hatte den Ägir getötet.

Warum?

Er wußte es nicht und verbannte die Frage aus seinem

Geist, ließ es dabei bewenden, entspannte sich, kreiste in die Tiefe, zum leuchtenden Kern seines Seins.

Irgendwann entstand die Realität neu. Die baumgesäumten Hänge des Fujiwara eilte er hinunter, bis der Pfad plötzlich weniger steil wurde. Immer schneller wurde er. Die schwarze Rüstung behinderte ihn nicht.

Am Fuße des Berges wurde der Kiefernwald dichter, der Moschusduft intensiver. Er hörte die fern erklingenden Schreie von Wildgänsen, die Tagesinsekten zirpten.

Und als er den Wald hinter sich ließ, sah er, daß sie auf ihn warteten: Moeru, Okami und Azuki-iro.

Sie starrten ihm entgegen. Okami und Azuki-iro senkten ihre Blicke, nicht aus Ehfurcht, sondern aus Respekt vor dem letzten lebendig vor ihnen stehenden Mythos ihres Volkes.

»Er wird es sein, der die Finsternis aufhält«, flüsterte Okami. »Er ist der Krieger der Abendsonne.«

»So war Nikumu erfolgreich«, sagte Azuki-iro. »Ich wußte es. Er war ein Bujun, unsere Traditionen waren zu tief in ihm verankert. Karma. Jetzt wird ihn die Geschichte ehren.«

»Haneda liegt in Trümmern«, sagte der Krieger der Abendsonne. »Ein gewaltiger, fürchterlicher Kampf tobte, während ich geboren wurde.«

»Ronin und Nikumu wurden unter der warmen Asche von Haneda begraben«, erwiderte Moeru ruhig. »In späterer Zeit wird ein Schrein an diesem Ort errichtet werden.«

»Zu Ehren dor-Sefriths«, meinte der Krieger der Abendsonne.

»Für alle Bujun«, sagte der Kunshin.

Schweigend trat Moeru nach vorn, wobei ihr Blick über das fremde Antlitz des Kriegers der Abendsonne glitt.

Azuki-iro wandte sich an Okami.

»Komm, mein Freund, es ist an der Zeit, daß wir beide nach Eido zurückreiten. Die Daimyos stehen bereit, und ich muß mich ihnen zeigen.« Er zog ein kleines Elfenbein-Rechteck aus einer Tasche in den weiten Falten seines Gewandes und reichte es Okami. »Nimm mein Siegel und benutze es im Büro des Hafenmeisters. Weise ihn in meinem Namen an, die Schiffe klarzumachen. Jetzt, da der Krieger der Abendsonne gekommen ist, greifen die Bujun ein in die Kai-feng.« Kurz sah er zu den Amethyst-Abhängen des Fujiwara hinauf. »Fürwahr, der Berg hat sich seines Namens würdig erwiesen... *Freund des Menschen.*«

Ohne ein weiteres Wort entfernten sie sich über das kleine Feld. Dort waren ihre Pferde angepflockt. Sie zogen sich in die Sättel, zogen die Tiere herum und trieben sie an. In schnellem Galopp eilten sie davon.

Der Krieger der Abendsonne wandte Moeru seinen durchdringenden Blick zu, als sehe er sie zum ersten Mal.

Der Morgen war bereits angebrochen, und die schräg einfallenden Lichtspeere tauchten ihr Gesicht in sanfte Farben. Sie wandte ihr Gesicht ab, und er betrachtete ihr stolzes Profil, den sanften Schwung ihrer Halspartie, ihr Haar, das weit über ihre Schultern fiel und vom stärker werdenden Ostwind liebkost wurde. Die hohen Kiefern bewegten ihre Kronen. Nebel stieg vom Land auf.

»Warum starrst du mich so an?« fragte Moeru. »Eigentlich sollte ich es sein, die dich anstarrt.«

»Seit dem Tag, da er dich in Sha'angh'sei traf, warst du für Ronin wichtig. Deshalb bist du auch für mich wichtig. Ich versuche zu ergründen, warum.«

Sie wich seinem Blick weiterhin aus, starrte in die Ferne.

»Was geschah mit Nikumu?«

»Er war der letzte Nachfahre dor-Sefriths.« Die Stimme des Kriegers der Abendsonne klang hart. »Sicher wußtest du, daß er ein Krieger-Magier war, so, wie es die alten Bujun zu allen Zeiten waren.«

»Er bediente sich erst seit kurzem der Zauberei.«

»Ja. Natürlich wußte dor-Sefrith vom Dolman, genauso, wie er um die Kai-feng wußte. Er war nicht unsterblich, doch ihm war klar, daß er, um die Sicherheit der Bujun und der Menschen zu gewährleisten, dem Tod ein Schnippchen schlagen, ihn überlisten mußte. So wandte er seine Magie an, und jedes Mitglied seiner Familie wußte um seine Geheimnisse, von Generation zu Generation wurde sie weitergegeben. Und da dor-Sefrith um die Macht und Unsterblichkeit seiner Feinde wußte, schmiedete er weitere Pläne... Ich kenne sie nicht alle. Ich weiß nur das, was er mir offenbarte.«

Der Himmel klarte auf, wurde heller, und die Sonne, die über den Wald emporstieg, erfüllte den Morgen mit Wärme. Langsam schlenderten sie zu den beiden Pferden hinüber, die einige Schritte von ihnen entfernt angepflockt waren.

»Nikumu spürte das Nahen der Kai-feng, so verfiel er darauf, dor-Sefrith zu beschwören. Allerdings war der Dolman bereits mächtiger, als er geahnt hatte, und so registrierte er die zauberische Aktivität. Nikumu wurde während seiner schwierigen Beschwörungen vom Dolman überfallen...«

Unwillkürlich fröstelte Moeru, und verkreuzte ihre Arme vor der Brust.

»Eine Art toter Punkt war erreicht. Dor-Sefrith wurde in einer substanzlosen Form gefangengesetzt –«

»Der Schatten, den ich fürchtete –«

»Ja, irrtümlich. Aber du konntest nichts von der Gegenwart des Dolman wissen. Er steckte in Nikumu, versuchte, seinen Willen durchzusetzen, und dor-Sefrith war, obwohl er sich äußern, mitteilen konnte, machtlos. Er konnte Nikumu nicht helfen.«

»Aber Ronin half ihm, nicht wahr?«

»Vielleicht. Auf jeden Fall tatest du gut daran, ihn zu bedrängen, nach Haneda zurückzukehren. Er wurde zum Katalysator, aber schließlich war es – und da hatte Azuki-iro ganz recht – Nikumus Kampf. Er hatte sozusagen an Boden verloren, hatte die Führung der Sasori übernommen und er hielt dich gefangen. Dor-Sefrith war es, der ihm geraten hatte, dich zum Kontinent der Menschen zu entsenden, um dort nach dem Hirsch der Finsternis zu suchen –«

»Wen?«

»Setsoru.«

»O ja, ich kam ihm sehr nahe, jedoch wurde ich in einen Kampf mit den Roten, hoch oben, im Norden, verwickelt. Drei konnte ich töten, bevor sie mich niederschlugen. Ein Stiefel –«

»Du wurdest am Kopf getroffen.«

»Ja. Mein Gedächtnis... Setsoru?«

»Ich – Ronin – spürte ihn im Wald auf...«

»Ja, damals warst du so bleich... Wo ist er jetzt?«

»Wir sind vereint, Moeru. Deshalb hielt Nikumu dich gefangen. Zuerst nahm er dir die Stimme... Dann fesselte er dich an Haneda. Der Dolman fürchtete, daß Ronin das werden würde, was nun vor dir steht...«

»Aber was hatte das mit mir zu tun?«

»Vielleicht müssen wir dies gemeinsam herausfinden.«

Sie erreichten die Pferde und stiegen in die Sättel.

»Du hast recht, Moeru. Nikumu war ein komplizierter Mensch. Und ein tapferer Bujun. Er hätte Ronin töten und überleben können, jedoch lud er die Schande dieser Tat nicht auf sich. Er bekämpfte den Dolman mit einer solchen Wildheit, daß dor-Sefrith in seinem Körper wiedergeboren werden konnte –«

»Aber was geschah in Haneda. Die Zerstörung –«

»Es kann nur der Dolman gewesen sein. Vielleicht kämpfte er gegen dor-Sefrith, während Ronin starb.«

»Aber das würde bedeuten –«

»Ja, ich weiß. Und das Resultat? Es gibt dor-Sefrith nicht mehr.«

Unerklärlicherweise dachte er jetzt an ein anderes Leben, an die Zeit, die er mit ihr geteilt hatte. Er überlegte, ob er sie fragen sollte, ob sie Ronin geliebt hatte, jedoch erschien ihm die Frage und also auch die Antwort so fern wie der gestrige Regen. »Es ist egal«, rief er ihr zu. Sein Pferd zitterte, bäumte sich auf. »Jetzt bin ich hier. Der Krieger der Abendsonne ist nach Ama-no-mori gekommen. Die Kai-feng ist unser!«

Ihre Pferde schossen voran. Der Wind drehte sich, fauchte über das flache Grasland heran...

Das Wasser in dem großem Kupfertopf kochte. Reiskörner wirbelten umher. Liebevoll leckten die Flammen über die geschwärzte Unterseite des Kessels. Dampf stieg auf in den wuchtigen Rauchfang des Kamins.

Der Koch wischte seine Hände an der schmierigen Schürze ab und wandte sich von der Feuerstelle ab.

Es war noch früh, und der große Raum war leer. Ein struppiger Köter streunte umher.

Der Koch stieß einen halbherzigen Schrei aus, und als das Tier nicht reagierte, warf er einen Holzscheit. Mit einem kläglichen Aufjaulen verschwand es.

Kiri betrat den Raum, durchquerte ihn und stellte sich vor die Feuerstelle. Sie streckte die Hände aus, seufzte. Dann wandte sie sich ab, schenkte sich Tee in eine kleine Tasse und trank. Schließlich schöpfte sie eine Portion Reis auf einen schwarzgelackten Teller und setzte sich. Jedoch machte sie keine Anstalten, zu essen.

Ein Mann trat ein, blieb eine Zeitlang stehen und starrte auf ihren Rücken. Es war Tuolin. Endlich schien er sich entschlossen zu haben. Er setzte sich in Bewegung, kam zu ihr.

Sie fühlte, wie ihr Herz hämmerte, wollte etwas sagen, doch die Worte blieben in ihrer Kehle stecken.

Er mied ihren Blick und schwieg. Und so saßen sie nebeneinander, während sich der große Raum mit Kriegern füllte und der Koch sich beeilte, ihre Teller zu füllen, denn er wußte, daß dies die erste Mahlzeit eines langen Tages war.

»Kiri...«, flüsterte er. »Kiri – wer bist du?«

»Ich war Matsu – und Matsu war ich...« antwortete sie tonlos.

Er verstand sie nicht.

Schweigen senkte sich zwischen sie. Nach einer Weile erhob sich Kiri wortlos und eilte davon.

Tuolin begann zu essen.

Der Krieger der Abendsonne stand im Bug des Bujun-Flaggschiffes *Shoju* und starrte auf die endlose, glitzernde See hinaus. Die heiße Mittagssonne zeichnete goldene Lichttupfer auf die Wellen.

Er blickte nach Westen, hin zum Kontinent der Menschen, hin zu Kai-feng, der letzten Schlacht.

Und er brannte vor Erwartung.

Moeru stand in voller Rüstung neben ihm. Ihr Brustpanzer bestand aus poliertem Metall, war mit seegrüner Jade und Perlmutt gestreift. Ihr langes schwarzes Haar war unter den hohen, konischen Kupferhelm gesteckt. Zwei Bujun-Klingen trug sie an ihrem Gürtel.

Rings um sie her herrschte hektische Betriebsamkeit, sorgfältig koordiniert und so exakt wie die Bewegungen auf dem Höhepunkt eines Noh-Spiels. Die Bujun setzten die Takelage. Schließlich gab Azuki-iro ein Zeichen.

Moeru murmelte: »Die Bujun-Flotte ist bereit.«

Ein Ruf erklang, endlos, wiederholt, wie das Geschrei der um die Masten kreisenden Möwen.

Rhythmischer Gesang wurde laut. Zahllose Bujun beugten sich über die großen, flachen Ankerspillen ihrer Schiffe, knarrend und ächzend drehten sich die großen Winden, und die schweren Ankerleinen wurden gelöst und eingeholt.

Bujun hasteten in die Takelage.

Das Wasser färbte sich schwarz von den unzähligen Schiffen der Bujun-Flotte, deren Front sich bis weit nach Westen erstreckte.

Er ließ seinen Blick über die tausend Bujun-Schiffe gleiten. Die Zeit war gekommen. Die Reise hatte begonnen.

»Es wird zu lange dauern«, flüsterte Moeru. »Wie können wir nur hoffen, den Menschenkontinent rechtzeitig genug erreichen zu können?«

»Nichiren«, sagte er.

Er ließ sie stehen und ging davon. Das Sonnenlicht gleißte über seine schwarze Rüstung.

Er erreichte den Bugspriet der Shoju. Breitbeinig blieb er stehen und zog seine Klinge Aka-i-tsuchi, blasses Lavendel irrlichterte über die Doppelschneide.

Beidhändig hob er sie empor und richtete ihre Spitze in westliche Richtung.

Er schloß seine Augen.

Und das letzte Erbe seines tierischen Beschützers Ägir strömte – von Aka-i-tsuchi sowie seinem Geist gerufen – aus den dunklen Tiefen empor!

Im Osten bildeten sich Wolken am Horizont, hoch und steil, und purpurn türmten sie sich auf. Doch über der Bujun-Flotte schien nach wie vor die Sonne hell und heiß.

Ganz ruhig wurde es, kein Lufthauch rührte sich.

Doch die Ost-Wolken stürmten auf die Flotte zu. Wellen glitten heran.

Der erste Windhauch erreichte sie.

»Brecht alle Segel aus!« rief der Kunshin.

Ostwind erhob sich, kühl, irrwitzig lebendig, voller Kraft, und er erfüllte alle, die seine Berührung erlebten, mit eigenartiger Heiterkeit.

Die Wolkenfront verdunkelte noch mehr. So weit man sehen konnte, stürmte sie über den Himmel. Rosafarbene Blitze spalteten das Firmament, Donner jammerte und hallte über das Meer. Wind fuhr in die Segel, bauschte sie.

Der Kunshin gab das letzte Zeichen. Die Schiffe glitten dem Sturm entgegen.

Das Meer hob und senkte sich, der Wind heulte in der Takelage, spannte das Segel. Die gewaltige Bujun-Flotte eilte westwärts über den sturmgepeitschten Ozean aus Immergrün und tiefem Lavendel, schneller als je ein Schiff von Menschenhand dahingeeilt war.

Moeru stand im Bug der *Shoju,* unmittelbar hinter der hoch aufragenden, muskulösen Gestalt, die auf das Chaos aus Wind und Wellen hinausstarrte und die mächtige Klinge noch immer gen Westen gerichtet hielt. Niemand, nicht einmal der Krieger der Abendsonne, vermochte in diesem Augenblick zu sagen, was hinter ihrer Stirn vor sich ging.

II
Nemesis

Im Lager des Dolman gab es einen Mann, der sich unablässig nahe bei gewissen Leuten hielt, obwohl sie erst vor kurzem zur Hauptstreitmacht gestoßen waren. Offensichtlich waren sie Anführer. Und sie stanken nicht. Zweifellos waren sie menschlicher Abstammung.

Der Mann war groß und dünn, seine Muskeln zeichneten sich hart wie Taue unter der Haut ab. Das Gesicht war hager und wurde von einem mächtigen Schnauzbart und harten, tief in den Höhlen liegenden Augen beherrscht. Tief in seinem Herzen trauerte er um sein Volk, und diese schmerzende Hoffnungslosigkeit wurde im Lauf der Zeit zu einem derart bitteren Gefühl, daß er es nicht mehr ertragen konnte, damit zu leben. In verzweifeltem Selbstschutz kehrte er es nach außen, zu unerbittlichem Haß, so daß er nunmehr wenigstens aufwachen konnte, ohne den Wunsch zu verspüren, sich ein Kurzschwert in den Leib zu rammen.

Schon vor langer Zeit hatte sich Po mit den Roten aus den Nordprovinzen zusammengetan, denn er verachtete die fetten Hongs und die gierigen Rikkagin, die hinter den Mauern von Sha'angh'sei die Oberhand hatten.

Als Händler war er oft in der reichsten Stadt des Menschenkontinents anzutreffen, und dann war er sogar in den Häusern der wohlhabendsten und reichsten Bürger willkommen, hoch droben, im Bereich der befestigten Stadt. Geschickt spielte er die Rolle des erfolgreichen Händlers aus dem Norden, tief vergrub er bei solchen Gelegenheiten seinen Haß in sich, während er an die Zukunft dachte... An eine Zukunft, die nun begonnen hatte. Stets hatte er seine wahre Gesinnung geheimhalten können.

Doch als die Kai-feng näher gerückt war, als ihm das Nahen des Doman offenbar geworden war, hatte er sich nicht mehr beherrscht. Sein Zorn war an die Oberfläche seines Wesens durchgebrochen, hatte sich offen, unverhüllt gezeigt. Po hatte sein Gift unter den fetten und selbstgefälligen Herren von Sha'angh'sei versprüht. Er hatte Llowans Gäste beleidigt und so war er für immer aus dessen Haus verbannt worden. Er hatte seine Beherrschung verloren, und deshalb hatte er sich tagelang heftige Vorwürfe gemacht. In den nördlichen Vororten der Stadt ermordete er drei Grüne. Dann hatte er sich geschworen, daß ihn seine Gefühle nie wieder verraten würden.

Jetzt wußte er, daß dies keine Rolle mehr spielte. Der Befreiungskrieg hatte seinen Anfang genommen. Bald würde die Rebellenarmee – so zog er es vor, sie zu nennen – Kamados Abwehr durchbrechen. Und dann wartete der Juwel Sha'angh-'sei darauf, geplündert zu werden. Die Fremden, das wußte er, interessierten sich weder für Silber noch für den Mohn, sie waren, so glaubte er, nicht einmal imstande, zu begreifen, was Reichtum bedeutete. Nein, diese eigenartigen Kreaturen lebten nur, um zu töten, und wenn sie sich mit dem frischen Blut der Sterblichen gesättigt hatten, so würden sie vermutlich wieder in ihren Höllenpfuhlen verschwinden, aus denen sie dereinst hervorgekrochen waren. Er schauderte. Oh, wie sie stanken! Dann dachte er an den Reichtum, der bald ihm gehören würde. Damit ausgestattet würde er die Kontrolle über die kriegszerrissene Stadt übernehmen und eine neue Ordnung für sein Volk ausrufen. Und seine Leute würden aus dem Westen herbeiströmen, und voller Stolz seine Macht über das neue Sha'angh'sei teilen. Die fetten Hongs würden unter seiner Herrschaft als erste sterben. Deshalb hatte er sich jetzt damit abgefunden, nur Gefolgsmann zu sein.

Zuversichtlich schritt er durch das riesige, stinkende Lager, das belebt war vom Mißklang fremder Sprachen und Dialekte, er drängte sich durch dichte, hin- und herwimmelnde Leibermassen. Zweimal erspähte er die schwarzen, vorgewölbten Schädel der insektenäugigen Generäle, und er machte einen weiten Bogen um sie herum.

Schließlich erreichte er das Zelt des dicken Mannes. Po wußte, daß er ein hoher General war, möglicherweise gar dem abstoßenden Makkon persönlich unterstellt. Deshalb war er ihm auch sofort aufgefallen, als er auf seinem ebenholzschwarzen Pferd ins Lager geritten war, und er war aus dem Herzen des Kiefernwaldes gekommen, von dort, wo die Makkon sich aufhielten.

Po passierte die Wachen, duckte sich, wischte die Zeltklappen beiseite und betrat den Zeltpavillon.

»Du hast nach mir geschickt«, sagte er und verneigte sich.

Drei Totenkopfkrieger verließen das Zelt.

Der massige Mann schaute von seinen Unterlagen auf. »Ja«, sagte er knapp. »Komm her.«

Ein Makkon stand an seiner Seite. Der schreckliche, schnabelbewehrte Schädel drehte sich leicht. Ein mächtiger Schweif zuckte durch die Luft, die von widerlichem Gestank geschwängert war. Po mied die Augen der Bestie und verbarg seine Überraschung, sie hier, außerhalb des Waldes vorzufinden. Seine Gedanken schossen wie unruhige Fische hin und her.

»Wir erwünschen uns einen Dienst von dir«, sagte der Dicke einschmeichelnd.

»Ich werde alles tun, was von mir verlangt wird.«

»Gut. So wirst du heute abend in die Festung Kamadon eindringen.«

Erneut verbarg Po seine Überraschung, und sagte: »Wie dir zweifellos bekannt ist, bin ich ein erstklassiger Jhindo-Meister.«

»Verbergen und Morden«, erwiderte der Dicke. »Ja, wir wissen es gut. Deshalb haben wir dich erwählt, Po.«

Der Makkon öffnete seinen Krummschnabel und stieß einen harten Schrei aus, die graue Zunge peitschte gegen den schuppigen Gaumen. Po erschauderte und schloß einen Moment lang angewidert die Augen.

»Da gibt es jemanden, den wir getötet haben möchten«, sagte der Dicke, der anscheinend die Anweisung des Makkon übersetzte.

»Wir möchten, daß es still und mysteriös geschieht, um die Furcht zu schüren.« Dann gab er Po eine Beschreibung.

»Diese Beschreibung trifft auf viele Leute zu«, erwiderte er. Seine an den Tag gelegte unterwürfige Haltung machte ihn fast krank. Doch er wußte, daß seine Gefügigkeit der beste Garant war, diese aufgeblasenen Generäle und ihre stinkenden Freunde zu überdauern. »Wie lautet der Name?«

Erneut schrie der Makkon, und Po spürte, wie Tränen in seine Augenwinkel traten. Seine Augen schmerzten ihn plötzlich.

»Ihr Name«, sagte der Dicke gelassen, »ist Moeru.«

Sie waren weitergezogen und hatten ihn allein in Sha'angh-'sei zurückgelassen. Hinter dem Tencho, im Palast der Kaiserin.

Er schritt durch die kühlen Marmorhallen, und die Echos seiner Schritte waren weithin zu hören. Licht flimmerte über seine schwarze Rüstung.

Einen Augenblick lang blieb er stehen und blickte den langen und breiten Säulengang entlang. Gesprenkelte Marmorsäulen, ebensolche Wände. Lampen aus gehämmertem Messing hingen von der gewölbten Decke.

Der Palast war verlassen.

Die Luft hing bewegungslos und staubig wie zusammengefaltete Laken um ihn herum.

Für einen winzigen Sekundenbruchteil glaube er, am anderen Ende des Korridors einen Schatten gesehen zu haben... Einen neugierigen Voyeur, vielleicht den herumirrenden Ton einer primitiven Musik. Doch die Luft war zähflüssig und schwer. Alles lag in sanftem Halbdunkel.

Er schüttelte seinen Kopf, als versuche er, sich an Fragmente aus dem Gedächtnis eines anderen zu erinnern, und als ihm dies nicht gelang, setzte er sich wieder in Bewegung. Mit großen, entschlossenen Schritten verließ er den Palast, und er fragte sich, was ihn bewogen hatte, hierher zurückzukehren. Die Ereignisse drängten ihn, in höchster Eile nach Kamado zu eilen.

Er erreichte den Juwelengarten, der noch immer üppig und schön war, obwohl sich das Jahr seinem Ende zuneigte. Der Tag war hell und kalt, so brüchig wie Porzellan. Hohe Zirruswolken glitten über den tiefblauen Himmel. Die Blätter der Bäume waren rot und orange verfärbt und glänzten wie Kupfer oder Messing.

Seine behandschuhte Rechte ergriff die Zügel seines muskulösen Reittieres; er wandte seinen Kopf. Plötzlich war er sicher, irgend etwas im Palast der Kaiserin vergessen zu haben.

Er zuckte die Schultern und glitt in den Sattel. Ohne einen weiteren Blick zurückzuwerfen, gab er dem Tier die Absätze zu spüren, und es galoppierte los, aus den offenen Toren hinaus, durch das Labyrinth großer und kleiner Straßen, und schließlich hinaus aus Sha'angh'sei, nach Norden, um die unaufhaltsam vorrückende Bujun-Armee einzuholen.

Im Palast der Kaiserin manifestierte sich ein unirdischer Wind, zornig fauchte er durch die weiten, leeren Hallen und Korridore, als suche er jemanden – oder etwas. Er säuselte an den Messinglampen vorbei, schien enttäuscht, niemanden vorzufinden. Sie lösten sich aus ihren Halterungen und donnerten zu Boden. Kaltes Feuer irrlichterte über den Marmor. Das Gebäude erzitterte wie unter dem Schlag einer großen, zornigen Faust.

Bonneduce der Letzte war es, der ihn zuerst an der Spitze der großen Kolonne erblickte, und er war es auch, der Befehl erteilte, die großen Hintertore zu öffnen.

Das Gesicht des kleinen Mannes war von Freude erhellt, als der Krieger der Abendsonne sein Pferd vor ihm zügelte und aus dem Sattel glitt. Staub und der Lärm der in Kamado einmarschierenden Bujun erfüllte die Luft. Der Krieger der Abendsonne ergriff Bonneduce den Letzten und hob ihn hoch.

»Alter Freund!« sagte er. »Alter Freund!«

»Es tut gut, dich zu sehen«, erwiderte der kleine Mann, der Freudentränen freien Lauf ließ. »Endlich!«

Und zu ihren Füßen knurrte Hynd, jene einzigartige Mutation, die mehr als nur ein Tier war, und der lange Schweif wedelte.

Der Krieger der Abendsonne bückte sich und streichelte den pelzbewachsenen Schädel. Hynd stieß ein zufriedenes Knurren aus und fletschte seine Zähne. Sodann rieb er seine Schnauze am Bein des Kriegers.

Moeru zügelte ihr Pferd, beugte sich vor und küßte den kleinen Mann.

Und aus den Augenwinkeln heraus sah der Krieger der Abendsonne Kiri heranstürmen. Plötzlich blieb sie, wie von einem wuchtigen Schlag getroffen, stehen. Sie starrte ihn an. Er wandte sich halb um, sah in ihr Gesicht, und sie taumelte zurück, zuerst nur ein paar Schritte, dann blieb sie wieder stehen, ihre Augen waren starr auf ihn gerichtet. Plötzlich schüttelte sie den Kopf.

»Einiges hat sich verändert, seit du aufgebrochen bist«, sagte Bonneduce. »Es liegt nicht in deiner Macht, Kiri jetzt zu helfen.«

»So war es bereits vor meiner Abreise«, erwiderte der Krieger der Abendsonne und wandte sich ab. »Begleite uns zu den Ställen, alter Freund, und dann werden wir uns über so viele Dinge unterhalten.«

Schweigend erreichten sie ihr Ziel. Die Stallburschen nahmen ihnen die Pferde ab und begannen, sie trockenzureiben und zu striegeln. Bevor sie gingen, führte Bonneduce den Krieger der Abendsonne an eine Box. Ronins dunkelroter Luma-Hengst stand darin.

Das Tier stieß ein freudiges Schnauben aus, als der Krieger seinen Hals streichelte.

»Ah, danke, alter Freund.«

Bonneduce der Letzte wandte sich ab und hinkte davon. Bei den Ausgängen wartete Moeru.

Vor den Mauern von Kamado tobten die Kämpfe mit unverminderten Heftigkeit. Die Verteidiger hielten sich auf verlorenem Posten.

Der Rikkagin der Menschen traf sich mit dem Krieger der Abendsonne, Bonneduce dem Letzten, dem Taipan von Sha'ang'sei, dem Kunshin und seinen Daimyos.

»Jeden Tag«, sagte Rikkagin Aerent, »greift der Feind mit mehr Männer an. Jeden Tag werden unsere Streitkräfte erschöpfter.«

»Wie ihr wißt«, fuhr Tuolin fort, »vermögen die Totenkopfkrieger zwar mit dem Schwert vernichtet zu werden, jedoch scheint sich ihre Zahl nie zu verringern. Nunmehr werden sie von schwarzen Wesenheiten mit großen Facettenaugen angeführt. Diese können weder verwundet noch getötet werden. Unsere Männer sind demoralisiert.«

»Und die Rikkagin?« versetzte der Krieger der Abendsonne und blickte sich in dem rauchigen Zimmer um. »Die Männer fühlen nur das, was sie bei ihren Anführern sehen, und ahmen es nach. Eine mehr vom Geist des Untergangs beherrschte Gruppe kann ich mir nicht vorstellen. Wenn ihr niedergeschlagen und ohne Hoffnung seid, so erwartet von ihnen nur dasselbe.« Seine gepanzerte Faust donnerte auf die Tischplatte nieder. »Wir sind die letzten Streiter der Menschheit. Die Bujun haben sich uns angeschlossen. Sie sind die größten Krieger, die die Oberfläche dieser Welt je gesehen hat. Wir sind stark wie nie zuvor. Ich werde nicht hier in diesen Mauern abwarten, bis sie der Abnutzung anheimfallen und von selbst zusammenbrechen... Das ist nicht meine Art zu kämpfen.« Er warf einen raschen Blick in die Runde und sah, daß Azuki-iro gelassen lächelte. »Morgen bei Tagesanbruch werden wir den Fluß überqueren und den Feind angreifen. Wir alle. Und am Ende des morgigen Tages werden wir wissen, ob die Menschheit überleben oder sterben wird.« Er gab Rikkagin Aerent ein Zeichen, und jener breitete eine detaillierte topographische Karte des genannten Landstriches vor ihnen aus. Mit verschiedenen Farben war der Aufmarsch der Streitkräfte des Dolman darauf verzeichnet.

Nach einer Weile beugte sich der Kunshin vor und deutete auf einen bestimmten Punkt.

»Hier«, sagte er. »Und hier.«

Dann befaßten sie sich damit.

»Es tut gut, dich wieder bei uns zu wissen«, sagte Rikkagin Aerent.

Der Krieger der Abendsonne lachte.

»Bin ich denn so unverändert?«

»Nein, das nicht...« Aerent wich seinem Blick einen kurzen Augenblick lang aus, dann schien er sich wieder gefangen zu haben. »Überhaupt nicht. Du bist wie kein anderer, den ich je gesehen habe, aber trotzdem« – seine Hand legte sich auf den Arm des Kriegers der Abendsonne –, »trotzdem könnte ich dich niemals mit einem anderen verwechseln.«

Eine Weile schwiegen sie.

Dann fragte Aerent: »Was ist geschehen? – Oder ist dies eine taktlose Frage?«

»Karma«, versetzte der Krieger. »Ich zog meiner Bestimmung entgegen und fand sie auf Ama-no-mori.«

»So existiert die sagenhafte Insel also tatsächlich? – Dann kommen die Bujun tatsächlich von dort und aus keinem anderen Teil des Menschenkontinents. Es gab Gerüchte –«

»Ama-no-mori existiert«, sagte der Krieger der Abendsonne. »Und sie ist jetzt meine Heimat.«

»Und die Kriegerin an deiner Seite?«

»Moeru?«

»Was bedeutet sie dir?«

»Warum ist dies so wichtig?«

»Für Tuolin mag es sogar sehr wesentlich sein, dies zu wissen. Er liebt Kiri, und sie –«

»– und sie liebt noch immer mich? Nein, Aerent, sie liebte Ronin, und nicht einmal zu jener Zeit, da es Ronin noch gab, hätte er ihr etwas geben können.«

»Vielleicht –«

»Ja, es ist gut. Ich möchte Tuolin nicht verletzen –«

»Sie werden überleben –«

»Vielleicht werden wir alle überleben, Aerent.«

Zerfetzte Banner flatterten, von einem müden Wind gepeitscht, über den Wällen von Kamado.

Er stand in der eisigen Kälte und ließ seine Blicke über das schwarze Skelett des Kiefernwaldes schweifen und dachte an die erste erschreckende Begegnung mit sich selbst. Dort drüben, in diesem chaotischen Gewirr pulsierte der Dolman, der es endlich geschafft hatte, sich auf dem Menschenkontinent zu manifestieren.

Der Tagesanbruch würde sie von Angesicht zu Angesicht gegenüberstehen sehen... Der Höhepunkt seines Lebens, die letzte brennende Seite der Geschichte dieses sterbenden Zeitalters, in dem sie alle lebten und Freude verspürten und Qual.

Würden sie das Heraufdämmern des neuen Zeitalters erleben? Er wußte es nicht, aber er war sicher, daß sie verloren waren, wenn sie weiterhin tatenlos blieben.

Und während er an den Dolman dachte und an den bevorstehenden Zweikampf mit ihm, der den Ausgang der Kaifeng entscheidend beeinflussen würde, wirbelte ein heller Splitter aus Ronins Erinnerung empor. Der Salamander.

Der Sensii aus dem Freibesitz mochte noch immer irgendwo auf dieser Welt leben. Jener Mann, der Ronin auserwählt und zum Klingenträger ausgebildet hatte. Der Schuld war am Tode seiner Schwester. Jener Meisterkrieger, der Katalysator gewesen war für Ronins langen, harten Kampf, der ihn schließlich zum Krieger der Abendsonne hatte werden lassen.

Nachdem der Dolman –

»Wie verändert du aussiehst«, sagte sie leise hinter ihm.

Er brauchte sich nicht umzudrehen, um Kiris Stimme zu erkennen.

»Doch ich würde dich wieder und immer wieder erkennen, selbst wenn zehntausend Jahrhunderte über uns gewachsen wären.«

Endlich drehte er sich um. Seine seltsamen, lavendelfarbenen Augen starrten sie an. Sie keuchte auf, zog ihre Hand von ihren Lippen und streckte sie ihm langsam, zögernd entgegen. Dann berührte sie seine Brust.

»Er ist nicht mehr, Kiri. Sein Körper liegt auf Ama-no-mori begraben.«

»Nein«, hauchte sie, ihr Herz bereits zerbrochen, zu weißer Asche zermalmt.

»Wie kann das möglich sein? Du mußt –« Sie strich über

seine Wange. Dann sagte sie: »Wie du Matsu vermissen mußt!« Aber er wußte genau, was sie meinte.

Sie schluchzte auf, warf sich an seine Brust, und als er das warme Flüstern ihres Haares an seinem Kinn spürte, da spiegelten ungebeten aufwirbelnde Visionen durch seine Gedanken: Die Erregung einer wilden, sinnlichen Frau, deren warme Lippen sich auf die seinen drückten... Ein sanftes, blasses, ovales Gesicht, das halb von langem, nachtschwarzem Haar verdeckt wurde... Rotes, geronnenes Blut... Der Makkon, wie er Matsu tötete...

Der Dolman und dann der Salamander.

Sie allein existierten jetzt noch für ihn. Kiri war wie ein Stein der Brustwehr für ihn, und sie wußte es. Plötzlich stieß sie ihn von sich, wandte sich ab und hetzte davon.

Er sah wieder auf die gefrorene Einöde jenseits von Kamados Mauern hinaus.

Sie hatten das Seil bereits befestigt, und er glitt in das kalte, schnell dahinströmende Wasser. Das Ufer war steil, das Wasser tief. Hektisch wirbelte schaumiges Weiß um seinen Körper, dennoch fühlte er sich völlig sicher. Hand über Hand zog er sich hinüber. Ein dünnes Schilfrohr, das er zwischen den Lippen trug, war die einzige Verbindung zur Wasseroberfläche.

Er war vollkommen schwarz gekleidet. Selbst sein Gesicht und jene Stellen, die bloßlagen, waren mit Holzkohle geschwärzt und sodann eingefettet worden, damit das Wasser die Farbe nicht wegspülen konnte. Er erreichte das gegenüberliegende Ufer. Lautlos glitt er aus dem Wasser und verharrte bewegungslos. Sein Blick bohrte sich in die Düsternis.

Stürmende Wolken verdunkelten den Mond. Wind raschelte in den Blättern. Hinter ihm blubberte und toste und rauschte der Fluß.

Er zog sich höher, glitt ins Unterholz und kauerte sich erneut nieder. Geduldig wartete er ab. Seine Kleider trockneten. Sorgfältig wischte er sich die Schmiere aus dem Gesicht und trug das Holzkohlenpulver frisch auf, bis er davon überzeugt war, daß die schwarze Fläche seines Gesichtes kein Fackellicht reflektieren würde.

Irgendwann huschte er weiter. Stets hielt er sich in den tiefen Schatten. Weit voraus ragten die mächtigen Wälle von Kamado auf.

Er hörte leise Stimmen, und er erstarrte, den Griff seines schwarzen Dolches bereits in seiner rechten Faust, die Spitze leicht angehoben.

Die Stimmen näherten sich, vom Wind herangetragen. Die Männer kamen offenbar direkt auf seinen Standort zu. Er wartete ab. Zwei Schatten. Zwei Krieger. Er ließ sie ganz nahe herankommen. Erst in letzter Sekunde handelte er. Er warf sich vorwärts, rammte die dunkle Klinge von unten her durch die weiche Haut in Kinn und Gehirn. Die beiden Krieger hatten nicht einmal mehr genügend Zeit, einen Schrei auszustoßen.

Nun hätte er die Kleider eines der Getöteten anlegen und so Einlaß finden können in Kamado, doch dies war nicht nach der Art eines Jhindo-Meisters.

Er zerrte die Leichen in dichtes Gestrüpp und setzte sodann seinen heimlichen Weg fort, bis er schließlich am Fuße der steinernen Mauern der Zitadelle angekommen war. Er zog mehrere kleine, schwarze Metallgegenstände aus den großen Taschen und begann, die Mauer emporzusteigen. Die Steigeisen erleichterten seine Mission. Nachdem er den richtigen Steigrhythmus herausgefunden hatte, kam er schnell und lautlos voran. Die Nacht war düster, die Sterne hinter mächtigen Wolkenbänken verborgen...

Er streichelte Hynds schuppigen Rücken. Die hornartige Haut kräuselte sich vor Wohlbehagen.

»Es ist wunderbar, die Bujun wiederzusehen«, sagte Bonneduce der Letzte.

»Du hast Ronin nie gesagt –«

Der kleine Mann zuckte mit den Schultern.

»Es gibt viele Dinge, die man dir jetzt sagen kann. Früher jedoch –« Wieder hoben sich seine Schultern.

»Dann frage ich dich: Kannst du mir sagen, wer du bist?«

»Ja.« Er rieb an seinem kürzer geratenen Bein, das er von sich gestreckt hatte.

»Es wurde bereits früher gesagt, weißt du.«

»Wem?«

»G'fand.«

»Was? Aber warum?«

»Er wollte es wissen.« Bonneduce der Letzte langte zu ihm herüber und berührte ihn mit einem Finger. »Hör mir zu, mein Freund: Die Knochen sagten mir, daß G'fand bald in der Stadt der Zehntausend Pfade sterben würde. Es gab nichts, was ich dagegen hätte tun können. Karma. Es war nur ein weiterer Tod, den zu kennen ich ertragen mußte. Es war ein Geschenk. Er fragte mich, und ich gab ihm eine ehrliche Antwort.«

»Hattest du den Eindruck, daß er dir glaubte?«

»Ich kann es nicht sagen. Aber spielt das eine große Rolle?«

Eine Zeitlang herrschte Stille. Das Feuer prasselte überlaut. Er strengte sich an und hörte das volltönende Ticken wieder, das den kleinen Mann überall begleitete, egal wohin er auch ging. Er war schon im Begriff, nach diesem Geräusch zu fragen, als Bonneduce der Letzte weitersprach:

»Mein Volk ist vor langer Zeit verschwunden... Ich allein blieb erhalten, um die Kai-feng zu schauen und so für die Missetaten meines Lehnsherrn zu büßen.«

Er stand auf, legte einige Scheite ins Feuer. »Hynd und ich leben außerhalb der Zeit, wie du inzwischen zweifellos erraten haben wirst. Dies war unerläßlich, sollten wir die Verheerungen der Jahrtausende überleben. Denn ich gehöre zu jenen, deren Herr die Wurzel fand, von der du einen Teil gegessen hast...«

»Die Legende von jenem großen Krieger, dem Herrn über die geheimnisvolle Wurzel... Ein alter Apotheker hat sie mir in Sha'angh'sei erzählt.«

»Ja, er war ein Bujun –«

»Und der Garten – der mysteriöse Tempel der Sha'angh'sei –« Bonneduce nickte. »Der auch.«

Was entgeht mir? dachte der Krieger der Abendsonne.

Der kleine Mann hinkte zu seinem Stuhl zurück, ließ sich darauf nieder und tätschelte Hynd.

»Seines brennenden Verlangens wegen, über die ganze Welt zu regieren, wurde er in jene Waldlichtung geführt, in der die Wurzel wuchs.«

»Wer führte ihn?«

»Gott.«

»Welcher Gott?«

»Es gibt nur einen, mein Freund.«

Ein Scheit zerbarst und sandte einen Funkenregen in die Höhe. Orange Flammen leckten mit erneuter Kraft empor.

»Er aß von der Wurzel, und so wurde er der mächtigste Krieger der Welt, und so war sein Eroberungsdurst gestillt.«

Er hielt inne, starrte auf die erhobene Hand des Kriegers der Abendsonne.

In dem neuen Verstand war das Bildnis eines großen Mannes mit zimtfarbener Haut und nußbraunen Augen aufgeblitzt. Unerklärlicherweise wünschte er plötzlich, Moichi wiederzusehen... oder wenigstens zu wissen, wo er sich aufhielt.

Aber warum dachte er ausgerechnet jetzt an Moichi?

Bonneduces Worte hallten in ihm nach... *Es gibt nur einen, mein Freund.* Seine lavendelfarbenen Augen öffneten sich wieder, die Goldsprenkel leuchteten auf.

»Weiter«, bat er leise.

»Aber da er von der Wurzel aß«, sagte Bonneduce der Letzte, »sorgte er auch dafür, daß der Dolman erschaffen wurde. Denn so, wie es damals war, gab es nichts auf der Welt, das es mit seiner Macht hätte aufnehmen können, und unsere Gesetze vermochten ein solches Ungleichgewicht nicht zu ertragen.

So wurde der Dolman geboren und auf die Welt geschafft, um mit meinem Lehnsherren zu kämpfen. Der Dolman siegte, jedoch wurde er ernsthaft verletzt, und so gelang es, ihn aus der Welt der Menschen zu verdrängen. Während endloser Jahrhunderte hegte er seine Besessenheit... Ein einziger Wunsch beherrschte ihn: zurückzukehren – Rache zu nehmen an den Menschen. Denn sein einziges Verlangen ist – Vernichtung!«

»Und jetzt lauert er im Nord-Wald. Auf mich.«

»Ja«, nickte Bonneduce der Letzte. »Und meine lange Jahrhunderte währende Mission wurde endlich vollendet.«

Der Krieger des Sonnenuntergangs griff in eine unter der Rüstung verborgene Tasche und holte mehrere kleine Gegenstände hervor. Sie schimmerten in schwachem Weiß.

»Vor langer Zeit«, sagte er, »hast du Ronin ein Geschenk gemacht. Dieses Geschenk trage ich noch immer bei mir. Nach wie vor schätze ich seinen Schutz. Dies will ich dir schenken.« Er streckte seine Hand aus. »In Khiyan sagtest du Ronin, daß deine Knochen nicht mehr von Nutzen seien. Vielleicht war dies so, weil sie einer anderen Zeit angehörten, einem vergessenen Zeitalter. Hier, mein Freund. Neue Knochen... Aus den Kiefern eines in dieser Zeit lebenden Krokodils gebrochen.«

Er ließ die Zähne in Bonneduces Handfläche fallen, die Ronin in den Dschungeln außerhalb der Mauern von Xich Chih erbeutet hatte.

Niemand sah ihn, niemand hörte sein Kommen.

Er war wie der Nachtwind, der über die hohen Wälle nach Kamado hereinwehte.

Sein Jhindo-Sensii wäre zufrieden gewesen, hätte er ihn beobachten können.

Er huschte durch die dunklen, naßkalten Straßen von Kamado, dorthin, wo Lärm und Stimmen und Bewegung waren und sich rasch vermehrten, und so wurde er zu einem weiteren Schatten, den das unbeständige Flackerlicht der Fackeln gegen die Mauern warf.

Er arbeitete sich durch die Menge, kam an wiehernden, schnaubenden Pferden vorbei, an Rudeln magerer gelber Köter, deren Felle schmutzig und verfilzt waren, an Wächtern und Kriegern...

Unangefochten, unbemerkt und sicher in jenen Mantel der

Unsichtbarkeit gehüllt, der von der Seele des Jhindo ausstrahlte.

Hin und wieder verharrte er im tiefen Schatten und lauschte einer allzu laut geführten Unterhaltung. Irgendwann erreichte er ein ganz bestimmtes Haus. Es war groß, wuchtig und gänzlich aus Stein gebaut. Eine lange Veranda. Es unterschied sich kaum von anderen Häusern Kamados. Eine Kaserne. Trotzdem, das wußte er, war diese anders...

Er huschte in eine Seitengasse, schob sich langsam vorwärts. Abfälle bedeckten den Boden. Er verharrte, stand ganz still, und lauschte. Ratten flitzten quiekend vor ihm davon. Sein Herzschlag hämmerte in seinem Schädel. Er bewegte sich nicht mehr, bis sich die Ratten beruhigt hatten.

Ein kleines Feuer. Er glitt an der Wand entlang darauf zu und zog sich am Sims hoch. Dann stieg er geschmeidig ins Innere hinein. Lautlos durchquerte er den finsteren Raum. Die Tür. Wieder lauschte er, dann zog er sie einen winzigen Spalt weit auf. Draußen, im Korridor, standen zwei Krieger. Sie unterhielten sich. Eine Fackel verströmte ihr hektisches, zukkendes Licht.

Vorsichtig prüfte er die Türangeln. Er konnte es schaffen...

Er stieß die Tür auf. Ohne einen Laut schwang sie zurück. Er huschte in den Korridor hinaus, zwei Metallsterne sirrten durch die Luft und gruben sich in die Hälse der Männer.

Der Mann in Schwarz entfernte sich völlig lautlos, ein Schatten mit deutlichen Konturen.

»Alle Zweifel hätten beiseite gefegt sein müssen.«

»Unsinn.«

»Nein, alter Freund, kein Unsinn. Ich bin jetzt ein Anführer. Ich spüre die Last der ganzen Menschheit.«

»So bist du dir also deiner Möglichkeiten nicht sicher?«

»Nein, das ist es nicht. Es hat eher mit meiner Identität zu tun.«

Der Boden der Feuerstelle war mit einem weißen Ascheteppich überzogen. Die vom Feuer verzehrten Scheite waren in sich zusammengebrochen, zerfallen. Kleine, zwischen der Asche versteckte Flammen züngelten hin und wieder noch einmal auf.

»Wir alle sind aus bestimmten Teilen zusammengefügt.«

»Ich würde mich wohler fühlen, wenn ich um den Ausgang der Schlacht zu Haneda wüßte.«

»Vielleicht liegt diese Antwort irgendwo in dir selbst verborgen. Kein anderer kann es wissen. Dereinst hätte ich die Knochen werfen, die Antwort auf ihren gravierten Flächen lesen können. Jetzt aber –!« Er seufzte tief. »Ich bin müde.«

Und zum ersen Mal erkannte der Krieger der Abendsonne eine Spur von Sterblichkeit bei dem kleinen Mann.

Er lächelte. »Ich bin jetzt hier.« Unwillkürlich hatte er seine Stimme gesenkt. Das volltönende Ticken war ein kontrapunktischer Rhythmus zu ihren Stimmen.

»Deine Aufgabe ist beendet. Die Schuld deines Lehnsherren wurde gesühnt –«

Bonneduce der Letzte schüttelte traurig seinen Kopf.

»Nein. Viel zuviel Blut wurde vergossen. Die Menschheit ist kein Weizenfeld, das sich im Sommerwind wiegt, um abgemäht zu werden, eine Ernte für Zauberwesen. Sie haben kein Recht, das zu tun. Sie müssen bezahlen. Es gibt Gesetze, die haben für alle Zeiten Bestand.«

»Dann wird der Dolman geschlagen werden.«

Die klaren grauen Augen starrten ihn an, Risse im Tuch der Zeit.

»Wird er das? Die unersättliche Besitzgier meines Lehnsherren ist schuld daran, daß er erdacht und geschaffen wurde. Vielleicht liegt es jetzt an der Menschheit, den höchsten Preis zu bezahlen. Niemand kann es in diesem Augenblick sagen.«

»Bald, alter Freund.«

Er stand auf, stellte sich neben das verlöschende Feuer.

»Ja, bald ein Ende aller Leiden, deren Zeuge ich geworden bin.«

Er hinkte zu einem niederen Stuhl, über dessen Lehne er seine abgenutzten ledernen Schulterbeutel geworfen hatte und nahm sie auf. Seine Linke kramte darin herum. Unvermittelt wurde das Ticken lauter. Er drehte sich um, und ging zum Krieger der Abendsonne zurück.

Bonneduce der Letzte hielt einen kleinen Gegenstand aus braunem Onyx und roter Jade vor sich. Er war trapezoid, eine Seite glasverkleidet. In dem Gebilde war eine Kugel aus Feuer-Opal zu sehen, die sich zu dem rhythmischen Klang hin und her drehte.

»Der Rhyalann«, sagte er. »Dies ist es, was Hynd und mich außerhalb der Zeit existieren läßt...«

»Ronin hat sich oft gefragt, was dieses Ticken verursacht, das dich überall begleitet. – Und ich mich auch.«

Bonneduce der Letzte nickte. »Ich weiß. Ich zeige ihn dir, weil du mich nie gebeten hast, ihn dir zu zeigen. Außer einigen ganz bestimmten Menschen darf niemand von seiner Existenz wissen, denn mit jedem Wesen, das ihn sieht, schwindet seine Kraft.«

»Steck ihn weg«, sagte der Krieger der Abendsonne. »Steck ihn weg!«

Tuolin stöhnte.

Er hob eine zitternde Hand. Es kostete ihn unsagbar viel Energie.

Ich kann nicht, dachte er.

Dann gab er sich einen Ruck und atmete tief durch. Selbstbeherrschung. Ein wesentlicher Teil seiner Ausbildung. Zurück zu den Grundlagen.

Seine Brust war klebrig, warm und naß, aber der Schmerz war geringfügig. Das heftige Reißen an Fleisch und Knochen saß weiter oben, an seinem Schultergelenk.

Die Reaktion war gänzlich instinktiv gewesen.

Sein Arm war schwer wie Blei; langsam hob sich seine Hand in die Höhe. Er biß seine Zähne zusammen, zwang seine Muskeln, zu arbeiten. Seine Nervenenden vibrierten, und er kämpfte den Schmerzlaut nieder, der bereits in seiner Kehle hochsprudelte. Ein dumpfes Grunzen wurde laut.

Ein Schatten, der scheinbar aus dem Nichts aufgetaucht war... Irgendwo in seinem Gehirn war er verzeichnet.

Endlich hatte er seine Hand weit genug oben, er packte das Etwas, und ohne Zögern riß er es aus seinem zerfetzten Fleisch. Der Schmerz ließ ihn fast ohnmächtig werden, doch er atmete wieder tief und regelmäßig durch, versorgte sein Blut mit Sauerstoff, bekämpfte den Schock, zog sich vom Abgrund der Bewußtlosigkeit weg.

O du Narr, dachte er. Steh auf!

Seiner jahrelangen Ausbildung hatte er es zu verdanken, daß er noch lebte. Er hatte sich bewegt, noch bevor er das grausame Sirren auf sich zukommen gehört hatte. Ja, deshalb lebte er noch, während einer seiner Männer tot neben ihm lag.

Er starrte auf die Waffe in seiner Hand. Ein fünfzackiger Metallstern. Wieder verfluchte er sich, denn er wußte um das Böse, das jetzt innerhalb Kamados Mauern war.

Er riß sich hoch, taumelte auf die Füße und schwankte gegen die Korridorwand. Schweiß brach aus seinen Poren.

Ein Jhindo-Meister in Kamado. Sein Verstand raste, während er dem Weg des sich bewegenden Schattens folgte. Selbst, wenn er nicht gesehen hätte, welche Richtung das Gespenst genommen hatte, hätte er gewußt, wohin er sich zu wenden hatte. Eine überwirkliche Klarheit erfüllte seinen Geist...

Es gab nur ein Ziel in dieser Kaserne, das einen Sinn ergab: Der Krieger der Abendsonne.

Zwei Wachen standen vor der Tür.

Bewegungslos stand er in den unruhigen Schatten des Korridors. Er war sich seines Zieles einigermaßen sicher, doch er wollte nichts dem Zufall überlassen. Deshalb entschied er, einen der beiden Männer vorerst am Leben zu lassen. Er brauchte Gewißheit.

Dann stieß er sich ab, warf sich vorwärts, ein menschliches Geschoß; seine rechte Hand stieß wie ein Silbernebel vor, der Dolch blitzte kurz auf und durchbrach das Brustbein des rechts stehenden Wächters.

Noch bevor der Mann zu Boden sackte und an seinem eigenen Blut erstickte, das in seine Lungen pulste, hatte der Jhindo die Schlüsselbeine des anderen Wächters mit einem wilden, beidhändig geführten Hieb zerschmettert. Der Mann rutschte an der Wand entlang zu Boden. Der Jhindo ergriff ihn, zerrte ihn wieder hoch.

Für einige winzige Sekundenbruchteile gab es einen geflüsterten Dialog zwischen Mörder und Opfer, dann schlitzte der Jhindo dem Mann die Kehle auf.

Tief in der Hocke kauernd, stieß er die Tür auf und hechtete in den Raum hinein.

Weiter!

Sein Magen hob und senkte sich, versuchte, den Inhalt durch die Kehle hinaufzuspeien.

Hinter der nächsten Biegung sprang der Korridor vor seinen Augen hoch, als sei er an Schnüren gezogen worden, die ein Irrer kontrollierte. Er lehnte sich gegen die Wand, preßte seine Stirn gegen den kühlen Stein, drängte sich weiterzugehen, während seine soldatischen Instinkte schrien. Seine Zunge leckte über die trockenen Lippen. Er wußte, daß Schock, Blutverlust und Schweißausbrüche seinen Körper förmlich austrockneten.

Er konzentrierte sich auf den Haß, der eiskalt und glühend zugleich in seinem Herzen loderte; es half. Adrenalin wurde freigesetzt, tobte durch seinen Körper. Er zwang seine Gedanken fort von seinem gekrümmten linken Arm und dem warmen Blut, das aus der Schulterwunde sickerte.

Der Anblick der beiden auf dem Boden ausgestreckten Körper ließ ihn jäh anhalten. Die Tür, die sie hätten bewachen müssen, stand einen schmalen Spalt weit offen, und obwohl alles in ihm nach sofortiger Tat schrie, rasend über die verlorene Zeit, zwang er sich, vollkommen bewegungslos stehenzubleiben und seine Augen zu schließen, denn in jenem Raum dort drüben war es dunkler als hier draußen im Korridor, und er wollte nicht blindlings hineinstolpern. Ein einziger Augenblick genügte dem Jhindo-Meister, ihn auf sechs verschiedene Arten zu töten. Er wußte genug über die geheime Kunst, um jene, die sie ausübten, nicht zu unterschätzen.

Dann stürmte er los, warf sich mit einem wilden Sprung in die Schwärze, kam geschmeidig auf und rollte sich sofort seitwärts weg, fort von den tödlichen Ausläufern des Lichts.

Platinlicht schimmerte durch hohe, schmale Fenster.

Tuolin hatte seine Klinge blankgezogen, seine Blicke glitten durch das Dunkel. Eine Ecke... Tiefe Schatten, von den Möbeln geworfen.

Dann sah er sie auf dem breiten Bett, in einem stummen Kampf umklammert.

Den Jhindo und – Moeru!

Er war über ihr, eine dunkle, bucklige Gestalt, und ihre Beine waren über seinem Rücken verschränkt, als wären sie im Liebesakt vereint. Doch ihre kräftigen Schenkelmuskeln waren angespannt, wie dicke Stränge unter der samtigen Haut, und übten einen eisernen Druck auf seine Nieren aus, ihre Fersen drückten gegen sein Rückgrat, suchten Halt, um es brechen zu können.

Die Hände des Jhindo umklammerten fest ihre Kehle und drückten zu.

Moerus Beine zuckten, der Jhindo knurrte unwillig, tiefer gruben sich die Fersen in seinen Rücken. Aber jetzt hatte er jene tödliche Stelle gefunden, die seine Daumen gesucht hatten, er rammte sie hinein. Moeru würgte, Tränen des Schmerzes quollen in ihren Augen hoch, perlten über die hohlen Wangen.

Sie hustete, brachte ihre linke Hand in einem schnellen Bogen hoch, die Kante steif und eisenhart und schmetterte sie gegen den Schädel des Jhindo. Er fuhr hoch, seine Augen schienen in barbarischer Gier aufzuleuchten, seine Finger drückten brutaler zu. Moeru stieß einen röchelnden Schrei aus.

Tuolin durchbrach seine Benommenheit, stürmte zum Bett hinüber und ließ den Schwertknauf mit mörderischer Wucht in den Brustkasten des Jhindo krachen. Der Mann knurrte, sein Körper schien sich zu verzerren... Blitzartig ließ er von Moeru ab und sprang Tuolin an.

Seine tödlichen Hände waren ein Schatten, der dem Rikkagin die Klinge aus der Faust fegten und weiterrasten...

Ein harter Hieb traf Tuolin über der Nasenwurzel. Haut zerplatzte. Er spürte einen brennenden Schmerz. Eine Reihe schwarzer Metallstacheln bedeckte die Knöchel des Jhindo; jetzt glänzten sie feucht.

Tuolin kreiselte nach links, wischte das Blut aus seinem Gesicht. Der Wangenknochen war nicht gebrochen, und dies verdankte er allein der Tatsache, daß der Jhindo verwundet war. Er hatte nicht mit voller Kraft zuschlagen können. Tuolin wußte, daß er Glück gehabt hatte. Er federte vor und griff seinerseits wieder an.

In der Dunkelheit lernte man, sich an Umrisse und Formen zu erinnern, und wenn sie sich verändern, so bewegt sich der Körper, ohne daß das Gehirn den entsprechenden Befehl abstrahlen muß. Tuolin warf sich zu Boden, sein Verstand beeilte sich, sich an die Sekunde vor dieser Handlung zu erinnern, er spürte in zeitlupenhafter Geschwindigkeit jener Bewegung nach, die seine Augen nur noch schemenhaft wahrgenommen hatten, bevor die instinktive Reaktion erfolgt war.

Es war das Gesicht des Jhindo. Eine verwaschene, vom Mondlicht versilberte Fläche. Er hörte das Sirren über sich; da schlug er auf dem Boden auf und rollte sich ab. Sein Geist bewahrte das latente Bildnis vom Antlitz des Jhindo, das winzige Blasrohr an den Lippen, in den Augen düstere Mordlust.

Der Pfeil verfehlte ihn.

Tuolin kam wieder hoch, hetzte auf den Gegner zu. Schmerzen pulsten in seiner Schulterwunde, er verzog das Gesicht.

Dann rammte er dem Jhindo seine geballte Faust gegen den Brustkasten, abermals hörte er ein scharfes Knacken.

Die Augen des Mörders verdrehten sich, und fast wäre Tuolin das Zusammenziehen der Lippen entgangen. Das

Blasrohr... Noch immer hielt es der Kerl zwischen den Lippen. Verzweifelt verfluchte er sich, weil er auf die List hereingefallen war.

Er drückte fester zu. Das leise Schwirren des Pfeils war überlaut zu hören. Und in derselben Sekunde sah er die Hand, die blitzschnell auf den Jhindo heruntersauste.

Schlanke Finger schmetterten gegen den Hals des Jhindo. Dessen Augen verdrehten sich nach oben, die Lippen erschlafften. Der Jhindo sackte zu Boden.

»Ich will nicht, daß er es jetzt schon erfährt.«

Der Blick ihrer blaugrünen Augen senkte sich in die seinen. Sie vollendete den Verband. »Verstehst du?«

Seine Augen waren noch immer von Schmerzen erfüllt. In der Schulterwunde pulsierte es dumpf. Sein Hals schmerzte. Seinen linken Arm konnte er nicht bewegen.

»Nicht wirklich. Nein.«

Ihr Blick glitt von ihm, hin zu der bewußtlosen, schwarzgekleideten Gestalt, die auf ihrem Bett ausgestreckt lag. Hände und Füße des Jhindo-Meisters waren an die metallenen Pfosten gefesselt. Ein Obsidian-Stern, wie eine seiner eigenen Waffen

»Er kam meinetwegen, Tuolin, ist dir das klar?«

»Aber ich dachte –«

»Natürlich. Du hast geglaubt, er wolle den Krieger der Abendsonne töten.« Sie schüttelte ihren Kopf. »Aber er hat sich nicht getäuscht, hat keinen Fehler begangen, dessen bin ich mir sicher. Er hat mich angegriffen, Tuolin. Und er hat nach mir gesucht. Nach mir – und niemand sonst.«

Tuolin drehte sich um.

»Wir müssen es dem Krieger der Abendsonne sagen –«

Ihre Hand legte sich auf seinen unverletzten Arm, hielt ihn zurück.

»Weißt du, was er tun würde, falls wir ihn jetzt hierherholen?«

»Und *du...?* Wirst du ihn nicht töten?«

Sie lachte, ihre Stimme war ein kühles, nächtliches Flüstern. »O doch, Rikkagin. Ich werde ihn töten, aber nicht jetzt und nicht gleich. Nicht, bevor er mir gesagt hat, was ich wissen will.«

Tuolin brachte den linken Arm in eine bequemere Lage. Schon drang Blut durch den groben weißen Stoff. Seine Hand war taub.

»Es interessiert mich auch, was er zu sagen hat, Moeru, das gebe ich zu. Aber vergiß nicht: Er ist ein Jhindo. Er wird eher sterben als ein Wort sagen.«

»Er wird reden«, sagte sie zuversichtlich, während sie auf die reglose Gestalt sah. »Ich muß wissen, wer ihn beauftragt hat.«

»Du wirst nichts aus ihm herausbekommen.«

Ihre Augen glitzerten im fahlen Mondlicht. »Paß auf.«

Geschmeidig trat sie an das Bett und ohrfeigte den Jhindo. Er bewegte sich nicht. Sie schlug ihn noch einmal. Dann wartete sie geduldig, bis er sein Bewußtsein völlig wiedererlangt hatte, die Augen nicht mehr glasig waren.

»Wer hat dich geschickt?«

Sie stellte die Frage ganz ruhig, sorgte dafür, daß er deutlich sah, wie ihre Lippen jedes einzelne Wort formten.

Starr blickte er sie an.

Sie griff hinunter, schien nur sanft gegen seine Brust zu drücken. Die Augen des Jhindo weiteten sich. Sein Gesicht wurde weiß. Nach einer Weile öffnete er seinen Mund, so als wollte er schreien, doch kein Laut quoll über die verzerrten Lippen.

Sie wiederholte ihre Frage. Dann die blitzschnelle Berührung seiner Brust. Immer wieder. Und allmählich begriff Tuolin, daß der Rhythmus ihres Tuns die Wirkung vervielfachte.

Die Luft im Raum erhitzte sich, obwohl die Nacht kalt war. Der Geruch von Schweiß und etwas anderem, Undefinierbarem, erfüllte schwer und sauer die Luft.

Immer wieder verlor der Jhindo die Besinnung. Tuolin räusperte sich. »Er wird nicht reden, ich habe es dir bereits gesagt. Wir verschwenden nur unsere Zeit.«

»Ich habe nichts verstanden.«

»Was mag es schon für eine Rolle spielen, wer ihn geschickt hat? Töte ihn, und beende die Sache.«

»Er wird mir Rede und Antwort stehen.«

»Das gefällt mir nicht.«

Ihre Augen waren starr auf das Gesicht unter ihr gerichtet. »Kann ein Rikkagin so empfindlich sein? – Oder mache ich dir Angst?«

Er lachte hohl.

»Du fängst an, zu befürchten, dieses Tun mache mir Spaß.«

»Nein, ich –« Er trat neben sie. »Nun, vielleicht befürchte ich dies wirklich.«

»Was, wenn es wirklich so ist?«

»Du bist immer bei ihm –«

Sie wandte ihm ihr Gesicht zu, veränderte ihre Stellung über dem Körper des Jhindo nicht.

»Bitte, versteh mich nicht falsch, ich wollte nicht –« Er unterbrach sich, war sich der Tatsache bewußt, daß sie ihn forschend anstarrte. »Du hast mir das Leben gerettet. Du bist eine Bujun, eine hervorragende Kriegerin, aber ich –«

»Was?«

»Ich verstehe dich nicht.«

»Du willst damit ausdrücken«, sagte sie schlicht, »daß es dir unmöglich ist, Gut und Böse in einer Person vereinigt zu sehen.«

Er trat einen Schritt zurück.

»Ich denke nicht, daß du –«

»Oh, ich verstehe dich gut genug, Tuolin.« Hin und wieder sah sie auf das glänzende, verzerrte Gesicht hinunter. »Also hältst du dich selbst für einen guten Menschen?«

Er dachte an Kiri. »Ja.«

»Dann ist es dir also unmöglich, schlechte Gefühle zu hegen? Haß, beispielsweise. Du kannst nicht töten?«

»Ich bin ein Soldat«, sagte er müde. »Es ist mein Handwerk, zu töten und zu zerstören.«

»Es ist also dein Beruf, du hast ihn dir erwählt.«

»Ja. Sicher.«

Der Jhindo stöhnte. In seinen Augen flackerte es. Er kam wieder zu Bewußtsein.

Sie legte ihre Hand auf seine Brust, beobachtete Atmung und Puls gleichermaßen.

Tuolin riß sich zusammen.

»Ich *bin* ein Berufssoldat, ja. Was hättest du gemacht, wenn ich nicht –«

»Dies ist die logische Folge davon.«

Er hielt sekundenlang die Luft an.

»Ja.«

»Narr! Hast du noch nie in deine Seele geschaut? Warst du so mit deinem berufsmäßigen Vernichtungshandwerk beschäftigt, daß du keine Zeit hattest, dein gesamtes Wesen zu erkennen?«

Sie wandte ihre Aufmerksamkeit wieder dem Jhindo zu, und als sie sicher war, daß er bei vollem Bewußtsein war, drückte sie die Nerven, hoch oben, an den Innenseiten der Oberschenkel. Erneut brach Schweiß auf seiner Stirn aus, rasselnd holte er Atem. Seine Augen verdrehten sich, bis nur noch das Weiß zu sehen war. Er verfiel in eine Art Trance. Ihre Finger glitten über seinen Körper, drückten hier, zerrten da... Er glitt wieder ins Bewußtsein zurück. Seine Augen wurden groß und rund, sein Blick konzentrierte sich. Zum ersten Mal schwang eine Gefühlsregung darin.

Sie beugte sich über den zitternden Körper und flüsterte:

»Du wirst nicht sterben, ganz gleich, was ich auch mit dir mache. Du wirst nicht sterben, weil ich es nicht zulassen werde. Du weißt jetzt, daß dies in meiner Macht steht. Wenn du mir nicht sagst, wer dich geschickt hat, werde ich dich an Händen und Füßen gefesselt in den Fluß werfen. Was wird wohl passieren, wenn sie dich finden? Was werden deine Meister mit dir anstellen, wenn sie erfahren, daß du versagt hast?« Sie machte eine wirkungsvolle Pause, bevor sie fortfuhr: »Versagt hast – und gefangen wurdest?«

Wieder gruben sich ihre Fingerspitzen in seinen Leib. Sein Körper spannte sich an, bäumte sich auf, der Mund weitete sich, ohne einen Laut von sich zu geben. Er wurde bewußtlos.

»Ich bin also eine böse Frau, Tuolin. Warum auf das hören, was ich zu sagen habe? Ich lüge doch nur.«

»Nein«, sagte er schwer. »Das – das glaube ich nicht.« Er setzte sich auf das Bett, als wäre er plötzlich unendlich müde geworden. »Sag mir die Wahrheit.«

Ihr Blick verließ ihn für einen Augenblick, huschte über das abgezehrte Antlitz des Jhindo.

»Die Wahrheit liegt in dir selbst, Rikkagin. Leichte Antworten gibt es nicht. Die Worte der Weisen sind ein Teil des Mythos. Das Leben ist beileibe nicht einfach. Du mußt dir selbst vertrauen... Die tierische, verderbte Seite deines Ichs nicht fürchten. Akzeptiere sie. Anders kannst du nicht leben.«

»Was habe ich dann bisher getan?«

»Vegetiert.«

Behutsam tastete sie über die Brust des Jhindo. Seine Augen öffneten sich wieder. Sie waren leicht getrübt, konzentrierten sich jedoch rasch.

»Sag es mir.«

Er verkrampfte sich, und sie nutzte ihren Vorteil und steigerte den Schmerz ins Unerträgliche. Seine Augenlider flatterten, sein Atem wurde unregelmäßig. Er keuchte. Sie wußte, daß es jetzt nur noch eine Frage der Zeit war, bis sein Widerstand zersplitterte. Seine Jhindo-Beherrschung zerbröckelte.

Er würgte. Dann stieß er zwei Worte aus.

Moeru nickte und ließ von ihm ab. Sie trat zu Tuolin. Sein Gesicht glänzte wie im Fieber, seine Schulter schien angeschwollen. Sie sah kurz nach dem Verband, gab ihm etwas zu trinken.

Dann sah sie ihn an. »Und nun sag mir: Wer ist der Salamander?«

III
Gefrorene Tränen

»Bist du dir jetzt sicher?«

»Vollkommen. Ich stelle es nie in Zweifel.«

»Wie lange?«

»Lange genug.«

»Hmm. Erzähle es mir noch einmal. Alles.«

Sie wiederholte ihre Geschichte.

Er hörte ihr zu, ohne sie auch nur einmal zu unterbrechen. Einen Augenblick lang starrte er auf das bleiche Gesicht Pos, des verbitterten Händlers, der sein Volk über alles geliebt, und deshalb die Menschheit verraten hatte. Er war tot.

Der Krieger der Abendsonne wandte sich ab. Er wußte, was sie getan hatte, und er verstand es.

»Wie können sie von mir erfahren haben?«

»Eine andere Frage ist weit wichtiger...« Er sah in ihr Gesicht, das im tanzenden Licht der Fackel bleich und äußerst zart wirkte. Etwas Unerklärliches rührte sich in ihm. Ronin hatte sie geliebt, das wußte er, doch ihre seltsame Beziehung war abstrakt, selbstverständlich... und löste sich im Streben nach etwas viel Höherem auf. Jetzt wußte er, daß es mehr war als Liebe, es ging weit darüber hinaus, in ein neues, geheimnisvolles Gebiet. Er zitterte vor Erwartung.

»Ronin kannte diesen Mann.«

»Den Jhindo?«

»Ein weiteres vergeudetes Leben –«

»Er kannte auch den Salamander –«

Der Krieger der Abendsonne lachte, doch seine Augen blieben kalt. Plötzlich schien es ganz logisch, und er fragte sich, warum er nicht in der Lage gewesen war, diesen Augenblick vorauszusagen.

»Deine Stimme erscheint mir noch immer fremd.« Er wandte sich ab, trat an die hohen Fenster. Pechschwarz war die Nacht, nur hier und da von den Lichtflecken der kleinen Lampen durchbrochen, die vereinzelt an den Hauswänden angebracht waren. Er starrte zu der mächtigen Wolkendecke hinauf, fühlte ihr bedrückendes Gewicht.

Sollen wir uns auf diese Art unterhalten? fragte sie direkt in seinem Geist.

Der Mond ist jetzt endlich aufgegangen, glaube ich. Er erinnert mich an –

Er beendete den Gedanken nicht, und sie drängte ihn nicht. Vielleicht erfaßte sie die Spur eines Bildes... Ein Bild, dessen Bedeutung sie besser verstand, als er glaubte.

Sie durchquerte den Raum und öffnete die Verschlüsse ihres Kleides. Ihr Blick hing zärtlich an seinem rätselhaften Antlitz.

»Jetzt bist du mir weniger fremd, weißt du das?«

Er wandte sich vom Fenster ab, schloß die Läden hinter sich.

Ihre langen, geschmeidigen Brüste, die schmale Taille, die wohlgerundeten Hüften, ihre festen Brüste... ein sanfter Schimmer überzog ihren Körper.

»Ich glaubte, meinen Mann zu lieben.« Sie warf ihr Haar zurück. »Eine Zeitlang habe ich gegen meine Gefühle angekämpft. Ich *wollte* mir nichts daraus machen. Schließlich war Ronin kein Bujun, obwohl er wie ein Bujun zu kämpfen verstand. Aber dann fand ich dich.« *So wie jetzt.* Ihre Stimme in seinen Gedanken war wie ein Streicheln.

»Und dann?«

Und dann hast du mich gefunden.

Sie bewegte sich. Ihr Haar umfloß ihr hübsches Gesicht. Ihre Blicke huschten über seinen Körper.

»Wie geht es Tuolin?«

Sie ließ das Kleid zu Boden fallen. Dann griff sie nach einem weiten Gewand, das über eine Stuhllehne gelegt war.

»Ich werde Kiri holen –«

»Einer der Männer soll sich darum kümmern.«

»Nein.«

»Die Sicherheit –«

»Alle notwendigen Vorkehrungen sind getroffen. Ich will –«

»Der Blasrohrpfeil hat ihn verfehlt.« Als beginne er erst jetzt, zu verstehen.

»Ja, aber der Suriken, der ihn getroffen hat, war ebenfalls vergiftet. Sein linker Arm ist bereits gelähmt.«

»Es gibt nichts –«

»Ich werde sie holen.«

Für einen langen Augenblick küßte sie ihn.

Kiri fröstelte, und hielt in ihrer Bewegung inne. Die lange, dünne Pfeife wurde von ihren schlanken Fingern umkrampft. Für einen Herzschlag glaubte sie wieder, Matsus Schreie zu hören, als sei sie irgendwo noch am Leben. Sie schüttelte den Kopf. Sie kannte die Wirkung des Mohns zu gut. Das war einer der Gründe, warum sie ihn jetzt rauchte. Sie wußte, daß Matsu dies ebenfalls getan hatte, doch jetzt war das Gefühl ganz anders. Automatisch füllten ihre Finger den Pfeifenkopf, während ihre Gedanken wanderten. Was aber, wenn Matsu *tatsächlich* noch leben würde? Unmöglich! Sie geißelte sich wieder mit den beängstigenden Bildern: der schöne weiße Körper in dampfendes Blut getaucht, ihr Schädel nur noch durch einen dünnen Streifen nasser Haut mit dem Rumpf verbunden ... Die Krallen des Makkon hatten sie zerfetzt.

Sie kämpfte die Übelkeit nieder, die in ihrer Kehle aufstieg. Nur einmal entfernt – Wieder spürte sie den Griff jenes Messers überdeutlich, das in der zeremoniellen Scheide auf ihrem Bauch lag. Es wartete auf die Hand, die seine kalte, weiße Klinge in ihre Eingeweide stoßen würde.

Sie verschloß die Lider vor der Feuchtigkeit, die dort aufquoll. Und zum tausendsten Mal seit ihrem Tod dachte sie: Ich sterbe allein, ohne sie.

»Kiri!«

Sie öffnete die Augen. Moeru kauerte vor ihr.

»Kiri, hör mir zu! Wieviel hast du geraucht?«

Stumm schüttelte Kiri ihren Kopf. In den Augen der anderen Frau las sie eine schreckliche Botschaft.

»Ein Jhindo hielt sich in Kamado auf. Er wurde gesandt,

mich zu ermorden. Tuolin hat mit ihm gekämpft... Er wurde verletzt.«

»Ist es... schlimm?«

»Dies solltest du selbst feststellen.«

Sie fühlte den kalten Stein an ihrer Wange. Sie schloß ihre Augen.

»Gut«, sagte er. »Ich fühle mich gut.« Seine Stimme war heiß und trocken. Sie fühlte seine Hand, die sanft über ihr Gesicht strich. So zärtlich. »Ich liebe dich«, sagte er leise.

Und sie konnte es nicht länger zurückhalten. Der Damm brach, Tränen liefen ihr über die Wangen, und sie ließ ihnen freien Lauf, ließ all ihren Schmerz, all ihre Pein in großen Schluchzern aus sich herausfließen. Tuolin hielt sie in seinen Armen, streichelte über ihr Haar. Sie klammerte sich an ihm fest, wie ein verzweifeltes Kind, das spürte, daß es jetzt nicht mehr allein war.

»Es war eine lange Nacht«, sagte er zu ihr.

»Überraschen!« sagte Du-Sing. »Wir müssen sie überraschen!«

Azuki-iro pflichtete ihm bei. »Ganz zweifellos. Und zwar mit dem entschlossenen Vorstoß unserer Hauptstreitmacht. So werden die Makkon zur Konterattacke gezwungen.«

»Wir werden jeden Einfall, jedes auch noch so geringe Quentchen List brauchen, um diesen Tag zu überleben«, sagte Bonneduce der Letzte.

»Wir sind hoffnungslos in der Minderzahl«, erwiderte Rikkagin Aerent.

»Was geschieht, wenn der Dolman in die Schlacht eingreift? Was für eine Chance haben wir dann?«

»Überlaßt den Dolman mir«, versetzte der Krieger der Abendsonne. »Jeder einzelne von euch muß sich auf die ihm zugewiesene Aufgabe konzentrieren. Wir haben alles besprochen...«

»Ich würde mich wesentlich wohler fühlen«, sagte Rikkagin Aerent, »wenn wir eine klarere Vorstellung ihrer augenblicklichen Aufstellung hätten. Vielleicht haben unter dem Deckmantel dieser Nacht zahlreiche Veränderungen stattgefunden. Wir haben keine Möglichkeit, dies festzustellen, denn wir wollen unsere Männer nicht mehr sinnlos in den Tod schicken. Jene, die wir in früheren Nächten aussandten, sind niemals zurückgekehrt.«

Schweigen. Dann sagte der Krieger der Abendsonne.

»Ich werde mich darum kümmern.«

»Was machst du?« schrie sie.

»Es gibt noch etwas, das erledigt werden muß.«

»Du weißt doch, wie krank er ist!«

»Es ist seine Entscheidung, Kiri!«

Sie kniete vor Tuolins Lager.

»Was machst du?«

»Ich bin Soldat«, versetzte er lakonisch.

»Mußt du denn jedem Befehl gehorchen?«

»Niemand hat mir befohlen. Es ist mein eigener Entschluß. Ich will – ich *muß* es tun.«

Sie hob ihr Gesicht, und ihre Augen blitzten.

»Was hast du ihm gesagt?«

Der Krieger der Abendsonne sah ausdruckslos auf sie hinunter. Moeru stand – den Rücken der Tür zugewandt, die auf den schmalen Korridor des Kasernengebäudes hinausführte – hinter ihm.

»Ich habe ihm nur gesagt, daß ich seine Hilfe brauche.«

»Seine Hilfe?« Ihre Stimme triefte vor Spott. »Du weißt, daß du ihn in den Tod lockst.«

»Tuolin muß tun, was er für richtig hält.«

Sie drehte sich um.

»Moeru, bitte, sprich du mit ihnen.«

»Sie haben ihre Entscheidung getroffen, Kiri. Du mußt sie akzeptieren.«

»Ich sehe nur, daß ein weiteres Leben für einen nächtlichen Streifzug weggeworfen wird... Wessen Idee war das überhaupt? Welcher schlaue Rikkagin hat sie ausgebrütet? Laßt *ihn* gehen!«

»Niemand kennt das Gelände so gut wie Tuolin. Wenn die Mission erfolgreich verlaufen soll –«

»Ich verfluche die Mission!«

Tuolin erhob sich. Schmerz zeigte sich auf seinem Gesicht. Er packte Kiri, riß sie zu sich herum. Dann sagte er zu den anderen:

»Laßt mich einen Moment mit ihr sprechen.«

Der Krieger der Abendsonne und Moeru verließen das Zimmer. Sanft fiel die Tür ins Schloß. Draußen, im Korridor warteten sie.

Es war völlig still.

Plötzlich hörten sie einen gedämpften Laut. Kiris Stimme.

»Nein!« hauchte sie.

Dann kam Tuolin aus dem Zimmer, allein.

Der Schrei eines Ziegenmelkers zerriß die Stille der Nacht.

Sie kauerten im dichten Schatten einer Pappel-Gruppe. In der Ferne rauschte der Fluß. Der Mond war vom Himmel verschwunden, die Nacht war sternenlos, mit aufsteigenden Nebel- und Wolkenfeldern durchwirkt.

Tuolin deutete nach links hinüber. Dort konnten sie Bewegungen ausmachen. Düstere Schemen in der Nacht.

Vorsichtig glitten sie vorwärts. Wenig später hörten sie das gedämpfte Klirren von Metall auf Metall sowie das rauhe, kehlige Geflüster des Feindes.

Die Gefährten schlichen sich noch weiter vor, dann verschmolzen sie mit den tiefen Schatten der Baumstämme. Beide, Tuolin wie auch Ronin, waren mit Dolchen bewaffnet, die sie in ihren breiten schwarzen Schärpen trugen.

Sie starrten durch das Gewirr der Zweige. Gut zwanzig gedrungene Krieger arbeiteten an einer riesigen Kriegsmaschine in unregelmäßigen Abständen waren Wächter postiert.

Schnee bedeckte den Boden, und da die Temperaturen beständig weiter fielen, war er spröde, pulverig geworden und bildete eine dünne, jedoch feste Kruste. Jede Bewegung konnte die Gefährten verraten.

Erneut setzten sie sich in Bewegung und arbeiteten sich durch Nebel und Schnee voran.

Da geschah es!

Mächtige schwarze Fledermäuse fielen aus den Baumkronen, stürzten sich auf sie. Schnee stäubte hoch, als Angreifer und Opfer zu Boden gingen.

Sie wehrten sich.

Ein lautloser Kampf entbrannte. Der Krieger der Abendsonne teilte fürchterliche Schläge aus. Seine makkonhautbewehrten Fäuste zerschmetterten die gräßlichen Fratzen der Wer-Wesen.

Ausgedörrt schienen sie. Ohne Fleisch, ohne Blut. Seit Äonen schienen sie im heißen Wüstenwind geröstet worden zu sein. Doch sie waren unerbittliche Krieger. Sie gaben keinen Pardon.

Tuolin versuchte, seine Dolche ziehen zu können. Fürchterliche Schläge prasselten auf ihn herunter. Er drehte sich mit seiner linken Schulter weg, versuchte, abzublocken. Stieß hoch. Rammte seine Waffe in die Brust eines der unheimlichen Wesen. Ein scharfes Knacken ertönte, war in der kalten, feuchten Luft überlaut zu hören.

Mit seinen Unterarmen wehrte er weitere Hiebe ab. Brennend war er sich der Taubheit bewußt, die sich in seinem linken Arm ausbreitete. Mit einem wilden Knurren schwang sich die Kreatur von ihm, nur um gleich darauf von zwei anderen ersetzt zu werden.

Der Krieger der Abendsonne schmetterte zwei Gegner von sich. Mit einem trockenen Knirschen brach er ihre Hälse.

Eisenharte Fäuste wischten durch die dichte, raucherfüllte Nacht und zerschmetterten Knochen und Knorpel.

Er kauerte sich hin, atmete tief durch, Leichen umgaben ihn.

Tuolin grinste verzerrt. »Danke«, sagte er.

»Schon gut. Verschwinden wir.«

Sie eilten davon. Aus dem Gestrüpp zu ihrer Linken ertönte der Ruf einer Schnee-Eule. Leise, sacht fielen weiße Flocken vom Himmel.

»Ich – Ich erinnere mich an eine ähnliche Begebenheit«, sagte Tuolin, als sie weit genug vom Lager der Feinde entfernt waren. »Damals wurden wir von einigen Roten überfallen. Es kam zum Kampf. Wir erledigten die Burschen. Doch bevor ich dem letzten von ihnen zu sterben erlaubte, brachte ich ihn zum Reden. Damals glaubte ich ihm kein Wort. Ich glaubte, er spräche im Delirium ... Jetzt aber glaube ich, daß wir seine Geschichte zumindest überprüfen sollten.«

»Was für eine Geschichte?«

»Er sprach von einer Höhle, in der gewisse Wesenheiten geboren werden ...«

»Wo liegt sie?«

»Hier entlang ...« Er deutete nach links. »Irgendwo hinter jenen Bäumen.«

Sie änderten die Richtung. Der Krieger der Abendsonne legte seine behandschuhte Rechte auf Tuolins Schulter. »Bist du stark genug?«

»Es muß gehen. Wir dürfen keine Zeit verlieren.«

Der Krieger der Abendsonne nickte schweigend. Seite an Seite, leicht vornübergebeugt, hetzten sie über das freie Feld und in die Deckung des verfilzten Dickichts zwischen den Bäumen. Sie verlangsamten, bewegten sich vorsichtig und hoben ihre Füße hoch an, um dem gierigen Zugriff hochstehender Luftwurzeln zu entgehen. Das Rauschen des Flusses war nun wieder deutlich zu hören. Das Geräusch nahm beständig zu, bis sie schließlich aus der Deckung traten und sich am schilfgesäumten Ufer fanden.

»Das Wasser ist an dieser Stelle seicht genug«, meinte Tuolin.

Sie stapften durch den Schilfgürtel, dann ließen sie sich in das eiskalte Wasser gleiten. Schwarze Felsbrocken, die nahe des Ufers aus dem Wasser ragten, nahmen der Strömung ihre wütende Kraft. Sie kamen gut voran und erreichten das gegenüberliegende Ufer ohne Schwierigkeiten. Behutsam krochen sie über das mit Gestrüpp bewachsene Ufer, dann richteten sie sich auf und rannten zu einer Gruppe verkrüppelter Fichten.

Sie setzten sich und lauschten. Tuolin zitterte leicht.

Weit entfernt schien eine große Glocke anzuschlagen, gedämpft und irgendwie traurig wehten die Laute durch die Nacht. Dann war außer dem leisen verstohlenen Fallen des Schnees nichts mehr zu hören. Tuolin tastete seine linke Seite ab. Sie begann, taub zu werden.

»Weiter... Hier entlang«, flüsterte er und rappelte sich auf. Er entfernte sich, ohne noch einmal zurückzublicken.

Der Krieger der Abendsonne folgte ihm. Der Boden wellte sich. Sie drangen in das Territorium des Dolman vor. Kurz sann der Krieger der Abendsonne darüber nach, was geschehen würde, wenn jetzt ein Makkon auftauchen würde...

Aber alles blieb still. Nichts geschah.

Das Antlitz ihrer Umgebung wandelte sich, präsentierte sich zunehmend felsiger. Hier schien es keine einzige Erdkrume mehr zu geben.

Wieder kauerten sich die Gefährten nieder und starrten in die Dunkelheit, zwei schwarze Felsen unter vielen.

Beide sahen sie es gleichzeitig.

Ein kurzes Aufflackern. Orange.

Sie nutzten die Deckung der Felsen und krochen in die rechter Hand gelegene Vertiefung, behutsam, so daß ihre Stiefelsohlen keine lockeren Steine in Bewegung setzten.

Der Schnee wehte auf sie herunter.

Weiter.

Dann lag eine kleine, ungedeckte Ebene vor ihnen. Sie überquerten sie, dann konnten sie sich wieder gegen die eisverkrusteten Seiten hoher Felsblöcke pressen. Das Schneetreiben wurde schlimmer. Ihre Sicht verschlechterte sich mit jeder Sekunde.

Langsam glitten sie weiter, bis sie endlich auf die kleine Lichtung hinaussehen konnten.

Ein kleines Feuer, an dem zwei finstere, insektenäugige Generäle saßen. Etwas abseits: Bewegungen. Mehrere untersetzte, stämmige Krieger. Soeben traten sie in einen Höhleneingang, aus dem Dunkelheit gähnte, schwärzer als die schwärzeste Nacht.

Einen Augenblick zogen sie sich zurück.

»Du hast keine Vorstellung dessen, was dort drinnen geschieht?« fragte der Krieger der Abendsonne.

Tuolin schüttelte seinen Kopf.

»So bleibt uns keine Wahl... Ich werde unsere Freunde beschäftigen, während du dich in der Höhle umsiehst.«

»Ich werde eine Fackel brauchen.«

»Kein Problem. Das Feuer...«

Tuolin nickte.

Der Krieger der Abendsonne zog *Aka-i-tsuchi.* Die lange, blaugrüne Klinge schien in der Nacht zu leuchten. Schneeflocken wisperten auf der drohenden metallenen Haut und verwandelten sich in gefrorene Tränen.

Der Krieger der Abendsonne federte vorwärts, erreichte die Lichtung und tötete mit zwei mächtigen Hieben drei untersetzte Krieger, bevor sie auch nur eine Abwehrbewegung hatten machen können.

Die insektenäugigen Generäle erhoben sich und zogen ihre Waffen, große, sichelähnliche Schwerter mit gezackter Klinge.

Er stellte sich ihnen. Ihre Klingen trafen sich.

Tuolin wartete noch einen Herzschlag lang, dann rannte er ans Feuer, riß einen brennenden Ast heraus und stürzte sich in den tiefschwarzen Schlund des Tunnels.

Die schwarzen Wesenheiten hatten Tuolin bemerkt und wollten ihm folgen. Der Krieger der Abendsonne ließ ihnen jedoch keine Chance. Er versperrte ihnen den Weg.

Aka-i-tsuchi wischte durch die Luft. Die Generäle waren vollauf damit beschäftigt, die mörderischen Hiebe zu parieren.

Der Krieger der Abendsonne drängte sie zurück. Jetzt erst sah er ihre Gesichter deutlicher. Dreieckige Flächen waren es, in denen häßliche kleine Münder und schmale Schlitze – vermutlich Nasenöffnungen – klafften. Aus ihren Wangen ragten gekrümmte Hauer, ähnlich denen des Hirschkäfers.

Aka-i-tsuchi fetzte in die schalenartige Haut eines der beiden fürchterlichen Wesen und trennte den Schädel vom

Rumpf. Klebriges schwarzes Blut spritzte und gefror augenblicklich.

Der zweite General bäumte sich auf und griff mit verzweifelter Wildheit an. Er schien darauf versessen, Tuolin in das schwarze Loch des Höhleneingangs nachzueilen.

Der Krieger der Abendsonne trat beiseite, der General wurde von seinem schlecht gezielten Hieb vorwärts gerissen... Aka-i-tsuchi blitzte auf und fraß sich in die Brust des Unheimlichen.

Die Wesenheit brach zusammen.

Aus dem Höhleneingang wehte ein verzweifelter Aufschrei.

Der Krieger der Abendsonne kreiselte herum und hetzte los. Sekunden später tauchte er in die faulige Finsternis ein.

Unbeständiges, hektisches Licht flackerte vor ihm. Metall klirrte auf Stein. Dann gellte ein weiterer Schrei. Und wurde abgewürgt.

Der Krieger der Abendsonne erreichte eine Biegung. Dahinter traf er auf Tuolin. Er lehnte sich gegen die Höhlenwand. Zwei feindliche Krieger lagen tot zu seinen Füßen. Wortlos deutete er nach vorn.

Ein paar Schritte weiter endete die Höhle. Eine Sackgasse. Doch vor der bizarr aufragenden Höhlenwand lagen sie...

Annähernd zweihundert kugelförmige Gebilde, blank, schillernd. Noch während die Gefährten darauf starrten, entstand ein Riß in einer der glänzenden Schalen.

Dann brach die Kugel auf.

In Schleim gebadet, kroch eine winzige Kreatur hervor. Vor ihren Augen wuchs sie, der Schädel blähte sich auf, insektoide Augen bildeten sich. Der Krieger der Abendsonne hob sein Schwert und tötete die kleine Bestie.

»Eier«, flüsterte er. »Zaubereier.«

Auch in den anderen Kugelschalen entstanden jetzt Risse. Es waren viel zu viele, als daß er sie alle hätte erschlagen können. Er riß Tuolin die brennende Fackel aus der Hand und steckte die tote Kreatur an. Mit einem wilden Puffen flammte das Ding auf. Und dann setzte der Krieger der Abendsonne die Eier in Brand, sobald sie aufbrachen. Irgendwann vereinten sich die kleinen Feuer, wurden zu einem gewaltig auflodernden Ganzen. Die ganze Brut brannte.

Giftige Gase entströmten der Feuersbrunst, dicker, öliger Rauch erfüllte den unterirdischen Raum.

Der Krieger der Abendsonne schleuderte die Fackel in die Flammen und riß Tuolin mit sich. Hustend und würgend schlugen sie sich zur Oberfläche der Welt durch.

Sie ließen die Lichtung hinter sich zurück. In der Ferne erklangen Alarmrufe.

Dann erreichten sie das Fichtenwäldchen am Flußufer.

Tuolin stolperte und stürzte zu Boden. Die Taubheit griff auf seine Hüfte über. Er ließ sich nichts anmerken, wollte sich auf die Füße rappeln. Der Krieger der Abendsonne zerrte ihn hoch, dann rannten sie weiter. Hinter ihnen gellten weitere laute Schreie auf. Wildes, geiferndes Gebell war zu hören. Hunde.

Die Taubheit breitete sich jetzt schneller aus. Über sein Bein und tiefer. Er konnte den Boden nicht mehr spüren.

Der Krieger der Abendsonne war anderweitig beschäftigt. Durch Nebel und wirbelnde Schneeflocken starrte er nach vorn, jetzt sicher, daß sich die Umgebung erneut verändert hatte. Er rief nach Tuolin und zog *Aka-i-tsuchi* blank.

Feinde wimmelten ihnen entgegen.

Im Schutze des Wäldchens hatten sie ihnen aufgelauert.

Aka-i-tsuchi sang sein grausames Lied. Tuolin setzte sich mit seinem Dolch zur Wehr. Er konzentrierte sich, aber sein Körper verweigerte ihm den Gehorsam... Ein Gedicht formte sich in seinem Schädel.

Er tötete zwei untersetzte Krieger, dann wurde er von einem mörderischen Stich in den Magen getroffen. Er stürzte. Der Angreifer warf sich auf ihn; Tuolin riß sich herum und rammte ihm seine Klinge in den Hals. Er brach über ihm zusammen.

Tuolin keuchte, wuchtete den schweren Körper von sich und schaffte es irgendwie, wieder auf die Füße zu kommen. Der Krieger der Abendsonne zerrte ihn mit sich. Sie durchbrachen die Linie der Feinde. Die Luft ringsum lebte vom tödlichen Flüstern schwarzer Pfeile. Die Verfolger formierten sich neu und hetzten ihnen nach. Das Heulen der Hunde wurde lauter.

Drei Schritte... vier Schritte...

Tuolin brach wieder zusammen. Der Krieger der Abendsonne kniete sich neben ihm nieder, wollte ihn hochziehen.

»Warte.« Tuolins Stimme war ein Seufzer in der Nacht. »Es ist vorbei, mein Freund... Die Flußüberquerung werde ich nicht lebend überstehen.«

»Wir haben unsere Mission erfüllt...«, sagte der Krieger der Abendsonne.

Tuolin nickte schwach. Sein Blut schwärzte den Schnee. Er preßte seine Hände auf die fürchterliche Wunde.

»O mein Sha'angh'sei«, keuchte er plötzlich. »Nie wieder werde ich deine Silhouette sehen...« Er hielt inne, als wolle er neue Kraft sammeln. Das Gebell der Hunde wurde hysterisch und war gefährlich nahe. »Ich glaube... schließlich hat sie es doch verstanden.«

»Dessen bin ich sicher.«

»Ich konnte nicht in diesem elenden Loch liegenbleiben und auf den Tod warten... Ich – ich bin ein Krieger. Jetzt bin ich glücklich.« Das Rascheln des Schnees, der sein bleiches Gesicht überpuderte. Der Krieger der Abendsonne wischte sich den Schweiß aus den Augen.

»Ich – ich liebe sie...«

»Das weiß ich.«

»Ich habe es ihr gesagt.«

»Ja.«

Der Pfeilregen war versiegt. Die Feinde mußten sehr nahe sein.

»Das... das war mir so wichtig.«

»Und was sagte sie?«

»Daß sie mich ebenfalls liebt.«

»Sie hat es verstanden, mein Freund. Sie ist eine Kriegerin.«

»Sie liebte mich. Deshalb schrie sie ›nein!‹, als ich es ihr sagte.« Seine Augen trübten sich. »Ich weiß... Du mußt dich beeilen... Nicht mehr viel Zeit... Sie kommen.«

»Ich werde dich nicht verlassen.«

»Nein, ich bin es, der gehen muß.«

Ein Rascheln. Irgendwo hinter den mit Schnee beladenen Zweigen der Fichten. Fußsoldaten. Gebell, laut, geifernd, drohend. Tuolin ergriff den Arm des Kriegers der Abendsonne. Die Finger seiner rechten Hand waren der einzige noch nicht taube Teil seines Körpers. »Hör mir zu«, flüsterte er heiser. »Bitte, hör mir zu...

Auf der Reise, krank.
Über endlos trocknes Feld
wandern Träume still.«

Seine Augen schlossen sich; er schien in einen Traum hinunterzugleiten. Der Krieger der Abendsonne hörte die Schritte der Verfolger, das rauhe Schaben von Metall auf Metall, das Knarren von Leder.

Er hob Tuolins Körper hoch und setzte sich in Bewegung. Er ließ das Wäldchen hinter sich, erreichte das Ufer. Das Wasser war schwarz und schaumgekrönt. Das Schneetreiben legte sich wie ein schützender Schleier zwischen ihn und seine Verfolger. Er ließ sich ins Wasser gleiten.

In dieser Nacht würden die Verfolger den Fluß nicht überqueren.

Er erreichte das andere Ufer und watete durch den Schilfgürtel.

Jetzt nahm er sich Zeit. Er wählte eine Stelle fern von Kamados aufragenden Mauern, fern vom Schlachtfeld.

Stumm begrub er Tuolin.

»Es ist schön.«

»Ja.«

»Du hast es ihr natürlich gesagt?«

»Ja. Alles.«

»Gut. Es wird ihr helfen, glaube ich.«

Die Fenster standen offen. Die letzten Stunden vor Tagesanbruch. Draußen, in den Straßen von Kamado, war es ganz still. Nebel hing dicht über dem Boden.

»Glaubst du, daß es noch mehr von ihnen gibt?«

Er starrte auf die Lichtflecken, die über ihr ebenmäßiges Gesicht huschten. Ihre Haut schimmerte seidenweich.

»Die Höhlen?« Er zuckte mit den Schultern. »Wer weiß?«

Draußen knirschte Schnee unter wuchtigen Schritten. Eine Tür schloß sich.

»Was glaubst du am Ende deiner Reise zu finden?« Sekundenlang fing sich Licht in ihren blaugrünen Augen. Sie wandte ihm ihr Gesicht zu.

»Rache«, sagte der Krieger der Abendsonne.

»Für deine Freunde, die schon so lange tot sind?«

»Für die ganze Menschheit, Moeru.«

»Und was wird aus uns? Aus dir und mir? Irgendwann hast du einmal gesagt, daß wir aneinander gebunden sind.«

»Wir haben keine Zeit, daran zu denken.«

»Es ist wichtig –«

»Ja«, stimmte er zu. »Ja, das ist es.«

»Weil unser beider Träume noch immer wandern...«

Bleierne Stille beherrschte die Straßen Kamados. Nicht einmal die Köter kläfften, als wüßten sie vom Herannahen der letzten Morgendämmerung – und ihrer Bedeutung.

Zerfetzte Banner wehten über der weiten Ebene.

Streitrösser stampften und tänzelten nervös umher, aus ihren geblähten Nüstern flogen weiße Fahnen.

Die Fußsoldaten nahmen in endlosen Reihen Aufstellung. Die Rikkagin brüllten ihre Befehle. Und immer mehr Männer marschierten aus Kamado, eine lange tapfere Reihe, die sich an den Flanken der Armee der Menschheit sammelte.

Der Morgen graute, und das Licht wirkte schmutzig und dünn und wäßrig, als hätte die bleiche Sonne ihre Reserven verbraucht. Rosafarbenes Licht ergoß sich über die Ebene, dunstig und widernatürlich.

Das Klirren von Metall auf Metall.

Stimmen. Schritte. Hufschlag.

Schlacht-Standarten der verschiedenen Bujun-Daimyos erhoben sich hoch über den blitzenden Helmen der berittenen Krieger.

Frei streunende Köter. Gebell.

Jemand hustete.

Dann erklingt der Ruf des Widderhorns, und die Kavallerie rückt vor, den sanften Abhang hinunter und über die Ebene, hin zu den Ufern des breiten Flusses.

Auf der gegenüberliegenden Seite sind wimmelnde Bewegungen auszumachen. Die Legionen des Dolman.

Unmittelbar hinter den Reihen der Kavalleristen marschieren – wie vom Kriegsrat geplant – die Bogenschützen. Die Pfeile lagen bereits schußbereit auf den Sehnen.

Rikkagin Aerent führte den Sturm der Kavallerie, und allmählich drängte er die Reiterwelle schneller voran.

Ein Schwarm Schwarzdrosseln flatterte aus dem hohen Gras und erhob sich in die Lüfte.

Die Ebene bebte unter dem millionenfach verstärkten Hufschlag. Erdklumpen wurden davongewirbelt. Schnee flog auf.

Am anderen Ufer wurden gellende Schreie laut, die über das turbulente, graue Wasser wehten. Die Kavallerie nahte, stürmte den Feinden entgegen, über die Ufer und ins Wasser. Gischt spritzte auf. Schreie gellten. Die Kavalleristen schwärmten aus, um dem Angriff der Feinde zu begegnen.

Die schwarzen insektenäugigen Generäle waren deutlich auszumachen. Sie kommandierten ihre Untergebenen mit knappen, harten Rufen. Rikkagin Aerent grinste schief, als er dies sah.

Gleich mußten die gegnerischen Fronten aufeinanderprallen. Die letzte Schlacht der Menschheit hatte begonnen.

Rikkagin Aerent riß seinen rechten Arm hoch. Dies war das verabredete Zeichen! In letzter Sekunde rissen die Reiter ihre Pferde herum, teilten sich die Linien in der Mitte... Die Bogenschützen hatten freie Bahn. Die Männer in der ersten Reihe ließen sich auf ein Knie nieder und ließen den gefiederten Tod von den Sehnen flitzen. Die heranwatenden Feinde wurden völlig überrascht.

Augenblicklich war die Luft von einem metallischen Regen geschwärzt. Die tödliche Wolke kam über die Schädel der zu den Flanken ausweichenden Kavalleristen. Ein Summen und Schwirren erfüllte die Luft. Der Tod hielt reiche Ernte unter den Feinden.

Zahllose Krieger sanken ins Wasser, griffen sich an Kehle und Brust und versanken in den aufgewühlten, blutrot gefärbten Fluten.

Die zweite Welle der Feinde hetzte heran.

Die Totenkopfkrieger!

Groß und hager waren sie, und sie bluteten nicht, wenn sie verletzt wurden, sondern versprühten lediglich ein feines graues Pulver.

Erneut ließen die Schützen ihren Pfeilen die Freiheit... Die zweite Reihe, dann die dritte... Wieder färbte sich die Luft über dem Fluß dunkel. Doch die Totenkopfkrieger schienen ungerührt. Sie rissen sich die Pfeile, die sich in ihre Körper gegraben hatten, heraus, als wären es harmlose Insekten. Eine bleiche, unheimliche Leiberflut watete durch die aufgewühlten Wasser, tödlich und unverwundbar.

Und jetzt war die Luft erfüllt vom häßlichen Schwirren der mächtigen Stachelkugeln, die sie an langen Ketten über ihre Schädel kreisen ließen. Aus dem schwarzen Schlamm emporsteigend, trafen sie auf die vorderste Reihe der Schützen. Das Geräusch berstender Knochen war plötzlich allgegenwärtig.

Rikkagin Aerent befehligte seine Kavallerie heran. Sie griffen die Totenkopfkrieger von zwei Seiten her an.

Hinter ihnen hetzten die Fußsoldaten über die Ebene, über die Flußufer hinunter – todesmutig warfen sie sich dem übermächtigen Feind entgegen.

Aerent zog seine Klinge. Sein Pferd preschte durch die feindlichen Reihen. In sparsamen, genau bemessenen Hieben schlug er um sich. Seine Klinge spaltete einen hageren

Schädel, und eine graue Staubwolke wehte davon. Fauliger Gestank breitete sich aus.

Zu Dutzenden starben die Bogenschützen unter den wuchtigen Hieben der Totenkopfkrieger. Aber Rikkagin Aerents Kavallerie schloß die Reihen und drängte die Unheimlichen zusammen. Die noch lebenden Schützen zogen sich zurück und sammelten sich erneut.

Das matte Sonnenlicht war jetzt völlig verschwunden.

Die Wolken hingen tief über dem Boden. Ein eisiger Graupelregen fiel vom Himmel und mehrte den Schlachtenlärm.

Die strahlenden, großen Standarten der Bujun konnte man vordringen sehen, immer weiter vordringen.

Der Krieger der Abendsonne trieb seinen karmesinroten Luma-Hengst das Ufer hinunter und zog *Aka-i-tsuchi*. Dann stieß er ins Herz der Schlacht vor.

Seine Klinge bahnte ihm den Weg durch die breiten Massen der Gegner. Es schien durch die Luft zu singen, erfreut, an diesem Gemetzel teilhaben zu dürfen. Das eigenartige Metall, das so lange und mit unglaublicher Liebe geschmiedet worden war, schien in einem tieferen Blaugrün aufzuflammen. Dort, wo das faulige Fleisch der Totenkopfkrieger davon getroffen wurde, brodelte und zischte es.

Unmenschliche Kiefer mit spitzen Reißzähnen schnappten nach ihm, und der Luma-Hengst bäumte sich auf. Die Morgensterne wirbelten heran und verfehlten ihn nur um Haaresbreite. Es klang wie das Nahen eines Schwarms ausgehungerter Heuschrecken. Der Feind umdrängte ihn, und versuchte, ihn aus dem Sattel zu zerren.

Moeru und Bonneduce der Letzte trieben ihre Pferde an, kämpften sich durch die überall wogenden Feinde.

Der Graupelregen wurde mächtiger, wuchs zu einem wilden Bombardement eisenharter Körner an..

Die Flußufer färbten sich rot. Die Körper der Gefallenen häuften sich, wurden von Hufen und Stiefelsohlen gleichermaßen in den schlammigen Boden gestampft, bis sich die Gegner auf höheres Gelände hinaufgearbeitet hatten. Eine weite Ebene, ohne jeden Schutz.

Stoßtrupps schwärmten aus, um die großen Kriegsmaschinen des Dolman zu sabotieren. Gewiß, es war unwahrscheinlich, ob sie in diesem Wirrwarr gegeneinander kämpfender Leiber überhaupt eingesetzt wurden, doch die Rikkangin hielten es für ihre Pflicht, dieser Gefahr zu begegnen.

Moeru wurde angegriffen. In letzter Sekunde wich sie dem mörderischen Hieb aus, der ihr den Schädel vom Rumpf getrennt hätte. Sie pendelte zurück und schlug ihrerseits zu. Ein knapper, aber kräftiger Stoß beförderte den Totenkopfkrieger in den Dreck. Dann spürte sie einen brennenden Schmerz an ihrem linken Arm und drehte sich weg. Der kopflose Krieger hatte in einem letzten Reflex zugeschlagen... Die fürchterliche gezackte Kugel war an ihr vorbeigeschossen.

Ihr Pferd wurde getötet und brach zusammen. Moeru glitt geschmeidig aus dem Sattel, rollte ab und stand wieder auf den Füßen. Die Leiber der Gefallenen machten ein unbeschwerliches Vorankommen unmöglich. Wieder warfen sich die Totenkopfkrieger heran. Sie tötete zwei und wurde selbst von einem harten Fausthieb getroffen. Mit einem leisen Aufschrei taumelte sie rückwärts und stolperte. Ihre Klinge wischte herum und traf den Schädel eines heranstürmenden Totenkopfkriegers.

Moeru stützte sich ab, richtete sich wieder auf... Ein Morgenstern jaulte durch die Luft. Sie wich ihm aus und tötete den Angreifer.

Dann winkte sie Bonneduce zu, der seinerseits von drei Totenkopfkriegern bedrängt wurde. Gemeinsam drängten sie sie zurück. Er rief Moeru etwas zu, dann zog er sie zu sich in den Sattel. Er gab dem Pferd die Hacken zu spüren.

Der Krieger der Abendsonne kämpfte sich tiefer ins Gewühl der Feinde hinein. Adrenalin und noch etwas anderes pulsierten in der mächtigen Gestalt. Die gewaltige Klinge mähte die Feinde nieder... eine blitzende Sense, die so irrsinnig schnell gehandhabt wurde, daß nicht einmal mehr ihre Konturen zu erkennen waren. Ein geschmeidig geführter Vorwärtsschlag zerfetzte vier Totenkopfkrieger, der Rückhandschlag ebenfalls.

Die Fußsoldaten folgten ihm nach, ein Keil, der sich langsam aber unaufhaltsam zum Zentrum der Armee der Totenkopfkrieger voranfraß.

Rikkagin Aerent sah es und riß sein Pferd herum, dann gab er seinen Leuten das Zeichen, zur rechten Flanke der Angriffslinie auszuschwärmen. Dort erschien die Abwehr am schwächsten. Seltsame Wesenheiten tauchten hinter den Linien der Totenkopfkrieger auf. Auch sie wurden von den Insektenäugigen befehligt.

Erneut blies das Widderhorn zum Sturm.

Rikkagin Aerent spornte sein Pferd.

Muskulöse Männer tauchten ringsum aus den Fluten. Gefährlich lange, schwarze Metallspieße zuckten vor. Aerent wehrte die Stiche ab und köpfte zwei, drei Angreifer. Sein Pferd preschte weiter, und seine Leute folgten ihm. Das Chaos der Schlacht umgab sie. Schreie. Heisere Rufe. Das wilde Stampfen der Pferde Das Geklirr der Waffen.

Die Zahl der Feinde schien gigantisch. Immer mehr strömten herbei...

Gefiederte Alptraumwesen und untersetzte Krieger näherten sich der Furt. Rikkagin Aerent schickte zwei seiner Leute zurück, um Verstärkung herbeizuholen.

Der Kampf wurde heftiger. Die Fußsoldaten fielen unter den wilden Angriffen der Speerträger zurück. Widerstrebend ließen sie sich vom nahen Ufer auf das erhöht gelegene Schlachtfeld hinaufdrängen.

»Ins Wasser!« brüllte Aerent, und seine Reiter folgten ihm in die aufgepeitschten, roten Fluten. Sie kamen den bedrängten Fußsoldaten zu Hilfe. Ein Keil zu allem entschlossener Krieger warf sich gegen die Übermacht der Speerkämpfer und vernichtete sie.

Eine Ewigkeit schien zu vergehen. Aerents Arme ermüdeten. Dennoch schlug er immer wieder zu... Immer wieder...

Irgendwann wehte ein lauter Ruf über den ohrenbetäubenden Tumult der Schlacht, er riß seinen Schädel hoch und sah die Kriegerschwadron durch den Fluß stürmen...

Verstärkung für die Feinde!

Ein massiger, muskulöser Mann mit funkelnden Obsidian-Augen ritt inmitten der Hauptstreitmacht des Dolman. Langes, dunkles Haar flatterte wie die Schwingen eines Raubvogels im Wind. Über und neben jenem Mann flatterten mächtige Banner... Rikkagin Aerent strengte sich an, das auf Seide gestickte Zeichen zu erkennen.

Es war ein sich windender Salamander auf schwarzem Grund...

Der Krieger der Abendsonne spürte es vor allen anderen. In den Tiefen des Chaos aus Metall und Fleisch, Knochen und Blut und zerfetzter Haut geschah etwas Entscheidendes...

Er tötete zwei, drei, vier Totenkopfkrieger, sechs weitere hielt er auf sichere Distanz. Hinter den lauernden Wesen strömten bereits weitere Kämpfer heran.

Der Krieger der Abendsonne blickte auf. Noch immer hetzten gefiederte Krieger und Speerkämpfer durch die Furt. Sie kamen in Zweierreihen, und ihre Rufe durchdrangen den Schlachtenlärm.

Ronin legte seine behandschuhte Rechte über die Augen und starrte in die Ferne, flußabwärts. Dort sah er einen dunklen Koloß aus dem perlenden Nebel tauchen...

Der Krieger der Abendsonne handelte. Mit zwei blitzschnellen Schlägen durchbrach er die feindlichen Reihen und hetzte los. Er arbeitete sich auf die mächtige Gestalt zu.

Der Fluß...

Er warf sich in das eiskalte Wasser, das an dieser Stelle sehr tief und wild und brodelnd war, stieß sich ab, erreichte die vorspringende Landzunge des gegenüberliegenden Ufers. Deutlich sah er den massigen, bizarren Leib, die furchtbaren orangefarbenen Raubtieraugen.

Ein fürchterlicher Schrei gellte über das tobende Wasser.

Der Makkon hatte ihn ebenfalls erblickt.

Der Krieger der Abendsonne schlug sich durch das Gewirr sich windender, um sich schlagender Körper...

Zu langsam...

Viel zu langsam...

Der Makkon schritt ihm entgegen, seine Klauenhände hoben sich. Der Schnabel klaffte auf, die lederartige, häßliche Zunge zuckte rhythmisch vor und wieder zurück.

Kiri trieb ihr safrangelbes Luma voran, richtete sich in den Steigbügeln auf. Das Tier streckte sich und eilte am Ufer entlang und hinaus auf die Landzunge.

Totenkopfkrieger schwärmten aus. Kiri gebrauchte ihre Klinge, stieß die Unheimlichen von sich. Das Luma brach durch. Ihr Herz hämmerte. Mit wilden, kraftvollen Schlägen hielt sie die Gegner auf Distanz. Ihre Augen waren starr auf den Makkon gerichtet, der sich jetzt in der Flußmitte befand.

Sie erreichte das Ufer, das Luma bäumte sich auf, die Idee hatte sich in ihrem Geist festgebrannt.

›Ich bin Kiri!‹ schien sie zu den wilden Fluten zu sprechen. ›Kiri, die Kaiserin von Sha'angh'sei! Ich rufe dich, deine Pflicht zu tun, denn die Rache muß unser sein... Und du mußt meinem Ruf Beachtung schenken!‹

Sie zog das kurze Zeremonienschwert aus der Scheide über ihrem Bauch und warf es hinter sich. Dann glitt sie aus dem Sattel und eilte zum Wasser hin. Sie schnellte sich ab. Tauchte in die schäumenden Fluten.

Der Krieger der Abendsonne sah Kiri, und er hörte ihre Worte, und als er einen weiteren durch sein Gedächtnis wirbelnden strahlenden Splitter aus der Erinnerung eines anderen ergriff, wußte er, was nun geschehen würde.

Die Wasser begannen zu brodeln. Hektische, schaumgekrönte Wellen jagten auf die Makkon-Bestie zu. Der Krieger der Abendsonne sah Kiris Kopf und Arme, sah, wie sie sich ihren Weg durch die Fluten bahnte...

Das brodelnde Wasser umgab sie.

Der Makkon schrie wieder.

Plötzlich verschwand Kiris Kopf von der Wasseroberfläche, als sei sie von einem Alptraumwesen in die Tiefe gesaugt worden. Einen Sekundenbruchteil lang war ihre geballte Faust noch zu sehen, eine letzte harte, trotzige Geste, dann war auch sie im Zentrum eines dunklen Flecks, der auf den Makkon zuschäumte, verschwunden. Das Wasser schien lebendig zu werden.

Der Krieger der Abendsonne stieß seinen Kampfschrei aus, sein großes Schwert verwandelte sich in einen irrwitzigen Schatten. Er wurde zur Tötungsmaschine. Rasend und tödlich warf er sich dem Feind des diesseitigen Ufers entgegen. Und jetzt wichen sogar die Totenkopfkrieger, die keine Furcht kannten, vor ihm zurück und flohen vor dem Tod, der wie eine gigantische Flutwelle auf sie zuraste.

Wasser peitschte rings um den Makkon hoch. Gischt flog davon, vereinte sich mit dem hektischer vom Himmel stürmenden Graupelregen.

Die Bestie schlug nach den hochspritzenden Wasserfontänen, schwarz, pulsierend, lebendig...

Und dann stieg sie aus den Fluten empor...

Kay-Iro De, halb Göttin, halb Seeschlange, die Schutzpatronin der Stadt Sha'angh'sei!

Ihre Blicke glitten über das Schlachtengetümmel, suchten die des Krieger der Abendsonne, und obwohl er darauf vorbereitet gewesen war, spürte er doch den Schock, der ihn durchfuhr.

Er starrte in Kiris Gesicht...

Ein mattes Lächeln breitete sich auf den Lippen aus, als sich der anmutige Kopf wandte. Der Schuppenleib schlängelte sich um den muskulösen, pulsierenden Leib des Makkon.

Immer fester wurden die Windungen, während die Bestie schrie und tobte und wie von Sinnen auf das Wasser eindrosch. Die kräftigen Arme wurden von spiralförmigen Windungen gegen seine Seiten gepreßt, der Schnabel klaffte auf, stieß vor, wollte sich in den Schlangenleib graben. Wasser schäumte hoch empor, ein rasender wilder Schaumvulkan.

Wieder schrie der Makkon, immer wieder, und dann erschien am jenseitigen Ufer eine zweite ungeschlachte Gestalt. Drohend. Unheimlich. Tödlich.

Der Krieger der Abendsonne stieß wie ein tödlicher Wirbelwind durch die Reihen des Feindes, vor ihm die Geräusche berstender, splitternder Knochen, hinter ihm das Stöhnen der Sterbenden.

Draußen, in den Fluten, glitten die Körperwindungen der Lemurin in die Höhe und umwickelten den massigen, muskulösen Makkon-Hals. Die Augen der Bestie traten aus den Höhlen, der Schnabel schrammte über die Schuppenhaut der Schlangengöttin. Kay-Iro Des Augen flammten wie ein lebender Blitz, ihre Lippen zogen sich zurück, halb Zähnefletschen, halb Lachen. Der Makkon erstickte.

Dann brach der Krieger der Abendsonne durch die letzte Feindeslinie, die sich in den seichten Flußniederungen gehalten hatte, wischte die Feinde beiseite. Der zweite Makkon stand am gegenüberliegenden Ufer. Zwischen ihnen tobte der Kampf. Die Windungen der Lemurin zogen den Makkon in die Tiefe. Ein fürchterlichen Knacken, so deutlich hörbar wie ein Donnerschlag an einem stürmischen Tag. Der Makkon-Schädel pendelte haltlos hin und her.

Ein mächtiger Triumphschrei brandete von den Lippen der Lemurin, und sie schoß in die Höhe, ihr Körper wand sich, aus vielen Wunden blutend. Dann verschwand sie in den grauen Fluten...

Blitze spalteten den düsteren, wolkenverhangenen Himmel. Der Graupelregen färbte sich silberhell, so daß er an geschmolzenes Metall erinnerte. Es wurde dunkel und bedrükkend. Die Kälte nahm zu.

Unheimliche, gefiederte Krieger strömten durch die Furt. Der gewaltige Krieger unter dem Banner des Salamander führte sie dorthin, wo die Kampfkraft der Menschenarmee am schwächsten schien.

Okami, an der Spitze der Bujun-Divisionen, vereinte seine Leute mit denen dreier anderer Daimyos, um ihre koordinierte Strategie zu revidieren.

Sie nahmen die Vorhut der Totenkopfkrieger in die Zange.

Moeru und Bonneduce der Letzte galoppierten am Ufer entlang, mitten in die Feuerbrunst der Schlacht hinein, flußaufwärts, um die Streitkräfte der Menschen um sich zu sammeln.

Dann trennten sie sich. Moeru glitt aus dem Sattel und rannte zu den Fußsoldaten hinüber, die sich verbissen ihren Weg durch die Feinde erkämpften. Unter ihrer Führung drangen sie ins Wasser vor und kämpften sich durch die Furt.

Der Krieger der Abendsonne hielt seinen Blick starr auf den Makkon gerichtet, während er sich mit der Strömung nach links bewegte, weg von den Ufern Kamados.

Die Kreatur hatte ihn noch nicht erblickt, und so sollte es auch bleiben, bis er nahe genug an sie herangekommen war.

Dunkel pulsierten die Konturen der Bestie durch Nebel und Graupelregen, und selbst in der Flußmitte war der fürchterliche Gestank, den sie verströmte, zu riechen. Mühelos pflügte sich der Krieger der Abendsonne seinen Weg durch das brodelnde Eiswasser; weder das Gewicht seiner Rüstung noch das seiner Waffen behinderte ihn.

Dann arbeitete er sich das seichte Ufer hinauf, tauchte in einen dichten Schilfgürtel ein und huschte weiter.

Vor ihm erstreckte sich eine weite Ebene, die mit dem Schutt einer halben Million Soldaten besät war.

Das Lager des Feindes.

Und nur einen halben Kilometer dahinter konnte er die dunstigen Umrisse des großen Kiefernwaldes ausmachen, schwarz, verkohlt, jener Ort, an dem der Dolman verborgen lag.

Der Krieger der Abendsonne stürmte los.

Visionen... Ronins Kampf in der Stadt der Zehntausend Pfade... G'fands in tödlichem Schrecken verzerrtes Gesicht... Seine toten hervorquellenden Augen...

Das Tencho... Der blitzschnelle Hieb der Bestie, mit dem sie Matsus Kehle zerfetzt hatte.

Eine irrsinnige Kraft pulste in ihm, die Kraft des Hirschs der Finsternis, atavistisch, unerschöpflich, und er schrie seine Wut hinaus...

Der Makkon kreiselte herum. Seine kalten, orangefarbenen Augen waren wie Leuchtfeuer, sie schienen ihn zu durchdringen. Und er fragte sich, ob dies jene Bestie war, der er bereits gegenübergestanden hatte...

Seine große Klinge sauste durch die Luft, und der Schädel wurde nach hinten geschleudert, der Schnabel klaffte auf, ein stummer Schrei. Dann heulte die Bestie vor Schmerz und Wut. Niemals zuvor hatte sie sich vor dem Stahl der Menschen gefürchtet... Doch dies war *Aka-i-tsuchi,* und sie wurde vorsichtig, duckte sich vor den raschen Schlägen, versuchte, mit wilden Prankenhieben näher an den Krieger heranzukommen. Der mächtige Schweif peitschte den Boden.

Plötzlich krümmte sie sich zusammen und schnellte vor. Aber der Krieger der Abendsonne reagierte schneller, viel schneller, er riß die Klinge beidhändig hoch, gebrauchte sie wie einen gigantischen Dolch. Mit explosiver Wucht drang die blaugrüne Klinge durch die Brust des Makkon.

Dann traf ihn der mörderische Schlag. Er wurde von seinen Füßen geschleudert. Er sah den Makkon taumeln, die schwarzen Läufe zittern... Seine Klauenhände waren um die Klinge gelegt, versuchten fahrig, sie herauszuziehen. Es gelang ihm nicht. Der Makkon sank auf seine Knie, kippte um... Und zum erstenmal sah der Krieger der Abendsonne einen Makkon bluten, eine klebrige, zähe, schwarze Flüssigkeit, die sich aus der großen Wunde ergoß.

Dunkelheit fiel über ihn.

Der dritte Makkon.

Ein grausames Lächeln verzerrte das Alptraumgesicht, als er sich über ihn beugte. Die Pranke schoß herunter, die Krallen gespreizt. Der Krieger der Abendsonne rollte sich weg, entging dem tödlichen Zugriff.

Dann wurde ihm bewußt, daß er die betäubende Kälte gar nicht spürte, die die Makkon verströmten, und die Ronin so zu schaffen gemacht hatte, als er gegen sie gekämpft hatte.

Die Worte, die ihm Bonneduce der Letzte damals, in Khiyan gesagt hatte, kurz bevor die *Kioku* Segel gesetzt hatte. *Du kannst den Makkon nicht besiegen... Noch nicht.* Aber Ronin existierte nicht mehr. Der Hirsch in den Tiefen seines Ichs schrie auf, brüllte, und dann brach das Wissen in ihn ein, die Gewißheit, daß er diesesmal gleichberechtigt gegen den Makkon kämpfte.

Er stieß einen wilden Schrei aus und fetzte die heranzukkenden Klauen beiseite, ballte seine Fäuste und rammte seine behandschuhte Rechte in die ungeschützte Kehle der Kreatur.

Der Makkon brüllte auf, ein wimmerndes Heulen, und schlug gleichzeitig zu. Der Krieger der Abendsonne duckte sich, der Schlag verfehlte ihn.

Er hämmerte in die fürchterliche Fratze, dachte an Matsu, und die Erinnerung war wie ein Duft, wie Nebel in seinen Augen.

Der Schnabel zersplitterte. Dann Knochen. Keratinsplitter wirbelten davon. *Matsus heißes Blut... Ein Übelkeit erregender Quell vor Ronins Augen...*

Mit einer letzten gigantischen Anstrengung rammte er seine Faust durch den Gaumen des Makkon in dessen Gehirn!

Der riesige Körper zuckte, Blut spritzte hoch. Er würgte und wischte sich über sein Gesicht, dann schmetterte er seine Linke in den Makkon-Leib.

Die Bestie erbebte, taumelte rückwärts weg, eine braune Flüssigkeit blubberte aus dem Maul des Wesens, die Krallen zuckten hilflos vor und zurück.

Dann fiel die Bestie.

Ein letztes Zittern durchlief den Körper, dann lag er still.

Der Krieger der Abendsonne atmete tief durch und wandte sich ab. Erst in diesem Augenblick sah er den massigen Keil der Feinde, der die Linien der Verteidiger durchbrach... Erst in diesem Augenblick sah er die flatternden Banner jener feindlichen Krieger, die bereits über das Feld vor den hoch aufragenden Mauern Kamados stürmten.

Ein blutroter Salamander auf schwarzem Grund...

Der Krieger der Abendsonne hetzte los.

Was immer auch flußabwärts geschehen mag, dort, wo die Bujun kämpfen, dachte Rikkagin Aerent, *wir verlieren die Schlacht hier*. Er riß sein Pferd herum. Das schimmernde Fell war mit Schaum und Blut genäßt. Das Tier hetzte eine kleine Anhöhe hinauf.

Er überblickte die Szenerie, krank von der gewaltigen Verwüstung. So viele Tote, und der Tag war erst halb geschafft. Die Ebene war ein weites, widerliches Meer aus zuckenden Körpern und zermalmten Knochen und davonsprühendem grauem Staub und spritzendem Blut. Das Feld selbst schien seit dem Tagesanbruch grundlegenden geologischen Veränderungen unterworfen gewesen zu sein. Dort, wo einst eine sanft gewellte Fläche war, hatte es sich jetzt zu einer Reihe buckliger kleiner Hügel aufgeworfen. Gewaltige Haufen von Toten und Verwundeten, so weit er sehen konnte. Der ständige Graupelregen, der sich aus dem zürnenden Himmel ergoß und in der Blutwärme schmolz, verwandelte alles in einen gräßlichen Morast.

Er hieb auf den untersetzten Krieger ein, der auf ihn losstürmte, trennte ihm den Waffenarm am Schultergelenk vom Rumpf. Dann zog er an den Zügeln, riß sein Pferd herum und ließ es über den Gefallenen hinwegpreschen.

Er dachte nicht zum erstenmal daran, nach den Bujun zu schicken. Er war Zeuge ihres hervorragenden, wilden Zangenangriffs geworden, hatte gesehen, wie sie die angreifenden Totenkopfkrieger beiseite gefegt hatten. Jetzt kämpften sie flußabwärts, und er wandte sich im Sattel um, und sah über seine Leute hinweg. Es waren nur noch wenige, und sie waren so erschöpft, daß er es sich nicht einmal leisten konnte, einen Kurier zu schicken. Außerdem waren die Überlebenschancen eines einzelnen Mannes auf dem langen Weg durch das Schlachtfeld recht gering. Es würde ihm nichts anderes übrigbleiben, als hier auszuhalten, bis Hilfe eintraf.

Verflucht sei der Salamander-Rikkagin der Feinde, dachte Rikkagin Aerent. Seit Stunden bedrängten die Männer dieses Banners seine Kavalleristen, waren jeder Strategie gewachsen, mehr noch: überlegen. Die Feinde stießen immer wieder durch seine Verteidigungslinie.

Er fühlte sich ärgerlich und hilflos, als sei er in einem gewaltigen, unnachgiebigen Schraubstock gefangen, aus dem er sich und seine Männer nicht mehr herausziehen konnte.

Rikkagin Aerent kannte seine Pflicht, und jetzt spürte er, daß er sie nicht würde erfüllen können. Als er bei Tagesanbruch auf die Ebene hinausgeritten war, war er nur von einem einzigen Gedanken beherrscht worden: siegen. Jetzt aber fühlte er, wie ihm dieses Ziel entglitt...

Die Wogen der Schlacht spülten Moeru in seine Nähe. Sie saß auf dem Pferd eines getöteten Soldaten. Über Schlamm und Schlick kam sie auf ihn zu.

»Ich wurde zu lange von diesem verdammten Eidechsen-Rikkagin aufgehalten!« rief er ihr entgegen. »Moeru, kannst du das Kommando über die Kavallerie übernehmen? Ich muß zu den Standarten dieses Rikkagin vordringen und ihn vernichten, bevor seine Truppen diese Stellung vollends überrennen.«

Moeru nickte und jagte ihr blutbesprühtes Pferd zu den letzten Männern von Rikkagin Aerents Kavallerie. Kein Offizier war am Leben geblieben.

Sie rief die Reiter herbei, dann scherte sie mit zehn von ihnen aus, wirbelte in einem engen Bogen herum und griff die Flanke der untersetzten Speerkämpfer an. Die Hufe der Pferde waren gefährliche Waffen – und sie setzten sie ein.

Zufrieden, die richtige Entscheidung getroffen zu haben, riß Rikkagin Aerent sein Pferd herum. Das Tier bäumte sich auf, schnaubte.

Mit einem ungestümen Satz preschte es los, über das von Tod und Chaos gezeichnete Schlachtfeld. Vorbei an zahllosen zerschmetterten Leichnamen, vorbei an Speer-Wäldern, weiter, auf Haufen marodierender Federkrieger einschlagend, sich vor den irrsinnig schnell heranzuckenden, tödlichen Morgensternen der Totenkopfkrieger duckend.

In einem wütenden Ausbruch des Tötens stürzte er voran, durchbrach die Reihe der feindlichen Deckung, sein Weg geschwärzt vom Blut zuckender Körper. Vor ihm wimmelten die Massen der Speerträger, und dahinter ragten die wogenden Banner der drohenden schwarzen Eidechse auf. Spieße und Schwerter zuckten zu ihm hoch, und er parierte, schlug zurück, zerschmetterte teuflische Visagen und menschliche Fratzen, weiter, immer weiter, durch Blutlachen, über Leichenhaufen, durch Sümpfe von Innereien, Schädeln und zermalmten Körpern. Und die schwarzen Banner flatterten im Wind – wie erwartungsvolle Geier, über ihm, direkt hinter dem nächsten Leiberhaufen. Mit eiserner Entschlossenheit stürmte er voran, die untersetzten Krieger schrien und rissen mit blutigen und zerfetzten Fingern an ihm, wollten ihn aus dem Sattel zerren, doch er stieß sie von sich, riß sich los, trieb seinem Pferd die Absätze in die Flanken, ließ es voranjagen.

Seine Schwerthand hob sich und zuckte nieder, eine endlose Bewegungsfolge, tödlich, der vervielfachte Tod... Er pflügte sich durch den Treibsand der Schlacht, Graupelregen näßte ihn und ließ ihn bis auf die Knochen hinunter frieren, obwohl ihm der Schweiß auf der Stirn perlte. Gliedmaßen und Schädel wurden abgespalten, während die Waffen der Getöteten in der eiskalten Luft davonwirbelten... Und noch immer flatterten die schwarz-roten Banner triumphierend vor ihm und schienen sich über seine Bemühungen lustig zu machen. Weiter. Vorbei an weiteren ungezählten Kriegern. Er hatte sein Ziel fast erreicht.

Endlich entstand ein Riß in der Reihe der Kämpfer, und Rikkagin Aerent nutzte seine Chance. Sein Pferd stürmte hindurch...

Bonneduce der Letzte wurde Zeuge dieses tollkühnen Alleingangs.

Er spornte sein Luma, beugte sich tief über den Hals des Tieres und trieb es mit wilden Rufen noch mehr an. Rasend schnell kamen die schwarzen Banner näher...

Jetzt konnte er sehen, wie sich Rikkagin Aerent der riesigen, schwarzen Gestalt näherte, die auf dem fremdartigen düsteren Tier ritt, und als Bonneduce der Letzte in einem wilden Angriff durch die feindlichen Reihen brach, fuhr sein Blick zum Salamander hin.

Er keuchte, stieß einen Namen aus, der von der Flut des Schlachtenlärms davongetragen wurde.

Sein Luma stürmte voran, durchbrach die gegnerischen Massen, schleuderte sich windende Körper aus dem Weg, trat um sich, bäumte sich auf – und so erreichten sie eine Anhöhe. Er war den Salamander-Bannern ganz nahe gekommen, und er starrte auf das stolze Gesicht, die kalten Obsidian-Augen, die wie Schwingen zurückgekämmten Haare, die Fettschichten, die hinzugefügt worden waren, um die charakteristische Form des Gesichts, die hoch angesetzten Wangenknochen, zu verbergen, und er dachte: Dies also ist passiert. Oh, ich bin froh, daß er nicht hier ist, um Zeuge dieser fürchterlichen Schande zu sein.

Und dann wandte sich Bonneduce der Letzte wieder dem allzu weltlichen, abstumpfenden Geschäft des Tötens zu, brachte Verderben und Tod über die gnadenlosen Feinde.

Über den schleimigen Hügelkamm hinunter, in die letzte Senke.

Der Schädel des Salamanders fuhr hoch, wandte sich ihm zu. Die Wachen warnten ihn vor dem raschen Herannahen des Rikkagin Aerent. Ein teuflisches Lächeln teilte sein Gesicht. Mit einer langsamen Bewegung zog er zwei kurze Stummelstäbe aus den Falten seines schwarzen Gewandes, beide bestanden sie aus poliertem Holz und waren durch eine kurze schwarze Kette miteinander verbunden. Beinahe lässig hielt er die Stäbe in seinen Händen.

Rikkagin Aerent stieß sein Schwert hoch in die Luft, brüllte seinen Schlachtruf und enthauptete einen untersetzten Krieger.

Bonneduce der Letzte drängte sein Luma voran und rief dem angreifenden Rikkagin eine Warnung zu. Doch sie wäre zu spät gekommen, selbst wenn seine Worte nicht in der Feuersbrunst der Schlacht untergegangen wären.

Der Salamander riß sein Tier herum, mit einem trügerischen Vorzucken seiner linken Hand schleuderte er die Waffe.

Rikkagin Aerent sah nur ein widerliches Huschen. Er versuchte, sich zu ducken, aber das Ding war bereits zu nahe, es hatte ihn schon fast erreicht, seine Reaktion mußte zu spät kommen. Das schwere Holz krachte gegen sein Schlüsselbein, die doppelt heranwirbelnde Eisenkette trümmerte eine Sekunde später gegen ihn. Die Wucht des doppelten Schlages warf ihn aus dem Sattel. Er wurde zur Seite gerammt, herumgedreht, sein rechter Stiefel verfing sich im Steigbügel. Von Panik ergriffen stürzte das Tier davon und zog ihn über den klumpigen Boden. Sein Bein brach, Knochen splitterten. Dann, endlich, löste sich sein Stiefel aus dem Steigbügel, er stürzte zu Boden, blieb wie tot auf einem Haufen blutender Leichen liegen, auf denen sich Wolken von Fliegen niederzulassen begonnen hatten.

Der Salamander hatte sich bereits wieder von ihm abgewandt, um seine Fußsoldaten in eine kleine Bresche in der Abwehr der Menschenarmee zu führen. Die gedrungenen Krieger stürmten voran.

Bonneduce jagte über die flache Talsohle, vorbei an der verzerrten Gestalt des Rikkagin Aerent.

Direkt auf den Salamander zu.

Das Donnern der Hufe hallte in seinen Ohren. Er dachte an Hynd, der unruhig, widerwillig, aber sicher hinter Kamados Mauern zurückgeblieben war, dennoch aber wußte, was seine Pflicht war. Und er dachte an den Rhyalann, den er ebenfalls in Kamado zurückgelassen hatte. Er hatte es in voller Absicht getan, obwohl ihm die Folgen dieses Handelns ganz und gar bewußt waren. Endlich hatte er Sinn und Zweck seiner erbärmlichen Jahrtausende dauernden Suche begriffen.

Er schwenkte seine Klinge, die schwarz war vom Blut der getöteten Feinde.

»Tokagé!« brüllte er. »Hier bin ich! War es nicht ich, nach dem du während des ganzen Morgens gesucht hast?«

Mit unendlicher Langsamkeit wandte sich der massige

Schädel, dessen wahres Gesicht von dicken Fettschichten verzerrt wurde. Die Onyx-Augen, so glanzlos wie Granit, funkelten ihn an, die dicken Lippen bogen sich leicht nach oben.

»Narr, der du es wagst, dich mir zu stellen«, stieß der Salamander hervor, und seine Stimme war volltönend und durchbrach den wirren Lärm der hektisch tobenden Schlacht. »Aber ich wußte, daß du kommen würdest. Ich wußte es.«

Bonneduce der Letzte zügelte das Luma. Nervös tänzelte es auf dem morastigen Boden.

»Ich kann mir nicht vorstellen, wie es dir gelungen ist, dem Tod zu entgehen«, sagte der kleine Mann.

Das Gesicht des Salamanders zeigte weder Zorn noch Überraschung.

»Hast du wirklich erwartet, ich würde mich dem Tod unterwerfen? Ich habe geglaubt, du kennst mich besser.« Er stieß ein glucksendes Gelächter aus, ein Ton, so kräftig wie Brokatseide. Dann hielt er inne, als genieße er ein Geräusch, das er seit langem vermißt hatte.

Seine Wachen riefen nervös nach ihm.

»Bildet einen Kreis«, sagte er ihnen leise. »Bewacht ihn mir gut. Niemand darf sich einmischen.« Nur die beiden Standartenträger blieben bei ihrem Herrn zurück.

»Nein, nein«, sagte er zu Bonneduce dem Letzten. »Wie unklug, daß du es nicht erraten hast. Nur wir beide haben überlebt. Und wie? Denk nach! Du und ich – wir haben einen Pakt geschlossen.«

»Mit diesem – Ding! Und mit seiner Macht hast du die Zeitalter überstanden, wie ein Tier, denn das ist alles, was du im Grunde genommen bist. Wie viele Leben –«

»Kerzen, von einem unsanften Wind ausgeblasen. Sie waren alle unwichtig.« Er zerrte an den Zügeln, bemühte sich, das pechschwarze Ungeheuer unter Kontrolle zu halten. »Nein, laß es mich besser ausdrücken... Sie waren *weniger* wichtig als ich, denn ich schätze diese meine Person über alle anderen –«

»Wenn dor-Sefrith hier wäre –«

Das Gesicht des Salamanders verdunkelte sich augenblicklich. »Aber er ist nicht hier. Er wurde vernichtet. Ja... Er ist endlich für alle Zeiten vergangen. Der Dolman hat ihn vernichtet, so, wie er es vorhergesagt hat. Diese Angelegenheit hat die Ankunft des Dolman zwar verzögert, aber dies war es wert, glaube ich. Keine Einmischung mehr –«

Die schwarze Bestie bäumte sich auf, ihre Augen rollten wie verrückt.

»Jetzt gibt es nur noch dich und mich. Denn du bist der letzte der Rasse, und nur du allein kannst Ronin sagen –«

Bonneduce spornte sein Luma. Sein Gesicht war eine steinerne, verkantete Maske, aber darunter brannte der Triumph. Der Dolman mußte wissen, daß Ronin zum Krieger der Abendsonne geworden war, aber er hatte es vorgezogen, seinen Jünger nicht darüber zu informieren.

»Das Ende ist nahe, Tokagé!« rief Bonneduce der Letzte, als er den riesigen Mann angriff. Der Rhyalann war weit, und damit seine Sicherheit. Es war nicht mehr wichtig. Es war ihm in heiligem Vertrauen gegeben worden, jetzt lag es an ihm, sein Schicksal zu vollenden. Es konnte nicht anders sein, nach der Schande, die sein Herr über sein Volk gebracht hatte.

»Der alte Name!« zischte der Salamander, zum erstenmal verzerrte sich sein Gesicht vor Wut und Haß. »Auf die Knie, wenn du ihn verwendest, kleiner Mann!« Und er stieß seine Hand vor.

Bonneduce der Letzte sah sie kommen.

Suriken. Schwarze Metallsterne.

Blitzartig glitt er aus dem Sattel. Gerade noch rechtzeitig. Zwei Sterne fraßen sich in den Schädel des Lumas. Das Tier stürzte. Bonneduce wich zurück, fiel, landete im Dreck. Und er hörte das dröhnende Lachen Tokagés, die Echos hallten durch die weiten Korridore der Zeit, durch die langen Äonen seines beklagenswerten Daseins, verhöhnten sämtliche guten Menschen, deren Blut er vergossen hatte. Tokagé! Die Knochen, die er zermalmt, die Tränen des Todes, die er verursacht hatte. Den unsagbaren Schmerz.

Bonneduce der Letzte erhob sich, und sein Bein schmerzte. Etwas in seinem Herzen schrie nach Vergeltung. Noch lastete die Schande auf seinem Volk. Tokagés Schande. Denn er war der Lehnsherr!

»Im Laufe der Zeit habe ich vieles gelernt«, sagte Tokagé. »Ich bin kein Tier mehr, auch wenn du es nicht glauben willst. Aber ich will, daß du das begreifst, bevor ich dich töte. Dies ist der Tag des Bösen, und ich wußte, daß er kommt. Ein neues Zeitalter wird geboren. Es ist so einfach. Wer siegen wird –«

Bonneduce näherte sich ihm, ohne die Worte zu hören, die ihm entgegengeschleudert wurden. Adrenalin strömte durch seinen Körper, ließ seine Schwerthand zittern. Er hörte nur die Schreie seines geschändeten Volkes, die durch die endlosen Jahrhunderte zu ihm hallten. Er fühlte nur ihre Pein. Er wollte sie beenden. Nichts sonst.

»Dieses Bündnis«, fuhr Tokagé fort, »habe ich mir keinesfalls gewünscht.« Sein massiger Kopf wandte sich kurz ab, und seine Blicke irrten über den Fluß, zu dem verkohlten Kiefernwald hin, der mehr als einen Kilometer entfernt lag. »Ich liebe dieses entsetzliche Ding nicht; kein Mensch könnte das. Es ist der Inbegriff der Vernichtung. Aber was blieb mir für eine Wahl? Dieses Bündnis – oder Tod –«

Bonneduce der Letzte spürte die Augen seines Volkes auf sich gerichtet, fühlte die Kraft seiner Leute in sich brodeln, und zum erstenmal seit langen Äonen fühlte er wieder, wie es war, lebendig zu sein. Er staunte.

Jetzt bin ich, was ich bin, dachte er.

»Du hättest denselben Handel gemacht«, sagte Tokagé. »Das weiß ich. Du hast dem Tod nicht ins Gesicht gestarrt. Du hast seine kalte Umarmung nicht gefühlt, das Fortgleiten jeglichen Bewußtseins, allen Wollens –« Erneut bäumte sich das pechschwarze Reittier des Salamanders auf. »Ich konnte nicht vom Leben lassen! – Und dann – dann begriff ich, daß es gut war, denn mit jedem vergehenden Tag wurde ich mächtiger, und insgeheim begann ich, noch mehr Macht von ihm zu schmarotzen, und bald, sehr bald wird nicht einmal *er* mich noch aufhalten können! Dann werde ich diese Knechtschaft beenden und ihn vernichten!«

Irgendwo in den Tiefen seines Geistes verspürte Bonneduce der Letzte einen letzten Fetzen Mitleid für diesen Mann, der von den allgegenwärtigen Gespenstern der Macht vorangepeitscht wurde. Alte Bande vielleicht, sagte er sich. Dann verschwand auch das, verging im roten Sturm seines letzten rächenden Angriffs.

Die insektenäugigen Rikkagin des Salamanders führten die Befehle ihres Herren aus; gnadenlos prügelten sie die ihnen unterstellten Krieger voran, durch den sich ausweitenden Riß in der Abwehrlinie der Menschenarmee. Die gefiederten Kämpfer folgten ihnen dichtauf. In einer weiten Reihe strömten sie über die Ebene, hinauf zu den Mauern Kamados.

Moeru, die dies sah, sammelte die letzten Überlebenden der Kavallerie um sich und stieß mit ihnen flußabwärts voran, um die Bujun zu finden.

Sie bekämpften sich mit langen Klingen, so, wie sie es vor Jahrtausenden gelernt hatten, Stöße und Paraden erfolgten so irrsinnig schnell, daß man sie kaum sehen konnte, ein konstanter Strom präzise gelenkter Energie.

»Es gibt keinen besseren als mich, Kleiner!« höhnte Tokagé. »Ergib dich in dein Schicksal! Du wirst ehrenvoll sterben, wie ein Krieger.«

»Die Zeit des Redens ist vorbei«, stieß Bonneduce hervor. »Deine Taten sprechen für sich. Es gibt nichts zu sagen, was deine Schuld tilgen könnte.«

»Meine Schuld? Ich habe nur getan, was ich tun mußte, um zu überleben –«

»Du bist gekrochen wie ein Tier –«

»Und habe überlebt, Narr!«

»Überleben ist nicht genug! Das Leben muß einen Sinn haben!«

»Alles, was zählt, ist die Tatsache, daß ich jetzt hier stehe. Und ich werde dich vernichten!«

Sie fanden Okami in den schlammigen Niederungen des Flusses. Er blutete aus drei Wunden, dennoch kämpfte er noch immer mit der verbissenen Wut eines Wolfs. Er bot die seinem Befehl unterstehenden Bujun-Bataillone auf, und sie eilten flußaufwärts, um den feindlichen Durchbruch in letzter Sekunde doch noch zu stoppen.

Über die schlammigen Ufer tobten die Bujun und über die leichenbesäte Ebene, und sie holten eine fürchterliche Bluternte ein von all jenen, die sich ihnen in den Weg stellten.

Aufblitzend zuckte die dünne Klinge vor, wie ein sechster Finger war sie auf Tokagés Kehle gezielt, doch sie erreichte ihr Ziel nicht. Der Salamander konterte mit dem *Tokko,* einer kurzen Waffe, mit einem krallenartigen Dreizack an jedem Ende.

Mit einem heftigen Ruck zog er seine Klinge von schräg unten kommend hoch. Bonneduces Waffe brach. Der Salamander drehte den Tokko um und rammte ihn in die Brust des kleinen Mannes.

Bonneduce stöhnte unter dem wilden Schmerz auf. Seine Hand zuckte hoch, packte zu; es gelang ihm, den großen Mann aus dem Sattel zu ziehen. Die schwarze Bestie bäumte sich hoch auf.

Sie wälzten sich im Schlamm des grausigen Schlachtfeldes.

»Spüre, wie es hier unten im Morast des Todes ist, Tokagé«, stieß Bonneduce hervor.

Tokagé taumelte hoch, Bonneduce ebenfalls, und er griff an. Wie hingezaubert lag ein Dolch mit langer Klinge in seiner Faust.

In der Sekunde seines Angriffs verstand er die List des Salamanders.

Er achtete nicht mehr auf die Klinge, die in Tokagés Faust auftauchte; er konzentrierte sich allein auf das, was er jetzt zu tun hatte.

Wie eine Feuerschlange fraß sich das Metall durch seine Rüstung in seine Schulter.

Er achtete nicht auf den Schmerz. Seine dolchbewehrte Faust rammte herunter... Die Dolchspitze bohrte sich genau in jenem Sekundenbruchteil in Tokagés rechtes Auge, da er die Schockwelle dessen schrecklicher Klinge durch seinen Leib rasen spürte.

Eine seltsame Wärme überkam ihn. Er vollendete den Hieb, und er fand Zeit, sich zu erinnern, ein Gefühl, das ihm seit vielen Jahrhunderten versagt gewesen war. Es war alles, wonach er sich sehnte.

Dann spaltete Tokagés Klinge sein Rückgrat.

Er überschlug sich, sein Blut pulste hervor, mischte sich mit den Eingeweiden und den zermalmten Knochen der Toten.

Seine Augen blickten starr nach oben. Die großen schwarzen und karmesinroten Banner erfüllten den dunstigen Himmel. Schwach war er sich des Kribbelns auf seinem Gesicht bewußt. Der Graupelregen... Eine plötzliche Heiterkeit erfüllte ihn, und unerklärlicherweise weinte er.

Langsam schienen sich die Banner wie Leichentücher über ihn zu legen.

Vor Nässe triefend, erstieg der Krieger der Abendsonne das hohe Ufer. Totenkopfkrieger warfen sich ihm entgegen, doch er entledigte sich ihrer, als wären sie lästige Wassertropfen.

Er ergriff die Zügel von Kiris Luma und schwang sich in den Sattel. Mit einem sanften Schenkeldruck setzte er das Tier in Bewegung. Er stürmte über das diesseitige Ufer, flußaufwärts, dorthin, wo der Feind durch die Verteidigungslinie gebrochen war und sich jetzt über die Ebene, Richtung Kamado ergoß.

Auf das Schlachtfeld stürzte er sich, und *Aka-i-tsuchi* forderte einen schrecklichen Tribut, in der Tat, sein Kielwasser war wie ein wellenförmiges Chaos aus Blut und zerschmetterten Knochen. Er jagte das Luma über Barrikaden zerbrochener Leiber, über Barrikaden aus Kriegspferden und auf dem Boden liegenden Lanzen. Leichen klammerten sich an den Läufen des Tieres fest, denn ihre Muskeln zuckten im Tode, während ihre Beine wie zerfetzte Banner gegen die Flanken schlugen. Er schlug nach ihren Gliedmaßen und ließ sie wie große gefrorene Tränen davonspritzen.

Die flatternden Standarten des Salamanders erblühten vor ihm aus dem treibenden Graupelregen. Er kam an einem Zaun gesenkter Speere vorbei.

Und dann erblickte er die riesige, in schwarze Rüstung und ebenfalls schwarze Gewänder gekleidete Gestalt. Der Salamander. Eine schwarze Bestie trug ihn davon.

Der Krieger der Abendsonne erreichte die letzte Anhöhe, spornte das Luma, und der geschmeidige Körper streckte sich. Er eilte in das weite Tal hinunter.

Dann sah er Bonneduce den Letzten. Ein eisiges Gefühl durchströmte den Krieger der Abendsonne; er zügelte das Tier, glitt aus dem Sattel und rannte über den gallertigen Boden. Fast knietief kniete er in dem zähflüssigen Schleim und hob den kleinen Körper vom Boden hoch.

»Oh, mein Freund, was hat er mit dir gemacht!«

Bonneduce gab keine Antwort, und der Krieger der Abendsonne spürte, wie sein Herz brach. Er hatte geglaubt, darüber hinweg zu sein. Und endlich verstand er. Als Ronin hatte er sich gegen jeden weiteren Schmerz blockiert, nachdem er K'reen getötet hatte. Deswegen hatte er nicht begriffen, daß Matsu ihn geliebt hatte... Schlimmer noch: Er hatte nicht einmal begriffen, daß er sie ebenfalls geliebt hatte... Bis es schließlich zu spät gewesen war. Leben war fühlen. Deshalb weinte er um Bonneduce den Letzten.

Der kleine Mann öffnete seine Augen. »Trauere nicht um mich, alter Freund, es ist keine Zeit dafür...« Sein Atem kam rasselnd. Seine Lungen brannten, füllten sich mit Blut. »Es gibt noch so viel, was ich dir sagen muß, bevor ich sterbe. Hör mir zu... Dein Todfeind, der Salamander... Er ist mir bekannt.« Wieder hustete er, und der Krieger der Abendsonne wischte ihm den rotgefärbten Speichel von den trockenen

Lippen. »Der Salamander ist Tokagé, mein Lehnsherr! Er war es, dessen unstillbarer Machtdurst die Geburt des Dolman provozierte. Ja! Ja, es ist wahr!« Seine Stimme war rauh und eindringlich. »Ich hielt ihn für tot, von jener Macht vernichtet, deren Geburt er zu verantworten hatte, doch ich täuschte mich. Er war zu klug, um zu sterben. Er schloß mit dem Dolman einen Pakt... Der Dolman ist jetzt sein Herr und Gebieter, und er hat ihn unsterblich gemacht – unsterblich und mächtig. Doch es gibt noch eine Chance für dich, mein Freund... Ich weiß es. Tokagé wurde nicht gesagt, was aus dir geworden ist. Noch immer nennt er dich Ronin. Der Dolman hat das Wissen vor ihm bewahrt... Er glaubt, er kann diesen Schrecken irgendwann einmal besiegen, doch er begreift nicht, was er entfesselt hat. Dieser Tatsache kann er sich nicht stellen.«

Husten schüttelte ihn, und er klammerte sich wie ein Kind an den Krieger der Abendsonne.

»Der Rikkagin Aerent... Hast du ihn gesehen?«

»Nein.«

»Er wurde von Tokagé niedergestreckt. Ganz in der Nähe. Suche ihn. Ich glaube nicht, daß er tot ist. Er versuchte, Tokagé zu vernichten. Ein Held...«

»Ich werde ihn finden.«

»Und Moeru?«

»Irgendwo auf dem Schlachtfeld.«

»Nein! Nein! Sie muß an deiner Seite sein –«

»Beruhige dich, mein Freund.«

»Tokagé sagte mir, daß dor-Sefrith vernichtet ist. Der Dolman muß ihn angegriffen haben, während er... Der Vorgang der Veränderung...«

»Während meiner Veränderung!«

»Ja.«

»Ich verstehe, aber –«

Bonneduces Körper verkrampfte sich, ein fürchterlicher Kampf schien in seinem Inneren stattzufinden. Das erschöpfte Gesicht verlor alle Farbe. Der Krieger der Abendsonne war von seinem Blut durchnäßt. Und es blieb wenig übrig. Nur dies: »Tokagé ist dor-Sefriths – Vater!« Bonneduces Stimme war nur mehr ein trockenes Rascheln. »Der Dolman hat seinen Sohn getötet... Tokagé ließ es zu!«

Der Krieger der Abendsonne kniete in dem eiskalten Morast und hielt den Toten in seinen Armen. Langsam, unglaublich langsam richtete er sich auf.

Ein Ruf flog über den Tumult der Schlacht, und er kreiselte herum.

Moeru war es, die sich ihm näherte. Das Lächeln verschwand von ihrem Gesicht, als sie den kleinen Körper sah, den er in seinen Armen hielt. Sie zügelte ihr Pferd, es stieg auf die Hinterläufe, schnaubte. Sie tätschelte seinen Hals. Ihr langes Haar wehte über ihren Schultern.

»Okami auch«, sagte sie.

Er nickte.

»Rikkagin Aerent muß hier irgendwo verwundet liegen. Kannst du einen Mann erübrigen?«

»Jetzt möglicherweise schon.« Sie deutete flußabwärts, zum Meer, das so viele Meilen entfernt war.

»Sieh!« Ihre Stimme klang aufgeregt.

Durch den Graupelregen blickte er in die Richtung, in die sie zeigte. Dort war eine Flotte fremdartig aussehender Schiffe zu sehen, die sich ihnen rasch näherten. Alle hatten sie die gleiche Flagge gehißt: Schwarze Streifen auf kastanienbraunem Grund.

»Es ist Moichi!« Ein Freudenschrei. »Sein Volk kommt, uns in der Kai-feng zu unterstützen!«

Und der Krieger der Abendsonne spürte das gewaltige Gewicht des kleinen Körpers an seiner Brust und dachte: Für viele kommen sie zu spät...

IV
Der Dai-San

Jetzt überließ er es ihnen.

Für ihn nicht mehr der Kampf Mann gegen Mann.

Für ihn den Salamander und den Dolman.

Für ihn hatte die Welt aufgehört, sich um ihre Achse zu drehen. Die Jahreszeiten waren erstarrt, die Sonne vergangen, unsichtbar, der Mond verschwunden. Denn jetzt lag das höchste Ziel seines Lebens vor ihm.

Alles andere fiel von ihm ab. Nur ein Traum.

Er folgte den flatternden Bannern der schwarzen Eidechse. Worte aus der alten Mythologie seiner Welt kamen ihm in den Sinn.

So wird der Salamander von den lebenden Flammen emporsteigen, den Tod zu befehlen, im Bund mit dem Bösen.

Über die mit Tod besäte Ebene preschte er, und er trieb das Luma weit über seine körperlichen Grenzen hinaus an. Die Vorderläufe wurden zu Rammböcken, die Lebende und Tote gleichermaßen zur Seite wirbelten. Wilde Kämpfe. Tote. Summende pelzige Fliegen, die sich auf die Leichname niederließen. Schreie. Irgendwo der Ton eines Signalhornes. Irgendwann brach das Tier unter ihm zusammen. Er sprang rechtzeitig genug ab, kam geschmeidig auf und rannte weiter. Er erreichte das Ufer, sprang.

Mit harten, kräftigen Schwimmstößen arbeitete er sich zum anderen Ufer hinüber, und als er den steilen Abhang hinaufstürmte, stieß er seinen Ruf aus. Der Luma-Hengst reagierte und preschte herbei. Der Krieger der Abendsonne schwang sich in den Sattel. Das Tier bäumte sich wiehernd auf, und er sprach leise, besänftigend, und so stürmte es los, hinter den rasch dahineilenden Bannern her.

Sturmwind und Graupelregen peitschten gegen ihre Körper.

Finde sie – bringe sie...

Unvermittelt wußte Hynd, daß Bonneduce der Letzte sein

Leben gegeben hatte. Doch anstatt zu trauern, fühlte er nur die Wärme ihrer langen Freundschaft. Er hatte um die große Pein des kleinen Mannes gewußt, und jetzt war er froh, daß dieser Schmerz vergangen war, abgeworfen wie die alte, leblose Haut einer Schlange.

Finde sie – Bring sie...

Er strich durch die engen, verlassenen Straßen von Kamado, vorbei an den dunklen, toten Göttern, die wie gekreuzigt an großen Säulen hingen. Ärgerlich suchte er eine Antwort auf jene Frage, die er nicht begreifen konnte.

Finde sie – Bringe sie...

Der letzte Gedanke seines Freundes... Der letzte Gedanke, bevor der Tod das seidene Band durchtrennt hatte. Ein Banner, das vor dem Himmel seines Verstandes flatterte.

Offenbar hatte er Moeru gemeint. Daran gab es keinen Zweifel.

Plötzlich zügelte er seinen Hengst und starrte nach vorn.

Sechs Reiter, einschließlich der beiden Standartenträger. Und in ihrer Mitte das pechschwarze Wesen, und darauf –

Er riß an den Zügeln, der Luma-Hengst bäumte sich schrill wiehernd auf, kreiselte herum. Er verfluchte sich, grub seine Absätze in die Flanken des Tieres und trieb es dem Rand des schwarzen Waldes entgegen.

Nicht der Salamander ritt auf dem teuflischen Etwas – obwohl die Gestalt genauso riesig und in seine schwarzen Gewänder gekleidet war. Der Wind hatte sich gedreht, und so hatte er den entsetzlichen Gestank des Wesens wahrnehmen können...

Geködert.

Der vierte Makkon trieb die schwarze Bestie an, ließ Standartenträger und Gefolgsleute hinter sich und jagte hinter dem Krieger der Abendsonne her.

Er ließ den erschöpften Hengst am Rande des toten Waldes zurück. Zu Fuß stieß er in die Alptraumlandschaft vor.

Früher war es ein dichter Wald gewesen. Dann war der

Dolman gekommen und mit ihm Feuer und Tod. Doch der Wald blieb schwer zu durchdringen. Kein Ast und kein Stamm war durch die unnatürliche Feuersbrunst vernichtet, nur das Blattwerk, so daß der Wald jetzt mehr denn je das Aussehen eines Labyrinths hatte.

Er ignorierte den Hufschlag hinter sich, hielt sich an einen imaginären Pfad, der ihn in nördliche Richtung führte. Hin und wieder mußte er weite Umwege in Kauf nehmen. Er bewegte sich völlig lautlos. Lautlos und geschmeidig. Seine Klinge benutzte er nicht. Jeder Laut würde meilenweit zu hören sein. Hin und wieder drohte ein Gedanke in sein Bewußtsein einzudringen, oder ein Gefühl. Aber er beachtete es nicht. Die Annäherung beanspruchte seine gesamte Konzentration.

Irgendwann erreichte er eine Lichtung. Der Graupelregen war versiegt, der Tag jedoch dunkel geblieben, bedrückender und kälter denn je. Bernsteinfarbene Wolken zogen über den Himmel und erinnerten an die faltige Haut eines fiebernden Tieres. Kurz dachte er an Kukulkan, den Herrn des Lichts, der sich in seinem Reich hoch über dieser Zerstörung wand. Hier gab es keine Sonne mehr.

Noch bevor er das harte Knacken hinter sich hörte, fuhr er herum. Er zog *Aka-i-tsuchi.*

Es war ein grüner Nebel zwischen den Bäumen, blaß und schillernd, wirbelnd, dampfend, unnatürlich langsam wogte er auf die Lichtung hinaus. Hinter den Nebelschleiern ragte eine dunkle, ungeschlachte Gestalt drohend auf. Orangene Augen wie flammende Leuchtfeuer.

Der vierte Makkon.

Die Gewänder des Salamanders, zerrissen, schlammbespritzt, flatterten zu Boden. Der Gestank des Makkon erfüllte die Luft über der Lichtung. Der lange Schweif peitschte hin und her, befreite sich von den letzten Stoffetzen. Ein Jaulen quoll aus dem gekrümmten Schnabel.

Dieser Makkon schien größer als seine Brüder, und vielleicht war er auch älter. Die Augen waren kalt und fremdartig. Eine dämonische Intelligenz glomm darin. Die Körperkonturen pulsierten und verschwammen hier und da mit dem Nebel.

Er näherte sich mit großen, geschmeidigen Schritten. Seine Arme schlugen aus, und diese Bewegung wurde von einem häßlichen Sirren begleitet, ein Geräusch, das dem einer Sense ähnlich war, wenn sie durch ein reifes Weizenfeld fuhr. Und jetzt sah der Krieger der Abendsonne, daß die Bestie nicht – wie ihre Brüder – sechsfingrige Klauen, sondern Hände hatte, die aus klarem Quarz geschnitten schienen. Doch unter der harten, glänzenden Oberfläche huschten Lichtlinien durch die Finger, pastellfarbenes Rot und Purpur.

Der Schnabel klaffte krampfartig auf, die steife Dreieckszunge zuckte vor.

Und dann schleuderte der Makkon seinen ungeschlachten Körper gegen ihn.

Der Krieger der Abendsonne wich geschmeidig aus. Die Bestie verfehlte ihn, taumelte an ihm vorbei. Ein Schrei gellte auf. Wieder. Immer wieder. Der Krieger der Abendsonne glaubte, eine Art menschliche Sprache zu erkennen, verstümmelt, verzerrt... Als hätte die Kreatur Jahre damit verbracht, einen Satz zu lernen und ihn jetzt aus seinem Kehlkopf herauspreßte, obwohl jener nicht dazu bestimmt war, solche Silben wiederzugeben.

»Ich will sie!« grollte der Makkon.

Wieder griff er an. Und wieder glitt der Krieger der Abendsonne seitlich weg. Doch diesesmal war die Bestie darauf vorbereitet und schneller als es einem Ding von solcher Körpermasse angemessen schien, blitzschnell kreiselte sie ebenfalls herum und unterlief seine Deckung. Er spürte einen stechenden Schmerz in seinem linken Arm. Als wäre flüssiges Eis in seine Adern injiziert worden.

Die Quarzhand hatte ihn direkt oberhalb des Makkonhandschuhs ergriffen – und drückte zu. Die unter der Oberfläche schimmernden Lichter ergossen sich aus den hohlen Krallen und fraßen sich in sein Fleisch. Er zuckte bei der Berührung zusammen, konnte sich jedoch nicht aus der Umklammerung lösen.

Er schwang sein Schwert ... Blitzend fuhr es herunter und glitt von der pulsierenden Haut ab. Der furchtbare Schnabel öffnete sich, ein entsetzliches Heulen brach aus dem Rachen des Makkon.

»Ich will sie!«

Die andere Pranke des Makkon sauste heran, packte seine Hand, versuchte, sie aus dem Handschuh zu schälen. Er ballte seine Faust, widerstand dem Zerren, und plötzlich glitt ein weiterer Erinnerungsfetzen Ronins in sein Bewußtsein ...

Dor-Sefriths Haus in der Stadt der Zehntausend Pfade ... Im zweiten Stock: ein leerer Glasbehälter. Zwei Abdrücke darin, die denen einer menschlichen Hand ähnlich waren. Größer. Mit sechs Fingern. Natürlich! Die Makkonhandschuhe ... Sie waren das Werk des Magiers. Hatte dor-Sefrith gegen diesen Makkon gekämpft? War er es gewesen, der ihm die Klauen abgeschnitten hatte? Er starrte in die funkelnden Augen und wußte es.

Das eiskalte Schwarz drohte, ihn einzuhüllen, und er verfluchte seine Sorglosigkeit. Er war in ernsten Schwierigkeiten. Erledigt, noch bevor es richtig begonnen hatte.

Die Welt stellte sich auf den Kopf.

Er federte auf, hebelte den Makkon herum, riß sich los, rollte davon, kam wieder auf die Füße. Frei!

Die Bestie sprang heran. Die Krallen fraßen sich in sein Fleisch. Der Schmerz ließ ihn aufkeuchen. Sekundenlang schossen helle Lichter in die Luft. Sein Helm wurde davongewirbelt.

Wieder harkten die durchscheinenden Krallen heran. Diesesmal wich er dem mörderischen Schlag aus ... Feuchter, klebriger Gestank umgab ihn, raubte ihm den Atem. Dann rammte er seine geballte Faust gegen den Makkon-Schädel. Die Bestie taumelte und kippte seitlich weg. Doch es war nur eine neue Finte. Blitzschnell riß sich der Makkon herum, seine Fäuste flogen heran, krachten gegen seine Wange. Sofort wurde die ganze Wange taub. Fühlte sich an, als sei der Wangenknochen zerschmettert. Die Sicht auf diesem Auge verwischte plötzlich, die Perspektiven verschoben sich. Etwas Kaltes und Schleimiges glitt um seinen Hals. Der Schweif des Makkon. Er wickelte sich um seine Kehle, und die juwelenartige Pranke zielte nach seinen Augen. Hieb zu. Gleichzeitig stieß er seine behandschuhte Faust hoch und schmetterte sie gegen die Unterseite des Makkon-Schnabels. Er zersplitterte, und die Kreatur heulte ihren Schmerz hinaus. Doch der Schweif zog sich enger um seinen Hals, hielt die Luft in seinen Lungen gefangen...

Er stieß seine Linke an die Hüfte hinunter, zog die kürzere Klinge. Der jungfräuliche Stahl glühte auf. Er riß ihn hoch und stieß blindlings zu, in das zerfaserte Maul. Verzweifelt legte er seine ganze Kraft in diesen einen Stoß. Der Makkon drehte sich, schrie... Klebrige, schwarze Wundjauche spritzte in einer Übelkeit erregenden Woge über ihn hinweg.

Die Krallen fetzten über sein Fleisch. Schmerz. Die Zeit verknappte sich zu einigen wenigen Herzschlägen, zu Sekundenbruchteilen. Erneut packte ihn der Makkon.

Das Eis war eine karmesinrote Flut, die die Kraft aus seinen Adern sog...

Der Krieger der Abendsonne rammte der Bestie sein Knie in den Leib, stieß mit der Klinge nach... Endlich ringelte sich der tödliche Schweif von seinem Hals. Der Makkon taumelte zurück. Der Krieger der Abendsonne setzte nach, holte aus und rammte seine Klinge tief in den Rachen der Bestie, fühlte, wie der Gaumen gespalten, das Gehirn getroffen wurde. Ein letztes Aufbäumen, ein letzter verzweifelter Versuch, der schimmernden Klinge zu entgehen, die sich immer tiefer ins Zentrum seines Lebens fraß...

Aber er hielt fest, erbarmungslos, verstärkte die Kraft des Stoßes, bis seine Muskeln sich verkrampften. Mit einer wilden Körperdrehung warf er den massigen Körper auf den Rücken, setzte sich rücklings darauf – und rammte die Klinge vollends durch den Schädel. Tief grub sich die Spitze in den weißen Frost.

Die große Gestalt bebte, verkrampfte sich, ihr verunstaltetes Antlitz drehte sich zur Seite.

Der Krieger der Abendsonne riß seine Klinge frei. Dann

tauchte er sie in den Schnee, steckte sie in die Scheide und nahm *Aka-i-tsuchi* sowie den Helm wieder an sich.

Der Bernsteinhimmel über ihm färbte sich noch dunkler, obwohl es noch lange war bis zum Sonnenuntergang. Der Tag verging, und jetzt war er von ewigem Zwielicht umgeben.

Er ließ die Lichtung hinter sich zurück und drang weiter nach Norden, ins Zentrum des wirren, verkohlten Labyrinths vor.

Kein Vogel sang, keine Insekten tanzten zwischen den Stämmen. Es gab kein Gestrüpp, nichts außer den allgegenwärtigen verkohlten Stämmen, die wie beiläufig in den gefrorenen, schneebedeckten Boden gerammte Grabsteine wirkten.

Der Boden hob sich empor, war unvermittelt mit grauen Felsbrocken besät.

Er arbeitete sich durch Schnee und Eis voran, zum Kamm des Hügels hinauf. Das Ende der Welt. Scheinbar endlos weit ging es hinauf. Doch als er sich dem Kamm näherte, sah er die scharlachroten Banner, die sich im feuchten Wind bauschten. Die Banner der Verdammten.

Er verharrte. Behutsam schloß er das Visier seines schwarzen Helms. Jetzt war die Welt von schmalen schwarzen Stäben begrenzt, ein Gefängnis der Rache und des Todes. Die karmesinroten Banner schienen ihn herbeizuwinken.

Dann schritt er weiter.

Er erreichte den Hügelkamm. Im Osten ragte die riesige schwarze Gestalt des Salamanders auf. Über dem Herzen trug er die düsterrote Eidechse auf dem Gewand. Der karmesinrote Umhang bauschte sich im Wind.

Fett verzerrte die eigentliche Form dieses Gesichts. Die schmalen Mandelaugen, deren Pupillen so leuchtend waren wie Obsidian... Doch unter dieser Fettschicht sah er den Urvater der Bujun. Was war mit dem rechten Auge des Salamanders geschehen? Ein geschwärztes Loch war es, über das eine notdürftige Binde hing. Das Werk von Bonneduce dem Letzten?

»Oh, Ronin, wie dumm, daß du mich aufgespürt hast!« sagte der Salamander und federte vorwärts. Die Klingen trafen klirrend aufeinander und trennten sich wieder. Sie standen sich gegenüber.

»Ich sehe, daß dir von deinen neuen Freunden ein anderes Schwert gegeben wurde. Doch es wird dir nichts nützen. Du warst mir nie ebenbürtig.« Sie starrten sich an. Der Salamander fuhr fort: »Hältst du deine Strafe für deinen Verrat noch immer für zu gering? Treue ist eine schwere Lektion, doch einmal gelernt, ist sie die Rettung –«

»Freidal ist tot«, sagte der Krieger der Abendsonne.

»Nun, ich habe nichts anderes von meinem Schüler erwartet. War sein Tod langsam und qualvoll? Er hätte es verdient. Freidal war ein Sadist.«

Der Krieger der Abendsonne lachte.

»Du amüsierst dich?«

»K'reen.«

»Du hast es gewagt, mir die Stirn zu bieten!« schrie der Salamander. »Ich war es, der dich zu dem gemacht hat, was du bist. Nur ich sah, was aus dir werden konnte! Ich habe dich ausgebildet, dich geprägt. Du hattest kein Recht zu gehen!«

Blauweiße Funken stoben davon, erneut klirrte Metall auf Metall. Der Krieger der Abendsonne ließ *Aka-i-tsuchi* für sich sprechen.

»Ich bin im Besitz seiner Macht!« sagte der Salamander. »Siehst du, was dir dein Verlangen nach Rache einbringt...? Den Tod! Nichts als den Tod!«

Immer wieder kamen die Klingen zusammen, blitzschnelle, ansatzlose Schläge, noch schnellere Paraden.

»Deine neuen Waffen und die Rüstung vermögen mich nicht zu täuschen. Mir wurde gesagt, daß ich damit rechnen müßte.«

Er griff den dicken Mann mit kurzen, schnellen Hieben an, der Salamander parierte sie alle, hielt seine Stellung, dann stieß er vor, wie eine angreifende Schlange, mit ungeheuerlicher Schnelligkeit, und seine Klinge schien ein lebender Blitz geworden zu sein...

Er wußte, daß es ein tödlicher Stoß war, der auf die ungeschützte Stelle unterhalb des Helmes zielte, hörte das leise Heranpfeifen der Klinge... Er riß seine Linke hoch. Die Klinge des Salamanders krachte gegen die Schuppenhaut des Krieger-Handschuhs. Harmlos glitt sie ab.

Der Krieger der Abendsonne starrte den Salamander an. In den Tiefen der schwarzen Augen regte sich eine erste Emotion. Nur eine Sekunde lang flackerte sie auf. Dann war sie wieder verschwunden, vom kurzen Senken der Lider zerquetscht.

»Wenn es Zauberei ist, die du willst«, sagte der Salamander, »dann soll dein Wunsch erfüllt werden.«

Der Krieger der Abendsonne griff an, und perlende, scharlachrote Nebel wirbelten auf. Der große Mann war verschwunden. An seiner Stelle stand plötzlich sein dunkelroter Namensvetter, ein riesiger Salamander, dessen lange, gespaltene Zunge aus dem aufgerissenen Maul fuhr.

Zischend sprang er den Krieger der Abendsonne an, die Kiefer klafften auf, schnappten nach seinem Gesicht. Die Reißzähne triefend von dunklem Gift. Doch er reagierte blitzschnell, riß *Aka-i-tsuchi* herum und schlitzte der Bestie den Wanst auf, als bestünde er nur aus Reispapier.

Der Salamander verschwand.

»So hast du meinen Knecht also tatsächlich erledigt!« sagte der dicke Mann, und erschien in einer Wolke aus Scharlach und Onyx. »Doch ich habe dich aufgehalten. Die Makkon werden bald hier sein.«

Der Krieger der Abendsonne parierte den Schlag, fetzte seine Klinge wieder hoch und wurde von der des Salamanders gestoppt.

»Die Makkon sind vernichtet«, stieß er hervor.

Wieder glitt diese fremdartige Emotion über das Gesicht des Salamanders.

»Ich glaube dir kein Wort. Du konntest ihn unmöglich töten.«

»Er ist tot.«

»Sollte ich dich unterschätzt haben?« Der Salamander zog

plötzlich einen mit mehreren Quasten verzierten schwarzen Metallfächer hervor. Von seinem Griff nach oben gebogen, entstand die spitze *Jitte*. Der Krieger der Abendsonne wich zurück. Aus Ronins Gedächtnis wußte er, daß es im ganzen Freibesitz niemanden gegeben hatte, der den Salamander hätte aufhalten können, nachdem er sich entschieden hatte, den *Gunsen* zu benutzen.

Jetzt öffnete sich der Gunsen, der Flut eines tödlichen Insekts. Das schwarze Metall schien stumpf im ungewissen Licht, die gezackte Jitte eine ständige Drohung, selbst als Verteidigungswaffe.

Der Krieger der Abendsonne zog auch die kürzere Klinge blank und griff an. Ein schräg von unten nach oben verlaufender Schlag. Der Gunsen beschrieb eine kaum sichtbare Bahn. Die Jitte spießte die Klinge auf, nagelte sie wenige Millimeter vor der Deckung fest. Dann ruckte das Handgelenk des Salamanders herum.

Blasses Licht glitzerte auf kantigen Spitzen. Er bückte sich, aber die Entfernung spielte eine Rolle, für und wider. Ihm blieb keine Zeit, aber die Waffe konnte nicht viel Schwung gewinnen.

Der Suriken grub sich zwischen rechtem Arm und Schulter in die Naht der Rüstung. Im gleichen Augenblick drehte der Salamander den Gunsen und zerschlug die Klinge des kürzeren Schwertes. Der Gunsen sauste weiter nach oben, krachte gegen den Helm. Das Visier wurde weggefetzt, dann schmetterte der Krieger der Abendsonne die Waffe zurück. Die Obsidianaugen starrten ihn an. Das Gesicht verzog sich. Der Salamander begriff ... In den fremden, beängstigenden Augen des vor ihm stehenden Wesens sah er das, was für ihn nicht vorstellbar war: seinen Tod.

Wie getroffen taumelte er zurück und rief nach seinem Herrn und Meister. Aber der Alptraum setzte ihm nach. Der Krieger der Abendsonne federte voran, riß seine Klinge beidhändig hoch und schlug mit einer so gewaltigen Kraft zu, daß sie den obsidianschwarzen Brustschild des Salamanders spaltete.

»Warum – warum hast du es mir nicht gesagt?« heulte der Salamander.

»Der Meistertäuscher wurde getäuscht.«

»Wer bist du?«

»Ich bin dein Tod!«

»Sag es mir...«

»Ich bin ein Freund von Bonneduce dem Letzten. Mehr brauchst du nicht zu wissen«, sagte der Krieger der Abendsonne. »Die Jahrtausende haben dich endlich eingeholt! Die Kälte soll dich zu sich nehmen! All die Leute, die du auf dem Gewissen hast... All die Leute, die du unter deinem verfluchten Banner für deine angeblich heilige Sache hast ermorden lassen.«

»Macht!« kreischte der Salamander. »Du mußt mir beistehen!«

»Es ist vorbei!« flüsterte der Krieger der Abendsonne. Ein Grabspruch.

Und *Aka-i-tsuchi* wurde erhoben und sauste mit gigantischer Wucht auf den massigen Schädel nieder. Für Ronin. Für den Hirsch. Für Bonneduces Volk. Für K'reen.

Der Schädel zersplitterte.

Aber es war nicht mehr der Schädel des Salamanders. Auch nicht mehr jener von Tokogé. Das Fett rann wie flüssiges Wachs über die rasch schwindende Muskulatur hinunter. Arme und Beine blähten sich auf, als wäre er mit einer ungestümen, blubbernden Flüssigkeit angefüllt. Der fette Rumpf brach auf, ballte sich zu einer anderen Konfiguration zusammen, wuchs, furchterregend im Anblick, obwohl sie sich kaum heranzubilden begonnen hatten.

Der Krieger der Abendsonne trat zurück, fühlte das eiskalte Wirbeln und Wallen um seine Knöchel, wußte, daß der letzte große Kampf unmittelbar bevorstand...

Vor ihm entstand der Dolman!

Gemeinsam drangen sie in den geschwärzten Wald vor: eine Bujun-Frau und ein vierbeiniges Wesen, das viel mehr als nur ein Tier war.

Hynd sorgte sich. Er wußte nicht, wohin er sie führte, und warum er es überhaupt tat. Es war Instinkt. Ein atavistisches Heimkehrinstinkt. Er wußte, was in diesem Wald lauerte. Beide wußten sie das. Es machte ihnen nichts aus.

Irgend etwas stimmte nicht, und er begriff nicht, was. Er konnte es nicht begreifen.

Dor-Sefrith war gegangen... Bonneduce der Letzte ebenfalls. Was hatten sie vorgehabt?

Fragen und keine Antworten.

Zielstrebig drangen sie tiefer in den unheimlichen, stillen Wald vor.

KOMM!

Echos.

KOMM, WELLENMANN.

Echos über Echos.

DER TOD WARTET AUF DICH, KRIEGER OHNE NAMEN.

Die Worte ein physischer Ansturm.

DEIN MENTOR IST NICHT MEHR. ICH HABE IHN GETÖTET.

Das Gehirn dröhnte unter dem Nachhall dieser Worte.

DU HAST JETZT KEINE MACHT MEHR. NICHIREN SCHEIDET, DOR-SEFRITH SCHEIDET. JETZT IST DEINE ZEIT GEKOMMEN. DU WIRST STERBEN. SO WIE ALLE MENSCHEN. JA, ALLE WERDEN STERBEN. WIR NÄHERN UNS DEN MAUERN VON KAMADO.

Beginnende Halluzinationen.

NUR DER DOLMAN WIRD ÜBERLEBEN!

Schmerz. Hektisch zuckende Blitze.

KOMM MIT MIR – IN DIE TIEFE!

Zeit, in einem fiebrigen Traum verloren, gefangen am Rande eines bevorstehenden Sonnenaufgangs, bewegungslos gebannt, mitten im Flug gestoppt. Hilflos aufgespießt.

Niemand an seiner Seite.

Allein im Rachen der Vernichtung.

Und vor ihm der Dolman, wachsend, glühend, sich windend, schrecklich, ein Wahnsinn, die Verkörperung der Furcht, die Nemesis des Lebens selbst.

Es war nicht klar, was der Dolman war.

Vielleicht war sein gigantischer Leib von einer Vielzahl von Tentakeln bewachsen, mit einem spatenförmigen Schweif, riesigen runden Augen, lidlos, mit doppelten Pupillen, ein Maul, das nur ein pulsierender Schlitz war.

Vielleicht hatte er aber auch einen ungeheuerlichen Schnabel und geschuppte Haut. Hatte er Hörner? Zähne waren nicht zu sehen, dennoch war das aufklaffende Maul abschreckender, als wenn es mit Reißzähnen bewehrt gewesen wäre.

Er spürte etwas in sich aufsteigen, dachte, es wäre Panik und jagte ihr nach, fort in die ungefilterten, unergründlichen Tiefen seines Seins.

Er wußte nicht, wie er sie bekämpfen sollte.

Er riß *Aka-i-tsuchi* hoch, schlug zu, aber die fremde Atmosphäre war so dicht, daß die Wucht seines Schlages harmlos zerfaserte.

Der Dolman zog ihn auf sich zu, sagte:

IST ES DAS, WAS ICH GEFÜRCHTET HABE?

Wie ein heftiger Sturm brach er über seinen Verstand herein, erschütterte sein Universum.

Er war betäubt.

Benommen fühlte er, wie er in seinen pulsierenden Griff gezogen wurde, der Tod umhüllte ihn.

Sein Bewußtsein floh. Er war ohnmächtig.

Und bald würde er eine leblose Hülle sein, die auf der gigantischen Flut tanzte, ein kupferfarbenes Stück Treibgut im Meer des Todes...

Ein Ruf...

Er wehte zu ihnen, als sie den Kamm der Anhöhe erreicht hatten.

Es schneite; das unnatürliche Licht verlieh den Flocken einen rosa Farbton, als wären sie Blutstropfen eines gigantischen Himmelstieres.

Sie eilten weiter durch die dichte, verbrauchte Luft, der Schnee peitschte in ihre Gesichter. Nebel kam auf und ließ sie husten.

Plötzlich war dieser Nebel allgegenwärtig, grün und undurchsichtig drang er in die Realität dieser Welt, als verzehre er sie bei lebendigem Leibe...

Hier, sagte Hynd in ihren Gedanken.

Moeru starrte auf das seltsame Wesen hinunter.

Schweigen, vollendeter, als es in der Welt der Menschen jemals möglich gewesen wäre.

Ihre Blicke tauchten ineinander. Noch immer waren die unverständlichen Gedanken machtvoll, beeinflussend, und sie sahen nur, was sie sehen wollten.

Unruhig bewegte sich Hynd.

»Was geht hier vor sich?« flüsterte Moeru.

Ich weiß es nicht... Hast du Angst?

»Ja.«

Doch er kannte die Antwort selbst nicht.

Dann hörten sie es, das Rufen.

Plötzlich gab es keine Luft mehr.

Sie wandte sich dem Nebel zu, die Frau, rasch trat sie hinein, aus den Untiefen in eine Dunkelheit, die vollkommener war als die Dunkelheit der Nacht.

War es eine Posse des wallenden Nebels, oder waren *tatsächlich* zwei Gestalten in seine Umarmung verschwunden?

Und plötzlich begriff Hynd, und er warf sich herum und eilte davon, zum fernen Schlachtfeld... Er sah nicht mehr zurück.

Sein Körper wurde ihm genommen. Die Tentakel, falls es tatsächlich Tentakel waren, zerfetzten sein Fleisch, drangen in seine Knochen vor, zerschmolzen sie.

Doch er krallte sich an den letzten Fetzen seiner Existenz fest, wußte, daß in ihnen der Schlüssel enthalten war.

Was ist es?

Ich habe keinen Namen.

Stille sickerte in seine Seele, der Tod kroch höher.

Und er ließ das helle Funkeln eindringen, Regen in seinem Innersten, denn er hatte nichts mehr zu verlieren, und es war alles, was ihm jetzt noch blieb.

Rettung.

Er rief, begriff endlich, daß er jetzt der Zauberer war, akzeptierte es. Karma. Und mehr. Er akzeptierte, wer er war, öffnete die Schleusentore. Anfangs hatte er daran gedacht, die Schmiedin zu rufen, denn er erkannte, daß er keinen Anker hatte, somit keine Festigkeit. Er wurde vernichtet, im Dolman ertränkt. Die Schmiedin war der Anker, und er brauchte sie, seine Gedanken konzentrierten sich auf die schneebedeckten Hänge des Fujiwara... Visionen... Er sah die kalte Esse, das leere Haus und wußte, daß sie nicht die Antwort war. Was dann?

Er rief. Das Schreien von Möwen auf einem grenzenlosen Gestade. Ein Ende des Versteckspiels vor sich selbst. Er fühlte sie jetzt... Sie war ganz nahe. Das letzte Drittel seines Wesens, das letzte Teil von dor-Sefriths Werk, das durch den wilden Angriff des Dolman in Haneda vereitelt worden war.

Sie würden nicht zusammenkommen.

Warum nicht?

Er wandte sich nach *innen,* ignorierte die Vernichtung.

Und er fand die Schmiedin in sich selbst.

Dann drang sie in ihn, und er fühlte die hellen Funken um sich tanzen, rot, grün, blau, und er berührte sie, einen nach dem anderen, in Verwunderung und Freude, lachte, weinte, sein ganzes Ich war erhellt von der Gewißheit, daß er endlich ein Ganzes war... Dies war es, was der Dolman fürchtete. Es gab keine Herren mehr, keine Beschützer... Deswegen hatte der Ägir sterben müssen... Und es gab keine Weisen mehr. Ein Ende der Kindheit.

Ronin, Setsoru und jetzt der Krieger der Abendsonne – sie liebkosten die Facetten des letzten Drittels. Rot, grün, blau. K'reen. Moeru, Matsu. Liebe, Stärke, Vertrauen. Das Verschmelzen aller seiner Charakterzüge, aller seiner Macht: der Dai-San!

Energie durchströmte ihn wie ein brausender Fluß, endlos,

tiefenlos, zeitlos. Er dachte an dor-Sefriths letzte List. Der Magier mußte gewußt haben, daß seine Niederlage bevorstand. So hatte er eine letzte Karte ausgespielt... Er schuf die Schmiedin, indem er Matsus Substanz benutzte, die er dem schlafenden Geist des entstehenden Kriegers der Abendsonne entzog. Als Wegweiser. Und der Krieger der Abendsonne hatte ihn begriffen. Jetzt war sein Universum unbegrenzt, die Quelle seiner Macht beleuchtet. Er selbst.

Seine langen, gepanzerten Finger schlossen sich fester um den Griff von *Aka-i-tsuchi*... Dann rammte er die glühende Spitze in das Herz des Dolman. Wie eine unbarmherzige Peitsche geißelte ihn der gigantische Kinetizismus des ihn umgebenden Wesens. Rote, grüne und blaue Feuerstöße, heißer als der Kern der Sonne, kräuselten sich wie geschmolzene Streifen über der glänzenden Klinge... Heißhungrig fraßen sie sich daran empor. Er hörte ein herrliches Summen, das mit einer gewaltigen Hitze anwuchs, bis es seine gesamte Welt erfüllte, ausfüllte, dem wilden Schlagen seines Herzens gleichkam. Frohlocken verwandelte sich in Ekstase. Vielleicht schrie der Dolman jetzt, da er die Nähe seines Todes fühlte.

Wirbelnd strömte die Lebenskraft über ihn, und mit ungezügelten Schlägen schmetterte er *Aka-i-tsuchi* immer wieder auf die gestaltlose Masse hinunter. Und jetzt atmete er seine gesamte furchtbare Geschichte ein... Szene für Szene... Ein Chaos aus Qual und Vernichtung kam über ihn, entsetzlich, fürchterlich. Der Geschmack unermeßlicher Verzweiflung.

Die Atmosphäre erzitterte. Brodelte, schien zu glühen, zu kochen. Der Horizont verbog sich, bäumte sich auf, ein gewaltiges Zischen wurde lauter, immer lauter. Ein unerträgliches Winseln wurde laut, und dann –

Eine lautlose Narbe aus dem Stoff des Universums.

Als Moichi die Gestalt sah, die soeben den Fluß durchquerte, wußte er nicht, was er davon halten sollte.

Der Tag hatte sich seinem Ende zugeneigt. Ein letzter

blasser Streifen Sonnenlicht wurde in den feuchten, blutroten Schnee geprügelt.

Irgendwann hatte sich das Kriegsglück gewandt. Die Schlacht schien geschlagen, die Menschheit verloren. Doch dann schienen die schwarzen, insektenäugigen Rikkagin, die den Feind bisher so geschickt geführt hatten, die Übersicht zu verlieren. Vielleicht waren sie verrückt geworden, denn sie ließen ihre Krieger plötzlich gegeneinander kämpfen.

Die Bujun griffen ein, spürten die Insektenäugigen auf und vernichteten sie. Die überlebenden Soldaten sahen dies, und ihre abergläubische Furcht glitt von ihnen. Mit ekstatischer Wildheit stürzten sie sich wieder in den Kampf.

Die Bujun und Moichis Leute führten den Gegenangriff, hinaus aus den Mauern Kamados, in die sie sich zurückgezogen hatten, und jetzt blieben nur noch einige wenige feindliche Krieger übrig, ihr Widerstand erlahmte rasch. Die Zauberwesen waren vernichtet, eine Beute der Aasvögel.

Das Schlachtfeld war ein hügeliges Meer von Leichen, ein riesiger Sumpf aus vergossenem Blut und triefenden Eingeweiden, zerschmetterten Schädeln und gebrochenen Knochen.

Übelkeit keimte in Moichi, er war müde, tödlich erschöpft. Ein Schmerz, der direkt in seiner Seele nagte. Seine Rüstung war dreckig, verbeult, die Kleider darunter durchnäßt vom Schweiß und Blut der Feinde, so daß er sich durch das zusätzliche Gewicht entstellt fühlte. Dort, wo das Blut getrocknet war, fühlte sich der Stoff so steif und fest an, daß er genausogut der Metallpanzer hätte sein können.

Sein Blick glitt über die weite Ebene des Todes, hin zu den tosenden Wassern des Flusses. Und dann hatte er das Gleißen gesehen. Eine Fontäne flüssigen Lichts.

Und jetzt sah er die große Gestalt, die über dem Ufer auftauchte, angeschwollen mit fremden Leibern, dicht besetzt mit den Schwertern der Gefallenen, und noch bevor er in das fremde, veränderte Gesicht blickte, wußte er, daß er der letzten lebenden Legende des Zauberzeitalters der Menschheit gegenüberstand. Das einzige Wesen, das die Barriere in die letzten vergehenden Tage dieses Jahres überschreiten konnte, in denen die Kälte des Winters noch das liebliche, ferne Sha'angh'sei befleckte, juwelenartiger Schnee in den Säulengärten und auf den flachen Dächern der Harrtins der Stadt hing, das Versprechen des Frühlings schon ein Gedanke, fest in den Gehirnen der Kubaru verankert, die sich auf den langen Kreis drängten und ihren kurzen, traumlosen Schlaf auf den schaukelnden Tasstans schliefen.

Die übernatürliche Gestalt blieb jetzt stehen und hob das große blaugrüne Schwert, auf der Spitze fing sich der letzte Sonnenstrahl, der durch einen Riß in den über das Firmament jagenden Wolken im Wesen gebrochen war. Das Licht entflammte die glänzende Klinge, bis sich die Helligkeit in die Höhe erstreckte, bis in das Herz des Himmels.

Und Moichi rammte seine blutbefleckte Klinge in die Scheide und rannte hinaus auf das Schlachtfeld, hinaus aus den hohen, kahlen Mauern von Kamado, hinter denen bereits die ersten Feuer entzündet worden waren, Gedenkzeichen für die Toten, ein Ausmerzen der Kai-feng, eine Siegesfeier des Tages der Menschheit, hinaus aus den dunklen Schatten der Zitadelle, hinaus in das Licht eines neuen Zeitalters.

Hinaus, dem Dai-San entgegen.